Länderprofile – Geographische Strukturen, Daten, Entwicklungen

Werner Röll

Indonesien

Entwicklungsprobleme einer tropischen Inselwelt

Ernst Klett Stuttgart

Länderprofile – Geographische Strukturen, Daten, Entwicklungen
Wissenschaftliche Beratung: Professor Dr. Gerhard Fuchs

CIP-Kurztitelaufnahme der Deutschen Bibliothek

Röll, Werner:
Indonesien: Entwicklungsprobleme e. trop. Inselwelt /
Werner Röll. – 1. Aufl. – Stuttgart: Klett, 1979.
(Länderprofile)
ISBN 3-12-928711-6

Die in diesem Buch hinten eingelegte Karte ist entnommen:
Alexander Weltatlas, S. 49/50, Ernst Klett, Stuttgart

1. Auflage 1979

Printed in Germany
Satz und Druck: Wilhelm Röck, Weinsberg
Einbandgestaltung: Heinz Edelmann
Graphik und Karten: Ludwig Dreher

Inhalt

1. Einleitung

Obwohl Indonesien seit Jahren immer stärker in das internationale Interesse gerückt ist, die Massenmedien in der Bundesrepublik zunehmend über Ereignisse in diesem fernöstlichen, erdölexportierenden Land berichten und der tropische Archipel u. a. auch eine jährlich wachsende Zahl deutscher Touristen verzeichnet, bestehen doch vielfach nur Klischeevorstellungen über diesen bedeutendsten Staat Südostasiens. Während beispielsweise Wirtschaftsexperten die Republik Indonesien dank ihrer Rohstoffvorkommen als einen der potentiell reichsten Staaten der Erde betrachten und ihr langfristig äußerst günstige Entwicklungschancen einräumen, sehen Gesellschaftskritiker demgegenüber vielfach das OPEC-Land von einer Militärregierung beherrscht im sozialen Elend, im Sumpf der Korruption und der Fehlplanung versinken. Aber auch die von der Ferntouristik genährten Assoziationen eines „exotischen, palmenumrauschten Tropenparadieses“ entsprechen der Wirklichkeit nur partiell. Denn alle diese Beurteilungen und Prognosen beleuchten jeweils nur Teilaspekte, sprechen nur Einzelphänomene an, werden aber dem weit größeren und vielschichtigeren Problemkomplex „Indonesien“ vielfach nicht gerecht.

Diese und andere häufig anzutreffenden Vereinfachungen, Fehldeutungen und Mißverständnisse resultieren u. a. aus der Tatsache, daß die junge Inselrepublik alter Kultur (ihr Name wurde 1850 von den britischen Ethnologen G. W. EARL und J. R. LOGAN aus den griechischen Bezeichnungen für Indien [indos] und Inseln [nesoi] geprägt und seit 1884 durch den deutschen Völkerkundler A. BASTIAN verbreitet) ein Land der Vielfalt und krassen Gegensätze ist. Dies gilt sowohl für die Landesnatur als auch für Gesellschaft, Wirtschaft und Politik. Nicht von ungefähr wurde die bekannte Theorie des „ökonomischen und sozialen Dualismus“ in Entwicklungsländern von dem niederländischen Wirtschaftswissenschaftler J. H. BOEKE (1930, 1953) anhand der ausgeprägten demographischen, ethnisch-kulturellen, wirtschaftlichen und sozialen Diskrepanzen sowie der regionalen Entwicklungsunterschiede Indonesiens entwickelt.

Anliegen der vorliegenden Studie ist es daher, das Land und das Ausmaß seiner gravierendsten Entwicklungsprobleme darzustellen und die Strategie zum „Aufbau“, wie Indonesien selbst seinen Entwicklungsprozeß bezeichnet, aufzuzeigen. Damit soll versucht werden, zur genaueren Kenntnis und zum besseren Verständnis eines der größten Entwicklungsländer der Erde beizutragen, das zugleich auch einer der asiatischen Schwerpunkte deutscher Entwicklungspolitik und kirchlicher Entwicklungsarbeit ist. Zugleich wird angestrebt, Indonesien nicht mit fremden, eurozentrischen Maßstäben zu messen, sondern aus seinem Selbstverständnis, seiner Geschichte und den wirtschaftlichen und sozialen Bedingungen der Gegenwart heraus zu sehen. Aus diesem Grund werden vor allem auch die Entwicklungsaufgaben des Landes selbst, weniger die politischen und wirtschaftlichen Verpflichtungen seiner Partner, angesprochen. Ungeachtet dieser Beschränkung, ergibt sich jedoch aus der Problementfaltung nahezu von selbst, daß die zu lösenden, übermächtigen Schwierigkeiten nicht nur eine Herausforderung an die Regierung und das Volk Indonesiens, sondern gleichermaßen auch an die befreundete Welt darstellen.

2. Indonesien: Insulare Zersplitterung, kontinentale Ausdehnung und Integrationsprobleme

Als Nachfolgestaat des Niederländisch-Ostindischen Kolonialreiches besitzt Indonesien mit einer Landfläche von über 1,9 Mio. qkm etwa die sechzigfache Größe der Niederlande oder fast den achtfachen Umfang der Bundesrepublik Deutschland. Mit einer Bevölkerung von rund 140 Mio. (1978) ist das Land nach der Volksrepublik China und Indien zugleich auch der bevölkerungsreichste Staat Asiens und, hinter der UdSSR und den USA, die an Bevölkerung fünftstärkste Nation der Welt. Allseits von Nebenmeeren des Indischen und Pazifischen Ozeans durchdrungen, umfaßt Indonesien 13 667 Inseln. Mehr als 3,3 Mio. qkm Territorialgewässer säumen sie. Damit ist Indonesien nicht nur der größte Inselstaat der Erde, sondern besitzt auch das am stärksten zersplitterte Staatsgebiet. Einschließlich der zugehörigen Meeresflächen bedeckt das Land einen Teil der Erdoberfläche, der fast die Größe der USA erreicht. Die Landfläche bleibt allerdings weit hinter der des nordamerikanischen Kontinents zurück. Jedoch ist Indonesien auch flächenmäßig das drittgrößte Land Asiens.

Die Größe der zahllosen Inseln und Inselgruppen reicht vom winzigen, unbewohnten Koralleneiland bis hin zu den Hauptanteilen von Neuguinea und Kalimantan (indonesisch Borneo), die nach Grönland die zweit- und drittgrößten Inseln der Welt sind. Von der Landfläche Kalimantans (736 500 qkm), dessen nördliches Viertel von Ost-Malaysia und Brunei eingenommen wird, sind etwa 73% und von dem Areal Neuguineas (785 000 qkm) rund 54% indonesisches Staatsgebiet. Sumatra allein besitzt mit 473 606 qkm fast die doppelte Größe der Bundesrepublik. Etwa 6000 Inseln gelten als besiedelt. Sie können zu folgenden vier Hauptgruppen zusammengefaßt werden:

- den Großen Sundainseln mit Java, Madura, Sumatra, Kalimantan und Sulawesi (Celebes),
- den Kleinen Sundainseln (Nusatenggara) mit Bali, Lombok, Sumbawa, Sumba, Flores, Adonara, Lomblen, Pantar, Alor, Sawu, Roti und Timor.
- den Molukken (Maluku); sie setzen sich zusammen aus den Inseln und Inselgruppen Halmahera, Ternate, Tidore, Obi, Makian, Morotai, Bacan, Buru, Seram, Ambon, Banda, Kai, Aru, Tanimbar, Babar und Wetar zwischen Sulawesi und Neuguinea,
- und dem Westteil der Insel Neuguinea mit den umliegenden Inseln Waigeo, Biak, Misol und Yapen.

Er ist seit 1963/69 Bestandteil des indonesischen Staatsverbandes. Seit 1973 trägt West-Neuguinea bzw. das frühere West-Irian den Namen Irian Jaya (Siegreiches Irian). Administrativ ist der Inselstaat seit dem formellen Anschluß Ost-Timors im Jahre 1976 in 27 Provinzen mit überwiegend nur geringen Selbstverwaltungsbefugnissen gegliedert. Ihre Größe reicht von rund 422 000 qkm für Irian Jaya bis zu 590 qkm für die Sonderregion der Landeshauptstadt Jakarta.

Als gewaltige Inselkette erstreckt sich das Land bogenförmig beiderseits des Äquators über rund 5110 km, d.h. über mehr als ein Achtel des Erdumfanges, von der kleinen Insel Breueh vor der Nordspitze Sumatras im

Indonesiens kontinentale Ausdehnung

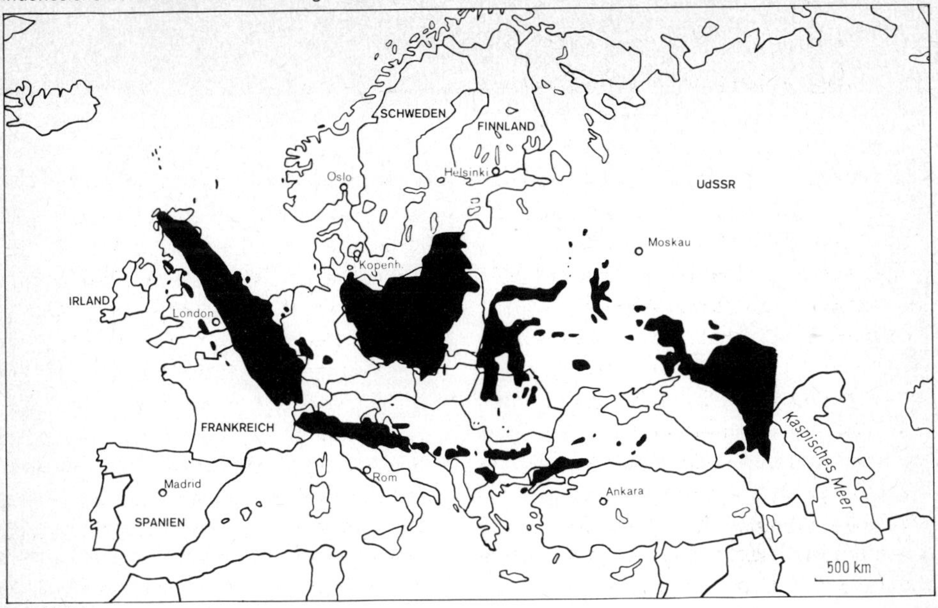

Entwurf: W. Röll

Verwaltungseinteilung nach Provinzen 1976

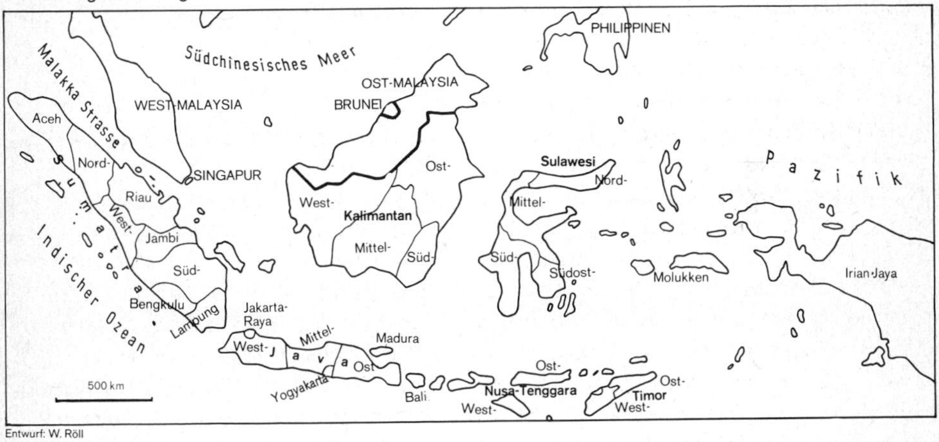

Entwurf: W. Röll

Westen bis zu den Grenzen des seit 1975 unabhängigen Staates Papua New Guinea im Osten, die 1884/5 zwischen den Niederlanden, Großbritannien und dem Deutschen Reich festgelegt wurden. Von der kleinen Nord-Sumatra vorgelagerten Insel Rondo im Norden bis zur Insel Roti in der Timor-See beträgt die Entfernung etwa 1880 km. Ein Archipel-Staat mit kontinentalen Ausmaßen also, der allein über 42% der Gesamtfläche und rund 43% der Gesamtbevölkerung aller Staaten Südostasiens umfaßt.

Diese Dimensionen – das Staatsgebiet entspricht einem Raum, der um ein Drittel größer ist, als die Fläche der Europäischen Gemeinschaft – werden bei der Beurteilung der Fülle von Problemen und entwicklungspolitischen Aufgaben Indonesiens vielfach nicht bedacht. Auf Europa übertragen, würde sich das Land etwa von Schottland bis zum Kaspischen Meer und von Mittel-Schweden bis nach Bulgarien erstrecken. Die Küsten der Inseln erreichen zusammen rund 61150 qkm, d.h. weit mehr als den Erdumfang. Daher nennt sich das Land, das eine wichtige Brücken- und strategische Schlüsselstellung zwischen dem asiatischen Festland, Australien und Ozeanien sowie zwischen dem Indischen Ozean, dem Südchinesischen Meer und dem Pazifik einnimmt, selbst auch „Indonesia Raya", d.h. Großindonesien.

Die kontinentalen Dimensionen, die außerordentliche Zersplitterung des Staatsgebietes und seine maritime Lage stellen somit die hervorstechendsten äußeren Kennzeichen Indonesiens dar. Sie haben das Land als Lebensraum von Festland und Meer entscheidend mitgeprägt, es offener als kontinentale Binnenstaaten für äußere Einflüsse gemacht. Die Geschichte Indonesiens legt davon beredtes Zeugnis ab. Unter entwicklungspolitischem Aspekt werfen Größe und Archipelcharakter des Landes jedoch eine Fülle zusätzlicher, spezifischer Probleme auf und erschweren die Lösung vielfältiger akuter administrativer, infrastruktureller, wirtschaftlicher und sozialer Entwicklungsaufgaben. Denn in einem Staat mit derart geringer innerer Geschlossenheit stellen beispielsweise allein der Aufbau einer integrierenden nationalen Identität (nation building) und die politische Führung innerhalb der durch insulare Abgeschlossenheit, Kultur und Entwicklung voneinander getrennten Volks- und Landesteile schwierige Entwicklungsprobleme dar. Seit altersher hat nämlich die insulare Zersplitterung regionale Partikularinteressen, zentrifugale Tendenzen, separatistische Bestrebungen usw. begünstigt. Bis in die Gegenwart wird die innere Konsolidierung des Landes von den latenten Spannungen zwischen Zentralismus und Regionalismus überschattet. Zu den politischen Problemen treten die spezifischen Schwierigkeiten, die aus einem zentralistischen Verwaltungs- und Planungssystem innerhalb des durch vielfach weite Seeräume getrennten Archipels resultieren. Denn allein die Kommunikationsprobleme zwischen Jakarta als Zentrum und den peripheren Landesteilen sind immens. Nicht zuletzt wird jedoch auch die angestrebte regional ausgewogene infrastrukturelle, wirtschaftliche und soziale Entwicklung des Staates beträchtlich erschwert. Daher sind diese entwicklungspolitischen Ziele und Aufgaben nicht ganz zu Unrecht mit den Worten „man against geography" paraphrasiert worden (Th. Dom 1973). Denn viele der Entwicklungsprobleme haben ihren Ursprung in der Natur des Landes und der ethnisch-kulturellen Heterogenität seiner Bevölkerung. Ein weiterer beträchtlicher Teil wurzelt in der wechselvollen Geschichte Indonesiens und seiner schicksalhaften dreihundertfünfzigjährigen kolonialen Vergangenheit.

3. Historische Hypotheken und Grundzüge der Entwicklungspolitik

Dieser weiträumige Archipel, der in der indonesischen Sprache treffend mit den Worten „tanah air" umschrieben wird – was wörtlich „Land-Wasser", sinngemäß jedoch „Heimat" bedeutet – zählt zu den am frühesten besiedelten Gebieten der Erde. Hierfür sprechen Funde auf Java aus der pleistozänen Frühgeschichte des Menschen. Zugleich ist die Inselwelt auch ein Raum, in dem seit altersher gegensätzliche rassische, ethnisch-kulturelle, religiöse, wirtschaftliche und politische Kräfte miteinander ringen, koexistieren und zu raumspezifischen Synthesen verschmelzen. Denn infolge seiner Brückenstellung zwischen dem asiatischen Kontinent und Australien und aufgrund der jahrtausendealten Bevölkerungsbewegungen zwischen beiden Räumen, zeigt der Archipel nicht nur eine Vielfalt an Rassen, Religionen und Kulturen, sondern hat auch den Aufstieg und Fall vieler Reiche erlebt. Lange bevor die Europäer von den Inseln Besitz ergriffen, war bereits das Ringen zwischen bodenständigen und fremden, von außen in den Archipel eindringenden Völkern und Kulturen ein fester Bestandteil seiner Geschichte.

Sie wurde seit altersher nachdrücklich durch den Seehandel beeinflußt. So fanden über die intensiven Handelsbeziehungen zwischen der Inselwelt und dem indischen Subkontinent seit den ersten Jahrhunderten christlicher Zeitrechnung Buddhismus und Hinduismus Eingang auf dem Archipel. Sie hatten namentlich auf Java und Bali tiefgreifende, bis heute bedeutsame Auswirkungen auf Religion, Kultur, Gesellschaft, Wirtschaft und Politik zur Folge. Kraftvolle buddhistische und hinduistische Fürstentümer entstanden unter dem Einfluß der Idee des sakralen Königtums. Die Fürsten beherrschten teilweise weite Regionen, in denen zuvor nur auf genealogischen Abstammungsgemeinschaften beruhende, territoriale Dorfverbände die größten wirtschaftlichen, sozialen und politischen Einheiten waren. In den Feudalgesellschaften der neuen Territorialstaaten öffnete sich nun die sozio-ökonomische Kluft zwischen Herrschern, Adligen, Priestern und dem Volk. Seit dem 12./13. Jahrhundert begann der Islam entlang der Handels- bzw. Schiffahrtsrouten an den Küsten des Landes Fuß zu fassen. Von Aceh im Norden Sumatras hatte er sich im späten 16. Jahrhundert schrittweise bis zu den Molukken im Osten ausgedehnt. Nur Bali und die schwer zugänglichen Binnenräume zahlreicher Inseln, wie etwa das Innere von Kalimantan, Sumatra oder Sulawesi, blieben von diesem Durchdringungsprozeß weitgehend unberührt. Islamische Sultanate traten an die Stelle des seit dem 15. Jahrhundert allmählich zerfallenden javanischen Großreiches von Majapahit, unter dessen Vorherrschaft die Inselwelt in der zweiten Hälfte des 14. Jahrhunderts ein einziges Mal in vorkolonialer Zeit politisch geeint war.

In diesem Zustand der territorial-politischen Zerrissenheit und inneren Schwäche erreichten die Europäer den „Kontinent der Inseln". Ihr Ziel war, den ertragreichen Überseehandel zu übernehmen, der von rivalisierenden Fürsten beherrscht wurde. Dem Gewürzhandel galten ihre besonderen kommerziellen Interessen. Die Inselwelt wurde zum Schauplatz heftiger Konkurrenz- und Machtkämpfe. Nach der Eroberung Malakkas, eines der seinerzeit führenden regionalen Handelszentren durch die Portugiesen

(1511) und nach der Gründung einer Reihe von Stützpunkten entfalteten sie namentlich auf den Molukken ihre merkantilen und missionarischen Aktivitäten. Mit der Errichtung einer kleinen Niederlassung in Banten (1596) an der Nord-Westküste Javas leiteten niederländische Handelsgesellschaften ihren Konkurrenzkampf gegen die Portugiesen um die gewinnträchtigen „Gewürzinseln" ein. Damit begannen für Indonesien 350 Jahre schicksalhafter niederländischer Kolonialherrschaft. 1602 schlossen sich die untereinander ebenfalls konkurrierenden niederländischen Handelshäuser zur „Vereinigten Ostindischen Companie" (V.O.C.) zusammen. Sie wurde von den niederländischen Generalstaaten mit dem Handelsmonopol und mit Machtprivilegien eines nahezu souveränen Staates ausgestattet. Durch geschickte Vertragsverhandlungen und unter Ausnutzung interner Machtkämpfe zwischen rivalisierenden islamischen und hinduistischen Regenten, Portugiesen, islamischen Händlern usw. konnten sie im 17. und 18. Jahrhundert ihre Einflußsphäre innerhalb der Inselwelt beträchtlich ausweiten. Der Kontrolle der Meeresstraßen durch die Anlage eines Systems von befestigten Handelsbastionen, der schrittweisen Verdrängung der portugiesischen, spanischen und englischen Konkurrenten und der räumlichen Ausweitung ihrer ökonomischen Vormachtstellung folgte die fortschreitende territoriale Besitzergreifung des Archipels. Damit waren die Grundlagen für das niederländisch-ostindische Kolonialreich geschaffen. Die Insel Java wurde zum Kernraum ausgebaut.

Dem kommerziellen Gewinnstreben der Companie entsprach ein System rücksichtsloser Ausbeutung. Dabei bediente sie sich der Form der indirekten Herrschaft. Dies bedeutet, daß sie die vorhandenen Machtstrukturen zur Realisierung ihrer eigenen Ziele nutzte. Durch Gewinnbeteiligung wurde die heimische Aristokratie, die unter Aufsicht der Companie das Land weiterhin verwaltete, eng an die V.O.C. gebunden und militärisch gestützt. Damit wurden die heimischen Regenten zunehmend von ihr abhängiger. Vom ursprünglichen Kauf ging man rasch zur Forderung nach weitgehend kostenloser Lieferung der begehrten Exportgüter über. Die Bevölkerung wurde gezwungen, Muskatnüsse, Gewürznelken und Pfeffer sowie später Indigo, Zuckerrohr, Kaffee usw. anzubauen. Je nach Marktlage und Preissituation wurde die Produktion willkürlich gesteigert oder durch Vernichtung der Kulturen eingeschränkt. Die kontraktlich festgelegten Zwangsablieferungsquoten zog man über die heimischen Fürsten ein, die sich ihrerseits meist wiederum adliger Landverwalter und örtlicher Steuereintreiber bedienten. Zwar erhielt die Bevölkerung theoretisch für ihre Ablieferungskontingente ein bescheidenes Entgelt, aber vielfach wurde sie zu unbezahlten Zwangsarbeitern. Namentlich auf Java und in den Molukken zerrüttete die despotische Monopolwirtschaft der V.O.C. die traditionelle Ökonomie und führte zu einer wachsenden Verarmung der Bevölkerung. Hungersnöte, Bevölkerungsrückgang usw. waren die Folgen. Darüber hinaus verloren die heimischen Kaufleute ihre Erwerbsgrundlagen an die wachsende chinesische Minorität. Durch ihre nahezu monopolartigen Funktionen im inner- und interinsularen Zwischenhandel entwickelte sich diese fremdvölkische Minderheit zu einem unentbehrlichen Bindeglied zwischen der Agrarbevölkerung, den in der kolonialen Gesellschaft nun führenden Niederländern sowie den heimischen Scheinherrschern.

Mißwirtschaft, Korruption, wachsende Verschuldung usw. führten 1798 zum Zusammenbruch der V.O.C. Der niederländische Staat übernahm u. a. die territorialen Besitzungen der Companie. An der destruktiven Wirtschaftspolitik änderte sich indessen wenig. Denn nach einem kurzen, liberaleren britischen Interregnum (1811–1816) wurde seit etwa 1830 die alte merkantile Monopolpolitik der V.O.C. durch den niederländischen Staat fortgeführt. Allerdings bediente man sich nun modernerer Methoden. Zwangsbewirtschaftung von 30% bis gelegentlich über 50% der agraren Nutzflächen zur Produktion von Exportkulturen, zusätzliche Erhebung von Bodensteuern, schlecht bezahlte oder unbezahlte obligatorische Arbeitsverpflichtungen der Bevölkerung auf den allmählich entstehenden europäischen Plantagen und zur Durchführung von Infrastrukturprojekten waren die Instrumente zur Produktions-, Ausfuhr- und damit Gewinnsteigerung. Vor allem für die Bevölkerung Javas, West-Sumatras und der Molukken bedeutete der sog. „Cultuur Stelsel" (Anbau-System) eine ungeheure Belastung. 1840 arbeiteten schätzungsweise 4 Mio. Menschen, d. h. etwa zwei Fünftel der dortigen Bevölkerung, für die Zwangskulturen (Oei Tjong Bo 1948). Zu den Abgaben an die Kolonialregierung traten die traditionellen Steuern der heimischen Fürsten und ihrer Mittelsmänner, die weiterhin Anbau- und Ablieferungsverpflichtungen überwachten. Dieser Raubbau an den heimischen Produktivkräften, insbesondere die tiefgreifenden, direkten produktionstechnischen Eingriffe des Staats in das geschlossene, vorwiegend auf die Deckung des Subsistenzbedarfs ausgerichtete, dörfliche Wirtschaftsleben, schädigte die Ökonomie nachdrücklich. Die schwere Belastung der Agrarbevölkerung und vor allem der Entzug ihrer Dispositionsfreiheit über die landwirtschaftlichen Nutzflächen unterbanden eigenständige Initiativen. Hungersnöte infolge der Einschränkung des Reisanbaus zugunsten von Exportkulturen, weitere Verarmung der Bevölkerung und verlustreiche Kämpfe waren der Preis, den die Kolonie zur Sanierung der Staatsfinanzen des Mutterlandes leistete. Die Folgen des Kultursystems überschatten als schwerwiegende Probleme Indonesien bis heute. Denn mit der fortschreitenden Eingliederung des Landes in das Weltwirtschaftssystem wurden die Grundlagen für die dualistische Wirtschafts- und Gesellschaftsstruktur Indonesiens sowie für seine Abhängigkeit von den internationalen Rohstoffmärkten gelegt.

Die Ausbreitung liberaler Ideen führte in der zweiten Hälfte des 19. Jahrhunderts zu Reformen an der bisherigen staatlich-monopolistischen Wirtschaftsordnung. Nach 1860 wurde das System des Zwangsanbaus schrittweise beseitigt. Mit dem Agrargesetz von 1870 schuf man die Voraussetzungen für die freie Betätigung privater ausländischer Unternehmer in der Wirtschaft. Ein Jahr nach der Eröffnung des Suezkanals (1869) brach in Indonesien die Periode des Wirtschaftsliberalismus an. An die Stelle der Zwangsarbeit trat nun die Lohnarbeit in fremden Betrieben. Die Kombination von billigen heimischen Arbeitskräften und Pachtländereien mit westlichem Kapital und Know How führte zunächst auf Java und später vor allem in Nordost-Sumatra zu einer rasanten Entwicklung der exportorientierten europäischen Plantagenwirtschaft. Auf Bangka, Belitung, in Teilen Sumatras, Kalimantans usw. boten ferner Bergbau und Forstwirtschaft weitere vielseitige Betätigungsfelder für ausländische Unternehmen zur Deckung des wachsenden Rohstoffbedarfs der Industriestaaten. Mit dem ungeahnten wirtschaftlichen Aufschwung, der erst durch die Weltwirtschaftskrise im Jahre 1928/29 unterbrochen wurde, wuchs zugleich auch das Bedürfnis nach Transportsystemen zu den Häfen. Straßen, Eisenbahn- und Hafenanlagen entstanden zur Stützung des kolonialen, weltmarktorientierten liberalen Wirtschaftssystems. Der Bedeutung Javas als „Kernraum" Indonesiens entsprechend, wurde diese Insel mit einem Verkehrsnetz und sonstigen Kommunikationseinrichtungen ausgestattet, die in etwa mitteleuropäischen Maßstäben entsprachen. In den übrigen Landesteilen beschränkten sie sich demgegenüber weitgehend auf die Küstenregionen und sonstige regionale Wirtschaftszentren. Mit der fortschreitenden Ausbreitung der territorialen Gewalt über den Archipel und mit dem parallel dazu durchgeführten Verwaltungsaufbau, erfolgte auch seine verkehrsmäßige Anbindung an Java. Der Aufbau einer interinsularen Flotte (1888) diente neben ökonomischen Zielen vor allem der politischen Kontrolle und Verklammerung der weiträumigen Inselwelt. Denn den Niederländern gelang es erst gegen Ende ihrer Kolonialherrschaft den gesamten Archipel politisch zu kontrollieren. Bis in die ersten Jahre des 20. Jahrhunderts hinein hatten sie außerhalb Javas gegen heftigen Widerstand der Bevölkerung zu kämpfen. In Sumatra dauerten die Aufstände gegen Unterdrückung und Ausbeutung bis zum Beginn dieses Jahrhunderts. Sulawesi und Nusatenggara widersetzten sich der „Pazifizierung“ bis etwa 1907. Die definitive Eingliederung der heutigen „Touristeninsel“ Bali in den niederländischen Machtbereich war nicht vor 1906/08 abgeschlossen. Die Binnenräume Kalimantans und Irian Jayas wurden infolge ihrer Größe und schlechten Zugänglichkeit faktisch niemals ganz unter Kontrolle gebracht. Die volle politische Integration der Inselwelt unter niederländischer Herrschaft währte somit nicht einmal 40 Jahre.

Aber während dieser relativ kurzen Zeit vertiefte sich unter dem Zustrom westlichen Kapitals zugleich auch der Dualismus in Wirtschaft und Gesellschaft. Ein moderner, auf die Bedürfnisse des Weltmarktes ausgerichteter, gewinnorientierter westlicher Agrar-, Verarbeitungs-, Bergbau- und Handelssektor entstand neben der traditionellen kleinbäuerlichen und kleingewerblichen Wirtschaft der heimischen Bevölkerung. Beide waren nur wenig miteinander verbunden. Zugleich verstärkten sich hierdurch auch die räumlichen Entwicklungsdisparitäten zwischen den Zentren und Peripherien des Landes. Denn abgesehen von Java konzentrierten sich die kolonialen Wirtschaftsaktivitäten auf den übrigen Inseln vor allem auf die Küstenregionen. Die schwer zugänglichen insularen Binnenräume blieben demgegenüber unentwickelt, wirtschaftlich und infrastrukturell von den Zentren des Exporthandels getrennt, ethnisch isoliert und kulturell nach Volksgruppen gespalten. Dies änderte sich auch kaum, als Javas Tragfähigkeit infolge der rasch wachsenden Bevölkerung abnahm und die agrare Exportproduktion seit Ende des 19. Jahrhunderts stärker auf andere Inseln verlagert wurde. Auch die Aufnahme des Bergbaus, der sich fast ausschließlich auf die Inselwelt außerhalb Javas konzentrierte, half nicht die einzelnen Landesteile wirtschaftlich stärker zu verbinden und die interregionale Zusammenarbeit zu intensivieren (H. Wander 1965).

Zugleich erschütterten die individualisierenden Prinzipien des Wirtschaftsliberalismus die traditionellen, auf kommunalen Wertvorstellungen und Normen basierenden Gesellschaftsstrukturen der Dorfgemeinschaften nachhaltig. Die Bevölkerung profitierte von den mit ihrer Arbeitskraft erwirtschafteten Gewinnen wenig. Ihre Verarmung schritt fort. Verwaltung und Exportwirtschaft lagen in europäischer, der Binnenhandel in chinesischer Hand. Ein einheimischer Mittelstand und ein ausreichendes indonesisches Führungspotential fehlten. Das einst blühende Handwerk und Kleingewerbe wurde durch die Einfuhr billiger Massenerzeugnisse schwer geschädigt. Was an Industriebetrieben vor allem auf Java errichtet wurde, diente lediglich der Veredelung oder Verpackung von Exportprodukten.

Erst in den Jahren nach 1900 wurden im Rahmen der sog. „ethischen Kolonialpolitik“ Maßnahmen ergriffen, um die sozio-ökonomische Situation der Bevölkerung zu verbessern. Ihre exzessive Verschuldung an – vielfach chinesische – Geldverleiher wurde durch die Einrichtung von Volkskreditbanken gebremst, ein bescheidenes Erziehungssystem entwickelt, das Gesundheitswesen verbessert, die Bewässerungsanlagen erweitert, die Dezentralisierung der Verwaltung eingeleitet usw. Doch ließen sich die jahrhundertealten Versäumnisse und Fehlentwicklungen nicht mehr beseitigen.

Denn im Verlauf der schnellen Eroberung Südostasiens durch japanische Truppen während des Zweiten Weltkrieges wurde auch die an der strategisch wichtigen Südostflanke Asiens gelegene Inselwelt Anfang 1942 besetzt. Das japanische Interesse galt vornehmlich dem reichen Rohstoffpotential, insbesondere dem indonesischen Erdöl, das dringend zur Verfolgung der expansiven japanischen Kriegsziele benötigt wurde. Dies bedeutete de facto das Ende der niederländischen Souveränität. Denn während der japanischen Besatzungszeit bot sich den führenden indonesischen Nationalisten die Chance, ihre in die ersten Jahrzehnte dieses Jahrhunderts zurückreichenden Emanzipationsversuche von der Kolonialherrschaft zu verwirklichen. Am 17. August 1945, zwei Tage nach der Kapitulation, proklamierte SUKARNO die Unabhängigkeit. Doch war damit die Freiheit noch nicht gewonnen. Im Gefolge britischer Truppen kehrten die Niederländer zurück. Der Zwangsherrschaft der Japaner folgten nun blutige, kriegerische Auseinandersetzungen, insbesondere im Verlauf zweier niederländischer „Polizeiaktionen" (1947/48). Zusätzlich zu dem Kampf um ein unabhängiges Staatswesen erwuchsen dem Land auch schwere Gefahren von innen. Ein erbittertes Ringen verschiedener politischer Gruppierungen um die Vorherrschaft setzte ein. 1949 erlangte die Republik der „Vereinigten Staaten von Indonesien" (Indonesia Serikat) schließlich ihre politische Souveränität. Entsprechend dem seit Beginn der Kolonialzeit erfolgreich benutzten Prinzip „teile und herrsche" waren unter Ausnutzung der räumlich und ethnischen Zersplitterung des Landes 16 Teilstaaten in dieser Föderation zusammengeschlossen. Verbunden waren sie nominell mit den Niederlanden durch Personalunion der Krone. Die föderative Republik umfaßte den gesamten niederländisch-ostindischen Kolonialbesitz mit Ausnahme von West-Neuguinea. Dieser heutige Landesteil blieb zunächst weiter unter niederländischer Kontrolle.

Damit war zwar die politische Fremdherrschaft beseitigt, aber die wirtschaftlichen, finanziellen und technologischen Abhängigkeiten blieben. Denn Indonesien war nicht auf die Unabhängigkeit vorbereitet. Während das Land beispielsweise zwischen 1926 und 1929 jährlich etwa 600 Mio. und 1938 noch immer über 380 Mio. Gulden als unmittelbaren Beitrag zum niederländischen Volkseinkommen leistete, war andererseits in der Kolonialzeit wenig getan worden, um Indonesien zu befähigen, seine Entwicklung in eigener Verantwortung erfolgreich durchführen zu können. Nur wer dies bedenkt und berücksichtigt, daß eine ethnisch höchst differenzierte Bevölkerung von über 70 Mio. Menschen (1945), die in einem außerordentlich zersplitterten insularen Staatsgebiet mit Europa-Dimensionen lebt, von einer kleinen urbanen Elite mit noch sehr geringen Führungstraditionen gelenkt werden sollte, kann die Größe und den Umfang der zu lösenden Schwierigkeiten ermessen. Dem jungen Staat stellten sich derart viele Aufgaben, daß selbst ein wirtschaftlich, technisch und administrativ hochentwickeltes Land Mühe gehabt hätte, sie zu bewältigen. Rasches natürliches Bevölkerungswachstum, ethnisch-soziale, religiöse und politische Gegensätze innerhalb der Gesellschaft, große regionale Disparitäten in der Bevölkerungsverteilung, in der wirtschaftlichen und infrastrukturellen Entwicklung des Landes sowie Armut, Analphabetismus, Fehlen von Know How und Kapital, wirtschaftliche Stagnation, Korruption usw. begleiteten das indonesische Volk 1949 in die Unabhängigkeit. Indonesien übernahm damit ein kompliziertes Erbe, das eine umfassende Entwicklungsplanung ebenso zwingend erforderlich machte wie nachdrücklich behinderte. Vor allem fehlte aber die zur Entwicklung notwendige innenpolitische Stabilität. Denn die zahllosen regionalen Einheiten Indonesiens mit ihren höchst unterschiedlichen Kulturen, Wirtschafts- und Gesellschaftssystemen waren in der Vergangenheit primär nur durch eine Klammer verbunden: die niederländische Herrschaft. Die latenten Spannungen zwischen Zentralismus und Föderalismus verschärften sich, nachdem 1950 der zentralistische Einheitsstaat an die Stelle der föderativen Republik getreten war. Die Autonomiebestrebungen einzelner Landesteile und die Versuche regionaler Militärkommandeure sich eigene, von der Zentralregierung weitgehend unabhängige Einflußsphären zu schaffen, äußerten sich u. a. auf Sumatra, Sulawesi, Kalimantan und den Molukken in offener Rebellion gegen den zentralistischen Staat. Sie führten zwischen 1949 und 1958 zu jahrelangen, blutigen inneren Kämpfen um den bloßen Fortbestand der unitarischen Republik. Hinzu traten religiöse Gegensätze zwischen orthodoxen Moslems und den Befürwortern eines säkularen Staates, die ebenfalls einen langen verlustreichen Guerillakrieg auslösten. Ein ausgeprägtes Bandenunwesen verstärkte selbst auf Java die Wirren.

Diese jahrelangen Kämpfe um die Existenz des Staates wurden überschattet von den sich seit Mitte der fünfziger Jahre verschärfenden wirtschaftlichen Problemen. Eine ihrer Ursachen lag in der wirtschaftlichen Rezession, die dem Koreaboom in den Jahren nach 1952 folgte. Aber auch hohe Militärausgaben, die zeitweilig nahezu 60% des Staatshaushalts ausmachten, verhinderten in Verbindung mit ständig wachsenden Nationalisierungstendenzen der Wirtschaft, einer Ausweitung der Bürokratie usw., eine wirksame Entwicklungspolitik. Vielmehr fügten Militärrevolten, Separationsbewegungen, squatterhafte Inbesitznahme und Aufsiedlung der Plantagen, Zerstörung oder Verwahrlosung der Produktionsanlagen und Infrastruktureinrichtungen den Schäden aus der Kriegs- und unmittelbaren Nachkriegszeit noch zahlreiche weitere hinzu. Die schwer geschädigte Wirtschaft lavierte über Jahre hinweg zwischen Skylla und Charybdis. Fortschritte wurden demgegenüber u. a. im Schul- und Bildungswesen erreicht. Zugleich brach, infolge von Konflikten zwischen rivalisierenden ethnischen, religiösen, wirtschaftlichen, politischen und militärischen Gruppen und Parteien, die labile parlamentarische Demokratie zusammen. Sie wurde 1957/59 von der „gelenkten Demokratie" SUKARNOS abgelöst, der als Staatspräsident weitestgehende legislative und exekutive Vollmachten erhielt. Aber auch dessen zunehmend nationalistisch-autarkistisch orientierte Politik brachte Indonesien der Lösung seiner komplexen Probleme nicht näher. Vielmehr vergrößerte der wachsende politische und wirtschaftliche Isolationismus, der Ansätze einer autozentrierten Entwicklungsstrategie im Sinne der „Abkopplungs"- bzw. „Dissoziationstheorie" (u. a. D. SENGHAAS 1977, 1978) zeigte, nur die Schwierigkeiten des Landes. Die Prinzipien der „gelenkten Demokratie" fanden ihre wirtschaftspolitische Entsprechung in einer ständig wachsenden Reglementierung der Wirtschaft. Zugleich verhinderte die politische und wirtschaftliche Instabilität die volle Durchführung dringend notwendiger Entwicklungsvorhaben. Zwischenparteiliche Konflikte brachten Unstimmigkeiten in organisatorischen und finanziellen Grundfragen, wie etwa über die künftige wirtschaftliche und soziale Organisationsform, über die Mitwirkung des Auslandes an der Entwicklung usw. Diese Meinungsgegensätze verhinderten eine in sich geschlossene Entwicklungskonzeption. Interministerielle Kompetenzstreitigkeiten behinderten eine an den realen Problemen orientierte Formulierung und Anerkennung sachlicher und administrativer Prioritäten. Zugleich erschwerten sie die Koordinierung und Realisierung ehrgeiziger Planvorhaben, die vielfach nicht den finanziellen Möglichkeiten und wirtschaftlichen, sozialen sowie infrastrukturellen Bedürfnissen des Landes entsprachen (H. WANDER 1961). Die Ergebnisse eines wirtschaftlichen Notprogramms für die Jahre 1951 bis 1956 blieben weit hinter den an den dringendsten Erfordernissen orientierten Planzielen zur Entwicklung der Landwirtschaft, des Genossenschaftswesens, des ländlichen Kleingewerbes und der Leichtindustrie zurück. Ein 1956 vom nationalen Planungsbüro mit Hilfe ausländischer Experten entwickelter Fünfjahresplan fand erst 1959 die formelle Billigung des Parlaments. Seine Ausführung ging in den Bürgerkriegswirren unter. Dem folgenden Achtjahresplan von 1960, der besonders die Technisierung und Industrialisierung betonte, waren ebenfalls keine größeren Erfolge beschieden. Der Putsch vom Jahre 1965 bereitete auch seinen teilweise utopischen Zielen und unhaltbaren Prämissen ein vorzeitiges Ende.

Außenpolitische Aktivitäten zur Befriedigung nationaler Gefühle, Mißwirtschaft und vage soziale und wirtschaftstheoretische Zukunftsvisionen ersetzten zunehmend die konkrete Lösung brennender Probleme. 1956 wurde die Union mit den Niederlanden im Verlauf der wachsenden Auseinandersetzungen um den Besitz von West-Neuguinea aufgelöst. 1957/58 folgte die Verstaatlichung aller niederländischen Besitzungen, d. h. der Banken, Plantagen, Handelsfirmen, Fabriken, Transportunternehmen usw. Von diesen Enteignungsmaßnahmen waren mehr als 70 Plantagen und Pflanzungen, fast 100 Industriebetriebe, annähernd 30 Banken und Versicherungsunternehmen und fast ebenso viele Betriebe gewerblicher Art, darunter das gesamte Transportwesen, betroffen (F. J. VOGEL 1959). Sie wurden staatlichen Gesellschaften, vielfach aber auch der Verwaltung des Militärs unterstellt. Denn das „koloniale“ Wirtschaftssystem sollte durch ein „nationales“ abgelöst werden. Damit waren die wirtschaftlichen, technologischen und finanziellen Bande zu den Niederlanden zerschnitten. Die Abwanderung der Niederländer samt ihres Kapitals, der Exodus von tausenden von Fachkräften und der Abzug der niederländischen Flotte, die den für die Inselrepublik lebenswichtigen Seeverkehr trug, entzogen Staat und Wirtschaft entscheidende Kräfte. Das entstandene Vakuum versuchte man durch eine zunehmende politisch-wirtschaftliche Anlehnung an China, die UdSSR und andere Ostblockstaaten zu schließen. Militärische Operationen gegen West-Neuguinea wurden eingeleitet. Im Jahre 1963 konnte West-Irian schließlich unter Beteiligung der Vereinten Nationen indonesischer Verwaltung unterstellt werden, die sich mit diesem riesigen, kaum erschlossenen Landesteil eine zusätzliche schwere Bürde auflud. Jedoch war damit die häufig benutzte nationalistische Losung eines sich „von Sabang nach Merauke“ erstreckenden Staates Wirklichkeit geworden. Aber die mit dieser Parole zugleich beschworene Einheit der Nation als stets neu zu verwirklichende Aufgabe der Bürger, blieb auch weiterhin schweren Belastungsproben ausgesetzt.

Denn noch waren die Zeiten innen- und außenpolitischer Wirren nicht beendet. Ohne Rücksicht auf die sich zunehmend verschlechternde Wirtschaftssituation begann im Herbst 1963 die politische und wirtschaftliche Konfrontation mit dem Nachbarland Malaysia. Auch sie hatte militärische Auseinandersetzungen zur Folge. Engländer und Amerikaner wurden des Landes verwiesen und ihre Besitzungen verstaatlicht. Eng verbunden mit dieser Konfrontations- und Isolationspolitik, die ihren Höhepunkt mit dem Austritt Indonesiens aus den Vereinten Nationen (1965) erreichte, war ein rapider Niedergang der Wirtschaft. Anhaltende Produktions- und Ausfuhrrückgänge, sinkende Exporterlöse, fehlende Devisenreserven, wachsende Defizite im Staatshaushalt, eine Auslandsverschuldung von über 2,4 Milliarden US-$, sprunghaft steigende Lebenshaltungskosten und eine galoppierende Inflation mit Teuerungsraten von bis zu 650% (1966) waren die Folgen. Die Zahlungsbilanz war seit 1960 ständig defizitär bis 1965 schließlich die Ausgaben das Dreifache der Einnahmen erreichten. Korruption und Schmuggel verstärkten den raschen Wirtschaftsverfall. An die Stelle des nationalen Solidaritätsgefühls innerhalb der Bevölkerung, das während des Freiheitskampfes entstanden war, traten zunehmend Enttäuschung, Verbitterung und Lethargie. Die wachsende Polarisierung zwischen den Streitkräften, die seit 1945 eine führende Rolle in Staat und Gesellschaft innehaben, sowie zwischen Moslemgruppen und der kommunistischen Partei mündeten in dem kommunistischen Putschversuch vom Jahre 1965. Er wurde vom Militär, orthodoxen Moslem- und jugendlichen Aktionsgruppen usw. niedergeschlagen. Vor allem in den ländlichen Regionen Zentral- und Ost-Javas, wo die seit 1965 verbotene kommunistische Partei (PKI), der ihr nahestehende Bauernverband (BTI) und andere Organisationen einen starken Rückhalt besaßen, folgten bürgerkriegsähnliche Auseinandersetzungen. Ähnliches gilt u. a. auch für Bali. Wie viele Opfer diese Pogrome gefordert haben, ist unbekannt. Die Schätzungen schwanken zwischen 100 000 und 500 000 Toten, darunter zahlreiche Chinesen. Die Regierung beziffert die Verluste auf etwa 200 000 Personen. Die Wunden dieses den Staat erneut in seinen Grundfesten erschütternden blutigen Gesellschaftskonflikts sind bis heute noch nicht verheilt. Noch immer belasten etwa 31 600 politische Gefangene (1977), deren Zahl 1965/66 bei etwa 200 000 Personen gelegen haben soll, im In- und Ausland das Ansehen der Regierung. Bis 1979/80 soll der größte Teil von ihnen jedoch entlassen werden.

Im Jahre 1966 übernahm General Suharto zunächst die Regierungsgewalt als amtierender Präsident. 1968 wurde er zum Staatspräsidenten gewählt. Damit trat er offiziell die Nachfolge Sukarnos, des charismatischen „Vaters der Nation", an. Dieser wurde seit 1965 zunehmend isoliert und starb 1970. Sein historisches Verdienst, aus der räumlich und ethnisch-sozial höchst heterogenen Inselwelt Niederländisch Ostindiens den Staat Indonesien geformt zu haben, bleibt. Die Regierung der „Neuen Ordnung", eine Allianz aus zivilen Technokraten und Militärs, die sich als Garanten der äußeren Sicherheit, als Instrument zur Erhaltung der staatlichen Einheit und der gesellschaftlichen Entwicklung verstehen, nahm eine radikale Änderung der bisherigen Politik vor. Die neue Führung war entschlossen, Indonesiens Energien in produktivere Bahnen zu lenken und die Lösung der überkommenen, vielfältigen Probleme pragmatisch in Angriff zu nehmen. Sie beendeten die Gegnerschaft zu Malaysia und initiierte 1967 maßgeblich den Zusammenschluß der Staaten Indonesien, Malaysia, Philippinen, Singapur und Thailand zur „Assoziation Südostasiatischer Nationen" (ASEAN). Zugleich kehrte man in die Vereinten Nationen zurück (1966) und vollzog eine Annäherung an die westlichen Industriestaaten. Nach einem umstrittenen „Act of free Choice" durch 1025 Wahlmänner der Bevölkerung West-Irians im Jahre 1969 konnte die heutige Provinz Irian Jaya auch formell dem Staat angegliedert werden. Fortan wurde die nationale Entwicklung zum programmatischen Hauptziel der Politik erklärt.

Sie wird von der Regierung als schrittweise Verwirklichung der staatstragenden „Pancasila"-Maxime verstanden. Diese 1945 proklamierte und als Präambel in die Verfassung aufgenommene philosophische Staatsgrundlage umfaßt fünf Prinzipien: Glaube an Gott, Humanität, nationale Einheit, Demokratie und soziale Gerechtigkeit. Der nationale Entwicklungsprozeß wird demzufolge als Instrument zur allmählichen Realisierung dieser hochgesteckten Ideale betrachtet. Ziel ist also, ein in sich geeinter, politisch stabiler,

wirtschaftlich ausgewogen entwickelter Staat, in dem eine demokratisch-pluralistische Gesellschaft in sozialer Gerechtigkeit und Wohlfahrt auf religiöser Grundlage lebt. Zur Erreichung dieses hohen Anspruchs dient eine Entwicklungspolitik mit technokratisch-wirtschaftlichem Ansatz. Sie orientiert sich am Leitbild der „Modernisierung“. „Ein traditionsgebundenes Volk in eine moderne Nation umzuformen“ bezeichnet der heutige Vizepräsident und langjährige indonesische Außenminister A. Malik 1977 als wichtigstes Ziel der Regierungspolitik. Hieraus folgert, daß die gegenwärtigen Entwicklungsprogramme vor allem darauf ausgerichtet sind, die eigenen tradierten Wirtschafts- und Gesellschaftsstrukturen – unter Berücksichtigung der spezifischen historischen, kulturellen und materiellen Bedingungen und Möglichkeiten – allmählich jenen der modernen Industriestaaten anzunähern.
Analog zu diesen Zielvorstellungen räumte die Regierung der „Neuen Ordnung“ der Entwicklung der zerrütteten Wirtschaft höchste Priorität ein. Ihr Ausbau und Wachstum bilden die Grundlagen des nationalen Entwicklungsprogramms. „Die höchste Priorität der Politik gilt einer erfolgreichen nationalen Entwicklung, speziell auf wirtschaftlichem Gebiet. Dies bedeutet eine Diplomatie, die auf ein Maximum erreichbarer Hilfe, privater Investitionen und technischer Hilfe sowie auf eine Ausweitung des Handels abzielt“ (A. Malik 1973). Diese Konzeption besagt, daß die erweiterte und vertiefte Integration der eigenen, weitgehend marktwirtschaftlich orientierten Ökonomie in die weltwirtschaftliche Arbeitsteilung und damit in den internationalen Warenaustausch zu einer der wesentlichsten Leitlinien entwicklungspolitischen Denkens und Handelns erhoben wurde. Die Weichenstellung zu dieser Entwicklungsstrategie erfolgte 1966 durch die Aufstellung folgender wichtigsten Zielsetzungen:

- Rehabilitierung und Entwicklung des eigenen Produktionsapparates, insbesondere der Landwirtschaft,
- Wiederherstellung und Verbesserung der Infrastruktur,
- Liberalisierung des Außen- und Devisenhandels,
- Steigerung und Diversifizierung des Außenhandels, insbesondere durch die verstärkte Erschließung der natürlichen Ressourcen zur Erhöhung der Devisenerlöse,
- Förderung ausländischer und inländischer Kapitalinvestitionen durch entsprechende Gesetze von 1967 und 1968,
- Bekämpfung der Inflation,
- Lösung des Zahlungsbilanzproblems.

Damit verfügte die Regierung über einen klar definierten Zielkatalog. Er wurde von der dem Präsidenten direkt unterstellten zentralen Behörde für nationale Entwicklungsplanung (BAPPENAS) in Jakarta in entsprechende Entwicklungsprogramme umgesetzt. Sie liegen in den nach einer Periode der Konsolidierung und Stabilisierung 1969 und 1974 angelaufenen beiden Fünfjahresplänen (REPELITA I/II) vor. Diese unterscheiden sich von ähnlichen, zumeist mißglückten früheren Vorhaben vor allem durch Realismus und relativ bescheidene mittelfristige Zielsetzungen. Dabei handelt es sich nicht um detaillierte Entwicklungspläne, sondern um strategische Rahmenprogramme zur Festlegung entwicklungspolitischer Prioritäten. Innerhalb dieser Aufgabenkataloge werden die verschiedenartigen sektoralen und regionalen Entwicklungsvorhaben realisiert. Um veränderten Bedingungen Rechnung tragen zu können, werden die Planziele im einzelnen jährlich neu definiert. Die Steuerung erfolgt durch differenzierte Finanzzuweisungen aus dem Entwicklungsbudget, d. h. aus einem staatlichen Investitionshaushalt.
Dank der Erdölwirtschaft, Sparprogrammen und anderen Maßnahmen kann Indonesien heute seine Entwicklungsausgaben zu einem beträchtlichen Teil aus eigener Kraft finan-

zieren. Während der Eigenanteil am Entwicklungsbudget 1969/1970 nur 27% betrug, lag er 1977/78 bei über 65%. Aber trotz der erheblich gestiegenen Eigenleistungen sind ausländische Finanzhilfen auch weiterhin unverzichtbar. Noch immer sind sie unentbehrliche Bestandteile des Entwicklungshaushalts, in dem ausländische Kapitalhilfe und Überschüsse aus den Routinehaushalten zusammenfließen. Der weitaus größte Teil der Staatseinnahmen stammt aus Außenhandelseinnahmen, direkten Steuern sowie Export- und Importzöllen. Allein die Erdölwirtschaft erbringt rund 50% der gesamten Staatseinnahmen (1976/77). Entwicklungshilfe wird primär von den Mitgliedsstaaten der Inter-Governmental Group on Indonesia (IGGI) geleistet. In ihr sind die wichtigsten Geberländer Indonesiens zusammengeschlossen. Diesem Konsortium gehören Australien, Belgien, Frankreich, die Bundesrepublik Deutschland, die USA, Italien, Japan, die Niederlande, Großbritannien, Kanada, Neuseeland, die Schweiz, die Weltbank, die Asiatische Entwicklungsbank und die Organisation für Wirtschaftliche Zusammenarbeit und Entwicklung (OECD) usw. an. Japan und die USA sind die Hauptgläubiger. Sicherung der Rohstoffzufuhren, Exportförderung für Industriegüter und nicht zuletzt die politische und ökonomische Stabilisierung Indonesiens sind wichtige Motive der Unterstützung. Denn Indonesiens strategische Schlüsselstellung zwischen dem Indischen und Pazifischen Ozean sowie dem asiatischen Festland und Australien hat im Zuge der veränderten politischen Situation in Südostasien in den letzten Jahren noch erheblich an Bedeutung gewonnen. Die seit Jahren enge bilaterale Zusammenarbeit zwischen der Bundesrepublik und Indonesien erklärt sich ebenfalls aus der bedeutenden Funktion des Landes als Rohstofflieferant und aus den Möglichkeiten, die der weiträumige, volkreiche Inselstaat als Absatzmarkt und Investitionsgebiet für die deutsche Wirtschaft bietet. Nicht zuletzt soll das deutsche Engagement zur Auflockerung der starken ökonomischen Bindung Indonesiens an Japan und die USA beitragen. Zwischen 1962 und 1977 erhielt Indonesien von der Bundesrepublik rund 1,7 Milliarden DM an Kapital- und Technischer Hilfe. Für das Rechnungsjahr 1978/79 wurde ein Finanzabkommen in Höhe von 115 Mio. DM unterzeichnet. Mit diesen Leistungen ist das Land unter den Staaten Asiens ein Schwerpunkt deutscher Entwicklungspolitik. Seit 1975 gewann die projektgebundene Hilfe gegenüber der ungebundenen Hilfe früherer Jahre zunehmend an Bedeutung. Dabei orientieren sich die Geberländer überwiegend an den von der Regierung festgesetzten Entwicklungsprioritäten. Die staatlichen Aktivitäten konzentrieren sich ihrerseits auf jene Bereiche, für die Privatinvestitionen nicht oder nur in sehr unzulänglichem Maße bereitgestellt werden. Landwirtschaft, Infrastruktur und Regionalentwicklung bilden Schwerpunkte. So liegt beispielsweise auch das Schwergewicht der bilateralen Zusammenarbeit zwischen der Bundesrepublik und Indonesien in den Bereichen: landwirtschaftliche Entwicklung (West-Sumatra), Regionalplanung (Ost-Kalimantan), materielle und soziale Infrastruktur sowie industrielle Entwicklung und Verbesserung der Beschäftigungssituation (Ost-Java). Dabei werden Maßnahmen außerhalb Javas bevorzugt, um einen Beitrag zur regional ausgewogeneren Entwicklung des Landes zu leisten. Besonders gefördert werden demzufolge durch staatliche Entwicklungsinvestitionen vor allem diejenigen Sektoren, von denen wichtige Impulse für die Wirtschaftsentwicklung erwartet werden. So spiegeln auch die staatlichen Investitionsprogramme die entwicklungspolitische Konzeption der Regierung der „Neuen Ordnung" wider, die komplexen sozialen Probleme des Landes primär über ein schnelles Wirtschaftswachstum ihrer Lösung zuzuführen. Die entwicklungspolitischen Prioritäten des

Planungs- und Entwicklungsregionen

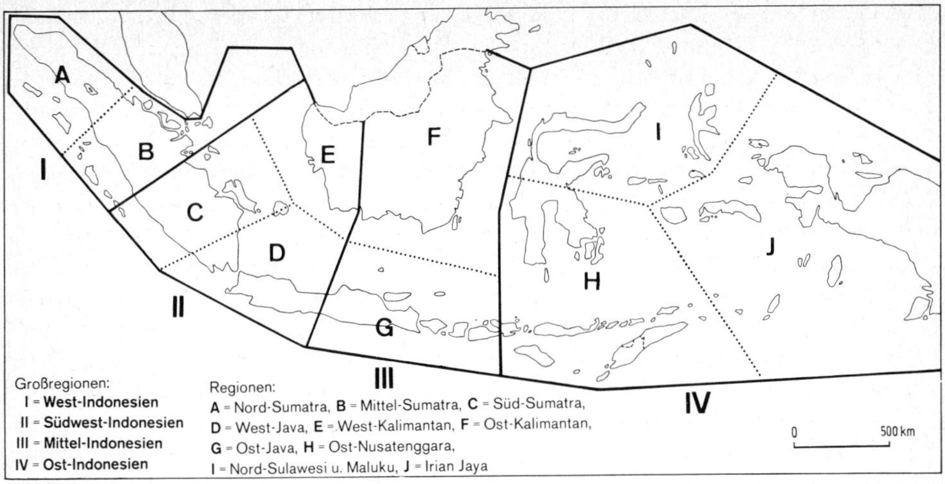

Quelle: BAPPENAS 1973

Ersten Fünfjahresplanes (REPELITA I) von 1969 bis 1974, der Ausgaben in Höhe von 3,4 Milliarden US-$ vorsah, lagen auf folgenden Sektoren:

- Entwicklung der Landwirtschaft, insbesondere zur Steigerung der Reisproduktion und exportfähiger Kulturen,
- Wiederherstellung und Ausbau der Infrastruktur,
- Entwicklung der importsubstituierenden Leichtindustrie sowie der Düngemittel- und Zementherstellung usw. als Zulieferer für die landwirtschaftlichen und infrastrukturellen Entwicklungsprogramme,
- Intensivierung der Bergbauproduktion zur Erhöhung der für die Entwicklungsaufgaben dringend benötigten Exporterlöse.

Der Zweite Fünfjahresplan (REPELITA II) von 1974 bis 1979 setzt das skizzierte Entwicklungsprogramm im wesentlichen fort. Entsprechend den sprunghaft gestiegenen Erdöleinnahmen war REPELITA II 1973/74 finanziell jedoch wesentlich großzügiger als der Erste Fünfjahresplan ausgelegt worden. Inzwischen mußten die ursprünglich vorgesehenen Ausgaben in Höhe von 12,8 Milliarden US-$ jedoch infolge einer schweren Finanzkrise der staatlichen Erdölgesellschaft PERTAMINA drastisch vermindert werden. Auch der Zweite Fünfjahresplan räumt Maßnahmen zur wirtschaftlichen Entwicklung einen hohen Stellenwert ein. Zugleich wird jedoch auch das soziale Element, eine bisherige Schwachstelle der Entwicklungspolitik, etwas stärker betont. Demzufolge schenkt man den drängendsten sozialen Erfordernissen zur Befriedigung der Grundbedürfnisse der Bevölkerung wie Nahrung, Kleidung, Unterkunft, Ausbildung, Beschäftigung, Einkommen usw. größere Beachtung. So zielt REPELITA II primär auf folgende Aufgaben:

- Erhöhung der Agrarproduktion, insbesondere der Reiserzeugung zur ausreichenden Versorgung der Bevölkerung mit Lebensmitteln,
- Weitere Förderung der personalen, institutionellen und materiellen Infrastruktur,
- Erweiterung des Arbeitsplatzangebots und Verbesserung der Einkommenssituation der Bevölkerung durch verstärkte

Entwicklung und Diversifizierung der Wirtschaft,
- Förderung des Wohnungsbaus,
- Verbesserung und ausgeglichenere Verteilung der Sozialleistungen.

Über diese wichtigsten sektoralen Zielsetzungen hinaus hat man inzwischen jedoch auch die Notwendigkeit einer räumlich ausgewogeneren Gesamtentwicklung des Landes durch eine stärkere Dezentralisierung der Entwicklungsprojekte erkannt. Demzufolge wird seit 1973/74 ein ausgeglicheneres Verhältnis zwischen sektoraler und regionaler Entwicklung als notwendige Voraussetzung zur weiteren Festigung der nationalen Einheit angestrebt. Das Ziel ist, die gravierenden inter- und innerinsularen demographischen, sozio-ökonomischen und infrastrukturellen Disparitäten innerhalb des Landes allmählich abzubauen. Denn gerade diese aus der Kolonialzeit überkommenen Divergenzen waren durch die Entwicklungsmaßnahmen während des Ersten Fünfjahresplanes (REPELITA I) nicht vermindert, sondern noch verstärkt worden. Demzufolge wurde das Land inzwischen in großräumige Planungs- und Entwicklungsregionen gegliedert, zahlreiche Regionalstudien und Regionalpläne mit ausländischer Unterstützung erarbeitet, eine statistische Computer-Datenbank in Jakarta aufgebaut und regionale Planungsbehörden auf Provinzebene (BAPPEDAS) eingerichtet. Ferner wurden die Planungskompetenzen dieser regionalen Stäbe erweitert und die Finanzkraft der Provinz-, Bezirks- und Gemeindeverwaltungen durch höhere Finanzzuweisungen der Zentralregierung gestärkt. Die nachgeordneten Planungsbehörden sollen zukünftig innerhalb regionaler Rahmenpläne der obersten Planungs-, Koordinierungs- und Überwachungsbehörde BAPPENAS und der ihr angegliederten Abteilung für Regionalplanung die dezentralisierte regionale Entwicklungsarbeit innerhalb der Aktionsräume des Landes mitverantwortlich tragen. Damit versucht man u.a. auch den Identifikationsprozeß der Bevölkerung mit den Entwicklungsprogrammen zu verstärken. Auch durch andere planungsadministrative Maßnahmen, wie die stärkere regionale Lenkung in- und ausländischer Investitionen, die intensivere Koordination der zahlreichen sektoralen Einzelprojekte, die u.a. von den verschiedenen Fachministerien der Zentralregierung sowie von Provinzen, Bezirken und Gemeinden durchgeführt werden, hofft man, zu einer ausgeglicheneren raumstrukturellen Landesentwicklung beitragen zu können. Zur Erreichung dieses Ziels wird darüber hinaus auch Wachstumspol-Strategien, integrierten Regionalplanungsprojekten und anderen Lösungsansätzen neuerdings große Bedeutung zugemessen. Doch sind Zweifel angebracht, ob diese Maßnahmen und Konzepte zum Abbau der krassen inner- und interinsularen Entwicklungsgefälle zwischen Zentren und Peripherien wirkungsvoll beizutragen vermögen. Denn bis heute verfügen beispielsweise die einzelnen Provinzen des Landes meist nur über höchst unzureichende Regionalplanungskapazitäten und das hemmende, sektoral gegliederte Verwaltungsgefüge und die häufig unklaren Kompetenzen innerhalb und zwischen den Zentral- und Regionalverwaltungen behindern Organisation und Durchführung von Entwicklungsvorhaben nachdrücklich. Denn trotz unbestreitbarer Erfolge der Regierung der „Neuen Ordnung“ sind die komplexen Schwierigkeiten, mit denen die wechselnden indonesischen Regierungen seit der Unabhängigkeit konfrontiert waren, weitgehend auch noch die Probleme von heute.

4. Bevölkerungs- und Sozialproblematik

Die überkommenen Entwicklungsaufgaben Indonesiens sind außerordentlich umfangreich und vielschichtig. Unter den zu lösenden, komplexen Schwierigkeiten bildet die Bevölkerungs- und Sozialproblematik eine der größten Herausforderungen. Denn wie allen Entwicklungsländern stellt sich auch dem Inselstaat die zentrale Aufgabe, seine rasch wachsende und regional höchst ungleich verteilte Bevölkerung produktiv in den Wirtschaftsprozeß einzugliedern, damit die steigende Arbeitslosigkeit und Unterbeschäftigung in Stadt und Land zu verringern sowie den Lebensstandard der Bevölkerung anzuheben. Dieses ungeheuere Problem ist in Indonesien eine der am heftigsten diskutierten nationalen Fragen, für deren Lösung angemessene Strategien zu entwickeln sind.

4.1 Ethnisch-soziale Vielfalt der Bevölkerung

Diese komplexen Probleme werden durch die historisch begründete kaleidoskophafte rassische, ethnisch-kulturelle und soziale Vielfalt des indonesischen Volkes noch verstärkt. Denn viele der heutigen Schwierigkeiten Indonesiens wurzeln tief in der traditionellen Mentalität seiner Menschen und in einem in langer Geschichte geprägten System sehr unterschiedlicher sozio-kultureller Werte und Normen (U. Beyer 1974). Abgesehen von Irian Jaya sind allein über 360 Ethnien in Indonesien bekannt. In West-Neuguinea treten mehrere hundert weitere ethnische Gruppen hinzu. Vielfach zerfallen diese wiederum in zahlreiche kleinere Einheiten, die sich nach Sprache, materieller Kultur und im Kultleben teilweise stark voneinander unterscheiden. So werden beispielsweise allein unter dem Sammelbegriff „Dayak" über 300 Stammesgruppen mit etwa 3 Mio. Menschen in Kalimantan zusammengefaßt. Ähnliches gilt auch für die über 1 Mio. „Papuas" in Irian Jaya, die ebenfalls ein ungeheuer großes ethnisch-kulturelles Spektrum repräsentieren. Von einer Einheit dieser Menschen kann keine Rede sein. Selbst die Bezeichnungen für die einzelnen Gruppen sind vielfach nur völkerkundliche Hilfskonstruktionen, die von der Bevölkerung selbst nicht verwandt werden.

Das variationsreiche Völkermosaik des Landes umfaßt alle sozio-kulturellen Entwicklungsstufen, welche die Menschheit in den letzten 2000 bis 3000 Jahren durchlaufen hat. Es reicht von steinzeitlichen Jägern und Sammlern bis hin zu den neuen Eliten in Politik, Wirtschaft und Verwaltung, die vielfach an amerikanischen oder europäischen Universitäten studiert haben und sich an westlichen Leitbildern orientieren. Das Nebeneinander unterschiedlichster Völkerschaften und zivilisatorischer Entwicklungsstufen erschwert nicht nur die innere Konsolidierung des jungen Staates, sondern behindert auch seine wirtschaftliche und soziale Entwicklung nachdrücklich. So können beispielsweise die Orang Kubu und Lubu auf Sumatra, die Punan auf Kalimantan oder etwa die Toala auf Sulawesi als älteste protomongoloid beeinflußte Bevölkerungssubstrate angesehen werden. Diese und andere zahlenmäßig meist sehr kleinen, im Aussterben begriffenen, archaischen Restgruppen mit ihren windschirmartigen Unterkünften sind nur noch vereinzelt als Jäger und Sammler in schwer zugäng-

Ethnische Gruppen

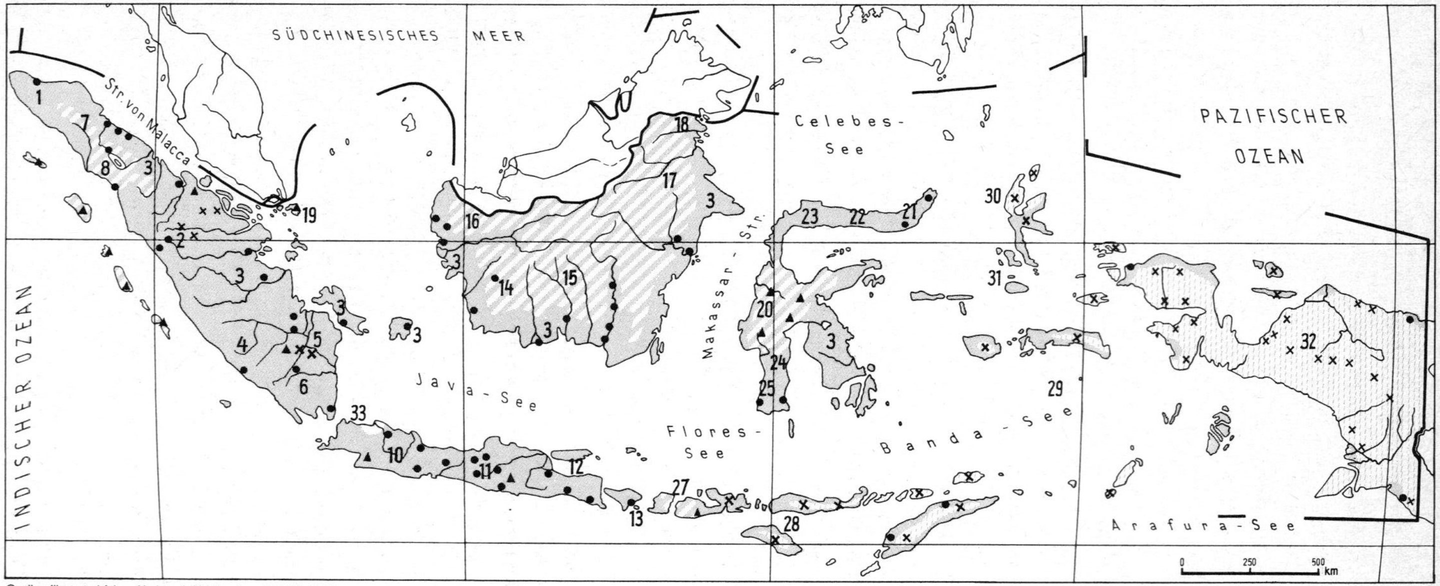

Quellen: Illustrated Atlas of Indonesia Vol 5, o. J. und H. Uhlig 1972

RESTE VON ALTVÖLKERN
(Negrito, Weddide, Melanesoide, Irian Jaya-Gruppen)
z. B. Tobelo (30) und »Papua«-Gruppen (32)

ALTINDONESISCHE (PROTO-MALAYISCHE) VOLKSGRUPPEN
Größere Altindonesische Gruppen
z. B. Gayo (7), Batak-Gruppen (8), Dayak-Gruppen: Klemantan (14), Ot Danun (15), Iban (16), Kenya-Bahau-Kayan (17), Murut (18) sowie Toraja-Gruppen (20) und Sasak (27)

Altindonesische Restgruppen
z. B. Orang Laut (19), Orang Mentawai-Nias (9)

JUNGINDONESISCHE (DEUTERO-MALAYISCHE) VOLKSGRUPPEN
z. B. Aceh (1), Minangkabau (2), verschiedene malayische Gruppen (3), Rejang Lebong (4), Palembang (5), Orang Lampung (6), Sundanesen (10), Javanen (11), Maduresen (12), Balinesen (13), Minahasa (21), Gorontalo (22), Toli Toli Tomini (23), Bugis (24), Makassaren (25), Sumbawa-Bima-Gruppen (28), Timor-Maluku-Gruppen (29), Halmahera-Gruppen (31)

FREMDVÖLKISCHE MINORITÄTEN
Chinesen, Inder, Araber

MISCHBEVÖLKERUNG
z. B. Betawi (33)

lichen Rückzugsgebieten der Inselwelt anzutreffen. Vielfach sind sie bereits seit Jahrzehnten seßhaft und in benachbarten Volksgruppen aufgegangen. Ihre Gesamtzahl gibt eine neuere Statistik mit schätzungsweise 86 000 Personen (U. Beyer 1974) an, obwohl eine exakte statistische Erfassung äußerst problematisch erscheint. Aber auch die Vorfahren der melanesischen, mikronesischen und polynesischen Völker haben Spuren im Völker- und Kulturbild Indonesiens hinterlassen. Neben negritoiden und weddoiden Elementen finden sich selbst australoide Komponenten. Vor allem in Ostindonesien ist die rassische Verschmelzung besonders ausgeprägt. Dort treten vor allem melanesoide Elemente in der Bevölkerung deutlich hervor. Dies gilt beispielsweise für Timor, Flores, die Molukken und insbesondere für Irian Jaya. In diesem weitgehend unerschlossenen Landesteil finden sich bis heute auch in noch größerem Umfang alte Restgruppen, die noch teilweise oder ganz im Rahmen des Überkommenen leben. Als Beispiel sei auf die Eipo-Pygmäen im schwer zugänglichen zentralen Bergland Irian Jayas verwiesen, die bis 1974 nahezu unbekannt waren und deren Kultur sowie Lebensraum gegenwärtig erst durch ein interdisziplinäres Projekt der Deutschen Forschungsgemeinschaft untersucht wird. Diese kleinwüchsige Population lebt auf jungsteinzeitlicher Kulturstufe überwiegend als Süßkartoffelpflanzer mit begrenzter Schweinehaltung und ergänzender Jagd in kleinen, häufig in natürlichen Schutzlagen errichteten Weilern und Haufendörfern als Dauersiedlungen. Bis vor wenigen Jahren kannten die kleinwüchsigen, kraushaarigen und dunkelhäutigen Eipos mit ihrer ausgesprochen armen materiellen Kultur nur einfache Steinäxte und Grabstöcke als Werkzeuge. Institutionalisierte Formen der Herrschaft, wie etwa vererbbare Führerschaft, existieren nicht.

Ebenfalls auf die insularen Binnenräume abgedrängt sind auch kleinere Gruppen der austronesischen Palämongoloiden oder „Alt- bzw. Protomalayen". Ihre Stammeskulturen gehen auf Zeiten zurück, in denen die von Indien kommenden Hochkulturen die Inselwelt noch nicht erreicht hatten. Diese altvölkischen Gruppen, deren Anteil an der Gesamtbevölkerung bei etwa 12 bis 15 Mio. liegen dürfte, umfassen aber auch größere, in sich stark differenzierte Ethnien, wie etwa die Dayak auf Kalimantan, die Batak und Gayo auf Sumatra oder die Toraja in Zentral-Sulawesi. Sie leben nur noch teilweise als Brandrodungs-Wanderfeldbauern mit periodischer Verlagerung ihrer Siedlungen und agraren Wirtschaftsflächen. Nicht selten sind auch sie zur Landwechselwirtschaft, zum permanenten Regenfeldbau oder gar zum Bewässerungsreisbau der jung-malayischen Kultur übergegangen, leben in Dauersiedlungen und brachten teilweise außergewöhnliche künstlerisch-architektonische Leistungen hervor.

Mit über 100 Mio. Menschen stellen die später in den Archipel eingewanderten sog. „Jung- bzw. Deuteromalayen", die durch indische, islamisch-arabische und später christlich-europäische Kultureinflüsse geprägt wurden, den weitaus größten Bevölkerungsanteil. Als Träger und Erben teilweise bedeutender Hochkulturen siedeln sie in den vielfach durch Bewässerungsfeldbau gekennzeichneten Küstenebenen, Talbecken und anderen Gunsträumen. In den eindrucksvollen buddhistisch-hinduistischen Tempelkomplexen von Borobudur, Prambanan und Mendut in Zentral-Java oder auf Bali mit seinen tausenden von Tempeln, vielfältigen religiösen Zeremonien, mythischen Tänzen und seinem reichen Kunsthandwerk manifestieren sich die hohen kulturellen Leistungen dieser Ethnien wohl am deutlichsten. Zugleich sind es jene Völker, die auch das politische und wirtschaftliche Leben des Staates weitgehend tragen und prägen. Zu ihnen gehören vor allem die Javaner, Sundanesen und Maduresen. Allein diese 3 ethnischen Gruppen umfassen über zwei Drittel der indonesischen Gesamtbevölkerung. Aber auch Volksgruppen wie etwa die Balinesen, Minangkabau in West-Sumatra, Makassaren und Bugis in Süd-Sulawesi oder die Aceh in Nord-Sumatra repräsentieren heute Millionenvölker. Zu dieser Bevölkerungsschicht gehören jedoch auch wesentlich kleinere Gruppen.

Entsprechend der ethnischen Vielfalt bestehen u. a. auch höchst verschiedenartige gesellschaftliche Strukturen nebeneinander. Während beispielsweise in den ländlichen Räumen Javas neben den Kernfamilien heute vor allem die Dorfverbände die entscheidenden Einheiten im wirtschaftlichen und sozialen Leben der ländlichen Bevölkerung darstellen, werden die traditionellen Agrargesellschaften der übrigen Inseln demgegenüber vielfach durch genealogische Einheiten mit spezifischen Heiratssystemen bestimmt. Dabei handelt es sich um Gruppen, die ihre direkten, durch die Abstammung begründeten, verwandtschaftlichen Beziehungen entweder in der väterlichen oder in der mütterlichen Linie auf einen gemeinsamen mythischen Vorfahren zurückführen. Als Beispiele für derartige, von patrilinearen und matrilinearen Abstammungs- bzw. Verwandtschaftsgruppen (Klanen) geprägte, traditionelle Gesellschaftsstrukturen sei etwa auf die Toba-Batak Nord-Sumatras und die Minangkabau West-Sumatras verwiesen. Weitere Differenzierungen ergeben sich u. a. auch aus dem bei vielen ethnischen Gruppen hierarchisch gegliederten traditionellen Gesellschaftsbau. Abgesehen von den feudalen Elementen in der Agrargesellschaft der ehemaligen „Fürstenländer“ Yogyakarta und Surakarta in Zentral-Java und dem Kastensystem auf Bali sei als weiteres Beispiel auf die überkommene dreigliedrige Ständegesellschaft (Adel, Volk, Sklaven) von Süd-Nias verwiesen, von denen die unterste Gruppe heute offiziell nicht mehr existiert (W. MARSCHALL 1976). Ähnliche traditionelle soziale Schichtungen finden sich aber auch bei zahlreichen anderen Ethnien, etwa bei den Dayakgemeinschaften Kalimantans, den Sasak auf Lombok oder aber bei der Bevölkerung mehrerer ostindonesischer Inseln. Die skizzierten traditionellen gesellschaftlichen Organisationsformen und sozialen Schichtungsstrukturen spiegeln sich rein äußerlich vielfach in den ländlichen Siedlungen wider. Sie sind beispielsweise aber auch von entscheidender Bedeutung für die differenzierten Agrarverfassungen des Landes.

Folge der extremen insularen Zersplitterung Indonesiens und Ausdruck der ethnisch-kulturellen Heterogenität seiner Bevölkerung sind ferner hunderte von traditionellen Regionalsprachen und Dialekten. Sie sind bis heute lebendig und dienen neben der offiziellen Staatssprache „Bahasa Indonesia“ weiterhin als Kommunikationsmedien innerhalb des Archipels. In keinem anderen Teil der Welt ist eine derartige Sprachenfülle anzutreffen. Nur der indische Subkontinent kennt eine annähernd vergleichbare sprachliche Vielfalt. Allein in Neuguinea konnten bisher etwa 800 bis 1000 höchst verschiedenartige Sprachen nachgewiesen werden. Dies entspricht etwa einem Drittel bis einem Viertel aller bekannten Sprachen der Welt. Ihre Zahl dürfte aber noch weit größer sein, denn Neuguinea ist bisher erst unzulänglich erforscht. Diese verwirrende sprachliche Zersplitterung ist in Irian Jaya, d. h. dem indonesischen Westteil der Insel Neuguinea, am größten. Träger dieser Sprachen, die eine unmittelbare Verständigung der Bevölkerung bis heute weitgehend ausschließen, sind in Irian Jaya nicht selten kleine ethnische Gruppen von nur einigen wenigen Dörfern. Abgesehen von kodifizierten Altformen, Standes- und Priestersprachen treten in der übrigen Inselwelt noch weitere 250 Volkssprachen und mindestens ebenso viele Dialekte hinzu. Sie alle besitzen zwar einen mehr oder weniger hohen Prozentsatz an gemeinsamen Wörtern, die jedoch in den Einzelsprachen durch

Lautverschiebungen und sonstige Erscheinungen in ihrer phonologischen Struktur sehr unterschiedlich sind. Auch die Anzahl der Sprecher dieser verschiedenartigen Idiome ist mannigfach. So wird beispielsweise das Neujavanische in verschiedenen Dialekten von etwa 50 Mio. Menschen gesprochen, während der malayische Dialekt der Orang Darat (Festland-Menschen) im Riau-Archipel nur etwa 80 Indonesiern als Heimatsprache dient (H. Kähler 1966).

Aus dieser wahrhaft „babylonischen" Sprachenzersplitterung und damit zugleich enormen Kommunikationsbarriere resultieren bis heute nicht zu unterschätzende Probleme für die politische und wirtschaftliche Integration des Insel- und Vielvölkerstaates. Doch hat die offizielle Einführung der unitarischen Staatssprache „Bahasa Indonesia" bei der Unabhängigkeitserklärung im Jahre 1945 erheblich dazu beigetragen, den Prozeß der nationalen Einheit zu fördern. Diese junge und zugleich alte indonesische Nationalsprache wurde aus einem ursprünglich im Riau-Archipel, in Jambi und Malakka gesprochenen malayischen Dialekt entwickelt. Er diente seit Jahrhunderten in weiten Teilen der Inselwelt als „lingua franca", d. h. als Verkehrssprache. Dieses kollektive Verständigungsmittel, das seit 1928 zugleich auch ein bedeutendes politisches Instrument im Kampf um die nationale Unabhängigkeit war, wurde nach 1945 zu einem wichtigen Element des neuen politischen Systems erhoben: Neben der Verkörperung der nationalen Einheit nach außen, diente es zugleich zur Bekämpfung zentrifugaler, separatistischer Tendenzen im Inneren (A. A. Bodenstedt 1967). Mit einer Fülle von indischen, arabischen, persischen, chinesischen, japanischen und europäischen Lehnwörtern spiegelt die heutige offizielle Staatssprache in ihrem Wortschatz deutlich die verschiedenartigen fremden Kultureinflüsse wider, die im Laufe der Geschichte mit autochthonen Elementen verschmolzen.

Auch das weite Spektrum des religiösen Lebens, das eine weitere Folge der Jahrtausende währenden Durchdringung der Inselwelt mit fremden Völkern und Kulturen ist, wird durch einen ausgeprägten Synkretismus gekennzeichnet. Er ist noch immer Seinsgrund für den größten Teil der Bevölkerung und damit von fundamentaler Bedeutung für das Verständnis des Landes. Die Verschmelzung verschiedenartiger religiöser Wertsysteme wird durch die in der indonesischen Verfassung von 1945 garantierte Religionsfreiheit auch in der Gegenwart weiter gefördert. Buddha, Vishnu, Schiva, Dämonen und Geister sind hier verschwistert. Denn die heimischen altindonesischen magisch-mythischen Glaubensvorstellungen sind niemals ganz durch Buddhismus und Hinduismus als Träger indischen Kulturgutes verdrängt worden. Sie wurden nur überlagert bzw. in diese neue Religionen integriert. Diesem wechselseitigen Durchdringungsprozeß war auch der Islam unterworfen. Nur so ist es verständlich, daß sich nominell zwar schätzungsweise 83% der Bevölkerung dem Islam verbunden fühlen, dieser aber nur eine zahlenmäßig weit geringere orthodoxe Anhängerschaft aufweist. Abgesehen von den Sundanesen in West-Java, findet sie sich überwiegend außerhalb dieser Insel. Hierzu zählen beispielsweise die Sasak in Mittel- und Ost-Lombok, die Bugis Süd-Sulawesis, die Bevölkerung von Aceh in Nord-Sumatra und die Minangkabau in West-Sumatra. Diese orthodoxen Gruppen weisen teilweise religiös-militante Züge auf. Sie äußerten sich in Vergangenheit und Gegenwart wiederholt in blutigen Aufständen, Konflikten und latenten Spannungen mit der einstigen niederländischen Kolonialverwaltung, der indonesischen Zentralregierung, den christlichen Kirchen und nicht zuletzt aber auch zwischen der islamischen Orthodoxie und reformislamischen Kreisen. Als Beispiel sei nur auf die bewaffnete islamische Rebellion verwiesen, die von 1948 bis 1965 unter dem Namen

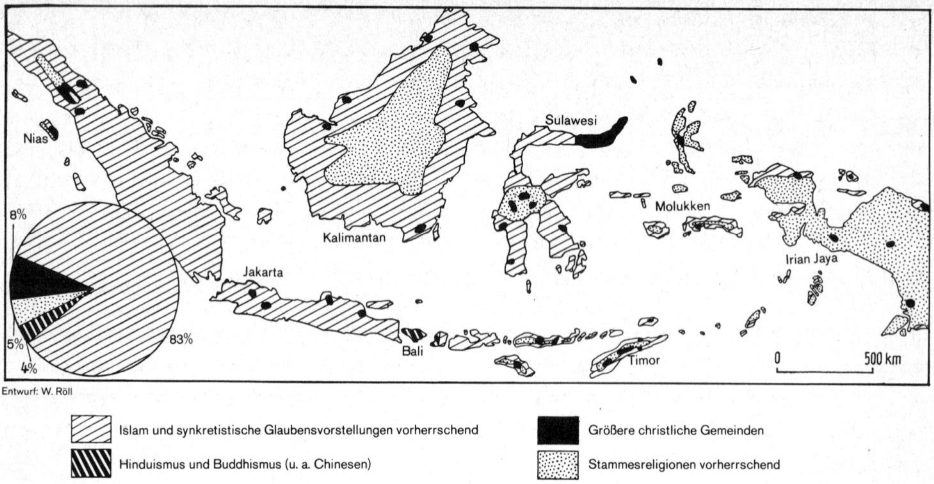

Entwurf: W. Röll

„Dar ul Islam“ (Welt des Islam) weite Teile von West-Java, Nord-Sumatra, Süd-Sulawesi und Kalimantan erfaßt hatte. Ihr Ziel bestand u. a. in dem Versuch, der säkularen Republik Indonesien eine islamisch-theokratische Staatskonzeption aufzuzwingen.

Der von der Mehrheit der Bevölkerung demgegenüber namentlich auf Java praktizierte „Islam“ unterscheidet sich religionssoziologisch grundlegend von seiner orthodoxen Form. Es ist vielmehr eine eklektische oder domestizierte, d. h. eine dem Hindu-Javanismus angepaßte, Variante. In ihr sind altjavanische, hindu-buddhistische und muslimische Glaubenselemente derart unlösbar miteinander verwoben, daß man mit Cl. GEERTZ (1960) von einer spezifischen „javanischen Religion“ sprechen kann. Dieser durch muslimische Glaubenselemente bereicherte „Hindu-Javanismus“, der in zahlreichen mystischen Zirkeln, in Theater, Musik, Tanz, Kunsthandwerk usw. seinen Ausdruck findet, ist u. a. durch eine ausgesprochene Toleranz gekennzeichnet. Sie wird beispielsweise in der Stellung der indonesischen Frau innerhalb der Gesellschaft deutlich, die erheblich größere Rechte als in den meisten arabischen Staaten genießt und der selbst hohe Führungspositionen offenstehen.

Auch der einst weit verbreitete Hinduismus, zu dem sich heute nur noch etwa 2% der Bevölkerung Indonesiens bekennen und der sich vor allem auf Bali und im benachbarten West-Lombok als Rückzugsgebieten behauptet hat, ist sehr stark überformt. Daher ist man gewohnt, ebenfalls von einer eigenen Religion, dem Bali-Hinduismus, zu sprechen. Buddhistische Traditionen werden von schätzungsweise weiteren 2% der Bevölkerung bewahrt, die überwiegend chinesischer Abstammung sind. Dies schließt jedoch nicht aus, daß auch sie gleichzeitig dem Ahnenkult und Taoismus anhängen. Der Anteil der Christen umfaßt etwa 10 Mio. Indonesier, bzw. 8% der Gesamtbevölkerung. Die römisch-katholische Kirche als die älteste christliche Kirche in Indonesien zählt heute knapp 3 Mio. Gläubige, bzw. etwa 2% der Gesamtbevölkerung. Zentren des Katholizismus sind seit den Anfängen christlicher Missionierung im 16. Jahrhundert durch die Portugiesen vor allem die Inseln Flores und Ambon. Der Protestantismus spiegelt mit der Vielzahl seiner Kirchen die pluralistische Wirklichkeit Indonesiens deutlich wider. Sie sind seit 1950 überwiegend im „Rat der Kirchen Indonesiens“ zusammengefaßt und zählen 6 bis 7 Mio. Mitglieder bzw. etwa 6%

der Bevölkerung. Protestantische Kirchen sind in allen Landesteilen vertreten. Größere Gemeinden, in denen Christen teilweise die Mehrheit der Bevölkerung stellen, finden sich u. a. in Nord- und Mittel-Sulawesi, einem Teil der Molukken, auf Timor, Nias und den Talaud-Inseln, in Irian Jaya sowie vor allem bei der im 19. Jahrhundert von deutschen Missionaren für das Luthertum gewonnenen Batak-Bevölkerung Nord-Sumatras. Dank ihrer traditionellen Aktivitäten im Bildungs- und Gesundheitswesen sowie neuerdings in der Entwicklungshilfe mit eigenen Projekten, ist die Stellung der christlichen Kirchen beachtlich. Nach U. Beyer (1974) verhält sich ihr Einfluß umgekehrt proportional zu ihrer zahlenmäßigen Größe. Denn viele Führungskräfte in Politik, Wirtschaft und Kultur sind durch christliche Ausbildung geprägt worden.

Sehr differenzierte Stammesreligionen, in denen religiöse Vorstellungen untrennbar mit sozialen Phänomenen und wirtschaftlichen Erscheinungen zu einem System verbunden sind und die jeweils an ganz bestimmte ethnische Einheiten gebunden sind, treten bei den Altvölkern in den Binnenräumen Irian Jayas, Kalimantans, Sumatras, Sulawesis und in anderen insularen Rückzugsgebieten West- und Ostindonesiens hinzu. Die Zahl ihrer Anhänger wird nach Schätzungen aus dem Jahre 1972 auf etwa 1 bis 5 Mio. beziffert. Aber auch in den übrigen Landesteilen haben sich viele Elemente des altindonesischen magisch-mythischen Erbes mit bemerkenswertem Beharrungsvermögen im Geistesleben bis in unsere Tage erhalten. So haben beispielsweise selbst führende Politiker vielfach ihren „dukun", d. h. einen Berater, der auf Grund mystischer Schau die Zukunft deutet und Rat erteilt.

Jedoch trugen das Wirken der Missionen und der ehemaligen Kolonialverwaltungen, die zunehmende Durchsetzung der Geldwirtschaft auch in entlegenen Landesteilen, die infrastrukturelle Erschließung, der fortschreitende Ausbau des Bildungswesens, die Einführung moderner Technologien und Kommunikationssysteme, der Kontakt mit fremden Leitbildern und Ideologien usw. seit langem zur Relativierung der skizzierten traditionellen Unterschiede im Geistes- und Kulturleben sowie in den Lebensformen der indonesischen Alt- und Jungvölker bei. So zählen beispielsweise die agilen altvölkischen Batak Nord-Sumatras heute zu den progressivsten Gruppen Indonesiens. Diese vielschichtigen sozio-kulturellen Angleichungs- bzw. Transformationsprozesse vollziehen sich in den Zentren des Inselstaates rascher, an seinen Peripherien langsamer. Sie äußern sich u. a. in der allmählichen Lockerung des kommunalen Denkens und einem wachsenden Individualismus, in Ansehensverlusten der traditionellen Autoritäten in den Dörfern zugunsten der neuen Eliten, in wachsender räumlicher Mobilität, zunehmender ökonomischer Denkweise, Wandlungen in den überkommenen Agrarverfassungen, in der fortschreitenden Ablösung der Subsistenzwirtschaften durch absatzorientierte Betriebsformen usw. Am sichtbarsten werden diese sozio-kulturellen Wandlungen in der zunehmenden Aufgabe traditioneller Baustile zugunsten neuer Formen und Materialien in den Siedlungen des ländlichen Raumes. So weichen beispielsweise die für die Toraja, Batak, Minangkabau und andere Volksgruppen einst charakteristischen, mit buntem Schnitzwerk reich verzierten „Sippenhäuser" mit ihren dem Büffelhorn nachgebildeten, steil emporragenden palm- oder reisstrohgedeckten Dächern immer stärker uniformen Blechdächern. Ziegelsteinbauten verdrängen zunehmend die weit verbreiteten herkömmlichen Pfahlbauweisen und pflanzlichen Baumaterialien. Zement löst Holz als Fußbodenmaterial ab. Die langsame Lockerung des kommunalen Denkens und das Hervortreten individuellen Bewußtseins werden durch wellblechgedeckte Einfamilienhäuser offenbar. Sie finden sich beispielsweise neben den traditionellen Großfamilien-Häusern in den Minangkabau-Siedlungsgebieten oder in den Platzdörfern der Karo Batak auf Sumatra. Die in Kalimantan ebenfalls örtlich im Verfall begriffenen, nicht mehr bewohnten Dayak-Langhäuser verweisen auf den gleichen Prozeß. Aber ungeachtet dieser typischen Umbruchsituation, prägen auch in der Gegenwart noch immer religiös unterbaute, überlieferte Wert- und Ordnungssysteme Denken und Handeln breitester Bevölkerungsschichten.

Diese moralisch-ethischen Normen, Sitten, Gebräuche, religiösen Handlungsriten und unkodifizierten Rechtssatzungen werden in Indonesien als „adat“ bezeichnet. Sie sind das „magisch-religiös begründete, tradierte Verhaltensregulativ für alle nur denkbaren zwischenmenschlichen Beziehungen und im Verhältnis der Menschen zum Kosmos“ (J. Enos Garang 1974). Entsprechend der Vielfalt der ethnischen Gruppen sind diese komplexen lebensbestimmenden Dogmen, Anschauungen bzw. gewohnheitsrechtlichen Normen auch höchst differenziert. Das indonesische Sprichwort „lain desa, lain adat“, d.h. jedes Dorf besitzt andere Adatregeln, bringt dies deutlich zum Ausdruck. Namentlich in den ländlichen Räumen sind die juristischen, ethischen und sozialen Komponenten des traditionellen Adatrechts bis heute von großem regulativem Einfluß. Sie durchdringen vielfach noch immer das gesamte menschliche Leben von der Geburt bis zum Tode. So prägen Adatvorschriften beispielsweise noch immer nachdrücklich die unterschiedlichen gesellschaftlichen Organisationsformen und Adat ist untrennbar mit den verschiedenartigen agraren Grundbesitzverfassungen einschließlich der Erbrechtsformen verbunden. Adat gibt Anleitungen für die Bewässerung, Feldbestellung, Ernten, Anlage von Siedlungen und Kultbauten, beeinflußt die Viehhaltung, ordnet das religiöse Leben, das Rechtsverhalten und die Rechtsordnung, reguliert die Feste und gibt Vorschriften, die bei Geburt, Eheschließung und Tod zu beachten sind. Die Kenntnis dieser sehr differenzierten überlieferten Wertmaßstäbe ist daher der Schlüssel zum Verständnis zahlreicher überkommener Probleme Indonesiens und damit zugleich auch unabdingbare Voraussetzung für entwicklungspolitische Maßnahmen zu ihrer Überwindung.

Neben Synthese und Koexistenz der verschiedenen Volksgruppen kennzeichnen seit altersher aber auch vielschichtige rassische, kulturelle, religiöse und politische Gegensätze den zentrifugalen Archipel, den man sich kaum heterogener vorstellen kann. Bedeutsam ist bis heute vor allem der Antagonismus zwischen Java und den übrigen Landesteilen. Dieses „Anti-Java“-Syndrom von ethnischen Minderheiten gegenüber der dominierenden, staatstragenden javanischen Bevölkerung wurzelt u.a. in ethnisch-kulturellen Gegensätzen. Darüber hinaus werden diese Ressentiments zwischen dem Zentrum und den Peripherien des Landes durch die Tatsache verstärkt, daß die außerjavanischen Provinzen mit ihren vielfach reichen, natürlichen Ressourcen zwar den größten Beitrag zum indonesischen Staatshaushalt leisten, bei den regionalen entwicklungspolitischen Förderungmaßnahmen jedoch bisher von der Zentralregierung vernachlässigt wurden. Denn die zentralen politischen Entscheidungen werden von Männern getroffen, die überwiegend Javaner sind und sich javanischen Wertvorstellungen verpflichtet fühlen. Zwar weist das altjavanische Wort „Bhinneka Tunggal Ika“ (Einheit in der Verschiedenheit), das die junge Republik in ihrem Staatswappen führt, auf den zur nationalen Integration des Archipels notwendigen Abbau dieser traditionellen Divergenzen und regionalen Interessensgegensätze hin; aber dieses apodiktische Motto symbolisiert nicht eine bereits erreichte Wirklichkeit, sondern vielmehr nur ein Ziel nationalen Strebens.

So äußerten sich die latenten zentrifugalen Tendenzen in jüngster Zeit im zentralen

Bergland von Irian Jaya, der kupferreichen Ostprovinz Indonesiens, beispielsweise in blutigen Unruhen. Außer einem 1977 niedergeschlagenen Aufstand von Angehörigen der Hochlandstämme, die u. a. durch Eingriffe der indonesischen Verwaltung in die traditionellen Wertsysteme der Stammesgemeinschaften ausgelöst wurden, lenkt neuerdings auch wieder die „Organisation Freies Papua“ (OPM) die Aufmerksamkeit auf sich. Die Rebellen, die sich ethnisch der melanesischen Bevölkerung des benachbarten, seit 1975 unabhängigen Staates Papua-Neuguinea verwandt sowie von den zugewanderten Administratoren aus Java, Sumatra, Biak usw. wirtschaftlich benachteiligt und unterdrückt fühlen, kämpfen für ein von Indonesien unabhängiges „West-Papua“. Dieser Guerillakampf in der kaum erschlossenen Bergwelt Irian Jayas soll 1977/78 zahlreiche Opfer, namentlich unter den erst 1938 entdeckten Dani-Stämmen im Baliemtal, gefordert haben. Aber auch die Bewegung „Freies Aceh“, die vor einiger Zeit in Nord-Sumatra dieses Separationsziel proklamierte, deutet in die gleiche Richtung. Ähnliches gilt für die bis heute andauernden Kampfhandlungen in den schwer zugänglichen Berggebieten der 18 989 qkm großen, einstigen portugiesischen Kolonie Ost-Timor, die 1975 von Indonesien annektiert und 1976 mit einer Bevölkerung von rund 650 000 Personen als 27. Provinz dem indonesischen Staat angegliedert wurde. Der dortige Guerillakrieg mit der Unabhängigkeitsbewegung FRETELIN sowie Unterernährung, Malaria und Tuberkulose sollen bisher schätzungsweise 60 000 bis 100 000 Tote unter der Bevölkerung Ost-Timors gefordert haben. Obwohl diese separatistischen Bewegungen der Vergangenheit und Gegenwart eindeutig in die Defensive gedrängt sind, bilden Ethnozentrismus und Regionalismus, um mit J. Enos Garang (1974) zu sprechen, noch immer Kernprobleme und Haupthindernisse auf dem Weg zur nationalen Integration.

Die ethnische Vielfalt der Bevölkerung wird durch chinesische, indische, arabische und indo-europäische Minderheiten noch verstärkt. Sie umfassen zwar nur weniger als 3 % der Gesamtbevölkerung, sind aber für die Wirtschaft des Landes von fundamentaler Bedeutung. Unter den Minoritäten ist die schätzungsweise etwa 3,1 bis 3,5 Mio. Personen umfassende chinesische Gruppe die bedeutendste. Hierunter befinden sich etwa 1,4 Mio. naturalisierte Chinesen mit indonesischer Staatsbürgerschaft. Hinzu treten rund 1,1 Mio. staatenlose Personen chinesischer Abstammung, die politisch Taiwan zuneigen sollen sowie etwa 250 000 Chinesen, die als Bürger der Volksrepublik China gelten. Eine weitere intraethnische Differenzierung der chinesischen Minorität besteht zwischen den in Indonesien geborenen Chinesen (Peranakan) und den noch in China Geborenen (Totok). Die Totok-Gruppe, die sich bisher nicht oder nur geringfügig mit der indonesischen Bevölkerung assimiliert hat, umfaßt überwiegend Personen, die im Besitz von Pässen der Volksrepublik China sind. Demgegenüber befindet sich die etwa 70 % der gesamten chinesischen Bevölkerung umfassende Peranakan-Gruppe bereits in verschiedenen Stadien der Angleichung. Vor allem infolge ihres durch Fleiß, Anpassungsfähigkeit, Sparsamkeit, Risikobereitschaft, hoher Mobilität und enger Familien- und Sippenbindungen erzielten wirtschaftlichen Erfolges werden sie in ihrer Wahlheimat bewundert, beneidet, aber auch gehaßt. Diskriminierungen, Verfolgungen und Massaker bilden einen Teil der Geschichte dieser angefeindetsten, zugleich aber auch wirtschaftlich unentbehrlichsten Volksgruppe, die teilweise seit Generationen in Indonesien lebt.

Bereits im 9. und 10. Jahrhundert dürften chinesische Niederlassungen vor allem in den Häfen an der Nordküste Javas, an der Westküste Kalimantans und auf Sumatra bestanden haben (K. Helbig 1949). Schon zu Beginn der kolonialen Inbesitznahme des Ar-

Tabelle 1: Entwicklung des chinesischen Bevölkerungsanteils in Indonesien

Jahr	Gesamtbevölkerung in 1000	Chinesischer Bevölkerungsanteil in 1000	Chinesischer Bevölkerungsanteil in %
1860	unbekannt	221	unbekannt
1905	ca. 37403	563	ca. 1,5
1930	60727	1233	2,0
1958	91122	ca. 2800	ca. 3,1
1975	132110	ca. 3100 bis 3500	ca. 2,4 bis 2,7

Quellen: U. JEROMIN 1966 und R. ITALIAANDER 1976

chipels befand sich der Überseehandel weitgehend in chinesischer Hand. Im Kolonialzeitalter stieg die Zuwanderung vor allem aus den übervölkerten südchinesischen Provinzen Fukien und Kuangtung stark an. Eine sprunghafte Zunahme des chinesischen Bevölkerungsteils erfolgte vor allem an der Ostküste Sumatras und auf den vorgelagerten Inseln Bangka und Belitung. An der Westküste von Kalimantan erfolgte diese Entwicklung jedoch erst mit der Expansion des Bergbaus und der Plantagenwirtschaft im 19. und 20. Jahrhundert und der damit ursächlich verbundenen, steigenden Nachfrage nach billigen Arbeitskräften für dortige europäische Unternehmen. (Tab. 1)

Obwohl primär zunächst als Kontraktarbeiter für die neu entstehenden Zinnminen und Tabak- sowie Kautschukplantagen über Agenturen in China angeworben, wuchsen viele der ökonomisch begabten Chinesen mit ihren vielfältigen familiären Beziehungen rasch in eine distributive Mittlerrolle zwischen heimischen Produzenten und Konsumenten sowie den großbetrieblichen, kapitalistischen europäischen Unternehmen hinein. Chinesen übernahmen damit diejenigen wirtschaftlichen Funktionen, die im Zuge der kolonialen Entwicklung neu entstanden, aber weder von der heimischen Bevölkerung noch von den Kolonialherren ausgefüllt wurden (U. JEROMIN 1966). Eine ihrer wesentlichsten Aufgaben innerhalb Indonesiens mit seiner dualistischen Wirtschaftsstruktur bestand in dem Anschluß der traditionellen Wirtschaft an den Welthandel. Erfolgreich tätig waren und sind sie im Zwischenhandel, beispielsweise in der Reis- und Fischvermarktung, im Geld-, Kredit- und Transportwesen sowie in Gewerbe und Industrie mit überwiegend kleinbetrieblicher Unternehmensorganisation. Andere Chinesen gründeten vor allem im Umkreis der heranwachsenden Großstädte und Plantagen Gartenbaubetriebe (Gemüse, Obst, Blumen), betätigten sich als Viehzüchter (u. a. Schweine) oder erzeugten selbst landwirtschaftliche Exportprodukte (u.a. Pfeffer, Kautschuk). Vor allem aber die wirtschaftlich erfolgreiche Tätigkeit im Handel, die Bewahrung ihrer kulturellen Eigenständigkeit und ihres spezifischen gruppenkonzentrierten Verhaltens sind als die wesentlichsten Wurzeln für das traditionelle, tiefe Mißtrauen und die Abneigung der indonesischen Bevölkerung dieser Gruppe gegenüber anzusehen. Die vielschichtigen antichinesischen Ressentiments, Emotionen und latenten Spannungen entluden sich in Vergangenheit und Gegenwart – wie etwa in den Chinesen-Pogromen von 1740, 1820 und 1850 in Jakarta oder nach dem Putschversuch von 1965 – wiederholt in blutigen Ausschreitungen. Ihnen fielen beispielsweise nach 1965 vor allem in Java, West-Kalimantan und Nord- sowie Ost-Sumatra Tausende zum Opfer. Andere wurden in Internierungslagern, wie etwa nahe Pontianak, zusammengezogen. Etwa 3000 konnten in die Volksrepublik China auswandern, nachdem bereits zwischen 1958 und 1962 jährlich etwa 10 000 und 1960 sogar 102 000 Chinesen das Land verlassen hatten. Denn außer der starken Präsenz der Chinesen in der Wirtschaft erscheinen vor allem auch ihre vermuteten politischen Kontakte zur Volksrepublik China sowie ihre vermeintliche „nationale Unzuverlässigkeit“ als Gefährdung des Staates.

Trotz vielfältiger Nationalisierungsbestrebungen der Wirtschaft, Restriktionen und Diskriminierungen, etwa die Verdrängung chinesischer Händler aus den ländlichen Gebieten seit 1960, erfuhr die berufliche Rollenverteilung dieser Minorität jedoch bis heute keine grundlegende Wandlung. Auch konnte der chinesische Einfluß in der Wirtschaft nicht gebrochen werden. Noch immer soll die chinesische Bevölkerungsgruppe angeblich schätzungsweise 40% der indonesischen Wirtschaft direkt oder indirekt kontrollieren. Aus dieser Tatsache und der Erkenntnis, daß ohne erneute, schwerwiegende Erschütterungen die chinesische Volksgruppe nicht aus dem Wirtschaftsleben ausgeschaltet werden kann, ist die indonesische Regierung in jüngster Zeit bemüht, die Fähigkeiten der Chinesen für die Wirtschaftsentwicklung des Landes zu nutzen. Langfristiges Ziel ist die Assimilierung und Integration eines Großteils der nur etwa 2,6% bis 2,9% der Gesamtbevölkerung umfassenden Minderheit. Sie ist seit 1960 stärker als je zuvor in den Städten konzentriert. Allein in Jakarta waren 1971 etwa 119 700 Chinesen ansässig. Unter oft unverhohlenem Druck der Behörden ändern sie seit 1966 zunehmend ihre Familiennamen. Chinesische Schulen wurden geschlossen und chinesische Bücher und Tageszeitungen verboten. Diese und andere Maßnahmen sollen die „Indonesisierung“ der Kultur und die soziale Integration, zumindest der Peranakan-Chinesen, in die indonesische Gesellschaft beschleunigen. Doch stehen einem dauerhaften Ausgleich nach wie vor zahlreiche Faktoren hemmend entgegen.

Die Gegensätze zwischen der Mehrheit der Bevölkerung und den indischen und arabischen Minoritäten, deren heutige genaue Anzahl unbekannt ist (1954: ca. 130 000 Personen), sind weniger stark ausgeprägt. Beide Bevölkerungsgruppen, die vorwiegend als Kaufleute nach Indonesien kamen und ebenfalls bereits seit Jahrhunderten im Lande ansässig sind, betätigen sich bis heute überwiegend auch im Handel. So sind Inder, die überwiegend von der Malabarküste, aus Madras, dem Punjab und aus Sindh stammen, als Groß- und Einzelhändler für Textilien in zahlreichen Städten, wie Jakarta oder Medan, ansässig. Ähnlich wie die Chinesen verfügen auch sie vielfach noch über enge familiäre Verbindungen zu ihrer Heimat und haben ihre kulturelle Eigenständigkeit weitgehend bewahrt. Teilweise sind sie zu erheblichem Wohlstand gelangt. Daher ist auch ihr Verhältnis zu dem indonesischen Bevölkerungsteil nicht frei von Spannungen, doch stehen sie infolge ihrer geringen Zahl im Schatten der Chinesen. Demgegenüber hat sich die arabische Minderheit, die vorwiegend aus Hadhramaut an der Südküste der arabischen Halbinsel kommt und die sich vor allem in den Hafenstädten, wie etwa in Jakarta, Surabaya, Cirebon oder Palembang, in Handel, Kleinindustrie und in der Pfandleihe betätigt, bereits stärker mit der heimischen Bevölkerung assimiliert. Zwischen ihr und dem „Staatsvolk“ bestehen keine größeren Probleme. Als Moslems wird dieser Minderheit, der vielfach Sympathie und Ansehen entgegengebracht wird, die fortschreitende Integration erleichtert. Der größte Teil dieser ethnischen Gruppe hat inzwischen auch die indonesische Staatsbürgerschaft erworben.

Die einst führenden europäischen und indoeuropäischen Bevölkerungsgruppen (1930: 241 000 Personen) verließen nach der Unabhängigkeit Indonesiens größtenteils das Land. So siedelten sich beispielsweise allein zwischen 1945 und 1955 ungefähr 20 000

Niederländer aus Indonesien in Australien an. Etwa 12 000 bis 14 000 meist christliche „Ambonesen" wurden in die Niederlande übergesiedelt, nachdem 1949 die Kolonialarmee aufgelöst wurde und der Versuch zur Gründung einer unabhängigen Republik „Süd-Molukken" 1950 scheiterte. Vor allem aber während der antiholländischen Kampagne im Verlauf der indonesisch-niederländischen Auseinandersetzungen um Irian Jaya sowie nach der Nationalisierung der holländischen Unternehmen im Jahre 1957/58, war der Exodus dieser Bevölkerungsgruppen besonders stark. Allein zwischen 1955 und 1958 wanderten über 90 000 niederländische Bürger aus. Dieser Abwanderungsprozeß von „Know How" und Kapital hatte in Wirtschaft, Verwaltung, Verkehrswesen usw. gravierende Schwierigkeiten zur Folge. Der Integrationsprozeß der in Indonesien Verbliebenen, die überwiegend indonesische Staatsbürger wurden, schreitet voran.

4.2 Probleme des raschen Bevölkerungswachstums und der ungleichen regionalen Bevölkerungsverteilung

Die aus der extremen insularen Zersplitterung des Staates und der ethnischen Vielfalt des indonesischen Volkes resultierenden sozio-politischen Schwierigkeiten werden von den akuten sozio-ökonomischen und infrastrukturellen Folgeproblemen des rapiden Bevölkerungswachstums und der höchst ungleichen regionalen Bevölkerungsverteilung überschattet. Sie stellen die größten Hindernisse für die Lösungsversuche der komplexen entwicklungspolitischen Aufgaben Indonesiens dar.

Mit einer Bevölkerung von rund 140 Mio. (1978) ist der weiträumige Insel- und Vielvölkerstaat das bevölkerungsreichste Land Asiens nach der VR China und Indien. Von älteren, fehlerhaften Bevölkerungszählungen aus dem Jahre 1905 (37,4 Mio.) und von 1920 (49,3 Mio.) abgesehen, hat sich die Bevölkerung allein zwischen dem Zensus von 1930 und 1978 mehr als verdoppelt. Während die durchschnittliche jährliche Wachstumsrate zwischen 1930 (60,7 Mio.) und 1961 (97 Mio.) noch bei 1,5% lag, beträgt die mittlere Zunahme der letzten 15 Jahre bereits mindestens 2,3%. Zwar haben nicht wenige Entwicklungsländer eine noch weit stärkere Vermehrung der Bevölkerung zu verzeichnen, doch wächst die Einwohnerzahl Indonesiens noch immer mindestens viermal so rasch wie die der Industriestaaten Westeuropas mit durchschnittlich 0,6% (1970/74) pro Jahr.

Obwohl die Säuglings- und Kleinkindersterblichkeit noch immer sehr hoch ist, so daß kaum die Hälfte der Geborenen das 15. Lebensjahr erreicht und die mittlere Lebenserwartung bei nur 48 Jahren liegt (Bundesrepublik: 71 Jahre), ließen medizinischer und hygienischer Fortschritt, systematische Malariabekämpfung, Massenimpfungen usw. die Sterbeziffern, die zwischen 1920 und 1940 noch bis auf 30‰ und mehr beziffert wurden, erheblich absinken. Demgegenüber blieb die Geburtenrate, die im gleichen Zeitraum bei etwa 42‰ bis 48‰ gelegen haben dürfte, weitgehend konstant bzw. fiel nur leicht. Bei rohen Geburtenraten von schätzungsweise 43‰ bis 47‰ im Jahre 1975 (Bundesrepublik = 1976: 9,8‰) und rohen Sterberaten von etwa 20‰ (Bundesrepublik = 1976: 11,9‰) wird das jährliche Bevölkerungswachstum gegenwärtig auf etwa 23‰ bis 27‰ beziffert. Dies bedeutet, daß sich die Bevölkerung pro Jahr um etwa 2,7 bis 3,3 Mio. Menschen vermehrt. Mit dieser Bevölkerungsdynamik vermag die wirtschaftliche Entwicklung nicht Schritt zu halten, so daß sich immense wirtschaftliche, soziale und infrastrukturelle Folgeprobleme einstellen, da Grundbedürfnisse der wach-

Geschätzte Höhe der Geburten- und Sterberaten auf Java und Madura 1905/20–1955/70 (‰)– Fünfzehnjährige gleitende Durchschnitte

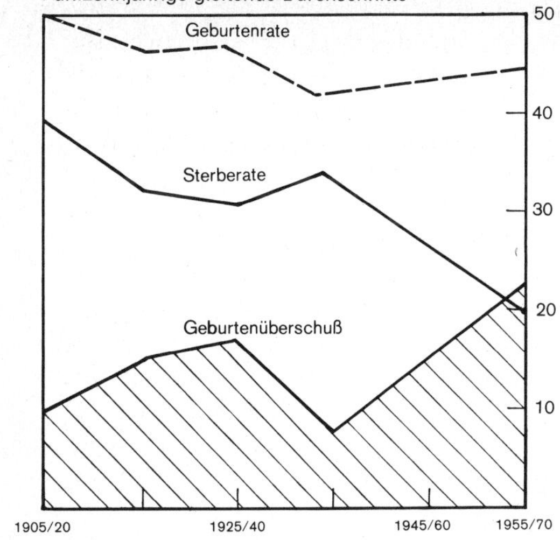

Quelle: W. Röll 1975

senden Bevölkerung nach Nahrung, Wohnung, Erziehung, Gesundheitsfürsorge und Arbeit immer schwieriger zu befriedigen sind.

Um so befremdender erscheint es, daß bis vor wenigen Jahren die Regierung SUKARNO den Bevölkerungsboom mit den nationalen Interessen für durchaus vereinbar hielt. Zwar wurde bereits 1957 die „Indonesian Family Planning Association“ (IFPA) gegründet, doch gingen von ihr nahezu keinerlei Wirkungen aus. Denn für SUKARNO war ein volkreiches Indonesien zugleich auch ein starkes Indonesien. Demgegenüber wurde nach 1965 die dringende Notwendigkeit einer aktiven Bevölkerungspolitik als integraler Bestandteil der nationalen Entwicklungsplanung von der Regierung SUHARTO erkannt. Denn eine starke Vermehrung des Staatsvolkes ist nicht gleichbedeutend mit Gewinn an Macht und politischem Einfluß. Außer der Einrichtung eines nationalen Instituts für Familienplanung im Jahre 1968, verstärkten Aufklärungskampagnen über freiwillige Geburtenkontrolle, mit dem Ziel das jährliche Bevölkerungswachstum auf maximal etwa 2% zu begrenzen, wurden 1972/73 u.a. auch allen im öffentlichen Dienst Tätigen die Kinderbeihilfen ab dem dritten Kind gestrichen. Doch dürfte auch diese drastischste aller bisher getroffenen Maßnahmen nicht wirkungsvoll zur erhofften schnellen Stabilisierung der Bevölkerung beitragen. 1977 bekannten sich erst 4 Mio. Menschen, darunter 3,6 Mio. auf Java und Bali, zum nationalen Familienplanungsprogramm. Dies entspricht etwa 6% der Gesamtbevölkerung im fortpflanzungsfähigen Alter. Das propagierte Leitbild der zukünftigen indonesischen Idealfamilie von Eltern mit maximal drei Kindern deckt sich vielfach nicht mit den traditionellen Vorstellungen und Bedürfnissen der Mehrheit der Bevölkerung, vor allem im agraren Lebensbereich. Auf welche Kinderzahlen die Wünsche vieler Eltern demgegenüber gerichtet sind, zeigt beispielsweise das Ergebnis einer 1969 in der mitteljavanischen Provinz Yogyakarta durchgeführten Befragung, die zu den bevölkerungsreichsten Räumen Javas zählt. (Tab. 2)

Daher hat das staatliche Familienplanungsprogramm noch immer enorme Widerstände zu überwinden. Keineswegs ist eine wirk-

Tabelle 2: Zahl der gewünschten Kinder im Raume Yogyakarta 1969

Zahl der gewünschten Kinder	Anzahl derer, die Kinder wünschen	
	Frauen	Männer
1 - 2	0	0
3 - 4	248	320
5 - 6	371	375

Quelle: U. BEYER 1974

same Reduzierung der Geburtenraten in Indonesien eine bloße Frage der Organisation, wie D. KÜHNE (1975) vermutet, sondern in weit stärkerem Maße ein ethno-kulturelles und sozio-ökonomisches Problem. Denn nicht nur einzelne tradierte Wertvorstellungen, sondern das gesamte überkommene Sozialgefüge der überwiegend bäuerlichen Familien gerät ins Wanken, wenn die Kinderzahl begrenzt werden soll (U. BEYER 1974). Noch immer stärkt familiärer Nachwuchs nicht nur das Sozialprestige der Eltern, sondern Kinder sind zugleich auch vielfach die einzige Hoffnung in einem durch Armut stagnierenden Leben. Sie werden daher auch als die risikosicherste Investition für die Zukunft angesehen. Seit unzähligen Generationen bedeutet eine große Kinderzahl viele Hände zur Beschaffung des Familieneinkommens, einzige Garantie der Alterssicherung, der Versorgung im Krankheitsfalle usw. Daher sollte das in den letzten Jahren namentlich auf Java und Bali teilweise mit sanftem Druck forcierte und seit 1969 u.a. von den USA mit 55 Mio. US-$ unterstützte Familienplanungsprogramm auch keine isolierte Maßnahme darstellen, sondern als integraler Bestandteil der Dorfentwicklungsprogramme zur Verbesserung der Wirtschafts- und Sozialstruktur im ländlichen Raum angesehen werden (U. BEYER 1974). Je schneller hier gravierende Notstände behoben werden, desto schneller dürften auch die Maßnahmen zur Geburtenkontrolle von der Bevölkerung akzeptiert werden. Allerdings wird sich die Bevölkerung in einem kinderfreudigen Land wie Indonesien nicht in kurzer Frist derartigen neuen Leitbildern unterwerfen. Denn noch immer bestimmen Familienverband, traditionelle Normen und dörfliche Sozialstruktur weitgehend Denk- und Handlungsweisen des größten Teils der Bevölkerung. Mit der Tradition brechende Innovationsangebote werden nur von relativ kleinen Gruppen freiwillig aufgenommen und verwirklicht. Aber selbst unter der unwahrscheinlichen Prämisse einer schnellen Änderung des generativen Verhaltens wird die Bevölkerung noch lange aus der Dynamik ihrer gegenwärtigen Altersstruktur heraus wachsen. Mehreren realistischen Prognosen zufolge dürfte sich die derzeitige Bevölkerung Indonesiens bei gleichbleibendem Fortpflanzungsverhalten in etwa 30 Jahren verdoppelt haben. Im Jahre 2000 wird mit einer Gesamtbevölkerung von etwa 240 Mio. Menschen gerechnet, wovon wenigstens 120 Mio. auf Java leben werden. Diese Bevölkerungsdynamik dürfte jeden wirtschaftlichen Fortschritt mit dem Ziel einer Hebung des Lebensstandards der Mehrheit der Bevölkerung über das physische Existenzminimum hinaus unmöglich machen. Die Arbeitslosen von morgen sind bereits geboren.

Außer dem schnellen Bevölkerungswachstum belasten jedoch auch die extremen Unterschiede in der regionalen Bevölkerungs-

Bevölkerungsprojektionen für Java und Indonesien 1971 – 2026

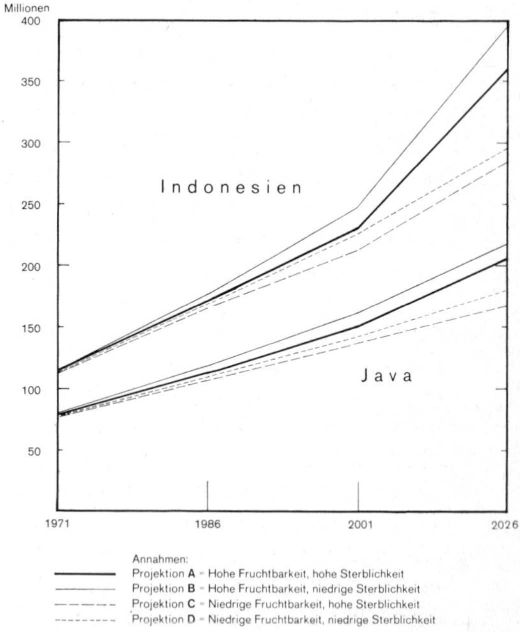

Entwurf: W. Röll nach BAPPENAS 1975

Tabelle 3: Bevölkerungsentwicklung zwischen 1800 und 1975 auf Java und Madura

Jahr	Bevölkerung in Mio.	Bevölkerungsdichte in E/qm
1800	ca. 6,0	ca. 45
1850	ca. 12,5	ca. 93
1900	28,4	218
1930	41,7	316
1961	62,9	467
1971	76,1	565
1975	83,5	632

Quellen: J. C. BREMAN 1963; WIDJOJO NITISASTRO 1970; W. RUTZ 1976

verteilung die wirtschaftliche und soziale Entwicklung Indonesiens nachdrücklich. Denn mehr als 63 % der Gesamtbevölkerung des Landes leben auf der Insel Java (1975), die aber nur weniger als 7 % der Landfläche des Staates umfaßt. Dieser einseitigen Bevölkerungskonzentration liegt ein vielschichtiger Ursachenkomplex zugrunde. Faktoren wie der gegenüber den übrigen Inseln frühere Aufbau des Gesundheitsdienstes, Seuchenbekämpfungen, sinkende Sterbeziffern (gegenwärtig etwa 19‰), niedriges Heiratsalter (24 Jahre für Männer, 18 Jahre für Frauen), hohe Fruchtbarkeit (Geburtenrate: ca. 42‰ bis 44‰), Ausweitung und Intensivierung der Agrarproduktion bei meist sehr günstigen natürlichen Erzeugungsbedingungen, Wanderungsgewinne usw. ließen die Bevölkerung Javas von schätzungsweise 6 Mio. um 1800 auf etwa 83,5 Mio. im Jahre 1975, d.h. um fast das Vierzehnfache, anwachsen. Die durchschnittliche Bevölkerungsdichte stieg von etwa 45 E/qkm (1800) auf 632 E/qkm (1975) an. (Tab. 3)

Diese Durchschnittswerte vermitteln jedoch kein wirkliches Bild der Problematik. Denn während beispielsweise Teile von Südwest- und Nordost-Java Bevölkerungsdichten von unter 200 E/qkm aufweisen, finden sich vor allem in Zentral-Java, wie etwa im Raume zwischen Yogyakarta und Surakarta, aber auch im Osten der Insel, Bevölkerungsdichten von 1500 bis über 2000 E/qkm. Nicht einmal das hochindustrialisierte Ruhrgebiet (1971: 1583 E/qkm) erreicht diese Bevölkerungskonzentrationen.

Aber auch innerhalb Gesamt-Indonesien ist die regionale Bevölkerungsverteilung wesentlich differenzierter als es zunächst der vereinfachte Gegensatz zwischen dem übervölkerten Java und der „menschenleeren" übrigen Inselwelt suggeriert. Denn beispielsweise auch auf Bali, Lombok, Süd-Sulawesi, Süd-Kalimantan, Nordost- und Teilen West-Sumatras, Lampung oder auf Timor werden in verschiedenen Bezirken heute bereits Bevölkerungskonzentrationen zwischen 300 und 400 E/qkm erreicht. Vereinzelt werden diese Werte sogar noch beträchtlich überschritten, denn auf den genannten Inseln wächst die Bevölkerung noch rascher als auf Java. So liegen etwa in einzelnen Distrikten Süd-Balis die Bevölkerungsdichten zwischen 500 und 750 E/qkm. In Teilen Sikkas auf Flores ermittelte J. METZNER (1977) sogar Werte von mehr als 1000 E/qkm. Ähnliches gilt beispielsweise auch für den Landkreis Parepare in Süd-Sulawesi, dessen Bevölkerungskonzentration mit über 700 E/qkm ebenfalls bereits javanischen Verhältnissen entspricht. Diesen Gebieten mit sehr hohen, in Deutschland nur in städtischen Verdichtungsräumen erreichten Bevölkerungskonzentrationen, stehen anderenorts auf Sumatra, Sulawesi, Kalimantan, den Molukken, Nusatenggara und in Irian Jaya durchschnittliche Dichten von nur 10 bis 15 E/qkm gegenüber. In den bisher wenig erschlossenen Regenwaldgebieten und Küstentiefländern Kalimantans und Irian Jayas

Bevölkerungsverteilung und Bevölkerungsdichte nach Provinzen 1975

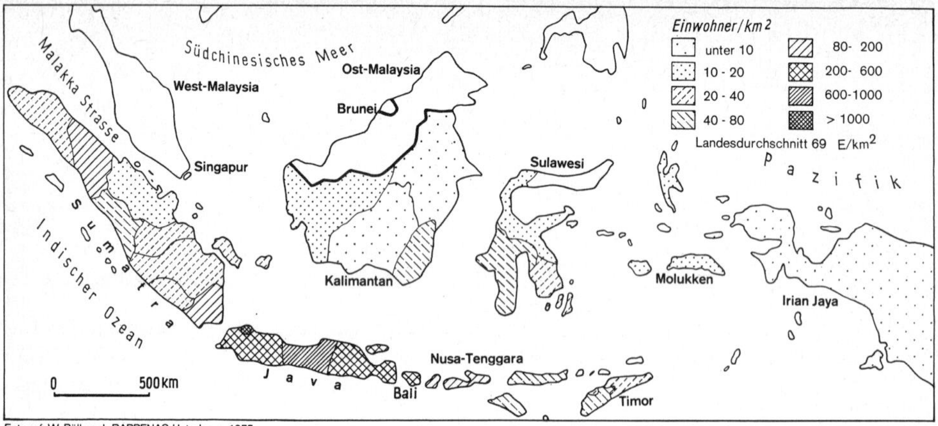

Entwurf: W. Röll nach BAPPENAS-Unterlagen 1975

Bevölkerungsdichte auf Java und Madura 1971 nach Kabupaten

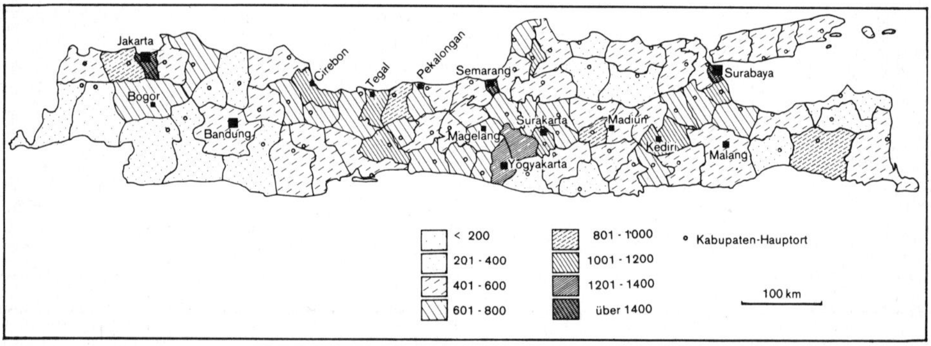

Quelle: Penduduk Java - Madura 1970 Entwurf: W. Röll

Städte über 100 000 Einwohner

Jakarta	4 576 000	Surakarta	448 500	Bogor	186 400	Pekalongan	106 500
Surabaya	1 549 000	Malang	397 600	Kediri	175 900	Tegal	105 500
Bandung	1 153 700	Yogyakarta	390 400	Madiun	136 900		
Semarang	614 000	Cirebon	204 000	Magelang	108 600		

sinken sie sogar auf durchschnittlich 5 bis 3 E/qkm. Doch sind auch diese Kennziffern wenig aussagekräftig. Denn weite Teile dieser Inseln sind ebenfalls nur scheinbar unterbevölkert. Bereits heute ist ihre agrare Tragfähigkeit – bei Böden mit vielfach nur mittlerer oder geringer natürlicher Produktivität sowie den dort vorherrschenden Landwechselwirtschaften mit ihrem hohen Flächenbedarf und ihrer geringen Produktivität – vielfach schon erheblich überschritten. J. K. METZNER (1976, 1977) hat dies jüngst für Teile von Nusatenggara beispielhaft nachgewiesen. Trotz dieser Feststellung, stellt jedoch die Überbevölkerung Javas und Balis eines der gravierendsten Probleme und zugleich eine der dringendsten Aufgaben zur Lösung der vielfältigen und schwerwiegenden sozio-ökonomischen Schwierigkeiten Indonesiens dar. (Tab. 4)

Tabelle 4: Verteilung, Dichte und Wachstum der Bevölkerung Indonesiens

Provinz	Fläche qkm	Einwohner 1975 in 1000	Bevölkerungsdichte 1975 E/qkm	Anteil der Einwohner an der Ges.-Bevölk. 1975 %	Durchschnittl. jährliches Bevölkerungswachstum 1971 zu 1961 %
Hauptstadt – Region Jakarta	590	5800	9830	4,4	4,6
West-Java	46300	23320	504	17,7	2,1
Mittel-Java	34206	24098	704	18,2	1,7
D.I.Yogyakarta	3169	2332	736	1,8	1,1
Ost-Java	47922	27984	584	21,2	1,6
JAVA	132187	83534	632	63,2	1,9
D.I. Aceh	55392	2360	43	1,8	2,1
Nord-Sumatra	70787	7551	107	5,7	2,0
West-Sumatra	49778	3068	62	2,3	1,9
Riau	94562	1888	20	1,4	1,8
Jambi	44924	1180	26	0,9	3,5
Süd-Sumatra	103688	3776	36	2,8	2,2
Bengkulu	21168	708	33	0,5	2,5
Lampung	33307	3067	92	2,3	5,2
SUMATRA	473606	23598	50	17,9	2,8
West-Kalimantan	146760	2263	15	1,7	2,5
Mittel-Kalimantan	152600	785	5	0,6	3,5
Süd-Kalimantan	37660	1899	50	1,4	1,4
Ost-Kalimantan	202440	826	4	0,6	2,9
KALIMANTAN	539460	5773	11	4,4	2,3
Nord-Sulawesi	19023	1912	100	1,4	2,8
Mittel-Sulawesi	69726	1052	15	0,8	2,8
Süd-Sulawesi	72781	5832	80	4,4	1,4
Südost-Sulawesi	27686	765	28	0,6	2,5
SULAWESI	189216	9561	50	7,2	1,9
Bali	5561	2314	416	1,8	1,8
West-Nusatenggara	20177	2411	119	1,8	2,0
Ost-Nusatenggara	47876	2604	54	2,0	1,6
Maluku	74505	1254	17	1,0	2,5
KL. SUNDA-INS. u. MOLUKKEN	148119	8583	58	6,5	2,0
IRIAN JAYA	421981	1061	3	0,8	2,0
INDONESIEN	1904569	132110	69	100,0	2,26

Quelle W. RUTZ 1976

Bevölkerungsentwicklung

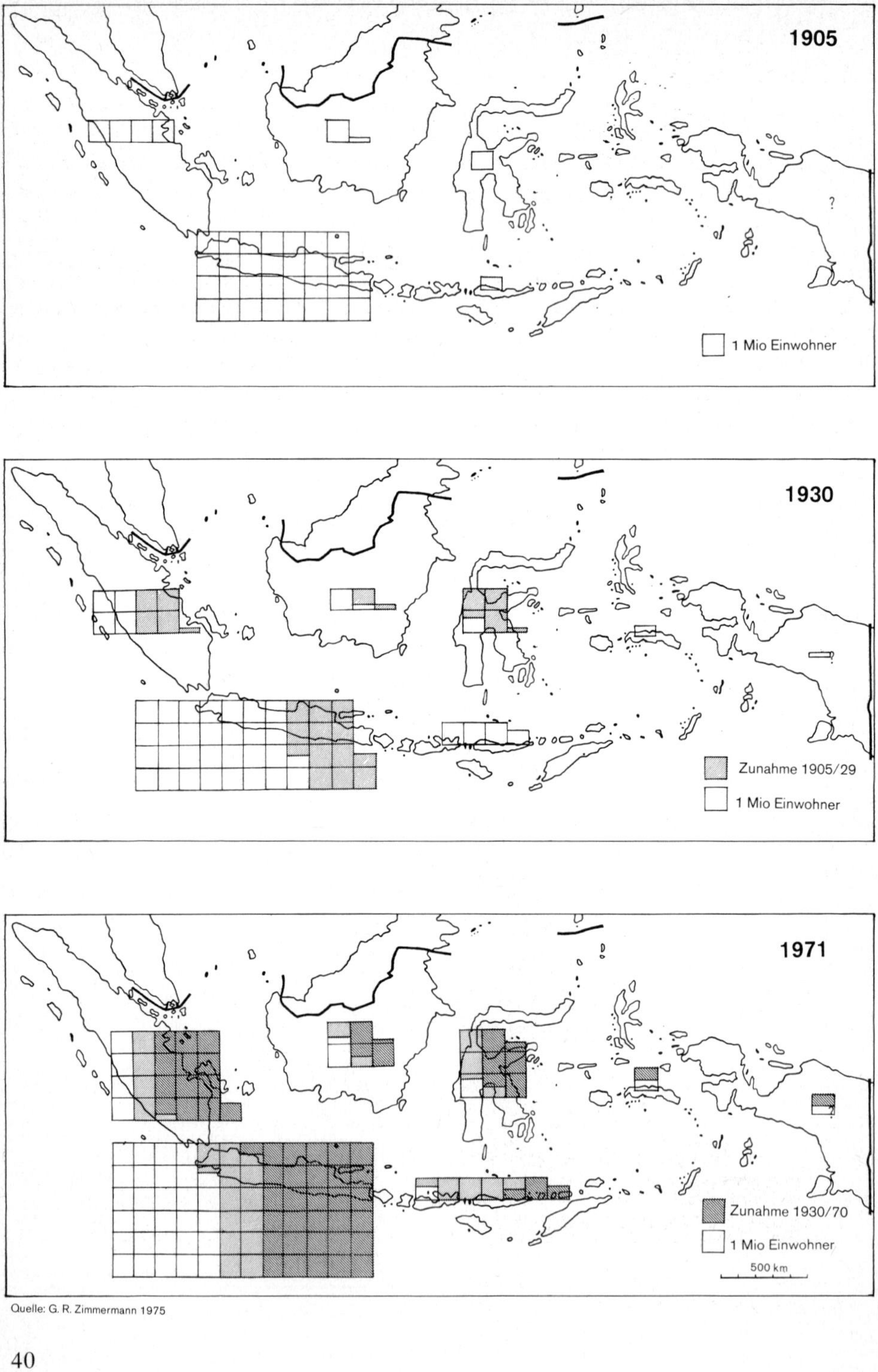

Quelle: G. R. Zimmermann 1975

4.2.1 Altersgliederung, Erwerbsstruktur und Beschäftigungsprobleme der Bevölkerung

Das schnelle natürliche Bevölkerungswachstum und die niedrige mittlere Lebenserwartung beeinflussen u. a. die Altersgliederung und damit die Erwerbsstruktur der Bevölkerung nachhaltig. Dem hohen Prozentsatz von Kindern und Jugendlichen an der Gesamtbevölkerung von 44,1% und der Altersgruppe von 65 und mehr Jahren mit etwa 2,5%, steht ein relativ geringer Bevölkerungsanteil von 53,4% im erwerbsfähigen Alter zwischen 15 und 64 Jahren gegenüber (1971). Abgesehen von Größe und Geschlechtergliederung der Bevölkerung, die 1971 durch ein Übergewicht des weiblichen zum männlichen Bevölkerungsteil von 100:98 bestimmt wurde, zeigt die Alterspyramide mit ihrer breiten Jugendbasis und extrem schmalen Altersspitze zugleich auch die für alle Entwicklungsländer typischen Merkmale einer sehr ungleichmäßigen Verteilung der Altersgruppen bei rasch wachsender und sich damit verjüngender Bevölkerung. Das bedeutet, daß einerseits das Leistungs- und Konsumpotential der Bevölkerung wächst, andererseits aber auch, daß zugleich neue Möglichkeiten der Bedarfsdeckung in zumindest demselben Zeitraum bereit gestellt werden müssen, in dem die unteren Jugendgruppen in das Erwerbsalter gelangen. Hinzu kommt, daß sie

Gesamtbevölkerung nach Alter und Geschlecht 1971

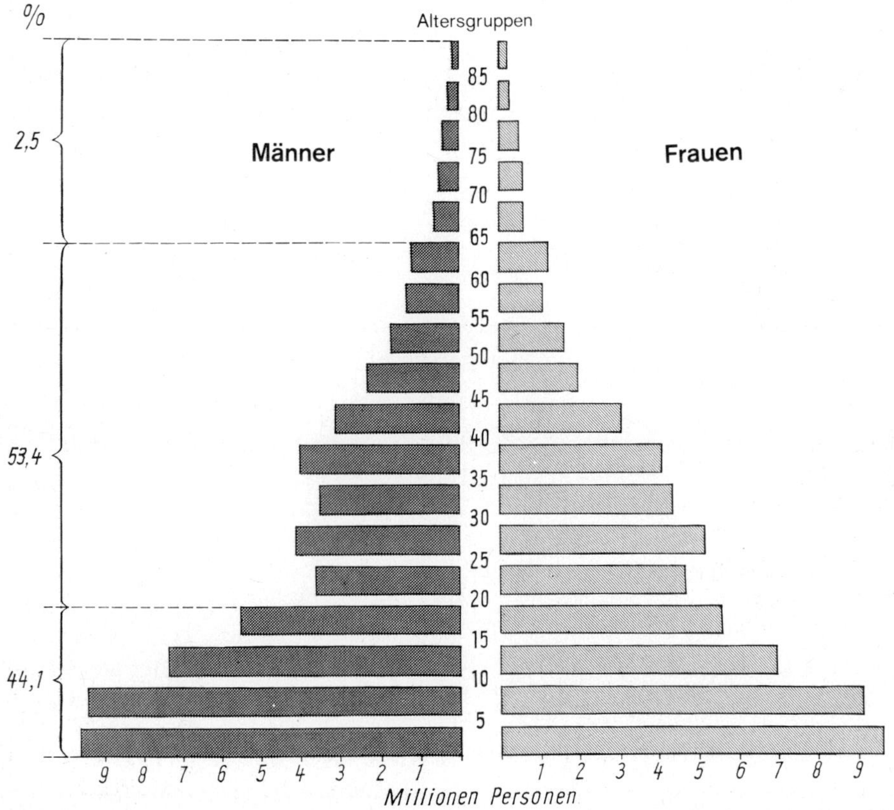

Entwurf: W. Röll nach Sensus Penduduk 1970

Tabelle 5: Arbeitslose nach Altersgruppen in Indonesien 1972

Altersgruppe	Arbeitslose in Städten in %	Arbeitslose im ländlichen Raum in %
10 – 14	6,8	9,2
15 – 19	26,5	23,3
20 – 24	30,2	18,1
über 25	36,5	49,4
Gesamt:	100,0	100,0

Quelle: J. B. DONGES u. a. 1974

etwa zur selben Zeit auch ins reproduktionsfähige Alter eintreten und so das Bevölkerungswachstum weiter beschleunigen. Dieses Problem ist nur zu entschärfen, wenn es gelingt, die Basis der Bevölkerungspyramide mittels Geburtenbeschränkung so zu verkürzen, wie sie für stationäre oder schrumpfende Bevölkerungen kennzeichnend ist (D. KÜHNE 1975). Auch ein Vergleich mit dem Zensus von 1961 verdeutlicht die skizzierte Entwicklung. Während der Anteil der Bevölkerung im noch nicht arbeitsfähigen Alter im Jahre 1961 bei 42,1% lag, betrug er 1971 bereits 44,1%. Der Prozentsatz der Altersgruppen im erwerbsfähigen Alter sank dementsprechend von 55,3% (1961) auf 53,4% (1971) ab.

Da infolge der geringen Besetzung der mittleren Altersgruppen auch die Erwerbsbeteiligung und die Erwerbsquote mit ca. 36% (Bundesrepublik: 44%) relativ niedrig sind, bedeuten Unterhalt, Erziehung, Ausbildung usw. eine schwere Belastung für die im Erwerbsleben stehende Bevölkerung. Zugleich bleiben aber bei der niedrigen mittleren Lebenserwartung die Effekte dieser Investitionen später im Produktionsprozeß vielfach aus oder sind nur schwach. Bei etwa 39,2 Mio. „Erwerbspersonen" und zugleich etwa 55,2 Mio wirtschaftlich weitgehend inaktiver Menschen im Kindes- und Rentenalter, hatten 1971 100 im Erwerbsleben stehende Personen nicht weniger als 141 Menschen zu unterhalten, die noch nicht oder nicht mehr voll arbeiten konnten (Bundesrepublik: 100:128). Doch entspricht diese Feststellung bei weitem nicht der Wirklichkeit. Denn unter Berücksichtigung der großen Zahl Arbeitsloser als Folge fehlender komplementärer Produktionsfaktoren erhöht sich dieser Wert noch beträchtlich. Nach Schätzungen aus dem Jahre 1975 zählte Indonesien zu diesem Zeitpunkt etwa 11 Mio. Arbeitslose, d.h. etwa das Zehnfache der Bundesrepublik. Mehr als die Hälfte von ihnen waren Jugendliche bis zu 24 Jahren. Der Anteil dieser Altersgruppe an der Gesamtzahl der Arbeitslosen war in den städtischen Ballungsgebieten höher als in den ländlichen Räumen. (Tab. 5)

Die vorgenannte Arbeitslosenzahl von etwa 11 Mio. Personen entspricht mehr als 17% der Gesamtbevölkerung im erwerbsfähigen Alter und bedeutet zugleich, daß 100 Erwerbstätige nicht 141, sondern bereits mindestens 159 Nichterwerbstätige zu unterhalten haben. Aber auch diese Rechnung trügt, denn in ihr ist die hohe Zahl der Unterbeschäftigten noch nicht berücksichtigst. Daher ist die tatsächliche Situation noch wesentlich prekärer. Die „verdeckte" Arbeitslosigkeit ist quantitativ exakt nur schwer ermittelbar, denn statistisch ist sie nicht erfaßt. Im September 1974 bezifferte der indonesische Arbeitsminister das Arbeitskräftepotential des Landes auf etwa 43 Mio. Personen, wovon jedoch nur etwa 2 bis 3 Mio., d.h. 5% bis 7%, über feste Arbeitsplätze außerhalb der Landwirtschaft verfügten und einer regelmäßigen Beschäftigung nachgingen. Anderen

Schätzungen aus dem Jahre 1975 zufolge, betrug die Zahl der Unterbeschäftigten etwa zwischen 17 Mio. und 25 Mio., d.h. ca. 39% bis 57% aller Erwerbstätigen. Gleichzeitig besteht ein beträchtlicher Mangel an qualifizierten Erwerbspersonen. So waren beispielsweise etwa 40% aller 1974 angebotenen offenen Stellen nicht mit entsprechend befähigten Arbeitskräften zu besetzen.

Arbeitslosigkeit, aber vor allem Unterbeschäftigung sind bei etwa 600 000 bis 700 000 Jugendlichen, die allein auf Java pro Jahr das erwerbsfähige Alter erreichen, auf dieser Insel besonders stark verbreitet. Klassisches Beispiel für die Unterbeschäftigung ist der Agrarsektor. Dort wird sie durch den Rückgang der Plantagenwirtschaft seit dem Zweiten Weltkrieg, insbesondere aber durch den saisonalen Arbeitskräftebedarf in der Landwirtschaft verstärkt. Ihr wahres Ausmaß ist auch hier kaum genau faßbar, so daß ebenfalls auf Schätzungen zurückgegriffen werden muß. Stichprobenerhebungen ergaben, daß bereits 1958 nur etwa 5% der erwerbstätigen Männer mit landwirtschaftlichem Hauptberuf das ganze Jahr hindurch 7 Stunden und mehr beschäftigt waren (H. Wander 1965). Das ungefähre Ausmaß der Unterbeschäftigung ist auch aus den Ergebnissen eines 1958/59 auf Java und Madura durchgeführten Mikrozensus ablesbar. Sie verdeutlichen die starken saisonalen Schwankungen der Beschäftigung in der Landwirtschaft. Vor allem zu Zeiten der Ernten kumuliert der Arbeitskräfteeinsatz. In der Zwischenzeit ist zwar niemand untätig, aber auch nicht voll produktiv beschäftigt. (Tab. 6)

Unter Zugrundelegung dieser Daten dürften Regierungsberechnungen zufolge seinerzeit allein auf Java und Madura schätzungsweise etwa 35% der während der Stoßzeiten in der Landwirtschaft tätigen Personen und sogar 53% in den arbeitsschwachen Zeiten unterbeschäftigt gewesen sein. Die fehlenden oder höchst unzureichenden Existenzgrundlagen können nur notdürftig durch innerfamiliäre Hilfen, Gelegenheitsarbeiten usw. ausgeglichen werden. Diese auf Java am krassesten ausgeprägte Problematik ist jedoch keineswegs nur auf diese Insel beschränkt. Ähnlich kritisch ist auch die Arbeitsmarktsituation in den dichtbevölkerten Regionen der übrigen Inseln. Beispielhaft sei etwa auf die Insel Bali verwiesen, die 1971 eine durchschnittliche Arbeitslosenquote von 20% aufwies (H. Canisius 1976) oder auf die Provinz Nord-Sumatra, deren Arbeitslosen- und Unterbeschäftigtenquote bereits im Jahre 1965 auf mindestens 14% beziffert wurde (Pasaribu und Sitorus 1969).

Etwa 11 Mio. Arbeitslose und mindestens 17 Mio. Unterbeschäftigte reduzieren die effektive Zahl der Erwerbstätigen auf schätzungsweise nur etwa 34 Mio. Nach dieser wirklichkeitsgetreueren Betrachtung leben somit 100 Mio. Menschen von der Produktivkraft von nur 34 Mio. Diese unverhältnismäßig schwere Belastung vermag der Staat bzw. die wenig differenzierte, 1971 noch zu etwa 62,2% in der Land- und Forstwirtschaft tätige Bevölkerung (Bundesrepublik: 7,5%) nicht zu tragen. Denn auch die Arbeitsproduktivität ist infolge unzulänglicher Ausbildung, schlechtem Gesundheitszustand und unzureichender Ernährung vieler Erwerbstä-

Tabelle 6: Saisonale Beschäftigungsschwankungen in der Landwirtschaft Javas

Tägliche Arbeitszeit	Beschäftigte in Millionen	
	Hauptsaison	Nebensaison
6 Stunden und länger	7,37	0,47
4 bis unter 6 Stunden	7,10	4,72
1 bis unter 3 Stunden	1,27	8,12

Quelle: K. Horstmann 1964

tiger, Kapitalmangel usw. niedrig. 1971 erreichte die gesamtwirtschaftliche Arbeitsproduktivität in Indonesien beispielsweise nur knapp 1 % des in Japan und nur 0,6 % des in der Bundesrepublik realisierten Niveaus (U. Harms 1973).

Die sich aus dieser Diskrepanz zwischen wirtschaftlich aktiver und inaktiver Bevölkerung für die wirtschaftliche Entwicklung und Integration Indonesiens ergebenden Probleme sind gravierend. Sie wurden bereits 1965 von H. Wander beschrieben und werden hier in leicht modifizierter Form wiedergegeben. „Durch die hohe Konsumlast, die zum Einsatz aller verfügbaren Kräfte – auf Kosten besserer Ausbildung – drängt, wird die Investitionsfähigkeit eingeengt und zugleich die Effizienz des knappen Kapitals reduziert. Aus der geringen Leistung der erwerbstätigen Kinder, der erschöpften Kraft der alten Erwerbspersonen und der zeitweiligen Mithilfe der Frauen erwächst der Volkswirtschaft kein effektiver Gewinn, denn diese Tätigkeiten drücken die Arbeitsproduktivität, mindern die Fähigkeit zur besseren Ausbildung des Nachwuchses und begrenzen somit die Möglichkeit, Leistung und Einkommen nachhaltig zu heben. Dadurch wiederum bleibt die wirksame Nachfrage nach Gütern und Diensten zu einseitig und starr. Durch den Mangel an Kapital und Absatz zugleich gehemmt, konnte sich die Wirtschaft Indonesiens weder funktional noch räumlich genügend weiten. Während der vergangenen drei Jahrzehnte änderte sich die Wirtschafts- und Erwerbsstruktur nicht sehr wesentlich. Daher wurde auch die Masse des wachsenden Arbeitspotentials von der bäuerlichen Kleinlandwirtschaft und den wenig ergiebigen Branchen des Kleinhandels und der Dienste absorbiert, deren geringe Einkommen und Leistungsansprüche dem Nachwuchs keine Gelegenheit boten, seine Lebens- und Wirtschaftsweise grundlegend zu ändern und sich technisch und organisatorisch zu qualifizieren. Dieser verhängnisvolle Kreislauf, in dem sich Mangel an Kapital, Leistung und Kaufkraft als Folge überhöhter Konsumlast gegenseitig bedingen und stützen, wirkt in allen südostasiatischen Entwicklungsländern unabhängig von der physischen Bevölkerungsdichte und den Bodenreserven. Er zeigt sich in der einseitigen Produktions- und Erwerbsstruktur, der unrationellen Nutzung reicher oder knapper natürlicher Hilfsquellen und im Unvermögen, das Arbeitspotential zu beschäftigen. In Indonesien ist er aber besonders verhängnisvoll, weil er die Koordinierung der räumlich getrennten Wirtschaftssysteme hemmt und dadurch beiträgt, die regionalen Gegensätze in der Verteilung und Versorgung der Bevölkerung zu festigen."

Neben dem raschen Bevölkerungswachstum und der sehr ungleichen regionalen Bevölkerungsverteilung sind somit die offene und verdeckte Arbeitslosigkeit die schwerwiegendsten Probleme der indonesischen Gesellschaft, zumal die Regierung auch finanziell nicht zur Zahlung von Arbeitslosenunterstützung in der Lage ist. Die Schwierigkeiten auf dem Arbeitsmarkt vergrößern sich von Jahr zu Jahr. Denn das Arbeitskräftepotential des Landes wächst jährlich um schätzungsweise 2,5 % bis 2,6 %. Das bedeutet, daß in jedem Jahr mehr als 1 Mio. neue Arbeitssuchende und im Verlauf des gegenwärtig laufenden Fünfjahresplanes (REPELITA II) von 1974 bis 1979 also insgesamt etwa 5,7 Mio Menschen neu auf den Arbeitsmarkt drängen und um das ohnehin zu knappe Arbeitsplatzangebot konkurrieren. (Tab. 7)

Für den Zeitraum zwischen 1978 und 1985 wird, einer Langzeitstudie über die indonesische Wirtschaftsentwicklung zufolge, die jährliche Zuwachsrate an Arbeitskräften sogar auf 1,4 Mio. ansteigen. Hiervon entfallen etwa 800 000 neue Arbeitssuchende pro Jahr auf Java und Madura. Bis zum Jahre 2000 dürfte sich das Arbeitskräftepotential damit von gegenwärtig etwa 48 Mio. auf über 80 Mio. Menschen erhöhen. Von der vollen Integration der Unterbeschäftigten in den Ar-

Tabelle 7: Entwicklung des Arbeitskräftepotentials in Indonesien zwischen 1973 und 1978

Jahr	Erwerbsfähige in 1000	Jährlicher Zuwachs in 1000	Jährliches Wachstum in %
1973	42417	–	–
1974	43477	1060	2,50
1975	44573	1096	2,52
1976	45714	1141	2,56
1977	46898	1184	2,39
1978	48126	1228	2,62

Quelle: SUBROTO 1975

beitsprozeß abgesehen, müßten demzufolge jährlich mehr als 1 Mio. zusätzlicher Arbeitsplätze bereitgestellt werden, wollte man auch nur die Arbeitslosigkeit auf dem gegenwärtigen Stand halten. Legt man die von der indonesischen Regierung 1976 auf 3000 US-$ bezifferte Mindestinvestitionssumme für die Schaffung eines neuen Arbeitsplatzes zugrunde, so wären hierfür – bei einer jährlichen Zuwachsrate von gegenwärtig etwa 1,2 Mio. neuer Arbeitskräfte – Gesamtaufwendungen von mindestens 3,6 Milliarden US-$ pro Jahr erforderlich. Die Regierung steht somit vor gewaltigen Aufgaben und vor einem Volk mit großen, weitgehend unerfüllten Hoffnungen. Aber selbst für einen technisch und administrativ hochentwickelten Industriestaat dürften diese beschäftigungspolitischen Aufgaben kaum lösbar sein. So ist es auch nicht verwunderlich, daß zwischen 1967 und 1977 zwar Investitionen ausländischer Firmen in Höhe von mehr als 6,6 Milliarden US-$ in Indonesien genehmigt, dabei aber nur insgesamt 485 620 neue Arbeitsplätze geschaffen wurden. Hierzu trug u. a. die Übernahme hochentwickelter westlicher Technologien wesentlich bei. Teilweise hatten die Industrialisierungsprojekte der letzten Jahre sogar den gegenteiligen Effekt, in dem sie das Heimgewerbe verdrängten und zahlreiche Arbeitsplätze vernichteten. So hat beispielsweise eine am Stadtrand von Jakarta errichtete vollautomatische Abfüllanlage der Firma Coca Cola, die nur 28 Arbeiter beschäftigt, 400 kleine einheimische Limonadenproduzenten zur Aufgabe ihres Geschäftes gezwungen. Derartige Beispiele ließen sich vermehren.

Eine weitere Folge des raschen Bevölkerungswachstums ist ferner, daß sich die Zahl der „Erwerbstätigen" von 20,9 Mio. (1930) über rund 33 Mio. (1961) auf 40,1 Mio. (1971) erhöhte. Doch dehnte sich dieses Zunehmen von Arbeit nur quantitativ aus, ohne wesentlich differenzierter und produktiver zu werden. Denn trotz einer gewissen Verbreiterung der industriellen Basis und Erweiterung der Branchenstruktur waren 1971 erst 8,7% der Erwerbspersonen auf Java und sogar nur ca. 7,4% in Indonesien im produzierenden Gewerbe tätig (Bundesrepublik: 48,1%). (Tab. 8)

Folge des unzulänglichen industriell-gewerblichen Arbeitsplatzangebots war und ist eine ständige Zunahme der agraren Erwerbsbevölkerung bzw. der landwirtschaftlichen Bevölkerung insgesamt. Auf Grund der noch immer starken sozialen Bindungen innerhalb der Familien-, Klan- und Dorfgemeinschaften werden mehr und mehr Menschen in der Landwirtschaft untergebracht. Bereits in jungen Jahren wachsen die Kinder in die ländliche Arbeitswelt hinein. Durch diese Involution wurde bisher zwar eine Massenarbeitslosigkeit und „Proletarisierung" der Bevölkerung im ländlichen Raum verhindert, doch hat der Überbesatz der Betriebe sinkende Arbeitsproduktivität und Rentabilität zur Folge. Gut ein Viertel bis ein Drittel aller in der Landwirtschaft tätigen Arbeitskräfte

Tabelle 8: Erwerbstätige nach Wirtschaftsbereichen und Regionen in Indonesien 1971

Wirtschaftsbereiche	Indonesien		Java		Sumatra		Kalimantan		Sulawesi		Sonstige Inseln	
	Zahl in 1000	%	Zahl in 1000	%	Zahl in 1000	%	Zahl in 1000	%	Zahl in 1000	%	Zahl in 1000	%
Land-, Forstwirtschaft, Fischerei	24945	62,2	15229	57,8	4900	71,4	1212	72,2	1504	63,0	2100	74,7
Bergbau	92	0,2	32	0,1	55	0,8	3	0,1	1	–	1	–
Verarbeitendes Gewerbe	2953	7,4	2302	8,7	183	2,7	41	2,5	237	9,9	190	6,8
Energie, Wasser	39	0,1	27	0,1	5	0,1	3	0,1	1	–	3	0,1
Baugewerbe	750	1,9	522	2,0	110	1,6	25	1,5	37	1,6	56	2,0
Handel	4152	10,4	3309	12,6	460	6,7	95	5,7	159	6,7	129	4,6
Verkehr, Nachrichten	933	2,3	651	2,5	134	1,9	46	2,7	81	3,4	21	0,7
Banken	99	0,2	75	0,3	14	0,2	2	0,1	5	0,2	3	0,1
Andere Dienstleistungen	3981	9,9	2859	10,8	568	8,3	132	7,9	232	9,7	190	6,7
Sonstige	1750	4,4	1112	4,2	343	5,0	109	6,5	83	3,5	103	3,7
Erstarbeitssuchende	409	1,0	246	0,9	89	1,3	11	0,7	47	2,0	16	0,6
Gesamt	40103	100,0	26364	100,0	6861	100,0	1679	100,0	2387	100,0	2812	100,0

Quelle: Statistical Pocketbook of Indonesia 1972/73

Wandel der Erwerbstätigenstruktur 1961–1980

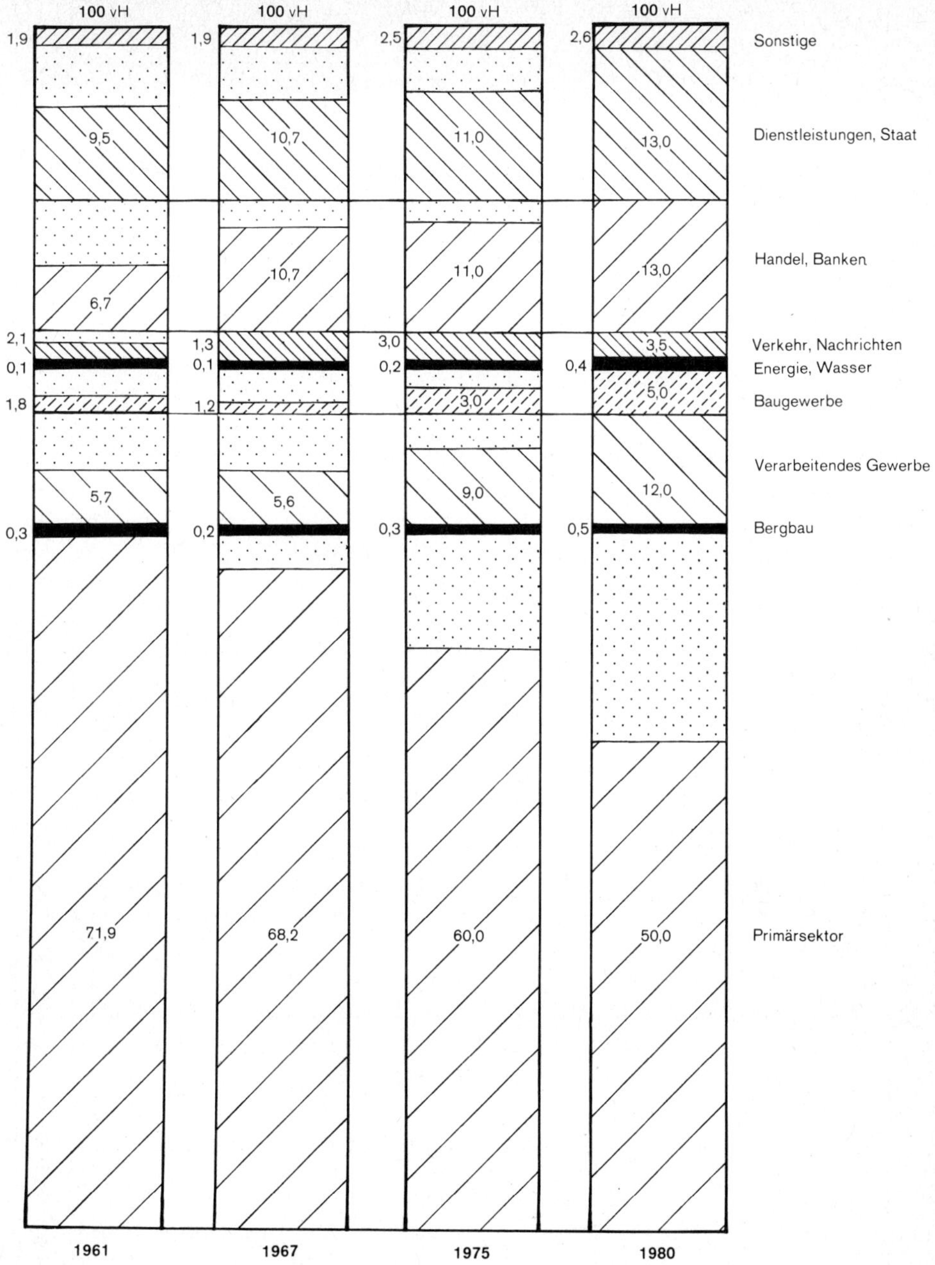

Quelle: U. Harms 1973

könnten bei Vollbeschäftigung der übrigen ohne Beeinträchtigung der Produktion in andere Wirtschaftszweige abgezogen werden (Widjojo Nitisastro 1970). Agrarquoten von durchschnittlich 65% bis 75%, die in verschiedenen Teilen Zentral-Javas sogar auf über 85% ansteigen, sind ein beredter Ausdruck dieses Trends. Er dürfte sich nach Feststellungen der FAO bis zur Jahrhundertwende fortsetzen.

Diese beängstigende Entwicklung steht nicht im Widerspruch zu der Tatsache, daß der prozentuale Anteil der landwirtschaftlichen Erwerbsbevölkerung von 71,9% (1961) auf 62,2% (1971) zurückging (Bundesrepublik: 7,5%) und auch zukünftig zugunsten des verarbeitenden Gewerbes, des Bergbaus usw. rückläufig sein wird. Denn diese prozentuale Verminderung darf nicht darüber hinwegtäuschen, daß absolut weiterhin mit einer starken Zunahme der Agrarbevölkerung zu rechnen ist und damit auch in Zukunft in diesem Wirtschaftsbereich die weitaus meisten Arbeitskräfte beschäftigt sein werden. So wird nach einer Schätzung der indonesischen Regierung die agrare Erwerbsbevölkerung von etwa 26,1 Mio. Personen (1975) über 27,4 Mio. (1980) auf ca. 28,9 Mio. Menschen im Jahre 1985 ansteigen (S. B. Joedono 1977). Hieraus folgert, daß der Landwirtschaft auch in den nächsten Jahrzehnten eine entscheidende beschäftigungspolitische Bedeutung zukommt. Die große Masse der auf dem Lande Geborenen wird weiterhin auf eine Beschäftigung in der Landwirtschaft oder auf dem Lande angewiesen bleiben. Der Schaffung neuer Arbeitsplätze in den ländlichen Räumen kommt somit vorrangige Bedeutung zu. Nicht zuletzt auch deshalb, um den schnell fortschreitenden Urbanisierungsprozeß durch die Schaffung attraktiver ruraler Arbeits- und Lebensbedingungen zu verlangsamen.

Auch der gegenüber 1930 stark angewachsene Prozentsatz der Erwerbspersonen im Dienstleistungsbereich von 12,8% auf 23,1% im Jahre 1971 (Bundesrepublik: 43,2%) ist ebenfalls primär kein Merkmal wirtschaftlicher Gesundung, sondern überwiegend nur Ausdruck fehlender differenzierter Beschäftigungsmöglichkeiten. Denn der Arbeitskräfteüberbesatz in allen Bereichen von Wirtschaft und Verwaltung sowie die große Zahl der vor allem in städtischen Ballungsgebieten massiert auftretenden Grenz- und Kümmerexistenzen – wie Klein- und Straßenhändler, Hausierer, Dienstboten, Becakfahrer usw. – verdeckt nur den hohen Grad der Arbeitslosigkeit bzw. Unterbeschäftigung. In übergroßer Zahl versuchen sie wenigstens einen minimalen Verdienst zu erzielen. Ihre Tätigkeit ist jedoch wirtschaftlich wenig produktiv. Als weiteres typisches Beispiel sei auf die indonesische Verwaltung verwiesen, die in der Vergangenheit als Ventil des überlasteten Arbeitsmarktes diente. Während es 1930 in Indonesien nur rund 145 000 Staatsbeamte und Angestellte gab, war ihre Zahl 1952 bereits auf 571 000 und Ende 1972 sogar auf etwa 1,4 Mio. angestiegen. Bereits 1966 schätzte man, daß mindestens 30% der in den Verwaltungen des Landes Beschäftigten ohne Beeinträchtigung der Leistungen dieser Institutionen entbehrlich seien. Denn auf unterer und mittlerer Ebene steht die Effizienz der Administration nicht selten in umgekehrtem Verhältnis zu ihrer personellen Stärke. Aber auch in der Industrie, im Handel, bei Banken und Versicherungen sowie in anderen Dienstleistungsbereichen wurden in der Vergangenheit zu niedrigen Löhnen mehr Arbeitskräfte als notwendig eingestellt. Häufig versuchte man, mangelnde Qualifikation der Arbeitskräfte durch Mehreinsatz von Personal zu kompensieren (U. Harms 1973).

Angesichts des Ernstes des Beschäftigungsproblems und des darin enthaltenen gefährlichen politischen Spannungspotentials ist u. a. auch der Arbeitsplatzbeschaffung im Zweiten Fünfjahresplan (REPELITA II) von 1974 bis 1979 besondere Priorität eingeräumt worden. Zur Lösung dieser äußerst schwierigen Aufgabe vermögen jedoch vor allem „angepaßte" Technologien, d.h. arbeitsintensive Produktionsmethoden mit einem minimalen Kapitalaufwand, wirkungsvoll beizutragen, die zugleich über die Steigerung der Kaufkraft angemessene Konsumstrukturen erzeugen. Daher erscheinen primär auch nur solche Entwicklungsprojekte sinnvoll, die an diesen entwicklungspolitisch relevanten Erfordernissen orientiert sind. Dies bedeutet jedoch nicht, daß technischer Fortschritt zwangsläufig mit der Freisetzung von Arbeitskräften verbunden sein muß. Denn der Einsatz von chemischen Düngemitteln, Insektiziden oder die Verwendung schnellwüchsigen Saatgutes stellt beispielsweise eine Form der Anwendung moderner landwirtschaftlicher Produktionstechnik dar, bei der mehr und nicht weniger Arbeitskräfte benötigt werden. Dies haben Untersuchungen in verschiedenen Teilen Indonesiens eindeutig belegt. Darüber hinaus ist eine Diversifizierung aller wirtschaftlichen Tätigkeiten auf dem Lande anzustreben, d.h. die Förderung entwicklungsfähiger Handwerks- und Kleinindustriezweige, des Genossenschaftswesens, der Vermarktungsorganisationen usw. Besondere beschäftigungspolitische Bedeutung kommt ferner arbeitsintensiven Infrastrukturprojekten im Rahmen der Dorf- und Regionalentwicklungsprogramme zu. Hierzu zählen beispielsweise die dringend notwendige Wiederinstandsetzung und Erweiterung der Be- und Entwässerungsanlagen, der Straßen- und Hausbau usw. Ferner hätten etwa Aufforstungsmaßnahmen mittels des sog. „kombinierten land- und forstwirtschaftlichen Anbaus" zur Eindämmung der fortschreitenden Bodenerosion zugleich auch die Verbreiterung der Ernährungsbasis und die produktive Absorption überschüssiger Agrarbevölkerung zur Folge. Weitere Hoffnungen zur Bereitstellung einer größtmöglichen Zahl neuer Arbeitsplätze richten sich u.a. auf die großen Entwicklungsprojekte des Landes, in denen das bisher relativ bescheidene Arbeitsplatzangebot für Indonesier beträchtlich erweitert werden soll. Hierbei ist beispielsweise an das Asahan-Staudamm- und Wasserkraftwerk-Projekt in Nord-Sumatra, die großen Holzeinschlagsunternehmen in Kalimantan, die 1973 in Betrieb genommenen Freeport-Kupferminen in Irian Jaya, an die neu erschlossenen, umfangreichen Erdöllager auf zahlreichen Inseln und in den Schelfgebieten oder aber an die Entwicklungsplanungen auf der Insel Batam im Riau-Archipel gedacht. Ob allerdings der vorgesehene Einsatz einer großen Zahl heimischer Arbeitskräfte bei diesen Projekten gelingt, bleibt abzuwarten. Denn Planung und Realisierung solcher Vorhaben sind nicht – wie vielfach in der Vergangenheit – als monokausale Vorgänge zu betrachten. Dies verdeutlicht die Entwicklungspolitik der letzten zehn Jahre, in denen das Wirtschaftswachstum in der trügerischen Hoffnung forciert wurde, damit zugleich auch die enormen beschäftigungs- und sozialpolitischen Probleme des Landes einer Lösung zuzuführen. Die dabei erzielten Fortschritte in der Makroökonomie sind unbestreitbar. Aber sie haben Indonesien bisher nicht befähigt, das wachsende Arbeitskräftepotential zu absorbieren und die sich verschärfenden sozialen Probleme einer Lösung näherzubringen. Denn sie versprachen Fortschritt, aber sie lieferten quantitatives Wachstum ohne soziale Gerechtigkeit. Eine kritische Überprüfung der bisherigen Entwicklungsstrategien erscheint daher unerläßlich, zumal Projektionen der indonesischen Regierung die Zahl der Arbeitslosen und Unterbeschäftigten bis 1980 auf etwa 45 Mio. beziffern. Der Ressourcenausstattung und den Grundbedürfnissen der Bevölkerung entsprechend, werden demzufolge Entwicklungsplaner künftig die sozialen Erfordernisse gleichwertig mit den Notwendigkeiten des Wachstums in ihre Entwicklungsmodelle einzubeziehen haben.

4.3 Lohn- und Einkommensdisparitäten

Dem großen, rasch wachsenden Arbeitskräftepotential und dem äußerst beschränkten Arbeitsplatzangebot entspricht zugleich ein sehr niedriges Lohn- und Einkommensniveau der Mehrzahl der Erwerbstätigen. Im Jahre 1967 betrug das durchschnittliche jährliche Pro-Kopf-Einkommen nur etwa 70 US-$. 1978 war es nach Schätzungen der Weltbank zwar auf etwa 180 US-$ angestiegen, doch gehörte es noch immer zu den geringsten der Welt (Bundesrepublik: 6850 US-$). Denn es lag unter der sog. „Armutsgrenze“, die die Vereinten Nationen mit 200 US-$ ansetzen. Allerdings kommt diesem Indikator nur eine sehr begrenzte Aussagekraft zu. Denn in ihm verbergen sich nicht nur Unterschiede in der Einkommenshöhe in den einzelnen Landesteilen, sondern zugleich auch gravierende Ungleichheiten in der Einkommensverteilung. Hinzu kommt ferner, daß ein beträchtlicher Teil der mehrheitlich in der Landwirtschaft tätigen Bevölkerung noch weitgehend außerhalb der modernen Geldwirtschaft lebt, so daß deren Aktivitäten in der volkswirtschaftlichen Gesamtrechnung auch nur zum geringen Teil erfaßt werden. Dieser Sachverhalt erklärt, warum die Bevölkerung trotz des äußerst geringen jährlichen Pro-Kopf-Einkommens, das kaum dem Existenzminimum zweier Monate entspricht, bisher überleben konnte. Beträchtlich erschwert werden Aussagen über das Lohn- und Einkommensgefüge nicht zuletzt aber auch deshalb, weil in nahezu allen Wirtschaftsbereichen außer dem Geldlohnsystem bis heute zusätzliche Naturallöhne in Form von Nahrungsmitteln und anderen Leistungen gewährt werden. Versucht man trotz der skizzierten Schwierigkeiten, zumindest einen ungefähren Eindruck von den indonesischen Lohn- und Einkommensverhältnissen zu gewinnen, so ist man weitgehend auf regionale und branchenmäßige Einzelangaben angewiesen (U. Harms 1973). (Tab. 9)
Wie bereits angedeutet, weist die Tabelle 9 die erheblichen regionalen Lohn- und Einkommensunterschiede deutlich aus. So betrugen die Tageslöhne für Arbeitskräfte verschiedenen Ausbildungsstandes im Rahmen staatlicher Projekte im Landesdurchschnitt etwa 1,50 DM pro Tag für ungelernte und 2,71 DM für Facharbeiter. Der Lohn eines ungelernten Arbeiters entsprach – unter Berücksichtigung der starken saisonalen Preisschwankungen – damit wertmäßig etwa dem Marktpreis von 3 bis 5,5 Kilogramm Reis. In den Bevölkerungsballungsgebieten Mittel-Javas und Yogyakartas unterschritten die Tageslöhne für einen Arbeiter mit nur 1,02 DM bis 1,05 DM den Landesdurchschnitt beträchtlich. Der extrem niedrige Stand von Nord-Sumatra dürfte nicht der Realität entsprechen, sondern auf einen Erhebungsfehler zurückzuführen sein (H. Esmara 1975). Auch die übervölkerte Insel Bali, West-Nusatenggara und die wenig entwickelten ostindonesischen Provinzen rangieren am untersten Ende der Lohnskala. Demgegenüber weisen u. a. infolge des Holzbooms namentlich Ost-, West- und Zentral-Kalimantan mit 4,63 DM bis 3,36 DM das höchste Lohnniveau Indonesiens auf. Ähnliches gilt für die in den Industrie- und Gewerbebetrieben Jakartas sowie in den Erdölzentren Sumatras gezahlten überdurchschnittlichen jährlichen Bezüge.
Auch in den Tageslöhnen für landwirtschaftliche (Saison)-Arbeiter zeigen sich die skizzierten regionalen Unterschiede. (Tab. 10) Für Süd-Sulawesi bezifferten P. Wolff und K. Ernst (1974) den Durchschnittslohn für eine landwirtschaftliche Arbeitskraft zu Beginn des Jahres 1974 auf etwa 0,86 DM pro Tag. Trotz der im Vergleich zu Java höheren Arbeitslöhne auf Sumatra, Kalimantan, Sulawesi und in anderen Landesteilen ist jedoch die effektive Kaufkraft dort meist nur geringfügig höher. Denn Marktferne und damit hö-

Tabelle 9: Regionale Lohn- und Einkommensunterschiede in Indonesien 1972

Provinz	Tageslöhne im Rahmen staatlicher Projekte in DM	Jahreseinkommen pro Arbeiter in Industrie- und Gewerbebetrieben in DM
Jakarta	2,69	659
West-Java	1,63	314
Zentral-Java	1,05	282
Yogyakarta	1,02	358
Ost-Java	1,65	288
Aceh	1,95	381
Nord-Sumatra	0,80	445
West-Sumatra	2,37	716
Riau	3,11	450
Jambi	2,75	497
Süd-Sumatra	2,54	392
Bengkulu	2,46	573
Lampung	2,00	432
West-Kalimantan	3,38	493
Zentral-Kalimantan	3,36	512
Süd-Kalimantan	1,88	408
Ost-Kalimantan	4,63	332
Nord-Sulawesi	2,42	359
Zentral-Sulawesi	1,72	273
Süd-Sulawesi	1,88	303
Südost-Sulawesi	1,60	240
Bali	1,25	317
West-Nusatenggara	1,58	167
Ost-Nusatenggara	1,37	305
Maluku	–	320
Irian Jaya	–	272

Quelle: H. ESMARA 1975

Tabelle 10: Beispiele für Arbeitslöhne in der Landwirtschaft 1970/1973

Region	Tätigkeiten	Täglicher Lohnsatz in DM
Zentral-Java (1973)	Pflügen	1,18
	Bodenbearbeitung	0,57
	Pflanzen und Säen	0,40
	Jäten	0,46
	Düngen	0,46
	Bewässern	0,57
	Ernten (außer Reis)	0,57
West-Sumatra (1970)	Umhacken	1,58
	Pflügen/Eggen	2,63
	Umpflanzen	1,58
	Jäten	1,58
	Düngen	1,58
	Ernten	1,58 bzw. 1/10 des Ertrages

Quellen: W. RÖLL 1976 und U. SCHOLZ 1977

here Transportkosten, geringere Marktdichte und andere Faktoren bedingen ein gegenüber Java meist erheblich höheres Preisniveau für Nahrungsmittel, insbesondere Reis, und für außeragrarische Güter und Dienste. Diese stark ausgeprägten regionalen Preisunterschiede innerhalb des Landes gleichen daher das höhere Lohnniveau vielfach wieder aus (H. W. ARNDT und P. M. SUNDRUM 1975).

Neben den regionalen Disparitäten bestehen jedoch auch erhebliche sektorale Lohnunterschiede. Als Beispiel hierfür kann die Industrie der ostjavanischen Hafen- und Provinzhauptstadt Surabaya genannt werden. Im Jahre 1972 schwankte hier der Tageslohn für ungelernte und angelernte Arbeiter zwischen etwa 0,55 DM und rund 4,00 DM. Vor allem die Nahrungsmittel-, Getränke- und metallverarbeitende Industrie zahlte relativ hohe Durchschnittslöhne. Demgegenüber waren vor allem die Gummi- und Textilindustrie Wirtschaftszweige mit sehr geringem Lohnniveau (U. HARMS 1973). Ähnlich minimal sind beispielsweise auch die Tagesverdienste der in nahezu allen indonesischen Städten anzutreffenden Becak- bzw. Fahrrad-Taxi-Fahrer. Je nach Tätigkeit und Glück wird der durchschnittliche Tagesverdienst dieser – im Auftrage meist chinesischer Unternehmer tätigen – jungen Männer auf etwa 1,20 DM bis 1,70 DM beziffert. Darüber hinaus sind für Indonesien aber auch die relativ geringen Lohnunterschiede zwischen Arbeitskräften niedrigen und gehobenen Ausbildungsniveaus bemerkenswert. Ein Facharbeiter oder Werkmeister verdiente 1972 nur knapp 80% mehr als eine ungelernte Arbeitskraft. Die Lohnunterschiede zwischen gewerblichen und kaufmännischen bzw. Verwaltungsangestellten sind ebenfalls relativ gering. Beispielsweise verdiente ein Bankangestellter mit guten Fremdsprachenkenntnissen, der bei einer Großbank arbeitet, 1972 rund 83 DM im Monat. Umgerechnet auf 24 Arbeitstage ergibt dies 3,90 DM täglich. Ein Verdienst, der nicht einmal 20% über dem des Facharbeiters lag (U. HARMS 1973).

Aber auch das Einkommen der Mehrzahl der selbständigen kleinbäuerlichen Bevölkerung erhebt sich nicht wesentlich über das insgesamt sehr niedrige Einkommensniveau. Während in der Bundesrepublik 1975 das durchschnittliche jährliche Pro-Kopf-Einkommen eines Landwirts 14 680 DM betrug, ergaben beispielsweise Stichprobenerhebungen in Zentral-Java, daß die dort in kleinbäuerlichen Betrieben erzielten mittleren Pro-Kopf-Einkommen im Jahre 1973 nur zwischen 47 DM und 103 DM pro Anbausaison lagen (W. RÖLL 1976). Zu ähnlichen Ergebnissen kamen mehrere andere Autoren für diesen Verdichtungsraum. R. KRULFELD (1974) ermittelte auf Lombok vergleichbar niedrige Renditen. Aber auch in West-Sumatra lagen die 1972 von zahlreichen landwirtschaftlichen Betrieben erwirtschafteten durchschnittlichen Pro-Kopf-Einkommen je nach Betriebstyp nur zwischen etwa 56 DM und 112 DM im Jahr (U. SCHOLZ 1977). Ähnliches gilt etwa auch für Süd-Sulawesi, wo P. WOLFF und K. ERNST (1974) ein mittleres Einkommen pro Familienmitglied eines Durchschnittsbetriebes im Raum Bulukumba von jährlich etwa 147 DM ermittelten. Diese Beispiele dürfen jedoch nicht darüber hinwegtäuschen, daß auch innerhalb der Agrarbetriebe teilweise erhebliche Einkommensdisparitäten bestehen.

Obwohl die angeführten Beispiele nur Teilbereiche der Einkommensstruktur in Indonesien beleuchten, vermitteln sie doch eine annähernde Vorstellung von dem insgesamt sehr niedrigen Einkommensniveau breitester Bevölkerungsschichten. Zugleich erhellen sich auch deren geringe Kaufkraft, die weitgehend fehlenden Spar- und damit Investitionsmöglichkeiten, die unabdingbare Voraussetzungen zur sozio-ökonomischen Entwicklung des Landes sind. Entsprechend begrenzt sind u. a. auch die staatlichen Einnahmen aus direkten Steuern. Denn 75% der

Bevölkerung sind zu arm, um überhaupt besteuert zu werden und von den restlichen 25% versucht ein Großteil sich der Steuererhebung zu entziehen. Aufgrund der Massenarmut ist es auch nicht verwunderlich, wenn Schätzungen zufolge beispielsweise jeder dritte in der Landwirtschaft Tätige zeitweilig noch einer zweiten und dritten Beschäftigung nachgeht, nur um das Existenzminimum der Familien zu sichern. Dieser Zwang zur Doppelbeschäftigung oder zu zusätzlichen Einnahmen ist aber auch bei fast allen anderen Berufsgruppen, wie etwa bei Professoren, Lehrern, Verwaltungsbediensteten usw., stark ausgeprägt. So verdiente beispielsweise 1973 ein Primarstufenlehrer weit unter 100 DM im Monat und ein Universitätsprofessor etwa 210 DM. Die Gehälter der Lehrkräfte anderer Schulstufen lagen zwischen diesen Beträgen. Hinzu traten Reisedeputate. Auf Grund dieser Situation sind nahezu alle unteren und mittleren Beamten, Angestellten usw. auf Nebeneinkünfte zwingend angewiesen. Ein Großteil der Erwerbsbevölkerung muß jedoch infolge fehlender Erwerbschancen auf zusätzliche Einkommensquellen verzichten. Hinzu kommt, daß trotz mehrmaliger Gehaltsaufbesserungen für Staatsbedienstete in den letzten zehn Jahren Inflationsraten von 47% (1973/74) bis 12% (1977) besonders bei den unteren Einkommensgruppen eine wesentliche Verbesserung der Realeinkommen verhindert haben. Wie schlecht die Einkommenssituation noch immer ist, erhellt sich u. a. aus der Tatsache, daß trotz der Erhöhung der monatlichen Gehälter für Staatsbedienstete, Soldaten und Pensionären im Jahre 1977 um 30% bis 50%, die unteren Gehaltsgruppen nur zwischen etwa 50 bis 100 DM liegen. Hinzu treten weiterhin Sonderleistungen. Nach neueren indonesischen Untersuchungen, denen als absolute „Armutsgrenze" ein Einkommen von 75 US-$ pro Jahr zugrunde gelegt wurde, entfallen etwa 50 Mio. Indonesier, d.h. 38% der Gesamtbevölkerung, auf diese Einkommenskategorie. Diese 50 Mio. müssen pro Tag und Person von 66 Rupiah leben, was umgerechnet etwa 34 Pfennigen entspricht. Einer 1978 veröffentlichten Studie der Internationalen Organisation für Arbeit (ILO) zufolge teilen sich in Indonesien etwa 20% der Bevölkerung mehr als die Hälfte des Nationaleinkommens. 40% aller Haushalte müssen sich mit 12% bis 18% begnügen. Auf 20% der Allerärmsten entfällt sogar nur ein Anteil zwischen 4% bis 7%.

Diese Notlage trägt u.a. wesentlich zu der weit verbreiteten Korruption bei, die in Indonesien nahezu selbstverständlicher Bestandteil des öffentlichen Lebens ist. Denn Verwaltung, Wirtschaft usw. werden häufig als einträgliche Sinekuren betrachtet. Ein privates Wirtschaftsinstitut in Jakarta schätzte 1975, daß mindestens ein Drittel aller Mittel für öffentliche Aufträge als Bestechungsgelder oder „Kommissionen" unproduktiv in unbefugte Taschen fließt. Zwar hat die Regierung Suharto in ihrer dreizehnjährigen Amtszeit bereits neun Anti-Korruptionskampagnen durchgeführt, doch dürfte auch die 1977/78 unter der Bezeichnung „Operation Ordnung" erneut angelaufene jüngste Aktion gegen „Pungli", wie das illegale Abgabewesen bezeichnet wird, vermutlich nicht so erfolgreich verlaufen, wie die Organisatoren es sich erhoffen.

Trotz der Befreiung von der Kolonialherrschaft hat sich daher in der Einkommens- und Sozialstruktur des Landes bisher nichts Grundlegendes geändert. Der einkommenslosen oder einkommensschwachen großen Mehrheit der ländlichen und städtischen Bevölkerung steht innerhalb des sozialen Schichtengefüges ein zahlenmäßig relativ kleiner – vielfach chinesischer – Mittelstand gegenüber. Die Spitzenposition innerhalb der Gesellschaft nehmen kleine Führungsgruppen unterschiedlicher Struktur ein, die überkommene Privilegien oder neu erworbene Vorrechte genießen. Die Kluft in den Einkommens- und Lebensverhältnissen zwischen diesen Oligarchien aus Politik, Militär, Wirtschaft und Verwaltung sowie der Mehrheit der Bevölkerung ist unübersehbar. So erhielten beispielsweise Führungskräfte in der Privatwirtschaft 1972 Barbezüge von rund 190 DM bis 1500 DM im Monat sowie Dienstwagen, freie Wohnung usw. Hohe Position im Staatsdienst wurden demgegenüber mit nur rund 1000 DM dotiert. Hinzu treten auch hier Dienstwagen und -wohnung etc. Diese relativ niedrigen „offiziellen" Einkünfte werden jedoch noch meist durch ein kompliziertes System von „Nebeneinkünften" um ein Vielfaches angehoben. Die krasse Ungleichheit in der Einkommensverteilung zeigt sich besonders in den Städten, etwa in Jakarta. Zwar liegen über die Einkommensstruktur der Bevölkerung Jakartas und anderer indonesischer Städte keine detaillierten Daten aus jüngster Zeit vor, aber es ist bezeichnend, daß bei einem mittleren Familieneinkommen von ca. 100 DM, etwa 70% aller Familieneinkünfte im Jahre 1970 unter diesem Durchschnittswert lagen, sich also viele Menschen mit sehr geringen Monatseinkommen begnügen müssen. Die zahlenmäßig stärkste Einkommensgruppe war die zwischen 50 DM und 75 DM pro Monat. Nur 6% der Einkommen privater Haushalte überschritten die 250 DM-Grenze (Statistical Yearbook of Jakarta 1970).

Latente soziale Spannungen und vereinzelte blutige lokale Unruhen waren und sind die Folge dieser bisher unüberbrückten ambivalenten Entwicklung: einerseits gesamtwirtschaftliche Fortschritte, rasch expandierende Rohstoffgewinne und schnell wachsender, teilweise provozierend zur Schau gestellter Reichtum einer kleinen urbanen Elite und bittere Armut breitester Bevölkerungsschichten auf der anderen Seite. Die schwachen indonesischen Gewerkschaften, deren Mitgliederzahlen vage auf etwa 1,5 bis 5 Mio. geschätzt werden (U. Harms 1973), vermochten an dieser Situation bisher nichts zu ändern. Da sie u. a. kein Streikrecht besitzen, können sie die sozialen Interessen ihrer Mitglieder kaum wirksam vertreten. Spontan entstandene Lohnkämpfe sind bisher ebenfalls unbekannt. Jedoch spiegeln die gewalttätigen Ausschreitungen vom Januar 1974 in Jakarta, die durch den Besuch des japanischen Premierministers Tanaka ausgelöst wurden, diese ernsten sozialen Spannungen in der indonesischen Gesellschaft wider. Aber auch die antichinesischen Exzesse vom August 1973 in der westjavanischen Stadt Bandung waren bezeichnend für die wachsende Tendenz, „die Reichen", d.h. vielfach auch „die Chinesen", für die bisher nicht erfüllten Erwartungen der Massen verantwortlich zu machen.

Seither ist es das wiederholt erklärte Ziel der Regierung, nicht nur das wirtschaftliche Wachstum, sondern zugleich auch die Einebnung der Kluft zwischen arm und reich zu forcieren. So sieht der Zweite Fünfjahresplan (REPELITA II) von 1974 bis 1979 u. a. vor, Beschäftigungsmöglichkeiten, Einkommen und staatliche Vor- und Fürsorgemaßnahmen im Lande gleichmäßiger als bisher zu verteilen. Doch bleibt abzuwarten, ob in Zukunft diesen Planzielen materiell entsprochen werden kann. Zumindest kurz- oder mittelfristig jedoch dürfte in einem der potentiell reichsten Länder der Erde die Armut der Masse der Bevölkerung weiterhin ein Hauptproblem der inneren Konsolidierung bleiben. Bis zur Erreichung einer „Gesellschaft in sozialer Gerechtigkeit und Wohlfahrt" auf der Grundlage der indonesischen Staatsphilosophie „Pancasila" ist noch ein langer und mühsamer Weg zurückzulegen. Denn nur schwer dürfte der vielzitierte „Teufelskreis der Armut" aus hoher Fruchtbarkeit, hohem Anteil wirtschaftlich inaktiver Bevölkerung, übermäßiger Konsumlast, geringer Produktivität, niedrigem Lohnniveau und Lebensstandard, geringer Konsumkraft usw. zu durchbrechen sein. Die indonesische Regierung kann, um Präsident Suharto zu zitieren, ihren „Wettlauf gegen die drohende soziale Revolution" nur gewinnen, wenn es ihr gelingt, durch bi- und multilaterale Hilfe sowie durch eigene, entschlossene Aktionen, die Geburtenrate drastisch zu senken, flankierende Maßnahmen durchzuführen und zu erreichen, daß breite Bevölkerungsschichten am wirtschaftlichen Aufbau und am sozialen Fortschritt teilnehmen. Dies zeigen die Unruhen opponierender Studenten, die vor der Wiederwahl des Präsidenten im März 1978 lautstark gegen Amtsmißbrauch, soziale Ungerechtigkeit und Korruption demonstrierten sowie offen den Rücktritt SUHARTOS und eine radikale Änderung der bisherigen Entwicklungsstrategie forderten.

4.4 Inner- und interinsulare Wanderungen

Ursachen, Richtungen, Intensität, zeitliche Abläufe und Auswirkungen der starken inner- und interinsularen Bevölkerungsbewegungen in Indonesien können bisher nur sehr unvollkommen beurteilt werden. Dies gilt sowohl für die unzähligen wirtschaftlich, politisch und kulturell-religiös motivierten Wanderungen in historischer Zeit, als auch für die umfangreichen gegenwärtigen Migrationen auf den einzelnen Inseln und innerhalb des gesamten Archipels. Lediglich die staatlich gelenkten Binnenwanderungen sind bisher genauer erforscht.

4.4.1 Staatlich gelenkte Migrationen und ihre Probleme

Diese bereits 1905 von der niederländischen Kolonialverwaltung eingeleiteten Versuche, einen Teil der skizzierten demographischen und sozio-ökonomischen Probleme Javas durch staatliche geförderte Umsiedlungsmaßnahmen zu lösen, blieben bis in die Gegenwart weitgehend erfolglos. So konnten zwischen 1905 und 1941 im Rahmen dieses ursprünglich als „Kolonisation" bezeichneten Programmes nur etwa 230 000 bis 240 000 meist landlose oder landarme Javaner als kleinbäuerliche Siedler vor allem nach Sumatra und dort insbesondere in die nur durch die Sunda-Straße von Java getrennten Kolonisationsgebiete von Lampung und Süd-Sumatra verschifft werden. In geringerem Umfang erstreckte sich diese Form der staatlich gelenkten und finanzierten Binnenwanderung auch auf Bengkulu, Nord- und West-Sumatra sowie Süd- und Ost-Kaliman-

Transmigration 1905–1973 aus Java, Madura und Bali

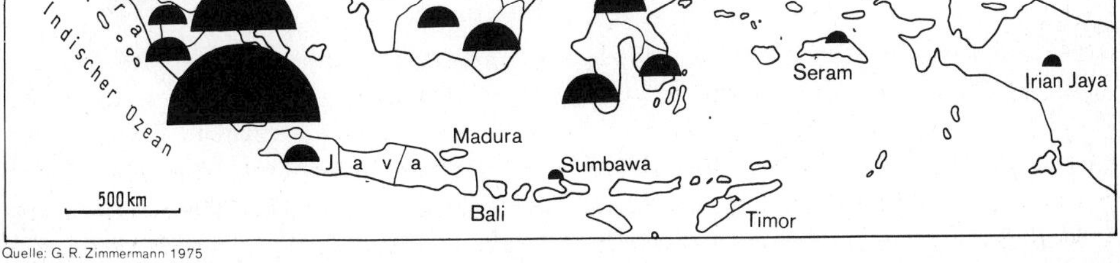

Quelle: G. R. Zimmermann 1975

Transmigrationsprojekte Sidodadi/Sidorejo, Süd-Lampung

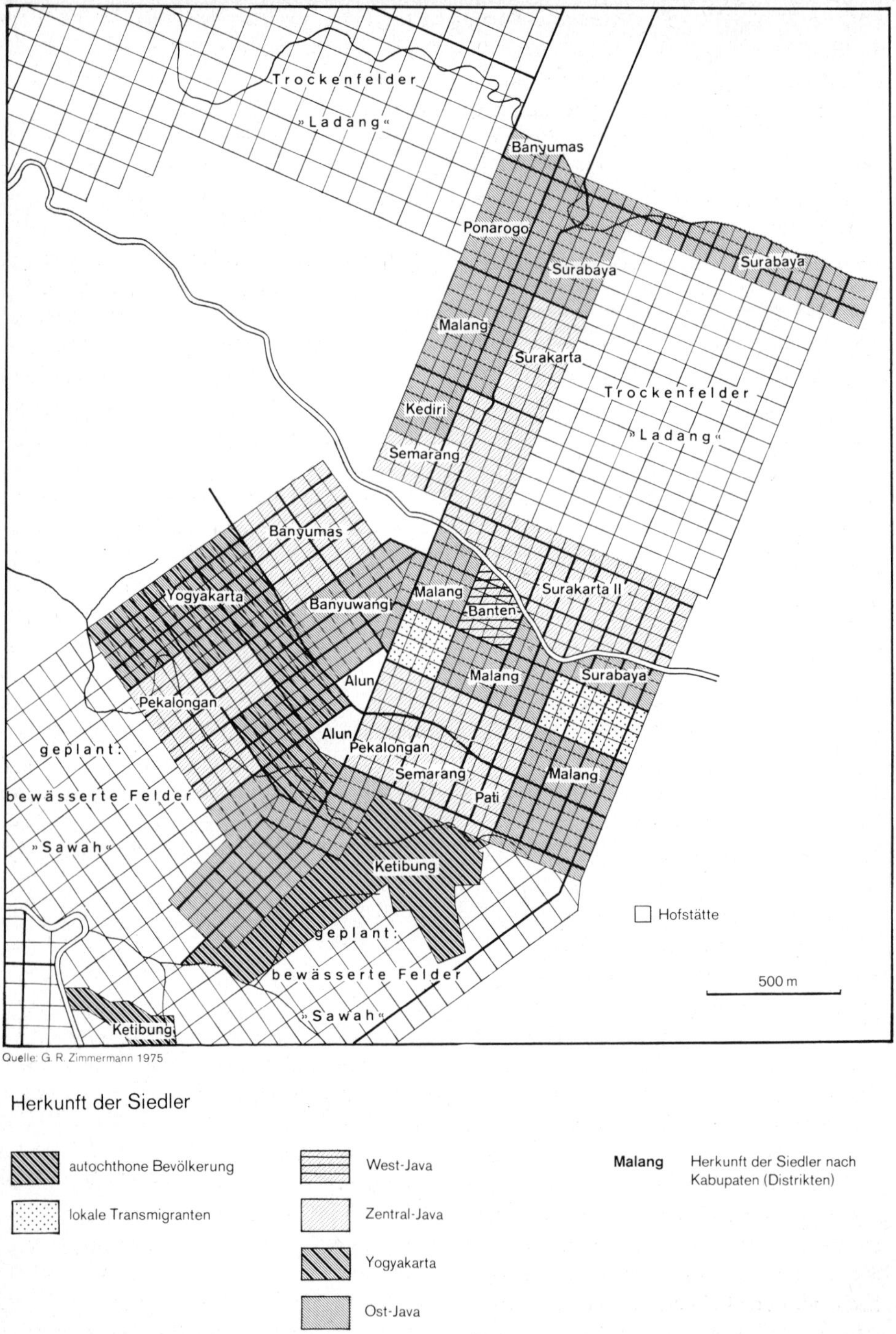

Quelle: G. R. Zimmermann 1975

tan. Ferner dürften zwischen 1911 und 1936 noch ca. 300 000 bis 400 000 auf den Plantagen Sumatras tätige javanische Kontraktarbeiter dort seßhaft geworden sein. Weitgehend unbekannt ist, daß neben diesen gelenkten interinsularen Wanderungen auch innerhalb verschiedener Inseln während der Kolonialzeit ausgesprochene „Zwangsumsiedlungen“, wie beispielsweise in Teilen der Molukken oder auf den östlichen Kleinen Sundainseln, aus den meist nur schwer zu kontrollierenden Bergländern in die leichter zugänglichen Küstenräume durchgeführt wurden. Darüber hinaus wanderten zwischen 1890 und 1939 noch insgesamt etwa 33 000 Javaner in die einstige niederländische Besitzung Surinam in Lateinamerika aus. Auf der Basis von Fünfjahresverträgen arbeiteten sie dort ebenfalls zunächst auf Plantagen und in Fabriken, erwarben später jedoch vielfach Grund und Boden und gründeten eigene landwirtschaftliche Betriebe. Eine nicht unbeträchtliche Zahl von mehr als 8000 kehrte jedoch wieder nach Java zurück. Gemessen an einer damaligen jährlichen Bevölkerungszunahme von etwa einer halben Mio. Menschen, vermochten die genannten Abwanderungsraten den Bevölkerungsdruck Javas daher nicht zu reduzieren.

Anfänglich erhielten die Siedler in den vorbereiteten landwirtschaftlichen Projekten innerhalb Indonesiens etwa 0,18 ha als Hofstätte und 0,18 ha als Naßreisland zugewiesen. Später wurden die Neusiedlerstellen pro Familie vergrößert. Durchschnittlich entfielen nun 0,18 ha auf die Hof- und Hausgartenparzellen, 0,72 ha auf Bewässerungsland und 0,54 ha auf Trockenfeldbauareale (G. R. Zimmermann 1975). Um den engen sozialen Bindungen der Javaner an die Familien- und Dorfgemeinschaften zu entsprechen, wurden vor dem Zweiten Weltkrieg zeitweise ganze Dörfer nahezu geschlossen umgesiedelt. Siedlungsformen und Haustypen entsprechen meist den heimischen javanischen Vorbildern. Um einen größeren Platz, von dessen Eckpunkten das innerörtliche Wegenetz abzweigt, gruppieren sich die einfachen, ebenerdigen und etwa 5x8 Meter großen Häuser in Abständen von jeweils etwa 50 Metern. Reihen- bzw. schachbrettartige Siedlungstypen sind daher für die meisten Kolonisationsprojekte charakteristisch. Auch die Ortsnamen der Herkunftsgemeinden finden sich in zahlreichen Neusiedlungen wieder.

Während der dreijährigen japanischen Besatzungszeit (1942/45) beschränkte sich die Umsiedlung auf 1867 Familien aus West-Java und 355 Familien von der Insel Bangka, die in 8 neu errichteten Dörfern in Lampung ansässig gemacht wurden (G. R. Zimmermann 1975). Darüber hinaus wurde eine unbekannte Zahl Javaner für kriegsbedingte Arbeiten auf andere indonesische Inseln und in südostasiatische Nachbarstaaten verschleppt.

Nach Erlangung der politischen Unabhängigkeit nahm die indonesische Regierung den skizzierten staatlichen Bevölkerungstransfer erneut auf. Seit 1950 wird diese Form der Agrarkolonisation unter der neuen Bezeichnung „Transmigration“ fortgeführt. Dabei soll das Präfix „Trans“ verdeutlichen, daß diese binnenstaatlichen Migrationen Wanderungen in „überseeische“ Regionen darstellen. Bei der kontinentalen Ausdehnung Indonesiens und der ethnischen Heterogenität seiner Bevölkerung kommt diesen Wanderungen jedoch eher der Charakter von Außenwanderungen zu. Voraussetzungen zur Umsiedlung sind u. a. politische Zuverlässigkeit, der Nachweis legaler Verehelichung, guter Gesundheit, früherer landwirtschaftlicher Tätigkeit und der Religionszugehörigkeit sowie das Alter, das beim Familienvorstand zwischen 20 und 40 Jahren liegen muß und bei Angehörigen 6 Monate nicht unterschreiten, 60 Jahre nicht übersteigen darf.

Gegenwärtig werden vier Umsiedlungsarten unterschieden:

1. Die sog. „Allgemeine Transmigration“: Die gesamten Kosten für Transport, Ver-

pflegung für acht Monate, medizinische Versorgung, Bekleidung, Saatgut, landwirtschaftliche Geräte und sonstige Werkzeuge sowie für die Rodung des Siedlungsareals und den Hausbau in Höhe von etwa 1500 bis 1800 DM (1973) pro Familie werden vom Staat getragen.

2. Die sog. „Spontane Transmigration": Die Initiative geht von den Umsiedlungswilligen selbst aus. Sie müssen daher auch ohne staatliche finanzielle Unterstützung auskommen und die notwendigen Rodungsarbeiten selbst durchführen. Die Mitwirkung des Staates beschränkt sich in diesem Fall auf die kostenlose Bereitstellung von Siedlungsland sowie auf die Überwachung und Regulierung der Wanderungsbewegung.

3. Die sog. „Spezielle Transmigration": Die Kosten für die Umsiedlung und die Durchführung werden von privaten Unternehmen oder halbstaatlichen Institutionen usw. getragen, die an fachlich qualifizierten Arbeitskräften für Projekte außerhalb Javas interessiert sind.

4. Die sog. „Veteranen Transmigration": d.h. die staatliche Ansiedlung demobilisierter Armeeangehöriger in Kolonisationsgebieten.

Hinzu treten noch einige kleinere Projekte der katholischen und protestantischen Kirche. Auch wird nach dem Zweiten Weltkrieg die Anwerbung javanischer Kontraktarbeiter für die Plantagen Sumatras in stark vermindertem Umfang fortgeführt.

Von den skizzierten Umsiedlungsarten kommt der sog. „Allgemeinen Transmigration" die größte Bedeutung zu. Ziele und Erfolge des bisherigen indonesischen Transmigrationsprogramms, das u.a. zum Abbau gravierender regionaler Disparitäten in der Wirtschaftsentwicklung des Landes und zur sozialen Integration unterschiedlicher ethnischer Gruppen beitragen soll, klaffen jedoch weit auseinander. Frühere unrealistische Umsiedlungspläne von jährlich etwa 100 000 Familien, d.h. rund 500 000 Menschen, konnten in der Vergangenheit nie verwirklicht werden. Während man Anfang der fünfziger Jahre noch glaubte, durch diese staatlichen Umsiedlungsaktivitäten innerhalb von 40 Jahren die Bevölkerung Javas auf den Stand von 1920 mit etwa 35 Mio. Menschen reduzieren zu können, wurden nach den Untersuchungen von G. R. Zimmermann (1975) zwischen 1950 und 1973 effektiv jedoch nur etwa 588 000 Personen und nach J. M. Hardjojo (1977) bis 1972 sogar nur 418 000 Menschen umgesiedelt. Unter Zugrundelegung des erstgenannten Wertes, entspricht dies einer Umsiedlungsquote von etwa 5300 Familien oder ca. 26 000 Personen im Jahr. Unter Einbeziehung einiger privater und kirchlicher Projekte kann nach Untersuchungen von G. R. Zimmermann (1975) mit jährlich knapp 30 000 Umsiedlern gerechnet werden. Diese Zahl liegt um ein Vielfaches über der in niederländischer Zeit erreichten Kapazität. Doch dürften diese Abwanderungsquoten – ohne Berücksichtigung des natürlichen Bevölkerungszuwachses auf Java von jährlich etwa 1,7 bis 2,2 Mio. Menschen – noch nicht einmal einen Zuwanderungsüberschuß dieser Insel verhindert haben. Denn auf je zwei Menschen, die Java verlassen, kommen schätzungsweise drei, die von anderen Inseln zuwandern. Vielfältige finanzielle, wirtschaftliche, technisch-organisatorische und psychologische Schwierigkeiten sowie sozio-kulturelle Probleme beeinträchtigen die bisherige staatliche Siedlungspolitik nachhaltig. (Tab. 11)

In den Jahren 1974 bis 1976 konnten weitere 34 981 Familien bzw. 185 431 Personen umgesiedelt werden. Zu etwa 73% kamen die Siedler aus Gemeinden Zentral- und Ost-Javas, d.h. aus Regionen mit dem niedrigsten Pro-Kopf-Einkommen und dem größten Bevölkerungsdruck. Meist handelt es sich bei den Umsiedlern um ländliche Bevölkerungs-

Tabelle 11: Siedlungsgebiete und Zahl der Umsiedler zwischen 1905 und 1973

Siedlungsgebiete (Provinzen)	1905 – 41 (Personen)	1942 – 45 (Personen)	1950 – 73 (Personen)	Gesamt (Personen)
Aceh			695	695
Nord-Sumatra	11426		10582	22008
West-Sumatra	1945		13150	15095
Riau			1814	1814
Jambi			9771	9771
Bengkulu	7443		7270	14713
Süd-Sumatra	25153		146858	172011
Lampung	173959	8819	284569	467348
West-Java			5032	5032
West-Kalimantan			13824	13824
Zentral-Kalimantan			9825	9825
Ost-Kalimantan	164		21160	21324
Süd-Kalimantan	3950		15546	19496
Nord-Sulawesi			6322	6322
Zentral-Sulawesi	146		17144	17290
Südost-Sulawesi	984		7291	8275
Süd-Sulawesi	13464		13283	26747
Maluku			1863	1863
West-Nusatenggara			654	654
Irian Jaya			1132	1132
Gesamt:	238634	8819	587785	835238
Quelle: G. R. ZIMMERMANN 1975				

gruppen ohne eigene Wirtschaftsflächen oder aber um Arbeitslose aus den Großstädten ohne Erfahrungen in der Landwirtschaft und ohne engere familiäre Bindungen. Der verbliebene Rest stammt aus West-Java und seit den fünfziger Jahren auch aus Bali und zu einem winzigen Anteil von Lombok. Die Insel Bali hatte vor allem nach dem Vulkanausbruch des Gunung Agung im Jahre 1963 eine besonders hohe Umsiedlerquote zu verzeichnen. Während zwischen 1953 und 1962 nur 9431 Personen Bali verließen, wurden 1963 insgesamt 22 598 Menschen, namentlich aus den Katastrophengebieten am Gebirgsfuß des Vulkans, umgesiedelt. Bis 1973/74 konnten insgesamt 59 367 balinesische Umsiedler registriert werden (J. M. HARDJOJO 1977). Gegenwärtig verlassen im Durchschnitt jährlich nur etwa 1200 bis 1500 Transmigranten-Familien, d.h. schätzungsweise 6000 bis 7500 Personen, die Insel (H. CANISIUS 1976). Denn das javanische Sprichwort „lieber daheim Not leiden, als in der Fremde im Überfluß schwimmen", gilt in noch stärkerem Maße für die eng mit ihrer Heimat verbundenen Balinesen.

Im Gegensatz zur Kolonialzeit werden die Neusiedlerstellen heute überwiegend als 2 ha große Betriebe ausgelegt. Projektierte Bodennutzungsform soll überwiegend der arbeitsintensive Bewässerungsreisbau sein. Um die planmäßig angelegten Siedlungen legen sich die regelmäßig abgesteckten Flurkomplexe. Die individuellen Besitzeinheiten pro Familie umfassen theoretisch jeweils ein unbewässertes und ein bewässerbares Flurstück. Auf ihnen wird im Anfangsstadium vorwiegend nur Trockenreis, Mais, Maniok und Süßkartoffeln für den Subsistenzbedarf angebaut, um bei den schlechten Marktverflechtungen und unzureichenden Bewässerungsmöglichkeiten zumindest die Ernährung der Familien einigermaßen zu sichern. Doch herrscht namentlich in den Monaten vor den Ernten häufig ein ausgeprägter Nahrungsmittelmangel. Denn die normalerweise auf die ersten drei Jahre nach der Ansiedlung befristeten Nahrungsmittelhilfen aus dem

Transmigranten-Siedlungen in Zentral-Lampung (Süd-Sumatra)

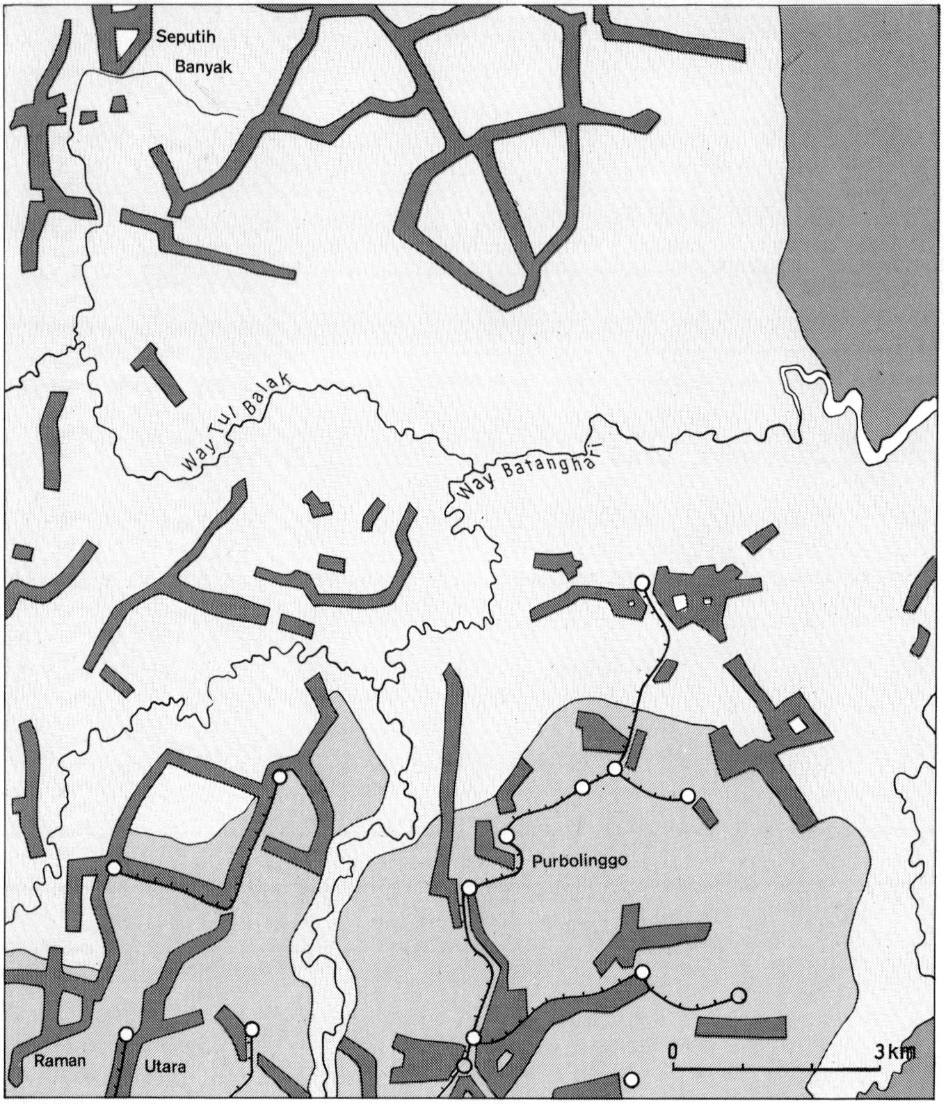

Quelle: G. R. Zimmermann 1976

Tropischer Regenwald
Alang-Alang Gras (Imperata cylindrica)
Bewässerungsland
Siedlungsstraße mit Haus- Hof- und Gartenland
Fluß
Schleuse
Kanal

Die Versorgungssituation mit Nahrungsmitteln in einem Umsiedlungsobjekt während der ersten 5 Jahre

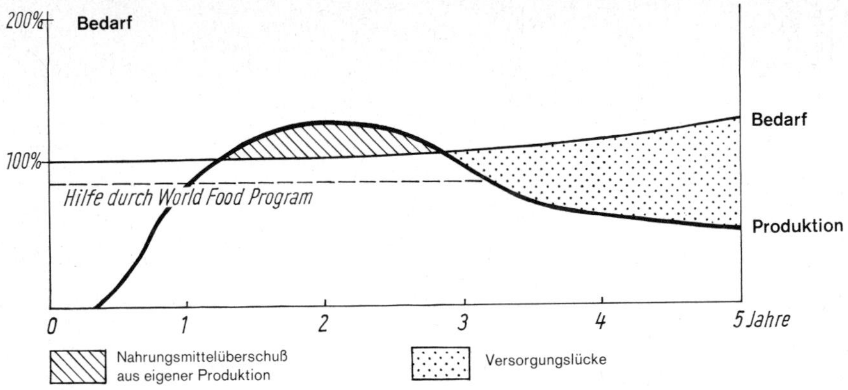

Quelle: G. R. Zimmermann 1975

„World Food Program" (FAO) setzen gerade dann aus, wenn die natürliche Bodenfruchtbarkeit der unbewässerten Parzellen nachläßt (G. R. ZIMMERMANN 1975). Darüber hinaus betragen auch die Entfernungen zu den Wirtschaftsflächen nicht selten mehrere Kilometer. Auch dies hat, bei der ohnehin meist nur unzulänglichen verkehrstechnischen Erschließung, weitere beträchtliche betriebswirtschaftliche Nachteile zur Folge. Aber auch die Aufstockung der Betriebsflächen von 1,4 ha auf 2 ha pro Familie nach dem Zweiten Weltkrieg konnte nicht verhindern, daß meist 15 bis 20 Jahre nach der Ansiedlung die Areale durch Erbteilung parzelliert sind und sich das Problem der Landnot wie auf Java oder Bali erneut stellt. Nach Untersuchungen von G. R. ZIMMERMANN (1976) sind beispielsweise in Lampung, dem bedeutendsten Siedlungsraum Sumatras, in zahlreichen Agrarkolonien aus niederländischer Zeit heute bereits 40% der Familien gezwungen, ihre Betriebsflächen durch Zupachten aufzustocken, nur um ihre eigene Existenzgrundlage zu sichern. 25% bis 35% der ehemaligen Siedler besitzen heute überhaupt schon keine eigenen Nutzflächen mehr. Außeragrare Erwerbsmöglichkeiten fehlen für die Nachkommenschaft der Siedler weitgehend und einer erneuten Ausweitung der Gemarkungsflächen stehen die angestammten Eigentumsrechte der autochthonen Bevölkerungsgruppen gegenüber. Sie sind meist nicht bereit, zusätzlich Areale abzutreten. Dieses und vielfältige andere Probleme traten bereits in niederländischer Zeit auf, verstärkten sich aber mit der Ausweitung der Umsiedlungsaktionen seit Ende der fünfziger Jahre erheblich (G. R. ZIMMERMANN 1975). Daher wird – anknüpfend an niederländische Pläne aus den zwanziger Jahren – auch seit 1969 versucht, die ausgedehnten und nahezu menschenleeren, rund 200 000 qkm umfassenden Sumpfareale im Küstenbereich Ost-Sumatras sowie West- und Süd-Kalimantans für Reisbau-Umsiedlungsprojekte mit Gezeitenbewässerung nutzbar zu machen. 1973 nahmen diese Gezeitenbewässerungsprojekte eine Fläche von 24 200 ha ein. Im Zweiten Fünfjahresplan von 1974 ist die Kultivierung von weiteren 15 400 ha Sumpfgeländes durch die Anlage von Ent- und Bewässerungssystemen geplant. Während in Ost-Sumatra bisher etwa 12 800 ha besiedelt sind und 8150 ha neu in Angriff genommen werden sollen, sind es auf Kalimantan 11 400 ha bzw. 6650 ha (A. RIESER 1975). Um dem Problem der Landknappheit besser begegnen zu können, ist ferner geplant, in zukünftigen Projekten nur jeweils ein Drittel des verfügbaren Landes am Beginn eines Siedlungsprojektes zu vergeben, ein weiteres Drittel für später nachkommende Transmigranten bereitzustellen und das restliche Drittel für den Nachwuchs der Siedler zu reservieren. Aber auch die Auswahl der Transmigranten wurde bisher vielfach nicht nach ihrer Eignung, sondern nach den vordringlichsten Bedürfnissen zur Linderung der Not vorgenommen (H.-G. PIANKA 1970). Hinzu kam, daß auch die natürlichen Standortfaktoren der ausgewählten Projektgebiete teilweise schlecht waren und der Bau von Straßen, Bewässerungssystemen, Vermarktungseinrichtungen, die Versorgung mit Saatgut, Dünge- und Nahrungsmitteln häufig ganz ausblieb oder dem Zufall bzw. der Improvisation überlassen wurde. Unzureichende Ausrüstung, fehlende oder unzulängliche landwirtschaftliche Kenntnisse sowie Anpassungsschwierigkeiten der Siedler, die meist die wirtschaftlichen und sozialen Normen und Verhaltensmuster ihrer Heimat beibehalten sowie Ressentiments seitens der heimischen Bevölkerung infolge gravierender sozio-kultureller Unterschiede beeinträchtigen die Umsiedlungsprogramme erheblich. Ob in Lampung, Süd-Sumatra, Nord- oder Süd-Sulawesi, Kalimantan oder auf Seram, die Siedler wurden in fremder Umgebung in geplanten Siedlungen angesetzt, in denen es an infrastrukturellen Basiseinrichtungen, sozialen Bezügen und häufig auch an gesicherten Existenzgrundlagen mangelte. Sie wurden daher vielfach gezwungen, Pioniere wider Willen zu werden. Die mit der Umsiedlung verknüpfte Hoffnung der Transmigranten auf wirtschaftlichen und sozialen Aufstieg erfüllte sich nur bei Wenigen und die angestrebte Integration der Projekte in das sozio-ökonomische Gefüge der Siedlungsregionen gelang häufig nicht. Vielmehr trugen die skizzierten und andere Faktoren dazu bei, daß häufig nur die Not und die sozio-ökonomischen Probleme Javas, Balis und Lomboks in die Neusiedlungsgebiete transferiert wurden.

Aber auch die auf den östlichen Kleinen Sundainseln nach dem Zweiten Weltkrieg vom indonesischen Staat, den Forstbehörden und von kirchlichen Institutionen geplanten, finanziell geförderten und durchgeführten intra-insularen Umsiedlungsmaßnahmen zwischen einzelnen Teilräumen dieser Inseln leiden unter vielfältigen Unzulänglichkeiten. Diese kleineren Projekte, die u. a. Agrarintensivierungs- und Forstschutzmaßnahmen zum Ziel hatten, vermochten bisher ebenfalls nicht vollständig zu überzeugen (J. METZNER 1978).

Daher ist es nicht verwunderlich, wenn eine nicht unbeträchtliche Zahl von Umsiedlern infolge der schlechten Start- und Lebensbedingungen enttäuscht von den Projekten in andere Regionen abwandert oder aber wieder in ihre Herkunftsgemeinden zurückkehrt. Ihre genaue Zahl ist nicht bekannt, doch beziffern offizielle Schätzungen die Rückkehrerquote auf etwa 5%. Etwa der gleiche Prozentsatz wird – bei der vielfach unzureichenden Gesundheitsfürsorge – an Ausfällen durch Tod verzeichnet. Vermutlich dürften diese Zahlen jedoch höher anzusetzen sein, da die Regierung keinen genauen Überblick über diese Vorgänge hat.

Eine spezielle Form des nationalen Transmigrationsprogramms versucht die indonesische Regierung ferner seit einigen Jahren auf der fast 3000 km von Jakarta entfernten, in ihrem gebirgigen, zentralen Teil noch dicht mit tropischen Regen- und Bergwäldern bedeckten ostindonesischen Insel Buru zu verwirklichen. Diese etwa 9500 qkm große und nur im Küstenbereich namentlich um die Bucht von Kayeli und den kleinen Hauptort Namlea dichter besiedelte (1975: 40 000 Einwohner) Insel der Molukken, die nur über Ambon durch einige wenige, vielfach unregelmäßig verkehrende Schiffe mit dem übrigen Achipel verbunden ist, wurde 1969 zur Errichtung eines „Umsiedlungsprojekts“ für politische Gefangene ausgewählt. Von Juli 1969 bis 1976 wurden nach Angaben von Amnesty International mindestens 14 000 politische Häftlinge zwangsweise nach Buru überführt, dort in über 18 u. a. im Apu-Tal errichteten Lagern interniert und zu Rodungs- und Kultivierungsmaßnahmen herangezogen. Arbeitsgruppen von etwa 500 Männern machen gegenwärtig jeweils Gebiete zwischen 50 und 300 ha urbar. Große ehemalige Primär- und Sekundärwaldareale sowie Sümpfe wurden durch diese sehr umstrittenen Projekte in landwirtschaftliche Nutzflächen (u. a. Reis- und Gemüsebau) umgestaltet. Jedem Häftling stehen angeblich 4 Acre (etwa 1,6 ha) Land zur individuellen Nutzung zur Verfügung. Ein Teil der auf diesen Flächen erzielten landwirtschaftlichen Produktion dient der Selbstversorgung der Gefangenen. Größere Mengen Reis, Nutzholz und andere Erzeugnisse werden von den Behörden jedoch exportiert. Seit 1972 ist die Regierung bemüht, auch Familienangehörige der Internierten auf Buru anzusiedeln. Durch die angestrebte Familienzusammenführung sollen diese Zwangsansiedlungen zu „landwirtschaftlichen Umsiedlungsprojekten“ ausgebaut werden. Der ursprüngliche Plan, bis Ende 1972 rund 4500 Familienmitglieder nach Buru umzusiedeln, konnte bisher jedoch nur zu einem kleinen Teil realisiert werden. Denn nur ein geringer Prozentsatz der betroffenen Frauen fand sich bisher – trotz intensiver Bemühungen seitens der Regierung – zur Zusammenführung bereit. Von Juli 1972 bis 1975 waren erst etwa 170 Frauen und Kinder vorwiegend aus Java ihren Männern und Vätern nach Buru gefolgt. 1978 wurden rund 4000 politische Gefangene auf Buru freigelassen.

Während des Zweiten Fünfjahresplanes (REPELITA II) von 1974 bis 1979 ist die Umsiedlung von weiteren 250 000 Familien aus den übervölkerten Teilen Javas, Balis und Lomboks vorgesehen. Dabei soll versucht werden, die Fehler der Vergangenheit zu vermeiden. Die hierbei zu bewältigenden Aufgaben sind vielfältig und komplex. Zweckmäßigere Auswahl und Vorbereitung der Umsiedler, bessere Grundlagenforschung in den vorgesehenen Projekten, Schaffung notwendiger infrastruktureller Basiseinrichtungen vor Siedlungsbeginn, Erweiterung der wirtschaftlichen Existenzgrundlagen der Bevölkerung und Erhöhung der Betriebseinkommen durch Einbeziehung von Tierhaltung, Handwerk usw. in die bisher primär nur feldbaulich orientierten kleinbäuerlichen Subsistenzwirtschaften, Aufbau von landwirtschaftlichen Beratungsdiensten, Genossenschaften, Ausbau des Kreditwesens und nicht zuletzt die Erarbeitung regionaler Entwicklungspläne sowie die Integration der Projekte in die übergeordneten regionalplanerischen Bemühungen zum Aufbau größerer lebensfähiger Wirtschaftsräume sind einige der wesentlichsten Ziele (Subroto 1975). Pläne für ein derartiges, breit angelegtes regionales Entwicklungsprojekt werden gegenwärtig mit deutscher Hilfe für Ost-Kalimantan mit der Provinzhauptstadt Samarinda erarbeitet. Sie sollen später als „Modell“ für andere indonesische Provinzen dienen. Mit Unterstützung der Weltbank wurde ferner 1976 ein weiteres Projekt für 4500 Siedlerstellen in Süd-Sulawesi in Angriff genommen. Es sieht darüber hinaus auch Verbesserungen für weitere 12 000 dort bereits errichtete Betriebe sowie technische Unterstützung bei Planung und Durchführung vor. Doch bleiben die Möglichkeiten Indonesiens für derartige „Musterprojekte“ auch in Zukunft sehr beschränkt, und die sich aus der Überbevölkerung Javas, Süd-Balis, Lomboks usw. ergebenden vielfältigen Probleme sind primär auch nicht durch die Reduzierung der physischen Bevölkerungsdichte, sondern nur durch die Schaffung einer den jeweiligen Bevölkerungskonzentrationen angepaßten Wirtschafts- und Sozialstruktur zu beheben. Andererseits konnten durch diese bevölkerungspolitischen Maßnahmen und den damit eng verbundenen kolonisatorischen Zielsetzungen zur Erschließung und volkswirtschaftlichen Inwertsetzung zuvor kaum genutzten Waldlandes nach Untersuchungen von G. R. ZIMMERMANN (1975) jedoch schätzungsweise 500 000 bis 700 000 ha Wald gerodet werden. Teilweise wurden durch diese Rodungen bei ausbleibender anschließender Inkulturnahme allerdings auch nur neue, nutzungsfeindliche und erosionsgefährdete Alang – Alang – Grasflächen (Imperata cylindrica) geschaffen.

4.4.2 Ungelenkte innerstaatliche Mobilität

Über die quantitativ weit bedeutenderen, ungelenkten inner- und interinsularen Mobilitätsvorgänge, die seit ältester Zeit innerhalb des weiträumigen Archipels stattfinden, liegen demgegenüber bisher nur wenige, thematisch und regional sehr begrenzte Untersuchungen vor. Die wesentlichsten Gründe für diese gravierende Lücke in der bisherigen Migrationsforschung innerhalb Indonesiens liegen u. a. in dem unzulänglichen statistischen Datenmaterial und der Tatsache, daß breit angelegte Befragungen nur sehr schwer durchführbar sind.

Erst die Volkszählung von 1930, die Angaben über Geburtsort und ethnische Zugehörigkeit der Bevölkerung enthält, gewährt zumindest einen sehr begrenzten, indirekten Einblick in Umfang und Richtungen der Wanderungen in der Vorkriegszeit. Dieser Quelle zufolge wohnten 1930 bei einer damaligen Gesamtbevölkerung von 60,7 Mio. bereits rund 4,8 Mio. Personen bzw. 8% der Bevölkerung außerhalb ihrer ethnischen Herkunftsgebiete vorwiegend auf Java und Sumatra. Sogar 6,5 Mio. Menschen oder 11% der heimischen Bevölkerung hatten die Grenzen ihrer Geburtsdistrikte überschritten. Obwohl dieser Personenkreis nicht nur Wanderer, sondern auch deren Nachkommen umfaßt, war die innerstaatliche Mobilität für eine überwiegend ländliche Bevölkerung bereits beachtlich. Die höchsten Abwanderungsraten hatte Java zu verzeichnen. 12,7% der auf dieser Insel Geborenen lebte 1930 außerhalb der jeweiligen Geburtsdistrikte. Demgegenüber hatten beispielsweise in West- und Ost-Nusatenggara nur etwa 2,7% der Bevölkerung ihre Herkunftsbezirke verlassen. Java stellte zugleich mehr als 80% aller interinsularen Wanderer, nahm selbst aber nur 6% Zuwanderer auf. Die Insel Sumatra absorbierte als Hauptziel der gesamten interinsularen Wanderungen mit ihren großen Plantagen demgegenüber 80% der Zuwanderer aus anderen Landesteilen. Sumatra selbst gab aber nur 0,5% seiner Bevölkerung ab. Der überwiegende Teil der Migrationen waren „Nahwanderungen" innerhalb der betreffenden Geburtsprovinzen der Bevölkerung, im Bereich der Heimatinsel oder Inselgruppe. Vor allem innerhalb Javas war eine hohe Mobilität feststellbar, wobei auch hier die Plantagen die stärkste Anziehungskraft auf die javanische Bevölkerung ausübten. Im Vergleich hierzu blieb der Fortzug in andere Landesteile relativ begrenzt. Nur 1 Mio. Personen, d. h. 1,7% der Gesamtbevölkerung, waren über weitere Distanzen verzogen (H. WANDER 1965).

Bereits in der Vorkriegszeit überwog der wirtschaftliche Charakter der Bevölkerungsbewegungen, wenngleich die ökonomischen Wanderungsgründe auch nur einen Teil des komplexen Mobilitätsphänomens erklären. Aber nicht der Wunsch nach höherem Einkommen und sozialem Aufstieg veranlaßte beispielsweise große Teile der javanischen Bevölkerung, ihre Familien- und Dorfverbände zu verlassen, sondern vor allem das Verlangen nach adäquater Versorgung mit Nahrungsmitteln. Vor allem die unzureichende Reisversorgung wird als der wichtigste Grund für die relativ hohe Mobilität vor allem der zentraljavanischen Bevölkerung

Migrationen 1961/71

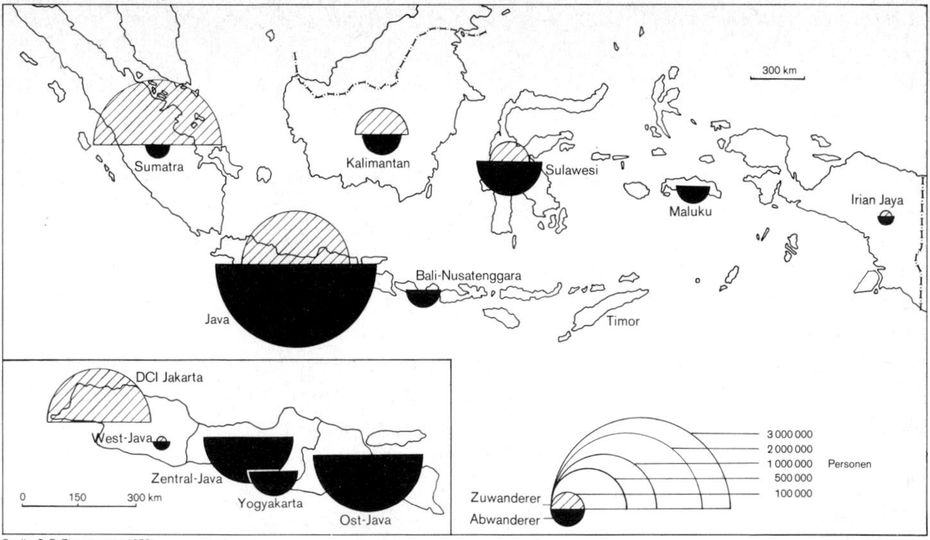

Quelle: G. R. Zimmermann, 1978

genannt. Dies gilt beispielsweise aber auch für die Bevölkerungsverschiebungen innerhalb Ost-Javas, insbesondere für die Abwanderungen von Madura in die ost-javanischen Bezirke Besuki und Malang. Charakteristisch ist ferner, daß trotz relativ hoher räumlicher Mobilität dem Bevölkerungsaustausch zwischen den ländlichen Regionen erheblich größere Bedeutung als den Land-Stadt-Wanderungen zukam. Im Vergleich zur gesamten innerstaatlichen Mobilität war die „Landflucht" in der Vorkriegszeit noch gering (H. WANDER 1965).

Über die beträchtlichen zwangsweisen Bevölkerungsverschiebungen während der japanischen Besatzungszeit liegen ebenso wie über die Fluktuationen während der kampferfüllten Nachkriegsjahre keine zuverlässigen Angaben vor. Doch verließen allein zwischen 1961 und 1971 wieder über 3 Mio. Menschen ihre Heimatregionen, um sich in anderen Provinzen des Landes niederzulassen. Hinzu tritt eine nicht genau erfaßte Zahl von Migranten innerhalb der einzelnen Provinzen. Der Umfang dieser Wanderungen dürfte schätzungsweise weitere 7 bis 9 Mio. Menschen umfaßt haben (G. R. ZIMMERMANN 1975). Vor allem unverheiratete junge Männer und kinderlose junge Ehepaare stellen den größten Teil der aus den ländlichen Räumen Abwandernden. Die Dominanz der männlichen Migranten findet ihren Niederschlag in Geschlechterproportionen, die durch einen beträchtlichen Frauenüberschuß in den Abwanderungsgebieten gekennzeichnet werden. Dies gilt u. a. für Zentral- und Ost-Java, West-Sumatra und Süd-Sulawesi. Vielfach werden die Migranten außerhalb Javas von dem Bewußtsein geleitet, daß das sozio-technologische Gefälle zwischen diesem Kernraum und den übrigen Inseln des Landes in naher Zukunft nicht beseitigt werden kann. Dieser „brain drain", d. h. die Abwanderung vielfach stärker leistungsmotivierter und häufig auch besser qualifizierter junger Menschen, hat für die Herkunftsregionen selbst meist nicht zu unterschätzende Nachteile zur Folge. Denn durch diesen Selektionsprozeß reduziert sich zwar kurzfristig der regionale Bevölkerungsdruck, gleichzeitig wird jedoch die Effektivität der Bildungsinvestitionen herabgesetzt. Denn damit verlassen häufig gerade diejenigen Gruppen ihre Heimat, die als Arbeits- und Führungskräfte zum Abbau der stark ausgeprägten regionalen sozio-ökonomischen Disparitäten, d. h. zum Anschluß weiter Landesteile an die wirtschaftlich entwickelteren Regionen, dringend benötigt werden. Andererseits nehmen diese Gruppen jedoch auch nicht zu unterschätzende integrierende Mittlerfunktionen zwischen den höchst unterschiedlichen autochthonen Wirtschafts- und Sozialsystemen in den einzelnen Landesteilen wahr.

Wie in der Vorkriegszeit stellt auch in der Gegenwart Java infolge der besonders unzureichenden wirtschaftlichen und sozialen Lebensbedingungen den höchsten Anteil der Migranten. Nach wie vor sind „Nahwanderungen" besonders ausgeprägt, während Migrationen über Provinzgrenzen hinweg und interinsulare Bevölkerungsbewegungen umfangmäßig demgegenüber zurücktreten. Wichtige Abwanderungsgebiete sind auf Java vor allem die übervölkerten Schwächeräume von Zentral-Java und Nordost-Java sowie die benachbarte Insel Madura. Auf den übrigen Inseln zeigen u. a. die agilen christlichen Batak Nord-Sumatras einen hohen Mobilitätsgrad. So verließen beispielsweise allein zwischen 1950 und 1956 über 250 000 Toba-Batak ihre Heimatgemeinden und siedelten sich an der Ost- und Westküste Sumatras auf einstigen niederländischen Plantagenländereien und in den Städten an (E. C. Cunningham 1958). Neben den in den Raum Ujung Pandang drängenden Toraja aus Zentral-Sulawesi haben u. a. auch die Minangkabau-Siedlungsgebiete West-Sumatras starke Wanderungsverluste zu verzeichnen. So wurde 1972 die Zahl der außerhalb ihrer Heimatprovinz lebenden Minangkabau-Bevölkerung auf weit über 1 Mio. Personen beziffert (U. Scholz 1977). Davon entfielen nach Angaben des Gouverneurs von Jakarta 1973 nicht weniger als rund 500 000 Minangkabau allein auf die Landeshauptstadt. Detaillierte Untersuchungen im Rahmen eines indonesisch-deutschen Regionalplanungsprojektes in West-Sumatra ergaben ferner, daß allein von 1958 bis 1972 zwischen 180 000 bis 200 000 Minangkabau diese Provinz verließen. Mit 60% waren Männer die wanderungsintensivste Gruppe. Knapp die Hälfte von ihnen gehörte der Altersgruppe zwischen 15 und 24 an. Ihre schulische Ausbildung lag qualitativ über der der Zurückgebliebenen. Meist handelte es sich bei diesen Migrationen um Abwanderungen auf Zeit, d. h. um den Versuch zur Verbesserung der sozio-ökonomischen Situation in den Zielgebieten und Rückkehr der Migranten in die Herkunftsgemeinden im Alter (U. Scholz 1977). Zu diesen ökonomischen Wanderungsmotiven treten in West-Sumatra jedoch noch wichtige soziale Beweggründe hinzu. Vor allem das Streben nach Ungebundenheit und die Unzufriedenheit des männlichen Bevölkerungsteils mit der traditionellen matrilinear bestimmten Gesellschaftsordnung der Minangkabau veranlaßt besonders junge Männer zum Verlassen ihrer Heimatgemeinden. Abwanderungen verzeichnen ferner u. a. Mittel-, Süd- und Südost-Sulawesi, Süd- und Nord-Kalimantan sowie die südlichen Molukken. Von Bali abgesehen, weisen vor allem West- und Ost-Nusatenggara sowie Irian Jaya, d. h. verkehrsmäßig und wirtschaftlich sehr schlecht erschlossene „selbstgenügsame" periphere Regionen, die geringsten Abwanderungsraten auf. Aber auch in großen Teilen der nördlichen Molukken ist beispielsweise die Mobilität der Bevölkerung gering.

Die vorgenannten, in West-Sumatra durchgeführten Wanderungsanalysen vermitteln zugleich wichtige, gesicherte Kenntnisse über die Wanderungsdistanzen und die Zielorte der Emigranten. Sie verdeutlichen, daß der größte Teil dieser Bevölkerungsbewegungen ebenfalls „Nahwanderungen" sind. Denn weit über die Hälfte aller Personen, die West-Sumatra zwischen 1958 und 1972 verließen, hatten nur Regionen innerhalb dieser

Insel zum Ziel. Von je 100 Emigranten wanderten allein 58 in andere Orte oder Provinzen Sumatras, wie beispielsweise nach Medan, Palembang, Jambi und nach Pekanbaru (Jambi) ab. 30 hatten die Landeshauptstadt Jakarta und weitere 9 andere Teile Javas zum Ziel. Nur 3 von je 100 abgewanderten Minangkabau gaben andere indonesische Inseln oder ausländische Staaten als Wanderungsziele an. Neben diesen Wanderungsströmen an die Nord- und Ostküste Sumatras und nach Java sind nach U. Scholz (1977) aber auch starke „lokale“ Migrationen innerhalb West-Sumatras selbst zu beobachten. So ließen sich seit Anfang 1950 innerhalb von 15 Jahren über 20 000 Neusiedler, darunter zahlreiche Minangkabau, in der ehemals versumpften Nordhälfte der Pasaman-Senke nieder, die zu dieser Zeit für den Reisanbau erschlossen wurde.

Darüber hinaus belegen diese empirischen Untersuchungen aus West-Sumatra aber auch beispielhaft, daß die bevorzugten Wanderungsziele der Gegenwart, die u. a. durch Bergbau und Holzwirtschaft in den letzten Jahren einen „Wirtschaftsboom“ erlebenden Provinzen Nord- und Süd-Sumatra, Jambi, Riau sowie Ost-Kalimantan sind. Hinzu treten als bevorzugte Wanderungsziele namentlich die städtischen Zentren des Landes, unter denen die Verdichtungsregion Jakarta die größte Anziehungskraft ausübt. M. J. Titus (1978) hat diese interregionalen und interinsularen Wanderungsvorgänge zwischen den Peripherien und Zentren des Landes jüngst anschaulich dargestellt. Zu diesen für nahezu alle Entwicklungsländer typischen, problemreichen Land-Stadt-Wanderungen trugen in Indonesien nach 1945 u. a. entscheidend bei:

- der starke Rückgang der Plantagenwirtschaft
- die innenpolitischen Wirren der Nachkriegsjahre, die einen Teil der ländlichen Bevölkerung veranlaßten, den Schutz der Städte zu suchen
- die starke Zunahme der Erwerbsfähigen
- die zunehmende Bodenverknappung im ländlichen Raum
- das unzureichende außeragrarische Arbeitsplatzangebot auf dem Lande
- die in der jüngeren Generation gewachsene Mobilitätsbereitschaft
- die vermeintliche Attraktivität städtischer Lebensformen und
- die sehr ungleiche regionale Wirtschaftsentwicklung des Landes.

Aus dem Zusammenwirken dieser „Push“- und „Pull“-Faktoren sind die immer bedrohlichere Formen annehmenden Wanderungsströme aus den ländlichen Regionen in die städtischen Ballungsgebiete zu erklären.

5. Verstädterungsprozesse, Folgeprobleme und Aufgaben für Stadt- und Regionalplanung

Obwohl Indonesien noch immer ein Agrarstaat ist und 1971 noch 82,6% seiner Bevölkerung auf dem Lande lebten, weist der Inselstaat im Vergleich zum Gesamtwachstum seiner Bevölkerung eine weit höhere Verstädterungsdynamik als beispielsweise Malaysia, Thailand und die Philippinen auf (D. KÜHNE 1975). Mit 13,7 Mio. Menschen leben rund 66% der „urbanen" Bevölkerung in Städten Javas. Von den zehn größten Städten des Landes liegen sieben auf dieser Insel. (Tab. 12)

In den übrigen Landesteilen entwickelten sich demgegenüber nur wenige Großstädte. Die Sogkraft dieser vorwiegend auf Java konzentrierten, multifunktionalen Zentren hemmt nachdrücklich die Entwicklung kleiner und mittlerer städtischer Gemeinden, die – bei entsprechender struktureller Differenzierung und breiter regionaler Streuung – in weit höherem Maße als Innovationszentren wirtschaftlicher und sozialer Entwicklung für die zurückgebliebenen ländlichen Räume des Archipels dienen könnten (H. WANDER 1965). Diese einseitige Standortkonzentration der bedeutendsten indonesischen Städte auf Java und einigen wenigen anderen Regionen des Landes ist nur aus der kolonialen Vergangenheit Indonesiens zu erklären. Denn im Gegensatz zu den meisten europäischen Städten beruhen Entstehung und Entwicklung der indonesischen Städte weitgehend auf exogener, kolonialer Einflußnahme. Militärisch – strategische, ökonomische und administrative Motive bestimmten seit dem frühen 17. Jahrhundert nicht nur die Standorte dieser Gründungen, sondern zugleich auch deren räumliche Strukturen und Funktionen. Trotz dieser Tatsache und seiner primär agrarischen Wirtschaftsstruktur besitzt das Städtewesen Indonesiens und das anderer Staaten Südostasiens doch Tradition. Denn seine Wurzeln gehen teilweise auf Königs- bzw. Fürstensitze buddhistisch-hinduistischer Staatengründungen und späterer islamischer Sultanate zurück.

Diese primär kultisch-administrativen Zentren, von denen einige jedoch auch bereits

Tabelle 12: Regionale Verteilung der städtischen und ländlichen Bevölkerung in Indonesien 1971

Regionen	Gesamtbevölkerung			
	Stadt		Land	
	Anzahl	%	Anzahl	%
Java-Madura	13727900	18,1	62374600	81,9
Sumatra	3700200	17,8	17112400	82,2
Kalimantan	1123300	21,8	4028900	78,2
Sulawesi	1402000	16,4	7133200	83,6
Nusatenggara	661100	8,6	7045400	91,4
Irian Jaya	150800	16,4	772700	83,6
Indonesien	20765300	17,4	98467200	82,6

Quelle: Sensus Penduduk Indonesia 1970/71

früh über weitreichende Handelsbeziehungen verfügten, entstanden vorwiegend in den Küstenräumen, als den Kreuzungspunkten zwischen Fluß- und Seeverkehr. Denn vor allem auf diesen Verkehrsarten beruht seit altersher Handel, Siedlung und Staatenbildung im malayischen Archipel. So ist beispielsweise die heutige Hafen- und Provinzhauptstadt Palembang in Südost-Sumatra am Musi-Fluß Nachfolgerin der Hauptstadt des frühmittelalterlichen Srivijaya-Reiches.

Aber auch im Inneren verschiedener Inseln entstanden – namentlich in den von der Natur begünstigten Reisbauebenen Javas – Herrschaftszentren. Als Beispiel sei auf die 1755/56 gegründeten zentraljavanischen Städte Yogyakarta und Surakarta (Solo) verwiesen. Ihre weitläufigen, mauerumwehrten Sultanspaläste mit den angrenzenden großen Plätzen (alun alun), verweisen eindrucksvoll auf die territorialpolitischen Kräfte, denen diese „Kraton" (Palast)-Städte Javas, Sumatras und anderer Inseln ihre Entstehung verdanken. Zugleich sind sie Zeugen jener für Indonesien so schicksalhaften Mesalliance zwischen heimischen Regenten und der ehemaligen Kolonialverwaltung, von der seit dem 17. Jahrhundert entscheidende Entwicklungsimpulse für einen Teil dieser Siedlungen ausgingen. Wo diese ausblieben, behielten die Herrschaftssitze der heimischen Fürsten – wie etwa auf Bali, Lombok oder Sumbawa – meist ihren „Kampong", d.h. ihren Dorf-Charakter. Die um die zentral gelegenen, weitläufigen „Puri" (Paläste) der balinesischen Regenten mit ihren verschachtelten Systemen von äußeren und inneren Höfen, reich bemalten und geschnitzten Hütten, hochaufragenden steinernen Torbögen, zentralen Hallen und Tempelanlagen nach magisch-kosmischen Ordungsprinzipien planmäßig konzipierten Fürstenstädte Balis legen hiervon beredtes Zeugnis ab (A. Leemann 1976). Darüber hinaus wurden eroberte Häfen, wie etwa Ujung Pandang (Makassar) in Süd-Sulawesi oder Ambon auf den Molukken sowie im Verlauf der fortschreitenden Inbesitznahme auch Siedlungen im Binnenland – wie beispielsweise Bukittinggi in West-Sumatra – zu militärischen Stützpunkten und Handelsniederlassungen ausgebaut. Batavia, die heutige Landeshauptstadt Jakarta, ist das bekannteste Beispiel einer derartigen kolonialen Neugründung (1619) an der Stelle eines nach 1596 zerstörten Fürstensitzes an der Mündung des Ciliwung-Flusses in die Java-See. Die Erhebung zum asiatischen Hauptstützpunkt der ehemaligen Niederländisch-Ostindischen-Compagnie (V.O.C.) und zum Sitz des Generalgouverneurs für die kolonialen Besitzungen hatten einen kontinuierli-

Anteil der städtischen und ländlichen Bevölkerung an der Gesamtbevölkerung 1930–1971

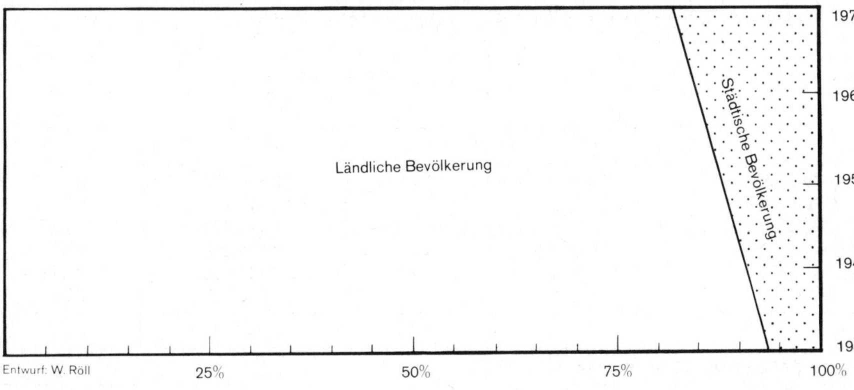

chen Ausbau Jakartas (Siegesstadt) nach niederländischen städtebaulichen Konzeptionen zur Folge. Rasch entwickelte sich die „Königin des Ostens", wie die Stadt einst genannt wurde, zu einem größeren, wirtschaftlich blühenden Gemeinwesen mit 1673 bereits über 32 000 Einwohnern (Frankfurt/Main: 19 000 EW). Aber erst um 1830 hatte sich die Bevölkerung der Stadt verdoppelt und noch im Jahre 1895 besaß Jakarta ohne seine Vororte erst etwa 115 000 Einwohner. In diesem langsamen Entwicklungsprozeß spiegeln sich u. a. die im 19. Jahrhundert zunehmenden Funktionsverluste Jakartas als ehemals bedeutendste Hafen- und Handelsstadt Südostasiens, zugunsten der englischen Konkurrenzgründung (1819/24) Singapur wider. Dieser Stadtstaat ist heute das wirtschaftlich beherrschende, vollausgestattete Großzentrum für den gesamten indonesischen Archipel (W. RUTZ 1976).

Jakarta Raya

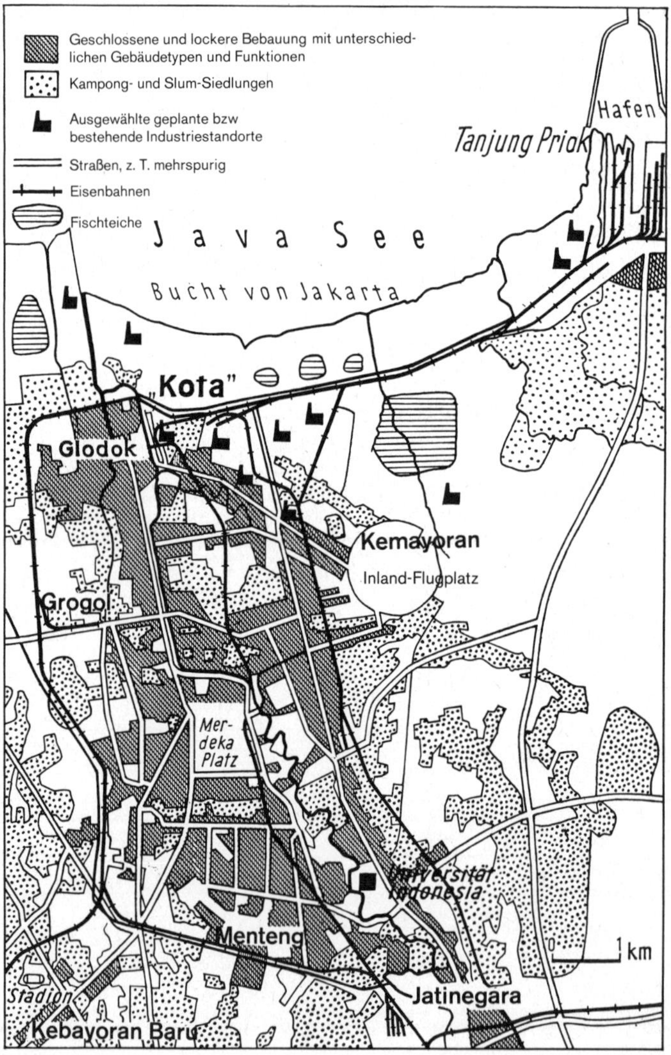

Entwurf: W. Röll 1975

Zentrale Orte

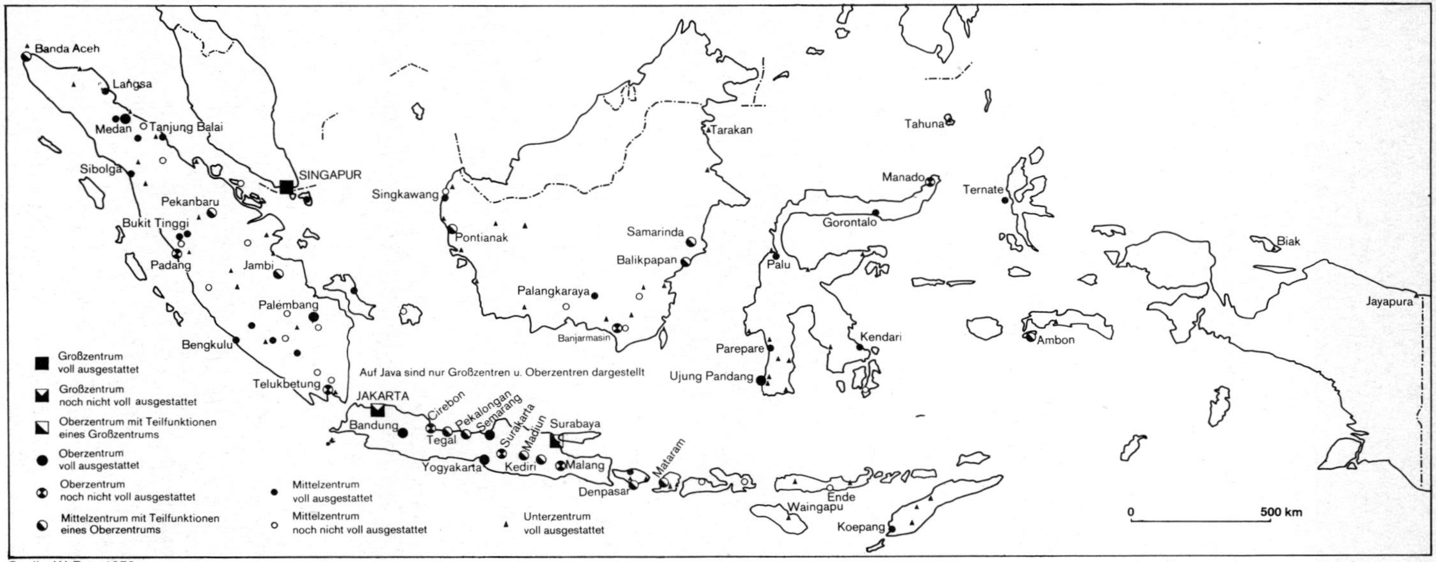

Quelle: W. Rutz 1976

Andere Städte verdanken ihre Entwicklung der Erhebung zu Verwaltungssitzen, der Ausweitung der niederländischen Plantagenwirtschaft oder der Aufnahme des Bergbaus im 19. und 20. Jahrhundert. So ist beispielsweise die jüngere Entwicklung der Hafenstadt Palembang vor allem auf die seit 1901 erschlossenen Erdöl- und Erdgasfelder in Süd-Sumatra zurückzuführen, die durch ein weitverzweigtes Pipelinenetz mit den großen Erdölraffinerien und -lagern in Plaju und Sungaigerong bei Palembang verbunden sind. Als weiteres Beispiel sei auf Balikpapan in Ost-Kalimantan verwiesen. Die Hafenstadt, deren Bevölkerung von 29 000 (1930) über 92 000 (1961) auf rund 150 000 Einwohner im Jahre 1975 wuchs, verdankt diese Expansion und Entwicklung zum Petro-Zentrum der staatlichen Erdölgesellschaft Pertamina ebenfalls den 1938 entdeckten großen Erdölfeldern von Tanjung.

Zu den ländlichen Kampongvierteln mit ihren Bambushütten und den im Gezeitenbereich der Küsten nicht selten auch als Pfahlbausiedlungen (u. a. Banjarmasin, Pontianak, Palembang, Jayapura) errichteten Wohnbezirken der heimischen Bevölkerung sowie den chinesischen, arabischen und indischen Händlerquartieren traten nun neue städtische Elemente europäischen Vorbilds. Hierzu zählen u. a. Befestigungs- und neue Hafenanlagen sowie Verkehrseinrichtungen, Werften, Handelskontore, Banken und nicht zuletzt staatliche Verwaltungsbauten im repräsentativen Kolonialstil, wie sie beispielsweise für Jakarta, Yogyakarta (1895: 72 000 EW), Surakarta (1895: 110 000 EW), Semarang (1895: 90 000 EW), Surabaya (1895: 125 000 EW) und andere indonesische Städte noch heute charakteristisch sind. Auch die erst nach 1930 stärker einsetzenden Industrialisierungsmaßnahmen konzentrierten sich aufgrund der Standortvorteile primär auf Jakarta und die übrigen Großstädte Javas. Die europäischen Wohnbezirke mit ihrer ursprünglich den klimatischen Bedingungen wenig angepaßten engen Bebauung wurden nach verheerenden Malaria-, Cholera-, Pokken- und Typhus-Epidemien (u. a. 1732) in der nach Amsterdamer Vorbild von Kanälen bzw. Grachten durchzogenen Altstadt Jakartas seit Ende des 18. Jahrhunderts zugunsten neuer, aufgelockerter und von Grünflächen durchsetzter „gartenstadtähnlicher" Viertel aufgegeben. Chinesische, teilweise aber auch indische und arabische Händler sowie heimische Bevölkerungsgruppen rückten in die alten Stadtkerne nach. Die im Untergeschoß vielfach zweistöckiger Häuserzeilen gelegenen chinesischen „Tokos" (Läden), die mit ihrem reichhaltigen, vielfach importierten Warenangebot weit über dem Niveau der meisten indonesischen Kleinhändler stehen, bestimmen überwiegend das Bild und die Funktion dieser Straßenzüge. Glodok, das Chinesenviertel in der Altstadt (Kota) Jakartas, in der seit 1973 u. a. Sanierungsmaßnahmen zur Erhaltung von Teilen der historischen niederländischen Bausubstanz aus dem 17. und 18. Jahrhundert durchgeführt werden, sei als typisches Beispiel genannt. Das Bestreben der Niederländer, die Wohnviertel der häufig nur wenige Meter über dem Meeresspiegel gelegenen Küstenstädte in das höher gelegene, klimatisch angenehmere und damit gesündere Hinterland zu verlagern, führte vielerorts zur Entstehung neuer Stadtbezirke mit vorherrschender Bungalow-Bebauung. Menteng in Jakarta, Candi Baru in der mitteljavanischen Hafen- und Provinzhauptstadt Semarang oder verschiedene Außenbezirke der Stadt Medan, die sich seit 1860/70 mit der Expansion der Plantagenwirtschaft zu dem einwohnerreichsten und bedeutendsten Zentrum Nord-Sumatras entwickelte, seien als Beispiele genannt. Ähnliche Motive trugen auch zur Entwicklung der städtischen Verwaltungs-, Wirtschafts- und Kulturzentren Bogor (1890: 18 000 EW) und Bandung (1906: 38 400 EW) in den Bergen West-Javas bei. Die großzügig angelegten, noch heute den einstigen Wohlstand kolonialen Bürgertums widerspiegelnden ehemaligen europäischen Viertel wurden nach der Unabhängigkeit des Landes von gehobenen indonesischen Sozialgruppen, teilweise aber auch von Chinesen übernommen. Nach 1965 verstärkte sich der Zuzug hoher Offiziere in diese Viertel. Demgegenüber blieb der Masse der – erst nach dem Zweiten Weltkrieg verstärkt in die Städte drängenden – Bevölkerung eine derartige Chance versagt.

Besaß Indonesien um 1900 nur 3 und 1930 erst 7 Städte mit mehr als 100 000 Einwohnern, so war ihre Zahl 1961 bereits auf 21 und im Jahre 1971 sogar auf 27 gewachsen. Seit 1930 wuchs der Anteil der „städtischen" Bevölkerung von etwa 5,5% (3,2 Mio.) über 14,8% (14,4 Mio.) im Jahre 1961 auf 17,4%, d.h. rund 21 Mio. Personen (1971) an. Trotz des Versuchs der Behörden den Zuzug, wie beispielsweise 1970 für Jakarta, zu limitieren, übersteigen weiterhin die lawinenartigen Zuwanderungsraten in Verbindung mit einem hohen natürlichen Bevölkerungswachstum weit die Absorptionsfähigkeit der Städte. Die sich aus dieser Entwicklung ergebenden infrastrukturellen, arbeitsmarkt-, sozial- und wirtschaftspolitischen Folgeprobleme vergrößern sich ständig. Denn seit Ende des Zweiten Weltkrieges ergießt sich ein nahezu ununterbrochener Strom meist junger, erwerbssuchender ländlicher Bevölkerung, Abiturienten, Hochschulabsolventen usw. in die städtischen Zentren. Nur vereinzelt konnten die Stadtverwaltungen diesen Prozeß lenkend beeinflussen. Die Einwohnerzahlen der bedeutendsten städtischen Ballungsgebiete wuchsen hierdurch um das Drei- bis Achtzehnfache, gemessen an den Werten von 1920.

Hauptwanderungsziele sind auf Java Jakarta und die Millionenstädte Surabaya und Bandung. Surabaya konkurriert als zentraler Ort mit der Landeshauptstadt, Bandung fungiert als Oberzentrum für den östlichen Teil West-Javas (W. Rutz 1976). Aber namentlich Jakarta als Sitz der Regierung und Mittelpunkt des Landes, in dem sich Wirtschaftsaktivitäten und zentrale Einrichtungen zunehmend konzentrieren, übt wie keine andere Stadt nahezu magische Anziehungskraft aus. Die übrigen javanischen Städte entwickelten sich weniger stürmisch, wenngleich beispielsweise auch zentrale Orte höherer Stufe, wie etwa Yogyakarta oder Semarang in Zentral-Java und Mittelzentren, wie beispielsweise Cirebon, beträchtliche Wanderungsgewinne aufweisen. Bevorzugte Migrationsziele außerhalb Javas sind insbesondere die großen städtischen Verwaltungs-, Verkehrs-, Wirtschafts- und Erdölzentren Sumatras, Kalimantans und Sulawesis. Insbesondere die Millionenstadt Medan in Nordost-Sumatra, aber auch die übrigen zentralen Orte höherer Stufe im westlichen und östlichen Teil des Archipels, wie Ujung Pandang (Makassar) in Süd-Sulawesi, Palembang in Süd-Sumatra, Banjarmasin in Süd-Kalimantan und Pontianak in West-Kalimantan, deren Funktionsbereiche teilweise weit über die zugehörigen Provinzen hinausreichen (W. Rutz 1976), weisen überdurchschnittlich hohe Wachstumsraten auf.

(Tab. 13)

Obwohl die Dunkelziffer – ähnlich wie bei der Feststellung der Einwohnerzahlen – groß und die Fluktuation der Bevölkerung beträchtlich ist, wird allein der jährliche Wanderungsgewinn Jakartas auf 120 000 bis 200 000 Personen beziffert. Nach Untersuchungen von G. Krausse (1975) stammen etwa 55% bis 60% aller Zuwanderer Jakartas aus ländlichen Bezirken West-Javas, wie Tangerang, Karawang und Bogor. Vor allem die übervölkerten Agrarregionen Mittel-Javas (Yogyakarta, Surakarta, Pekalongan, Tegal, Cirebon) stellen weitere 27% bis 30%. Auf Sumatra entfallen schätzungsweise 5% bis 8%, worunter namentlich Migranten von Nordost- und West-Sumatra (Minangkabau) stark vertreten sind. Vor allem aus Nord- und Süd-Sulawesi kamen weitere 1%

Tabelle 13: Bevölkerungsentwicklung indonesischer Städte zwischen 1920 und 1971

Stadt	Bevölkerung in 1000 Personen				
	1920	1930	1961	1971	Zunahme in %
Jakarta	253,8	533,0	2971,1	4576,0	1802,9
Medan	45,2	76,6	479,1	620,0	1371,7
Bandung	94,8	166,8	972,8	1153,7	1216,9
Ujung Pandang	56,7	84,9	384,2	497,0	876,5
Palembang	73,7	108,1	474,9	614,0	833,1
Surabaya	192,2	341,7	1007,9	1549,9	806,4
Banjarmasin	47,0	65,7	214,1	277,0	589,4
Cirebon	33,1	54,1	135,9	204,0	616,3
Pontianak	28,7	45,2	150,2	194,0	675,9
Semarang	158,0	217,8	503,1	614,2	388,7
Bogor	46,6	65,4	154,1	186,4	400,0
Yogyakarta	103,7	136,6	312,6	390,4	376,5
Padang	38,2	52,1	143,7	187,0	489,5
Surakarta	134,3	165,5	367,6	448,5	333,9
Malang	42,9	86,6	341,4	397,6	92,7

Quellen: Handbook of the Nederlands East Indies 1924; W. RÖLL 1975

bis 4%. Der Rest wanderte von Kalimantan, den Zinn-Inseln Bangka und Belitung und aus anderen Landesteilen zu. Unter dieser Gruppe befand sich ein beträchtlicher Prozentsatz Chinesen. Zu den permanenten Zuwanderungen, im Sinne ständiger Wohnsitzveränderungen, tritt noch eine beträchtliche Zahl zeitlich sehr begrenzter, saisonaler Migrationen aus Nachbargemeinden der Stadt. Studien aus den Jahren 1955 und 1967 zufolge waren Arbeitssuche und der Zwang zu Einkommensverbesserungen für 70% der Befragten die wichtigsten Ursachen ihres Zuzuges nach Jakarta (H. J. HEEREN 1955; E. M. FICHTER 1972). 1972 erneut in der Hauptstadt durchgeführte Analysen zeigen, daß bis zu 80% der Zuwanderer aus ländlichen Gebieten stammen und vielfach bereits über persönliche Verbindungen zu Einwohnern Jakartas besaßen. Wichtigstes Motiv für die mit drastischen Milieuveränderungen verbundenen Land-Stadt-Wanderungen war das unzureichende Arbeitsplatzangebot im ländlichen Raum und die Hoffnung der Migranten auf bessere Beschäftigungsmöglichkeiten in der Stadt. Andere Gründe, wie etwa höhere Bezahlung, bessere Bildungsmöglichkeiten oder die Attraktivität städtischer Lebensformen traten demgegenüber zurück. Trotz ihrer überwiegend schlechten materiellen Situation waren die wenigsten der Befragten jedoch infolge ihrer Ungebundenheit gegenüber heimischen Traditionen und Normen bereit, wieder in ihre Herkunftsgemeinden zurückzukehren (G. TEMPLE 1975).

Hält die Wachstumsrate von gegenwärtig jährlich etwa 6,5% an, wird die Einwohnerzahl Jakartas, dessen Bevölkerung 1973 auf 5,2 Mio. und 1977 bereits auf über 6 Mio. beziffert wurde, für das Jahr 1985 auf etwa 10 Mio. Menschen geschätzt. Heute leben bereits etwa 4,4% der indonesischen Gesamtbevölkerung in Jakarta. Nicht wenige Stadtbezirke weisen Bevölkerungsdichten zwischen 15 000 und über 42 000 EW/qkm auf (West-Berlin: 4341 EW/qkm). In einzelnen Slum-Vierteln, wie beispielsweise Tambora, werden nach Untersuchungen von G. KRAUSSE (1975) sogar Bevölkerungskonzentrationen bis zu über 100 000 EW/qkm erreicht. Der Anteil der Zuwanderer an der Gesamtbevölkerung zahlreicher Stadtviertel beträgt zwischen 70% bis 90%. Als weiteres Beispiel sei auf die westjavanische Stadt Bandung verwiesen, deren Bevölkerung nach Untersuchungen von H.-G. GLAESSER (1976) von 433 000 Personen (1945) bei ei-

Squatter-Siedlung Budi Mulia, Pademangan, in Jakarta 1975

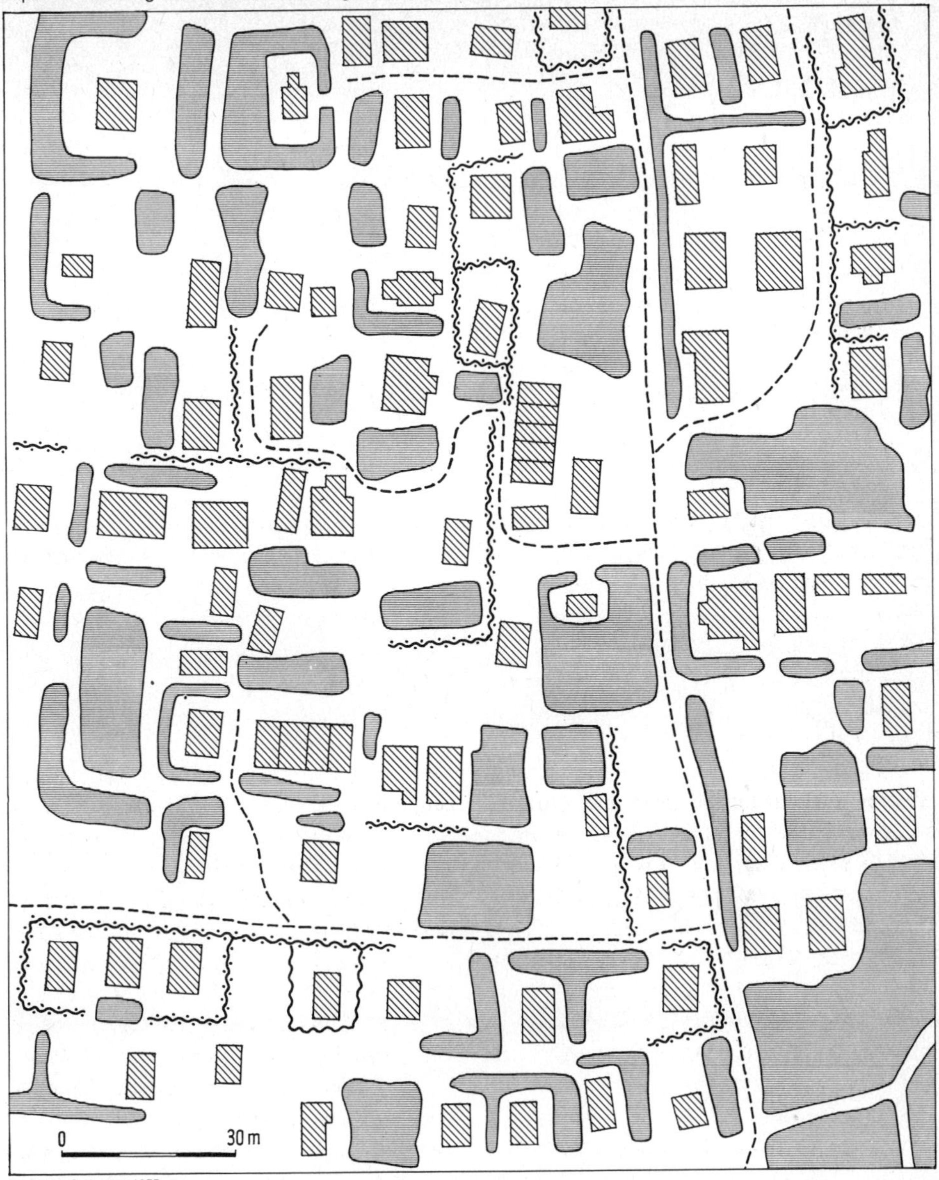

Aufnahme: G. Krausse 1975

Bambushütten

Fischteiche

Fußpfade

Bambuszäune

ner mittleren jährlichen Wachstumsrate von 7% auf 1,2 Mio. im Jahre 1973 angestiegen ist. Etwa 4% bis 5% der zugewachsenen Bevölkerung rekrutiert sich aus Wanderungsgewinnen aus Gemeinden des Bandunger Beckens und Siedlungen der östlichen Teile West- sowie Zentral-Javas. Namentlich in den Jahren nach dem Zweiten Weltkrieg und vor dem Regierungswechsel von 1965, d.h. also in Zeiten politischer Krisen, waren die Wanderungsgewinne Bandungs mit über 10% pro Jahr besonders ausgeprägt. Aber selbst kleine, wirtschaftlich und städtebaulich wenig attraktive städtische Siedlungen, wie beispielsweise die Provinzhauptstadt Jayapura – Abepura in Irian Jaya weisen teilweise relativ große Wanderungsgewinne auf. So sind etwa Jayapura und andere städtische Siedlungen in Irian Jaya Wanderungsziele für junge Indonesier u.a. aus Sulawesi und von den Molukken. In Jayapura, dessen Bevölkerung hierdurch von rund 14 500 (1961) auf 37 138 Einwohner (1971) anwuchs, konnten sie auf der Suche nach neuen Berufschancen beispielsweise im innerstädtischen Transportwesen und in anderen Wirtschaftsbereichen zahlenmäßig stark Fuß fassen. Ähnliches gilt etwa auch für den seit 1969 von der staatlichen indonesischen Erdölgesellschaft PERTAMINA ausgebauten Erdölhafen von Dumai mit seinen 1973 fertiggestellten Dockanlagen an der Rupat-Wasserstraße in Riau (Ost-Sumatra). Infolge dieser neuen Wirtschaftsaktivitäten stieg die Einwohnerzahl des Ortes von rund 3500 (1969) über 40 000 (1973) auf etwa 60 000 Personen im Jahre 1975 an.

Jedoch gelingt nur relativ wenigen Zuwanderern, wie etwa Teilen der Minangkabau aus West-Sumatra, unter dem Konkurrenzdruck der erhoffte wirtschaftliche und soziale Aufstieg. Denn in den Städten treffen die vom Lande Zugewanderten in der Regel auf hoffnungslos überfüllte Arbeitsmärkte. Folge der Land-Stadt-Wanderungen, deren erfolgreiche Eindämmung – etwa nach chinesischem Vorbild – nur über Arbeitsbeschaffungsprogramme auf dem Lande selbst zu erzielen sein dürfte, ist daher vielfach nicht nur eine „Pseudo-Urbanisation", sondern auch nur eine Umverteilung der Armut. Das städtische Subproletariat „Rakyat Jelata", das weder in den Produktions- noch in den Distributionsprozeß eingegliedert werden kann, vermehrt sich ständig. Denn die im ländlichen Raum herrschende Unterbeschäftigung wird durch die wachsende Landflucht häufig nur in offene Arbeitslosigkeit in den Städten verkehrt. Darüber hinaus entbehren die Zuwanderer dort auch die bescheidenen sozialen Sicherungssysteme, welche die heimischen Familien- und Dorfgemeinschaften gewähren. Im Jahre 1971 fanden beispielsweise allein in Jakarta etwa 20 000 Universitätsabsolventen keine Beschäftigung. Andere Zuwanderer fristen Kümmerexistenzen als Dienstboten, Taxifahrer, Schuhputzer, Altpapiersammler, Straßenhändler, Losverkäufer oder Becakfahrer, von denen es – trotz ihrer Verdrängung von den Hauptstraßen – allein in Jakarta schätzungsweise zwischen 80 000 und 150 000 (1972), in Semarang etwa 60 000 (1972) und in Bandung 40 000 (1974) geben soll. Damit unterscheidet sich die Hauptstadt kaum von anderen Städten Indonesiens. Überall in den städtischen und ländlichen Siedlungen steht die jeweilige Zahl dieser Personengruppe in umgekehrtem Verhältnis zum Wohlstand: je mehr Straßenhändler, Buden, Becakfahrer usw., desto größer ist die Armut. Der hohe Prozentsatz der Erwerbspersonen im Dienstleistungssektor der Städte ist demzufolge nur Ausdruck der Marginalisierung eines beträchtlichen Teils der Bevölkerung, die keine oder nur geringe Chancen besitzt, aktiv am Wirtschaftsleben teilzunehmen.

Mit den starken Wanderungsgewinnen der großstädtischen Zentren wächst zugleich die Diskrepanz zwischen den bestehenden Versorgungseinrichtungen und ihrem gegenwärtigen und zukünftigen infrastrukturellen Bedarf. Es fehlt an Wohnungen, Schulen, Gesundheitsdiensten, Wasser- und Stromversorgung und nicht zuletzt an Arbeitsplätzen. In Jakarta, das bereits 1954 als „Tyrannopolis" und als großer von der Küste ins Hinterland wuchernder Kampong (Dorf) bezeichnet wurde, treten diese für alle Großstädte geltenden Schwierigkeiten besonders kraß in Erscheinung. Hier verdichten sich die Probleme des Landes. Zugleich zeigen sich hier auch die politischen Dimensionen der sozialen Widersprüchlichkeiten weit direkter als in den übrigen Städten und in den ländlichen Räumen. So wurde beispielsweise 1966 in der Landeshauptstadt die Zahl der Kinder, die infolge fehlender Bildungseinrichtungen und auf Grund anderer Faktoren keine Schule besuchen konnten, auf etwa 0,5 Mio. beziffert. 1974 fehlten offiziellen Angaben zufolge noch immer mindestens 62 500 Grundschulplätze. Ähnlich prekär ist die Wohnraumsituation. Nach dem „Jakarta Master Plan for House Construction" (1965–85) benötigt die Stadt einen jährlichen Zuwachs von etwa 50 000 Hausneubauten, um dieses Problem allmählich zu lösen (Sri Soewasti Soesanto 1975). Bis zu dreißigstöckige Hochhäuser und andere von Banken, Wirtschaftsverbänden, Botschaften, Hotelkonzernen usw. nach 1968 errichtete Repräsentationsbauten beiderseits der von Sukarno als zentrale Achse des modernen Jakarta konzipierten, verkehrsdurchfluteten Thamrin-Straße, die vom Freiheitsplatz (Merdeka), über das Hotel Indonesia und die breite Sudirman-Straße in den seit Anfang der fünfziger Jahre erbauten Stadtteil Kebayoran Baru führt und Luxuswohnungen in Menteng, dem zweiten elitären Wohnbezirk, grenzen nicht selten unmittelbar an elende Notquartiere. Sie werden von Freiheitsmonumenten im Stil des sozialistischen Realismus aus der Sukarno-Ära überragt. Die Armut und die Lebensverhältnisse der Menschen, die in diesen Elendsquartieren wohnen, wie sie beispielsweise jedem Jakarta- oder Bandung-Besucher entlang der innerstädtischen Bahngleiskörper entgegentreten, sind sehr beängstigend.

Da die an schnellen Gewinnen interessierte Privatwirtschaft nur am Wohnungsbau für gutsituierte Gruppen interessiert ist und sowohl die niederländische Kolonialverwaltung als auch der indonesische Staat bisher fast nichts für den sozialen Wohnungsbau getan haben, lebt die überwiegende Mehrzahl der Bevölkerung in sog. „Gubuks", d.h. in Bambushütten, primitiven Bretterbuden und anderen Notbehausungen. Sie umfassen in Jakarta 73% des gesamten Wohnhausbestandes der Stadt (1972) und verfügen weder über fließendes Wasser, geschweige denn über sanitäre Einrichtungen oder Elektrizität. Nach G. Krausse (1975) können nur etwa 15% der Gesamtbevölkerung Jakartas ihren Wasserbedarf aus den städtischen Wasserleitungen decken und 80% aller Gebäude der Stadt entbehren einen Elektrizitätsanschluß. Eine zentrale Müllbeseitigung fehlt bisher ebenso wie eine Kanalisation der Stadt. Mehr als 100 000 Menschen, so schätzten Sozialarbeiter 1973, haben in Jakarta überhaupt kein Heim. Sie leben und schlafen in leeren Güterwagen, unter Brükken, in Marktständen, neben Abfallhaufen oder auf den Straßen. Tausende benutzen in der Hauptstadt und andernorts noch immer das Wasser der Kanäle zum Waschen, Baden und zur Verrichtung der Notdurft. Denn selbst Toiletten mit einfachen Fallgruben sind in Jakarta noch weithin unbekannt. Seit Jahren periodisch auftretende Choleraerkrankungen, die letztmals im August 1977 über 50 Tote in der Hauptstadt forderten, sind ebenso wie ein Anteil von schätzungsweise 3% bis 4% Tuberkulosekranker an der Gesamtbevölkerung (1973) eine Folge dieser Lebensumstände. Ähnliche Verhältnisse skizziert H.-G. Glaesser (1976) etwa für Bandung, wo zwischen 60% bis 80% aller Haushaltungen ihren Wasserbedarf mit ungereinigtem Brunnenwasser oder direkt aus den fließenden Gewässern decken. Gewässer- und Brunneneinzugsbereiche dienen infolge der gedrängten Bau- und Wohnweise für über 60% aller Haushalte der Stadt zugleich auch zur Ableitung von Fäkalien. Die 1970 in Bandung ermittelte Säuglingssterblichkeit von 102‰ ist nur ein alarmierender Indikator dieser hygienischen Situation. Ähnliches gilt beispielsweise auch für die Millionenstadt Surabaya. Während es dort vor wenigen Jahren noch kein Gebäude mit mehr als drei Stockwerken gab, sind jetzt im Stadtzentrum moderne Verwaltungsgebäude, Banken, Hotels usw. entstanden und im Hafengelände von Tanjung Perak ist eine neue „Industriezone" im Aufbau begriffen. Zugleich wachsen aber auch hier die Notunterkünfte an den Stadträndern, Ausfallsstraßen und vor allem zwischen den Baublöcken der Innenstadt, die an den Bahngleiskörper angrenzen. Die Beispiele derartig widersprüchlicher Entwicklungsprozesse ließen sich vermehren.

Im Fünfjahresplan von 1969 bis 1974 (REPELITA I) wurde allein die Zahl der in den Großstädten zu bauenden Häuser auf mindestens etwa 300 000 beziffert, während die Zuwachsrate pro Jahr nicht einmal 40 000 erreichte. Dieser quantitativ höchst unzulängliche Wohnraumzuwachs privater und öffentlicher Bauträger war bisher fast ausschließlich nur mittleren und gehobenen Sozialgruppen zugänglich. Die sich – trotz örtlicher, teilweise gegen den Willen der betroffenen Bevölkerung durchgeführter Sanierungsmaßnahmen – ständig vergrößernden Slums sind eine unübersehbare Folge dieser Situation. Frustration, Resignation, soziale Spannungen, Prostitution, Kriminalität usw. sind weitere Folgen dieser für nahezu alle indonesischen Großstädte in unterschiedlichem Ausmaß geltenden Entwicklung (H.-D. EVERS 1975). Der Versuch zum Abbau dieser eklatanten Mißstände ist in Indonesien besonders vordringlich, da durch die nahezu einseitige Konzentration der Großstädte auf das ohnehin übervölkerte Java die sozio-ökonomischen Schwierigkeiten und die Gefahr erneuter politischer Krisen beträchtlich verstärkt werden.

Auf Grund dieser Tatsache sollen im Zweiten Fünfjahresplan (REPELITA II) von 1974 bis 1979 jährlich auch etwa 90 000 neue Häuser für mittlere und rund 225 000 Häuser bzw. Wohnungen für niedrige Einkommensbezieher erstellt werden. Dabei ist vorgesehen, zunächst mit dem Bau von etwa 26 500 Neubauwohnungen im Großraum Jakarta zu beginnen. Darüber hinaus ist nach den vorliegenden Sanierungsplänen für die Hauptstadt beabsichtigt, in naher Zukunft etwa 800 000 Squatter umzusiedeln (H. KRAUSSE 1975). Hierzu sollen von der nationalen Wohnungsbaugesellschaft „Perumas" insgesamt 50 000 Billigwohnungen u.a. in Klender, Cikarang, Depok, Tangerang, Bekasi, Bogor und Bandung errichtet und an aus West-Java nach Jakarta Zugewanderte vergeben werden. Weitere 25 000 Billigwohnungen sind u. a. in Surabaya, Semarang, Cirebon, Yogyakarta, Medan, Ujung Pandang, Padang, Palembang und Samarinda geplant. Mit Unterstützung der Weltbank ist im Rahmen des sog. „Kampong Improvement Program" ferner die Flächensanierung von etwa 3000 ha in Jakarta und von ca. 374 ha in Surabaya vorgesehen. Außer der Schaffung notwendiger infrastruktureller Basiseinrichtungen, wie Wasserver- und -entsorgung, Müllabfuhr, Straßenbau, Grundschulen usw. soll in Kürze auch mit der Errichtung der ersten 10 000 Wohnungen in einem Neubauzentrum in Jakarta begonnen werden. Es bleibt jedoch abzuwarten, ob die Zielgruppen in solche Etagenwohnungen zu ziehen bereit sind und ob sie die Mieten aufzubringen vermögen. Weitere 5000 Wohneinheiten sollen auf einem etwa 119 ha großen Gelände in Depok Baru rund 20 km südlich der Hauptstadt erstellt werden, wohin u.a. auch die Verlegung der Universität von Jakarta geplant ist. Von diesen Wohnungen werden jedoch etwa 75% bevorzugt an Regierungsbeamte und Angehörige der Streitkräfte vergeben. Zur Lösung vielfältiger weiterer brennender Raumordnungs- und Verkehrsprobleme im Ballungsraum Jakarta fördert die Bundesrepublik im Rahmen ihrer Entwicklungshilfe die Ausarbeitung eines Generalverkehrsplanes für die Hauptstadt und Untersuchungen über die Möglichkeiten zur Schaffung neuer, Arbeitskräfte absorbierender Entwicklungszentren im Verdichtungsraum Jakarta.

Allerdings dürften durch derartige begrenzte Einzelmaßnahmen das überdurchschnittliche Wachstum der städtischen Ballungsräume kaum und die Folgeprobleme dieses Prozesses nur punktuell zu lösen sein. Für die Stadt- und Regionalplanung Indonesiens ergibt sich daher als wichtigste Aufgabe die Notwendigkeit, den Abbau des sozio-ökonomischen Dualismus zwischen Stadt und Land sowie eine stärkere dezentralisierte Entwicklung des Staates anzustreben. Denn gerade die jahrelange Vernachlässigung der ländlichen Entwicklung hat zu einer erheblichen Verschärfung dieses Gegensatzes beigetragen. Von massenhaften Zwangsumsiedlungen abgesehen, wie sie gegenwärtig in Vietnam und Kambodscha zur Schaffung neuer Agrarzonen durchgeführt werden, besteht die einzige Möglichkeit die Menschen auf dem Lande zu binden oder gar dorthin umzulenken darin, das Leben in den ländlichen Regionen so erträglich zu gestalten, daß die Großstädte an Anziehungskraft verlieren. Alle Maßnahmen, die demzufolge dazu beitragen die Situation im ländlichen Raum zu verbessern, helfen damit zugleich auch die gravierenden Wachstumsprobleme der Großstädte zu verringern.

Nach Empfehlungen der UN-Habitat-Konferenz in Vancouver vom Jahre 1976 und denen anderer Institutionen kommt dabei der Entwicklung eines abgestuften und ausgewogenen Systems von Klein- und Mittelstädten als Alternativen zu den großstädtischen Ballungsräumen und als Katalysatoren der Entwicklung ländlicher Regionen vorrangige Bedeutung zu. Die Entwicklung derartiger zentraler Orte unterschiedlicher Rangordnung und die forcierte Förderung der ländlichen Regionen schließen sich gegenseitig nicht aus, sondern bedingen einander (H. DEHN 1977). Denn der durch bi- und multilaterale Entwicklungshilfe mitfinanzierte Aus- und Aufbau solcher dezentralisierter Landstädte als Standorte für Beschaffungs- und Absatzmärkte der Landwirtschaft, für Produktionsmittel- und Verarbeitungsbetriebe, städtische Dienstleistungen usw. wurde bei der Verwendung arbeitsintensiver Methoden erhebliche zusätzliche Arbeitsplätze für die Bevölkerung im ländlichen Raum bieten. Infolge des damit verbundenen Multiplikatoreffekts würden zugleich auch neue regionale Wachstumspole zum Abbau der bestehenden regionalen Disparitäten innerhalb des Landes geschaffen. Zwar liegen derartige breit angelegte regionale Entwicklungspläne und andere Raumentwicklungskonzeptionen bereits für Indonesien vor, doch haben sie – u.a. infolge finanzieller und administrativer Engpässe – den tatsächlichen Entwicklungsprozeß im Sinne der im Zweiten Fünfjahresplan (REPELITA II) von 1974 programmatisch festgelegten „ausgewogenen regionalen und lokalen Entwicklung des Landes“ bisher noch nicht erkennbar zu beeinflussen vermocht.

6. Schwächen infrastruktureller Ausstattung

Wie in fast allen Ländern der Dritten Welt sind auch in Indonesien vielfältige, ausgeprägte Infrastrukturmängel eine wesentliche Ursache der komplexen Entwicklungsprobleme des Landes. Im Rahmen der jüngeren staatlichen Aufbauprogramme wird daher der Verbesserung der Grundausstattung, d.h. den für die stärkere politische, soziale und wirtschaftliche Integration des Archipels, den Abbau der krassen inter- und intraregionalen Entwicklungsunterschiede innerhalb des Inselstaates und der Leistungssteigerung seiner Wirtschaft notwendigen Basiseinrichtungen, besondere Priorität eingeräumt. Dennoch konnten bei dem enormen Nachholbedarf, der in nahezu allen Bereichen der personalen, institutionellen und materiellen Infrastruktur besteht, bisher erst begrenzte Erfolge erzielt werden. Denn die gravierenden Versäumnisse der Kolonialzeit und der SUKARNO-Ära können nur langsam abgebaut werden.

6.1 Mängel des Bildungs-, Verwaltungs- und Gesundheitswesens

Indonesien hat seit seiner politischen Unabhängigkeit große Anstrengungen unternommen, das Erziehungs- und Bildungssystem als Schlüssel der politischen, wirtschaftlichen und sozialen Zukunftsgestaltung auszubauen. Denn die Niederlande hinterließen ein trauriges Erbe. Entsprechend dem kolonialen Gesellschaftsaufbau von Europäern, Indo-Europäern, Asiaten (u.a. Chinesen, Inder) und Indonesiern als unterster Schicht, hatte man über Generationen hinweg auch die Prioritäten im Schul- und Bildungswesen gesetzt. Zwar waren beispielsweise seit 1907 sog. „Desa“ (Dorf)-Schulen und in der Folgezeit in engbegrenztem Rahmen auch andere Bildungseinrichtungen bis zu Hochschulen geschaffen worden, doch dienten sie primär nur dem Ziel, eine den Bedürfnissen der Kolonialverwaltung entsprechende, sehr begrenzte Zahl Indonesier für untergeordnete Positionen in Wirtschaft und Verwaltung heranzubilden. Auch die engagierte Erziehungsarbeit der christlichen Missionen sowie das von anderen Institutionen getragene private Erziehungswesen hatte nur relativ kleine Bevölkerungsgruppen erfaßt. Aus den Reihen dieser kleinen Elite rekrutierten sich u.a. die Führer der nationalen Bewegung, die das Kolonialsystem 1945 zu Fall brachten. Bis zum Ende der kolonialen Ära hatte demgegenüber die Masse der Bevölkerung keine Schul- und Berufsausbildung erhalten. Im Jahre 1945 waren etwa 93% von über 70 Mio. Indonesiern Analphabeten. Es existierten nur drei auf Java konzentrierte Hochschulen mit Universitätscharakter: die medizinische (seit 1927) und rechtswissenschaftliche Akademie (seit 1924) in Jakarta sowie die Technische Hochschule in Bandung (seit 1920). Die Zahl der Akademiker mit Hochschulabschluß wurde 1945 auf rund 400 beziffert. Als Agrarstaat verfügte das indonesische Landwirtschaftsministerium 1949 nur über drei Agronomen mit Doktorgrad. Als größter Bergbauproduzent in Südostasien, besaß das Land nur einen Geologen. Es gab nur 80 Apotheker, 14 Volkswirtschaftler und nur etwa 60 Techniker. Auf 60 000 Indonesier entfiel 1 Arzt. Obwohl der Inselstaat eine der längsten Küstenlinien der

Welt besitzt, verfügte er über keinen einzigen ausgebildeten Kapitän. Kein anderes Land Asiens ist derart unvorbereitet in seine politische Unabhängigkeit entlassen worden. Damit fehlte dem jungen Staat das für seine nationale Entwicklung notwendige geistige Potential, das hätte initiieren, planen und ausbilden können. Nur unter Berücksichtigung dieser historischen Situation kann die gegenwärtige Bildungs- und Entwicklungsproblematik verstanden werden.

Grundvoraussetzung der politischen Integration des Insel- und Vielvölkerstaates zu einer Nation sowie seiner wirtschaftlichen und sozialen Entwicklung mußte demzufolge die schnelle Beseitigung dieses fast unüberwindbaren Bildungsrückstandes der Bevölkerung sein. Dabei galt es vorranging, die ethnisch-kulturell bedingten enormen Sprach- und damit Kommunikationsbarrieren zwischen den zahlreichen Volksgruppen durch das Erlernen der gemeinsamen Nationalsprache „Bahasa Indonesia" abzubauen. Diesem von der Regierung SUKARNO mit Nachdruck verfolgten politischen Ziel diente die Schaffung zahlreicher Bildungseinrichtungen im Grund-, Mittel-, Ober- und Hochschulbereich. Sie wurden vielfach durch spontane Initiative und Selbsthilfe der Bevölkerung in großer Zahl erstellt. Die in nahezu allen Teilen des Landes unternommenen bildungspolitischen Anstrengungen hatten trotz der sehr begrenzten materiellen Möglichkeiten beachtliche Erfolge. Im Jahre 1961 konnten bereits etwa 40% der Bevölkerung lesen und schreiben. Die Zahl der Schulen verschiedenster Stufen und Typen wurde von 20 980 (1937/38) auf 142 668 (1971) erhöht. Die Zahl der Lehrer stieg von 47 300 (1937/38) auf 896 070 (1971) und die der Schüler von rund 2,2 Mio. auf über 19,5 Mio. im Jahre 1971 an. Darüber hinaus konnten allein zwischen 1956 und 1964 durch Maßnahmen zur Erwachsenenbildung etwa 37,1 Mio. Analphabeten mit den Grundelementen des Lesens und Schreibens vertraut gemacht werden. Kirchen, Sozialverbände, Parteien, Massenorganisationen usw. führen die Erwachsenenbildungsarbeit noch heute fort. Auch an der Verbesserung der Lehrerbildung wurde intensiv gearbeitet. Beim Aufbau von Universitäten und Akademien konnten ebenfalls beachtliche Fortschritte erzielt werden. In nahezu allen Provinzen des Landes besteht heute zumindest eine Hochschule. Neben vierzig staatlichen Hochschulen, darunter sechsundzwanzig Universitäten, zwei Technische, eine Landwirtschaftliche sowie elf Pädagogische Hochschulen (1973), entstanden staatliche Akademien, die u.a. von Ministerien, den Streitkräften, der Polizei usw. unterhalten werden. Hinzu treten zahlreiche weitere von Kirchen, Verbänden usw. getragene Hochschulen. Die Zahl der Studierenden an staatlichen und privaten Universitäten betrug 1973 rund 250 000, darunter allerdings nur 133 000 Studenten an staatlichen Hochschulen.

Diese quantitativen Erfolgsbilanzen in der Volksbildung dürfen jedoch nicht über die weiterhin bestehenden vielfältigen, unübersehbaren Mängel des indonesischen Bildungssystems hinwegtäuschen. Neben der quantitativen Ausweitung und einer regional ausgewogeneren Lokalisierung der Bildungseinrichtungen – vor allem im Berufs- und Fachschulwesen – ist insbesondere auch eine qualitative Anhebung des Ausbildungsniveaus dringend erforderlich. Aber diesen von indonesischen Politikern und Pädagogen engagiert vorgetragenen Zielen stehen Fakten und Bedingungen entgegen, die schier unbezwingbar erscheinen. Denn der weitere Aufbau- und Ausbau des Bildungswesens gleicht einem Wettlauf mit der rasch wachsenden Bevölkerung. Obwohl bereits Ende 1964 in einer Proklamation das Ende des Analphabetismus verkündet worden ist, liegt die Analphabetenquote im Landesdurchschnitt noch immer bei mindestens 40% (1975). In den peripheren ländlichen Räumen und in den oft kaum erschlossenen

Tabelle 14: Analphabetenquoten in den städtischen und ländlichen Regionen Indonesiens 1971 in %

Regionen	männlich	weiblich	Gesamt
Städtische Regionen	11,5	30,2	20,9
Ländliche Regionen	33,2	55,5	44,7
Indonesien	29,2	51,0	40,4

Quelle: Sensus Penduduk Indonesia 1970/71

inneren Regionen vieler Inseln steigt sie regional sogar auf bis zu 90% an. So sind beispielsweise auf Lombok etwa 70% und in Ost-Timor etwa 90% der Bevölkerung des Lesens und Schreibens unkundig. Unter den Analphabeten des Landes ist namentlich die weibliche Bevölkerung mit überdurchschnittlich hohen Prozentsätzen vertreten. (Tab. 14)

Aber nicht nur innerhalb des Landes, sondern auch auf den einzelnen Inseln selbst ist das Bildungsgefälle von den Zentren zu den Peripherien hin deutlich ausgeprägt. Während beispielsweise der Anteil der Analphabeten in der Landeshauptstadt Jakarta bei etwa 21% liegt, erreicht er in Ost-Java bereits knapp 48%. Als weiteres krasses Beispiel sei auf Irian Jaya verwiesen, wo seit 1963 das Bildungsangebot vor allem durch Grundschulen und auch die Einschulungsquoten in den Siedlungen des Küstenbereichs beträchtlich ausgeweitet werden konnten, während es im kaum erschlossenen zentralen Hochland bisher überwiegend fehlt oder aber auf kleine Missionsschulen beschränkt ist. Für Teile Zentral-Kalimantans weist J. Enos Garang (1974) ebenfalls auf die schlechte schulische Situation hin. Zu den regionalen Disparitäten tritt die Kluft zwischen arm und reich, wobei reich und gebildet sowie arm und ungebildet hoch korrelieren.

Das größte Problem bilden noch immer die Elementar- oder Grundschulen. Denn obwohl in Indonesien allgemeine Schulpflicht für die Dauer von sechs Grundschuljahren besteht, wurde 1974 die Einschulungsquote von Kindern im Primarstufenalter in staatlichen Schulen im Landesdurchschnitt erst auf etwa 57% beziffert. Im selben Jahr nannte der indonesische Sozialminister demgegenüber sogar nur eine Rate von durchschnittlich etwa 45%. Unter Berücksichtigung der zahlreichen Privatschulen erhöht sich die Einschulungsquote gegenwärtig auf schätzungsweise etwa 65%. In Ost-Timor liegt sie bei nur etwa 20% (J. Metzner 1975). Ähnliches gilt beispielsweise für Irian Jaya. Nach einer indonesischen Untersuchung aus dem Jahre 1971 verlassen ferner jedoch nur etwa 35% aller Eingeschulten die Ausbildungsstätten nach sechs Jahren mit einem Abschlußzeugnis. Die überwiegende Mehrzahl von etwa 65% bricht die Schulausbildung nach ein oder zwei Jahren vorzeitig wieder ab. Eine vom Ministerium für Erziehung und Unterricht 1971 in 18 Dörfern West-Javas vorgenommene Untersuchung über die Motive für diesen hohen Prozentsatz an Ausfällen kam zu dem Ergebnis, daß dieser „drop out" vor allem durch die Armut der Eltern verursacht ist. Vielfach sind sie nicht in der Lage, das selbst für den Grundschulbesuch obligatorische Schul- und Registriergeld zu entrichten. Zweitwichtigster Faktor ist die begrenzte Einsicht der Eltern in die Notwendigkeit schulischer Ausbildung. Nach Auffassung vieler Erziehungsberechtigter sollen die Kinder nach dem Erwerb rudimentärster schulischer Grundkenntnisse wieder in den landwirtschaftlichen Produktionsprozeß eingegliedert werden oder aber einem anderweitigen lebensnotwendigen Zuerwerb nachgehen. Aber auch die staatlichen Hochschulen und Universitäten, unter denen die 1947 in Yogyakarta gegründete Gadjah Mada Universität und die 1950 in Jakarta eröffnete

Gründe für Ausfälle im Grundschulbereich (West-Java 1971)

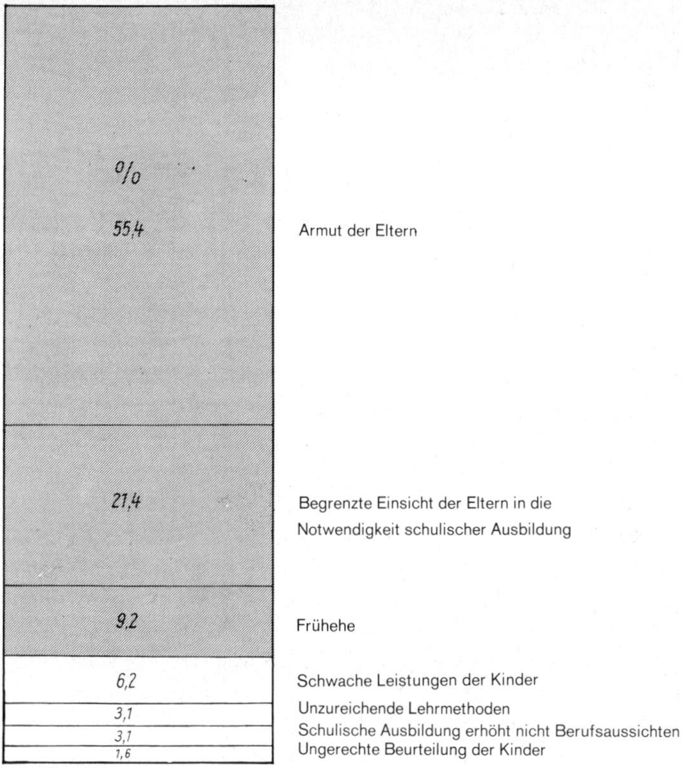

Quelle: U. Beyer 1974

Universität Indonesia die bekanntesten sind und deren Besuch infolge der hohen Kosten nur Kindern Begüterter möglich ist, verzeichnen beispielsweise Ausfallquoten von 70% (1973).

Der gewaltige Anstieg der Schülerzahlen in den letzten dreißig Jahren verdeckt leicht das wahre Ausmaß des Schulproblems. Es muß noch immer als äußerst kritisch bezeichnet werden, wenn etwa die Hälfte der Jugend überhaupt keine oder aber nur eine rudimentäre, schnell wieder verkümmernde Schulausbildung erhält. Diese Problematik wird noch schwerwiegender, wenn die Arbeitsbedingungen und das Ausbildungsniveau der Schulen betrachtet werden. Es zeigen sich alle die Mängel hypertrophisch gesteigert, die man gegenwärtig an unserem Schulwesen beklagt. Zunächst fehlen Lehrer und insbesondere qualifizierte Lehrer. Im Jahre 1974 bestand allein ein Defizit von etwa 164 000 Lehrern (U. Beyer 1974). Von den 1971 vorhandenen Grundschullehrern wurden nur 22% als vollqualifiziert, 24% demgegenüber als nichtqualifiziert und 54% als nur teilbefähigt bezeichnet. Darüber hinaus fehlt es an Gebäuden, Fachräumen, Lehr- und Lernmitteln, bedarfsgerechten Lehrplänen und neueren Curricula. Dies gilt für nahezu alle staatlichen Schulen unterschiedlicher Stufen und Typen einschließlich der Universitäten. Auf Grund dieser Mangellage bezifferte das Ministerium für Erziehung und Unterricht, daß für das Schuljahr 1973/74 beispielsweise von

Indikatoren unzureichender materieller und personaler Infrastrukturausstattung

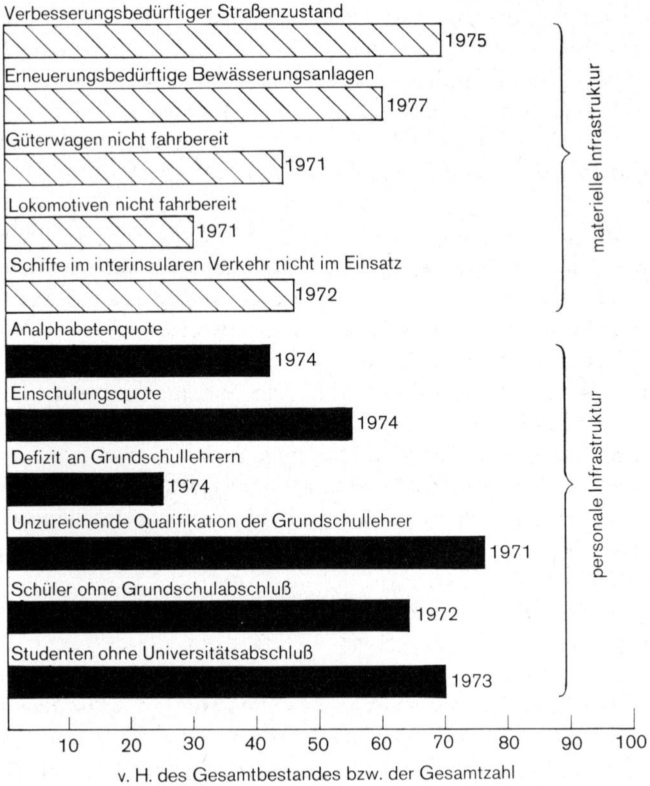

Entwurf: W. Röll nach U. Harms 1973

15,2 Mio. Bewerbern für Höhere Schulen nur 2,9 Mio., d.h. knapp 20%, und von etwa 9,8 Mio. Studienplatzbewerbern für Universitäten und Höhere Lehranstalten sogar nur etwa 330 000 bzw. 3,4%, aufgenommen werden konnten. Allein in Zentral-Java konnten beispielsweise 1973 von etwa 3,3 Mio. schulpflichtiger Kinder mehr als 2,6 Mio., d.h. 79% auf Grund fehlender Kapazitäten keine Ausbildung erhalten. Im gleichen Jahr verwies der Gouverneur von West-Kalimantan darauf, daß von rund 350 000 Kindern im schulpflichtigen Alter nur 187 705 oder 54% eingeschult worden seien, und die Provinz einen Fehlbestand von etwa 1200 Schulen und 10 000 Lehrern besäße.

Auch die Durchlässigkeit zwischen den verschiedenen Schultypen ist bisher noch sehr gering. Selbst der Sprung von den Grund- in die Mittelschulen gelingt nur wenigen. Während 1971 auf die staatlichen Grundschulen rund 90% aller Schüler und Studenten des Landes entfielen, besuchten demgegenüber nur 6,2% eine staatliche Mittelschule. Die Oberschulstufen wurden von 3% und die staatlichen Hochschulen sogar nur von 1% aller indonesischen Schüler bzw. Studenten besucht. Diese Werte verdeutlichen, daß die

Zahl der Jugendlichen mit höherer Ausbildung nach wie vor unverhältnismäßig gering ist. Von 1000 indonesischen Schülern erlangen nur etwa 2 ein Universitätsdiplom, mit dem sie Führungsaufgaben übernehmen können, sofern der Arbeitsmarkt dies zuläßt (U. Beyer 1974). Sehr nachteilig für Qualität und Kontinuität des Unterrichts wirkt sich darüber hinaus die Unterbezahlung der Lehrer aus, die wie bereits in Kapitel 4.3 skizziert, auf Nebenverdienste zwingend angewiesen sind, wenn sie ihre Familien erhalten wollen. Die Unterbezahlung hat beispielsweise zur Folge, daß viele Gymnasiallehrer nach Abschluß ihrer Ausbildung nicht in den Schuldienst eintreten, sondern lukrativere Positionen in der Wirtschaft anstreben. Der Mangel an hauptberuflichen Lehrern hat dazu geführt, daß 1974 etwa rund 50% des Gymnasialunterrichts von nebenamtlichen, vielfach überlasteten Lehrkräften erteilt wurde. Die mangelhafte Kapazität des staatlichen Bildungswesens würde sich noch negativer auswirken, wenn nicht das private Schulwesen, das in vielen Fällen von den islamischen und christlichen Kirchen unterhalten wird und teilweise nur zahlungsfähigen Schülern offensteht, einen so breiten Raum in Indonesien einnähme. Von den Oberstufen der Gymnasien waren beispielsweise 1971 nur 39% staatlich und 43% der Schüler besuchten private Oberstufengymnasien. Von den Studenten studierten 1973 ebenfalls 47% an privaten Universitäten.

Zu den quantitativen Bildungsproblemen treten die qualitativer Art. Eine Anhebung des Ausbildungsniveaus ist dringend erforderlich. Dies gilt ebenfalls für alle Schulstufen und -typen bis hin zu den Universitäten. Denn der Standard und die methodische Qualität des Unterrichts sind vielfach bedenklich. Daher genügen in vielen Fällen die erworbenen Qualifikationen nicht den Anforderungen. Nach wie vor besteht ein gravierender Mangel an qualifizierten Fach- und Führungskräften mit praktischer Berufserfahrung in Wissenschaft, Wirtschaft und Verwaltung. Dies gilt namentlich für die mittlere und untere Führungsebene. Die Beseitigung dieses empfindlichen Engpasses ist jedoch nur durch eine Bildungspolitik zu erreichen, die künftig strengere Prioritäten bei der Förderung gesellschaftlich notwendiger Fachrichtungen setzt. Diesem Ziel dient u. a. ein 1969 mit Hilfe der UNESCO und der Ford-Stiftung gegründetes „Planungsbüro für die Entwicklung des Erziehungswesens“. Denn das aus der Kolonialzeit übernommene, nur verbreiterte und immer stärker differenzierte pluralistische Bildungssystem zahlreicher Schulträger ist weder dem kulturellen Erbe noch den spezifischen Bedürfnissen Indonesiens angepaßt. Darüber hinaus leidet das Bildungswesen an den Mängeln der überkommenen, aufgesplitterten Kompetenzen der staatlichen Schulverwaltungen. Zwar fehlte es in den vergangenen Jahren nicht an Bemühungen, das tradierte System zu erneuern und auch besser dem Bedarf des Landes anzupassen, aber in der Praxis haben diese Versuche bisher keine wesentlichen Veränderungen herbeigeführt. Denn es ist primär an den Berufswünschen der Jugendlichen, nicht jedoch an der faktischen Nachfrage auf dem Arbeitsmarkt orientiert. Die Vermittlung berufspezifischer Fähigkeiten, deren spätere Ausübung Schülern und Studenten einen sinnvollen Platz in der Gesellschaft sichert, wurde gegenüber allgemeinbildenden Programmen stark vernachlässigt. Darüber hinaus wird von den Jugendlichen vielfach selbst aber auch eine spezifische Berufs- und Fachschulausbildung gemieden, während mehrheitlich noch immer Ausbildungsgänge beliebt sind, welche in eine von manueller Tätigkeit freien Beamtenposition münden. Als Folge dieser inzwischen erkannten Fehlentwicklung vergrößert sich die Diskrepanz zwischen Berufserwartungen und effektiven Berufschancen vieler Jugendlicher. Während das Heer arbeitsloser Geisteswissenschaftler, Juristen usw. in den

Großstädten wächst und sich mit diesem akademischen Proletaritat zugleich auch das politische Konfliktpotential vergrößert, herrscht gleichzeitig ein großer Mangel an Landwirten, Förstern, Botanikern, Geologen, Bodenkundlern, Ärzten, Ingenieuren, Technikern, Managern usw., die in den peripheren ländlichen Regionen des Landes qualifizierte Entwicklungsarbeit leisten könnten. So verfügte Indonesien beispielsweise 1976 nur über sechs Vulkan-Experten, obwohl der Inselstaat über 300 Vulkane, darunter 76 tätige und 49 im Fumarolenstadium, aufweist. Andere hochqualifizierte Naturwissenschaftler, Ingenieure usw. stellen nach ihrer Rückkehr von ausländischen Universitäten fest, daß das erforderliche industrielle und technologische Gefüge für ihre Arbeit fehlt und wandern entfremdet und enttäuscht in gutbezahlte Positionen ins Ausland ab.

In diesem skizzierten Mangel an eigenen personellen Ressourcen liegt ein entscheidender Engpaß zur Lösung der vielfältigen Probleme des Landes. Zahlreiche Schwierigkeiten sind durch die geringen Planungs- und Implementationsfähigkeiten der Administration bedingt. Es fehlen Fach- und Führungskräfte, welche die Steuerung des ökonomischen und gesellschaftlichen Entwicklungsprozesses sowie insbesondere die hierfür notwendigen Planungstechniken und Entscheidungsmechanismen zu handhaben vermögen. Denn die entwicklungspolitischen Aufgaben und Zielsetzungen verlangen nicht nur planendes Handeln seitens kleiner, vielfach überlasteter Führungsstäbe der Regierung, wie etwa des als zentrale nationale Planungsbehörde fungierenden „Development Planning Board" (BAPPENAS) mit zahlreichen u.a. in den USA ausgebildeten Spezialisten, sondern zugleich auch innovationsfähige Fachkräfte zur Ausführung und Überwachung der Planvorhaben auf dem Lande.

Darüber hinaus fehlen den Gremien vielfach aber auch die entsprechenden Hilfsmittel, wie beispielsweise die für Planungszwecke unverzichtbaren topographischen Kartengrundlagen. Denn obwohl bereits vor über 100 Jahren mit der kartographischen Landesaufnahme begonnen und seit 1927 auch die Kartierung mittels Luftbilder durch den niederländischen Topographischen Dienst in Indonesien eingeführt wurde, waren 1977 erst etwa 35% bis 40% des Staatsgebietes erfaßt. Das vorhandene niederländische und amerikanische Karten- und Luftbildmaterial ist nicht selten veraltet. Nach einer Anleihe der Weltbank in Höhe von 13 Mio. US-$ ist daher seit 1976 mit der Erarbeitung neuer topographischer Karten im Maßstab 1:50 000 und einer Bestandsaufnahme der natürlichen Ressourcen begonnen worden. Die Gesamtkosten des Projekts, das neue, flächendeckende Luftbildaufnahmen, trigonometrische Arbeiten, Landvermessungen usw. beinhaltet, werden auf 46 Mio. US-$ beziffert. Damit hofft man, sowohl die sektoralen, regionalen und nationalen Planungsvorhaben als auch die Durchführung von Entwicklungsprojekten und nicht zuletzt die Luftnavigation erheblich verbessern zu können, die bisher an dem skizzierten Mangel erheblich litten. Neuere Landnutzungskarten im Maßstab 1:100 000 und 1:250 000 werden seit 1969 durch das Generaldirektorat Agraria landesweit erstellt. Trotz der auf kartographischem Gebiet bisher erzielten Fortschritte, werden nach Angaben aus dem Jahre 1977 noch etwa 15 bis 20 Jahre vergehen, bis das Staatsgebiet Indonesien aufgenommen sein wird.

Unerläßliche Voraussetzung für die regionale und nationale Entwicklungsarbeit ist u.a. ferner eine leistungsfähige öffentliche Verwaltung, ein funktionierendes Management und ein Beamtentyp, den es in der Regel bisher noch nicht gibt. Denn das Heer der Staatsbediensteten ist ungenügend ausgebildet, den übertragenen Aufgaben vielfach nicht gewachsen und folglich kaum in der Lage, zu entscheidenden Verbesserungen beizutragen. Vorherrschend ist der Typus des

Staatsdieners, der die Weisungen des Vorgesetzten geduldig abwartet und sie nach einiger Zeit in unkritischer Ergebenheit ausführt. Diese Einstellung ist unter Vertretern derjenigen Volksgruppen besonders häufig anzutreffen, die lange unter kolonialer Herrschaft gelebt haben. Als Beispiele sei auf Java und Nord-Sulawesi verwiesen. Aber diese während der Kolonialzeit stark mitgeprägte und in Indonesien selbst heftig diskutierte Beamten-Mentalität, wurzelt letztlich in den feudalen, höfischen Traditionen Javas und anderer Inseln (U. Beyer 1974).

Einer der größten Engpässe Indonesiens besteht daher primär auch nicht im Kapitalzufluß, sondern in den fehlenden Fachkräften, um das Geld sinnvoll zu verplanen und insbesondere in einer fehlenden effektiven Verwaltung, welche die zahlreichen regionalen und sektoralen Entwicklungspläne auch in die Tat umzusetzen vermag. Denn die Leistungsfähigkeit der Administration leidet bei personeller Überbesetzung nicht nur unter dem Mangel an Fachkräften und der Unterbezahlung der meisten Bediensteten. Wesentliche Schwierigkeiten ergeben sich auch aus ihrem Aufbau und ihrer Organisation, den vielfach aufgesplitterten, unklaren Zuständigkeiten, der nicht selten fehlenden Koordination zwischen den Ministerien und den nachgeordneten Regional-, Bezirks- und Gemeindeverwaltungen. Trotz der beträchtlichen Reduzierung der in der Sukarno-Ära geschaffenen zahllosen Ministerien und anderer nach 1965 durchgeführter Verwaltungsreformen konnten die Zersplitterung der Aufgabenbereiche und die vielfältigen Kompetenzüberschneidungen noch nicht voll abgebaut und eine eindeutige Koordinierung der auf das gleiche Ziel gerichteten Aufgaben teilweise bis heute nicht erreicht werden. Das ausgeprägte sektorale Denken in den Ministerien führt zu Doppelarbeiten, Koordinationsproblemen und zur Inaktivität. Die inneren Widerstände gegen durchgreifende Reformen zur Überwindung dieser Schwierigkeiten und gegen eine wirksame Aufgaben-, Kompetenz- und Verantwortungsdelegation sowie gegen entsprechende Koordinierungsmaßnahmen sind auf der Ebene der nationalen Institutionen besonders groß. Diese „administrative Unterentwicklung" der öffentlichen Verwaltungen im organisatorischen und funktionellen Bereich beeinträchtigt Organisation, Entscheidungsabläufe und Umsetzung der Entwicklungsvorhaben innerhalb des Landes beträchtlich. Die Beseitigung der Korruption, die auf Verhaltensweisen in Kultur und Gesellschaft der Feudalzeit zurückgeht, die personelle Verringerung des Verwaltungsapparates, Rationalisierung der Verwaltungsorganisation und nicht zuletzt der Ausbau des Aus- und Fortbildungssystems für Staatsbeamte sollten daher vorrangig zu lösende Aufgaben sein. Denn der Erfolg der Regierung der sog. „Neuen Ordnung" wird wesentlich von der Lösung dieser gravierenden Probleme abhängen. Allerdings dürfte nach Ansicht intimer Landeskenner noch eine weitere Generation vergehen, bis eine geordnete Verwaltung etabliert ist. Darüber hinaus sind Kommunikationsschwierigkeiten zwischen den Vertretern der Behörden und dem Volke unübersehbar. Denn die heutigen urbanen Eliten haben vielfach den Kontakt zur Landbevölkerung verloren. So tun sich beispielsweise landwirtschaftliche Instruktoren im Umgang mit Reisbauern nicht selten schwer. Hier setzt sich der soziale Dualismus der Vergangenheit zwischen höfischen Eliten und dem Volk in veränderter Form fort. Eine kommunikationsfreudige Amtsführung der Verwaltungen ist insbesondere auch deshalb unverzichtbar, weil die Mehrheit der Landbevölkerung noch immer in einer traditionell obrigkeitsbezogenen Gesellschaftsform lebt (U. Beyer 1974).

Seit einigen Jahren schenkt die Regierung diesem grundlegenden Mangel an Handlungsfähigkeit und den Problemen der Führungsschwäche stärkere Beachtung als in der

Vergangenheit. Denn nur durch eine bedarfsgerechte personelle Erweiterung und qualitative Verbesserung der Fach- und Führungskapazitäten in Wissenschaft, Wirtschaft und Verwaltung kann sie auch in die Lage versetzt werden, die künftige Entwicklung des Landes besser als bisher zu fördern. Diese Notwendigkeit setzt u. a. jedoch auch ein geändertes praxisnahes Aus- und Fortbildungsangebot für die Entscheidungsträger voraus. Diese Erkenntnis und die wachsenden politischen und sozialen Spannungen führten zu einer stärkeren Betonung des Bildungssektors im Zweiten Fünfjahresplan (REPELITA II) von 1974. Das nationale Entwicklungsbudget sieht für den Zeitraum von 1974 bis 1979 eine Steigerung um 55% auf 1,2 Mrd. US-$ gegenüber dem Ersten Fünfjahresplan von 1969 vor. Dabei wird der Grundschulerziehung mit 38% am Erziehungshaushalt eine eindeutige Priorität innerhalb dieser „human investments" zugewiesen, während beispielsweise der Hochschulbereich gegenüber den vergangenen Jahren erheblich weniger gefördert wird. Wie groß der Nachholbedarf an Sozialinvestitionen allein im Grundschulbereich ist, wird aus der Tatsache ersichtlich, daß Indonesien 1971 erst rund 66 000 Grundschulen besaß. Zum Abbau des bestehenden Defizits wurden von 1974 bis Anfang 1978 im ganzen Land 31 000 Grundschulgebäude errichtet, 15 000 neue Klassenräume an bestehende Schulen angebaut, 56 000 Schulen modernisiert, 224 000 Grundschul- und 31 000 Religionslehrer ernannt, 634 000 Grundschullehrer erhielten Fortbildungskurse und 248 Mio. Schulbücher wurden angeschafft. Mit diesen und anderen Maßnahmen hofft man, bis 1979 u.a. die Einschulungsquote im Grundschulbereich auf etwa 85% und das Lehrer-Schüler-Verhältnis auf etwa 1:40 anheben zu können.

Neben der quantitativen Ausweitung der Bildungseinrichtungen und des Lehrpersonals, wird gegenwärtig jedoch zugleich auch an umfassenden Reformen des bestehenden Bildungssystems selbst gearbeitet. Hauptziel ist die Abstimmung der Ausbildungsprogramme auf die praktischen, entwicklungsbezogenen Erfordernisse des Landes. Als zentrales Bildungsziel wird dabei die Erziehung der Kinder und Jugendlichen zu selbständigem, aktivem Handeln und zu individueller Leistungsbereitschaft, d. h. zu innovations- und aufbaubereiten Persönlichkeiten, angestrebt. Diese Zukunftsaufgabe soll u. a. durch eine stärkere Integration der zahlreichen und höchst verschiedenartigen Ausbildungsstätten erreicht werden. So ist u. a. vorgesehen, allgemeinbildenden und berufsbezogenen Unterricht in neuen Schultypen mit polytechnisch-praxisbezogenen Curricula zusammenzuschließen. Hygiene, Landbau, Viehhaltung, Handwerk usw. sollen dabei bereits in der Grundstufe Unterrichtsgegenstände werden. Das seit 1971 erprobte Konzept ähnelt in etwa unserem Gesamtschulmodell mit einer starken Betonung technisch-praktischer Ausbildung. Im beruflichen Ausbildungssektor werden ebenfalls Anstrengungen unternommen, das bestehende Defizit abzubauen. Die schon in den sechziger Jahren gegründete deutsche Gewerbeschule in Palembang hat für das Konzept der praktischen Berufsausbildung eine wichtige Orientierungsfunktion gehabt. So sollen u. a. in den nächsten Jahren in allen größeren Städten Indonesiens ähnliche Zentren praktischer, berufsorientierter Kursausbildung entstehen. Darüber hinaus sollte 1975 eine Strategie zur Integration der u. a. vom Landwirtschafts-, Gesundheits-, Innen- und Erziehungsministerium getrennt angebotenen Programme zur Aus- und fachlichen Weiterbildung der Bevölkerung im ländlichen Raum erarbeitet werden. Die eigenen Aktivitäten im Berufsausbildungs- und -fortbildungsbereich werden durch umfangreiche bi- und multilaterale Hilfsmaßnahmen verstärkt. So wird beispielsweise im Rahmen der Technischen Hilfe der Bundesrepublik für Indonesien der Aus- und Fortbildung von Fachkräften als Multiplikatoren von Kenntnissen u. a. in Land- und Forstwirtschaft in den indonesisch-deutschen Projekten große Beachtung geschenkt. Als Beispiel sei auf das Regionalentwicklungsprojekt in West-Sumatra verwiesen. Auch in der kirchlichen Entwicklungsarbeit dominiert die berufliche Aus- und Fortbildung neben der medizinischen Betreuung der Bevölkerung. Als regionales Beispiel hierfür sei auf den sog. „Flores – Timor – Plan" verwiesen. Er umfaßt eines der größten kirchlichen Entwicklungsvorhaben, das je von deutschen Katholiken unterstützt wurde. Dabei bildet das Netz der dörflichen Missionsstationen, die die ostindonesischen Inseln seit langem überziehen, die Basis gezielter sozialer und ökonomischer Entwicklungsarbeit. Die Aktivitäten reichen von der Dorfkrankenstube bis zum Entbindungsheim, von der Ausrüstungshilfe für kleine Schmieden und die Installation kleiner Turbinen zur Elektrizitätserzeugung bis hin zur Landwirtschaftsschule. Medizin und Ausbildung bilden jedoch die Schwerpunkte innerhalb der etwa 500 einzelnen Kleinprojekte, die auf überschaubarer dörflicher Ebene unter dem anspruchsvollen Gesamtplan seit mehr als 10 Jahren mit dem Ziel gefördert werden, die Menschen zur Hilfe und Selbsthilfe zu aktivieren. Zu diesen Hilfsmaßnahmen zählen ferner u. a. auch die seit 1968 mit deutscher Unterstützung entwickelten Landfunksendungen mit landwirtschaftlichen Beratungs- und Schulfunkprogrammen, die dazu beitragen sollen, das Informations- und Bildungsdefizit der Bevölkerung, vor allem in den ländlichen Regionen, abzubauen. Diesem Ziel dient auch die Entwicklung von Schulfernsehprogrammen. Bisher befinden sich diese neuen, entwicklungskonformen Konzepte der schulischen und außerschulischen Volksbildung jedoch noch im Erprobungsstadium. Es bleibt daher abzuwarten, ob und wann der eingeleitete Reformprozeß bei dem unaufhaltsam wachsenden Bevölkerungsdruck und dem ungünstigen Erbe der Vergangenheit, zu realisieren sein wird.

Denn es darf bei allen Entwicklungsanstrengungen nicht übersehen werden, daß beispielsweise die geforderten neuen menschlichen Qualitäten, wie Pragmatismus, individuelles Leistungs- und Wettbewerbsstreben, technische Fähigkeiten usw. vielfach in diametralem Gegensatz zur tradierten Geisteshaltung und den überlieferten Wertsystemen breitester Bevölkerungsschichten stehen. So ist beispielsweise die in buddhistischen und islamisch-mythischen Quellen wurzelnde unerschütterliche Gelassenheit gegenüber den schicksalhaften Widrigkeiten des Lebens, die in großer Geduld und in kooperativer Lebensform ertragen werden, namentlich für den zahlenmäßig größten javanischen Bevölkerungsteil überaus charakteristisch. Aber auch außerhalb Javas sind in den kollektiv orientierten dörflichen Lebensgemeinschaften Individualismus, Leistungs- und Wettbewerbsstreben usw. vielfach verpönt. Kontrolle wird nicht selten als mangelndes Vertrauen gewertet. Zugleich resultiert aus diesem korporativen Denken auch ein weitverbreiteter Neptunismus und Gruppenegoismus (U. Beyer 1974). Diese überkommene „geistige Infrastruktur", die angesichts der Vielfalt der Volksgruppen mit ihren unterschiedlichen, tradierten sozio-kulturellen Wertsystemen in Indonesien eine überaus große Variationsbreite besitzt, ist – entsprechend den selbstgesteckten Zielen – nur langfristig zu verändern. Entscheidend für die Realisierung der neuen Bildungsziele zur Heranbildung aufbauwilliger, entwicklungsbewußter Menschen wird sein, ob es gelingt, der Bevölkerung die Befähigung zur Beurteilung von Entwicklungsprogrammen zu vermitteln, ihre Initiative für notwendige Veränderungen der bisherigen Lebensumstände geweckt und ob sie zur aktiven Zukunftsgestaltung des Landes angeregt werden kann. Denn bisher dominiert im zentralistisch regierten Indonesien noch immer die Einstellung, daß sich die Bevölkerung den von der Regierung geplanten Entwicklungsmaßnahmen anzupassen haben, wodurch ihre Beteiligung und ihre notwendige Identifizierung mit den Entwicklungsplänen und -programmen nicht gefördert wird. Dabei bedarf namentlich die Jugend besonderer bildungspolitischer Aufmerksamkeit. Denn von der jungen Generation, die fast die Hälfte der Gesamtbevölkerung repräsentiert, wird es entscheidend abhängen, ob sie sich ideell mit den nationalen Aufbauprogrammen identifiziert.

Weitere gravierende Probleme bestehen im Gesundheitswesen. Der nach früheren Ansätzen, namentlich erst seit Beginn dieses Jahrhunderts auf Java und in den Wirtschaftszentren der übrigen Inseln, aufgebaute öffentliche Gesundheitsdienst, wurde durch die japanische Besatzung und die Wirren der Nachkriegsjahre stark in Mitleidenschaft gezogen. Regional kam er fast ganz zum Erliegen. Um die medizinische Versorgung der Bevölkerung wenigstens annähernd zu sichern, mußten daher ab 1949 eine große Zahl ausländischer Ärzte, darunter zeitweilig 350 deutsche Mediziner, angeworben werden. Indonesische Ärzte standen kaum zur Verfügung. Zwar wurde 1851 in Jakarta ein medizinischer Trainingskurs eingerichtet, 1913 in Surabaya eine zweite medizinische Schule geschaffen und 1927 die Hochschule für Medizin in Jakarta eröffnet, doch waren zwischen 1872 und 1935 lediglich 716 indonesische Ärzte ausgebildet worden (H. W. Beers 1970). In den ersten Nachkriegsjahren begann die niederländische Kolonialverwaltung und nach 1949 auch die indonesische Regierung daher die Ausbildung indonesischer Ärzte zu verstärken, doch traten vor allem nach dem Exodus der Niederländer seit Mitte der fünfziger Jahre zunehmende Schwierigkeiten im Gesundheitswesen auf. Die Bedingungen in den Krankenhäusern verschlechterten sich, Medikamente fehlten, der allgemeine medizinische Standard sank ab und laufende Programme zur Bekämpfung endemischer Krankheiten wurden stark in Mitleidenschaft gezogen. In der Folgezeit wurde zwar die Zahl der medizinischen Ausbildungsstätten verschiedenster Art u. a. in Jakarta, Surabaya, Bandung, Denpasar und Ujung Pandang auf insgesamt 23 im Jahre 1973 erhöht, ein Netz integrierter Gesundheitszentren nach den Zielen des sog. „Generalplans für das Gesundheitswesen" seit 1968 auf Bezirksebene erstellt und eine Reihe Krankenhäuser und medizinischer Laboratorien in den Provinzen neu eingerichtet oder verbessert, doch konnten die gravierenden Versäumnisse der Vergangenheit bisher nur partiell beseitigt werden. Trotz der mit Unterstützung der Weltgesundheitsorganisation (WHO), der UNICEF und anderer internationaler Hilfsorganisationen ab 1950 durchgeführten Malaria-, Frambösie-, Cholera-, Typhus- und Pockenbekämpfungsaktionen, sind diese tropischen Infektionskrankheiten bis heute nicht ganz unter Kontrolle gebracht worden. Darüber hinaus entwickelte sich die Tuberkulose zur weitverbreiteten Volkskrankheit. So hatte Indonesien beispielsweise nach Angaben des Gesundheitsministeriums im Jahre 1972 allein schätzungsweise 14 Mio. TBC-Kranker. Aber auch die gefürchteten Cholera-Erkrankungen stiegen wieder auf über 29 100 (1972) an. 1971 erlebte beispielsweise Mittel-Java einen epidemischen Ausbruch der Cholera mit hohen Mortalitätsraten (G. Burger 1976). Zahlreiche weitere Opfer forderte die Cholera beispielsweise auch 1972 im Raume Tangerang (West-Java) und Lampung (Süd-Sumatra). Anfang 1977 wurden Cholera-Erkrankungen und Todesopfer von Sumbawa und letztmals im August 1977 aus Jakarta gemeldet. Die Pest trat 1970 im Raume Boyolali (Zentral-Java) auf. Darüber hinaus ist Lepra in fast allen Landesteilen verbreitet. Die Zahl der Lepra-Erkrankten wurde 1971 auf rund 63 000 Personen beziffert. Namentlich in den ausgedehnten, versumpften Küstenniederungen, aber auch in anderen Regionen, ist die Malaria seit 1958 wieder stark im Vordringen begriffen. Hohe Malariadurchseuchung weisen u. a. Riau, Aceh, Jambi, Teile von Süd-Sumatra, Kalimantan, Ost-Nusatenggara, Seram und Irian Jaya auf. So wurde beispielsweise allein in Nord-Bengkulu 1973 der Anteil der TBC- und Malaria-Kranken auf etwa 50% der Gesamtbevölkerung geschätzt. In Ost-Timor waren 1970 mindestens 11% der Bevölkerung an Malaria erkrankt (J. Metzner 1976) und in Irian Jaya wurden rund 125 400 Malaria-Fälle registriert. Dies entsprach etwa 13% der Gesamtbevölkerung. Im September 1978 forderte eine Malaria-Epidemie im Raume Talaga im Südosten von Sulawesi mindestens 84 Todesopfer. Ferner ist – trotz der rein statistisch weitgehend gesicherten quantitativen Ernährungssituation der Bevölkerung mit 1977 täglich etwa 2130 Kalorien und 43,8 Gramm Protein (Bundesrepublik: 3230 Kalorien; 88,4 Gramm Protein) – auch die Ernährung vor allem in qualitativer Hinsicht noch immer höchst unzureichend. So schätzte man 1978, daß allein über 9 Mio. Kleinkinder unter schwerer bis mittelschwerer Fehlernährung leiden. Nicht zuletzt aus dieser Situation ist die hohe Säuglings- und Kleinkindersterblichkeit von schätzungsweise 110‰ bis 150‰ (Bundesrepublik: 19‰) zu erklären. Darüber hinaus treten Mangelkrankheiten wie Hungerödeme temporär immer wieder auf. Namentlich in ernteschwachen Jahren, beispielsweise 1972 und 1977, sind sie bei ärmeren Bevölkerungsgruppen regional häufig zu beobachten. Krasses Beispiel ist das Karst- und Notstandsgebiet von Gunung Kidul in Zentral-Java, wo u. a. 1967/68 eine massive Hungersnot auftrat und 13 800 Hungerödeme gemeldet wurden. 1971 wurden dort noch immer 3000 Ödemkranke registriert (G. Burger 1976). Aber auch der Raum Krawang (West-Java) hatte beispielsweise im November 1977 einzelne Todesfälle als Folge von Hungerödemen zu verzeichnen. Unterernährung und saisonale Hungerperioden sind allerdings nicht nur für Teile der übervölkerten Insel Java kennzeichnend, sondern treten auch in anderen Regionen des Landes, etwa auf den östlichen Kleinen Sundainseln oder in Irian Jaya, auf. Sie resultieren weniger aus den Produktionsmöglichkeiten, als vielmehr aus der Armut der Bevölkerung sowie aus den unzureichenden Verkehrssystemen, Vermarktungseinrichtungen und Lagerkapazitäten innerhalb des Landes. Verminderte Arbeitsfähigkeit und höhere Anfälligkeit gegenüber Krankheiten aller Art sind die unmittelbaren Folgen der unzureichenden Ernährungssituation.

Die vielfältigen Gesundheitsprobleme der Bevölkerung haben komplexe Ursachen. Neben ökologischen Faktoren und der unzureichenden qualitativen Ernährungssituation sind u. a. auch die unzulänglichen hygienischen und sanitären Verhältnisse in den Städten und den Siedlungen des ländlichen Raumes zu nennen, die überwiegend keine ausreichende Wasserver- und entsorgung und keine Toiletten besitzen. Nicht zuletzt resultieren die Gesundheitsprobleme jedoch auch aus dem großen Mangel und der regional höchst unausgewogenen Verteilung von Ärzten, Krankenhäusern, Apotheken usw. innerhalb des Landes. Die generelle Unterversorgung auf dem Gesundheitssektor wird u. a. durch die Tatsache verdeutlicht, daß Indonesien 1971 nur über etwa 6000 Ärzte verfügte (Bundesrepublik: 113 165 Ärzte). Während 1978 in der Bundesrepublik ein Arzt im Landesdurchschnitt jeweils 522 Personen betreute, waren es in Indonesien zum gleichen Zeitpunkt rein statistisch über 20 000. (Tab. 15)

Während die Landeshauptstadt Jakarta einen überdurchschnittlich hohen Ärztebesatz aufweist, zeigen namentlich die Provinzen West- und Ost-Nusatenggara, Bali, Aceh, Lampung, West- und Zentral-Kalimantan sowie Südost-Sulawesi eine besonders krasse Unterversorgung. Durch die meist einseitige Konzentration der Ärzte auf die größeren und mittleren Städte ist die medizinische Betreuung der Bevölkerung vor allem im ländlichen Bereich aber noch um ein Vielfaches ungünstiger. Fast ein Drittel aller indonesischen Ärzte praktiziert beispielsweise in Jakarta, während in anderen Regionen des Landes oft meilenweit kein Arzt und Krankenhaus vorhanden ist. So ergaben beispielsweise Untersuchungen auf den Molukken, daß dort 1970 bei einer Bevölkerung von rund 962 500 Personen nur 18 Ärzte zu Verfügung standen. Hiervon waren 12 in der Stadt Ambon mit seinerzeit 91 000 Einwohnern tätig. Während dort ein Arzt etwa 7600 Personen betreute, verschob sich dieses Verhältnis im Unterbezirk Zentral-Molukken bereits auf 1 : 180 000. In Tidore mit 76 800 Einwohnern und den südlichen Molukken mit einer Bevölkerung von seinerzeit 232 700 Personen fehlte sogar jegliche ärztliche Vor- und Fürsorge. Auch in Süd-Sulawesi betrug 1973 beispielsweise das Verhältnis zwischen Arzt und Bevölkerung in der Stadt Ujung Pandang 1 : 3500, während es in den ländlichen Regionen der Provinz bei 1 : 80 000 lag. Für West-Sumatra ist die krasse Unterversorgung der ländlichen Räume mit Ärzten und Krankenhäusern ebenfalls kennzeichnend. So konzentrieren sich allein in Padang und Bukittinggi 78% aller Ärzte und 70% aller vorhandenen Krankenhausbetten. Während in den beiden Städten auf einen Arzt 3500 bzw. 6000 Einwohner entfallen, sind es in anderen Teilen der Provinz etwa 80 000 Personen (U. Scholz 1977). Ähnliche Verhältnisse bestanden 1973 auch in West-Kalimantan. In dieser Provinz mit einer Bevölkerung von über 2 Mio. Menschen standen nur 52 Ärzte zur Verfügung, so daß durchschnittlich auf 39 000 Personen nur ein Arzt entfiel. Aber selbst in den ländlichen Bezirken Javas ist die Situation teilweise ähnlich. So praktizierten beispielsweise 1975 im Raume Demak (Zentral-Java) bei einer Bevölkerung von 612 000 Personen nur 7 Ärzte, von denen allein 3 in der Bezirksstadt wohnten. Dasselbe gilt etwa auch für die zahnmedizinische Versorgung. So verfügte Indonesien im Jahre 1976 über rund 2000 Zahnärzte, so daß im Landesdurchschnitt ein Zahnarzt für die Betreuung von etwa 65 000 Personen zur Verfügung stand. Von den Zahnärzten waren jedoch etwa 500 in Jakarta, weitere 400 in Surabaya und rund 200 in Bandung ansässig, d. h. über 55% aller Zahnärzte des Landes waren allein in diesen drei javanischen Großstädten konzentriert. Infolge der skizzierten, krassen medizinischen Unterversorgung der Bevölkerung in den ländlichen Räumen wird dort ein beträchtlicher Teil dieser Aufgaben von sog. „dukun" oder „dukun bayi", d. h. Heilpraktikern und Hebammen, mit traditionellen Heilverfahren wahrgenommen. Zum Abbau dieser Disparitäten und zur Gewährleistung einer regional ausgewogeneren medizinischen Versorgung der Bevölkerung wurde daher 1973 u. a. die Niederlassung von neuen Ärzten in den Städten Jakarta, Bandung, Surabaya, Medan und Ujung Pandang untersagt. Nicht selten wird dieses Verbot jedoch umgangen. Darüber hinaus sind die wenigen in den ländlichen Räumen ansässigen Ärzte vielfach auch nicht in der Lage, die Leitung eines Teams von Hilfspersonal zu übernehmen und Gesundheitsprogramme für die Bevölkerung zu entwickeln und durchzuführen. Aber nicht nur an Ärzten, sondern auch an Apothekern und voll ausgebildetem medizinischem Hilfs- und Pflegepersonal mangelt es insbesondere in den entlegeneren Teilen des Landes. Ebenfalls unzureichend ist die Zahl, Kapazität, Ausstattung und regionale Verteilung der Krankenhäuser. So entfiel z.B. 1971 bei 1164 vorhandenen Krankenanstalten einschließlich Spezialkliniken mit insgesamt 82 327 Betten, im Landesdurchschnitt jeweils auf 1450 Personen nur ein Krankenhausplatz (Bundesrepublik: 88:1).

Tabelle 15: Anzahl der Ärzte und des medizinischen Personals in den Provinzen Indonesiens 1971

Provinz	Arzt pro 10000 Einwohner	Hebamme pro 10000 Einwohner	Schwestern pro 10000 Einwohner
Aceh	0,13	0,58	1,11
Nord-Sumatra	0,65	0,83	2,40
West-Sumatra	0,51	1,54	1,28
Riau	0,25	0,61	1,10
Jambi	0,31	0,61	1,64
Süd-Sumatra	0,48	0,69	2,45
Bengkulu	0,51	0,71	2,24
Lampung	0,18	0,54	1,16
Jakarta	3,54	0,94	3,28
West-Java	0,25	0,22	0,89
Zentral-Java	0,21	0,47	0,81
Yogyakarta	0,89	0,52	1,05
Ost-Java	0,39	0,45	0,67
Bali	0,19	1,12	0,11
West-Nusatenggara	0,09	0,23	0,54
Ost-Nusatenggara	0,11	0,27	1,11
West-Kalimantan	0,19	0,39	0,91
Zentral-Kalimantan	0,16	0,68	3,28
Süd-Kalimantan	0,20	0,63	1,55
Ost-Kalimantan	0,62	1,07	2,16
Nord-Sulawesi	0,54	0,59	2,34
Zentral-Sulawesi	0,22	0,31	2,03
Süd-Sulawesi	0,20	0,38	2,12
Südost-Sulawesi	0,16	0,19	1,14
Maluku	0,36	0,68	2,22
Irian Jaya	0,44	–	–
Indonesien	0,46	0,53	1,27

Quelle: H. DEOUIN 1978

Aufgrund der skizzierten Mängel sieht der Zweite Fünfjahresplan (REPELITA II) von 1974 vor, das Netz der lokalen Gesundheitszentren von etwa 2000 (1973/74) auf 3400 im Jahre 1978/79 zu erhöhen sowie die Zentralkrankenhäuser in den Provinzen Javas, Sumatras und Sulawesis zu renovieren, in ihrer technisch-medizinischen Ausstattung zu vervollkommnen und mit Intensivstationen zu versehen. Ferner ist geplant, die Ausbildung qualifizierter Ärzte, Schwestern usw. zu forcieren. Damit sollen die kurative und präventive Behandlung der Bevölkerung sowie die Volkshygiene verbessert und die auch im Gesundheitswesen bestehenden Versorgungsdisparitäten zwischen den Städten und den peripheren ländlichen Regionen allmählich abgebaut werden.

6.2 Unzulänglichkeiten der Verkehrseinrichtungen und Kommunikationssysteme

Die auch auf dem Gebiet der Kommunikation bestehenden, großen regionalen Unterschiede in Verteilung und Dichte der Systeme sowie die gravierenden Mängel der vorhandenen Anlagen und Einrichtungen beeinträchtigen die regionale Entwicklung Indonesiens nachdrücklich und stehen der wirtschaftlichen, sozialen und politischen Integration des weiträumigen Insel- und Vielvölkerstaates hemmend entgegen. Dies gilt vor allem für den Seeverkehr. Denn in einem Staat, dessen Territorium sich über tausende von Inseln und weite Seeräume erstreckt, ist die Schiffahrt das Rückgrat des Transportwesens. Ihr kommt daher unter allen Verkehrsarten seit ältester Zeit die größte Bedeutung zu. Der Seeverkehr wurde bis Ende 1957 von der 1888 gegründeten niederländischen Koningklijke Paketvaart Maatschappij (KPM) mit etwa 100 Schiffen und 184 881 BRT (1954) getragen. Auf sie entfielen zu diesem Zeitpunkt etwa 50% des gesamten Gütertransports und der größte Teil der Personenbeförderung im Fernverkehr. Das von SUKARNO 1957 aufgrund der indonesisch-niederländischen Kontroverse um Irian Jaya über diese Gesellschaft verhängte Betriebsverbot und der Abzug ihres Schiffraums aus den indonesischen Gewässern führte 1958 zum Zusammenbruch der regelmäßigen, leistungsfähigen interinsularen Schiffsverbindungen. Unter erheblichen Devisenbelastungen konnte der hierdurch entstandene Tonnagenverlust jedoch relativ schnell wieder durch Charterung und Kauf ausländischer, u. a. aus Japan, der UdSSR, Polen und anderen Staaten bezogener Schiffe ausgeglichen und in den folgenden Jahren sogar beträchtlich ausgeweitet werden. Abgesehen von Frachtern für die regionale Fahrt bestand die Flotte 1973 aus über 400 Schiffen mit rund 835 000 Deadweight Tonnen (DWT) – Gesamtladegewicht. Hiervon entfielen 44 Schiffe und etwas weniger als die Hälfte der Gesamttonnage auf die Hochseeflotte, während es sich bei der restlichen Tonnage um Küstenfahrzeuge und zwischen den Inseln verkehrenden Schiffen handelte. Doch waren mit dieser Ausweitung des Schiffsraums keineswegs entsprechende Steigerungen der Transportleistungen der Flotte im interinsularen Seeverkehr verbunden, dem für den regionalen Güteraustausch, die Personenbeförderung, die politische und wirtschaftliche Integration und damit für die Landesentwicklung entscheidende Bedeutung zukommt. Die interinsulare Flotte bestand Ende 1975 aus 308 registrierten Schiffen mit einer Tonnage von 311 964 DWT. Davon konnten aufgrund ihres schnellen, teilweise unsachgemäßen Aufbaus, ihrer Überalterung, ihres schlechten Unterhaltungszustandes, fehlender Dockanlagen, Ersatzteilmangels, Kapitalproblemen usw. jedoch nur 271 Fahrzeuge eingesetzt werden. Nur 197 Schiffe mit einer Kapazität von 218 216 DWT fuhren regelmäßig und sogar nur 74 Fahrzeuge mit 72 931 DWT verkehrten im regulären Liniendienst. Im Jahre 1972 waren von den rund 280 Schiffen der interinsularen Flotte sogar nur 130 regelmäßig im Einsatz. Trotz vielfältiger Bemühungen der Regierung SUHARTO gelang es bisher nicht, den früher innerhalb des Gesamtarchipels bestehenden regelmäßigen, weitgehend störungsfreien interinsularen Liniendienst neu zu organisieren und sicherzustellen. Diese gravierende Misere wird u. a. durch den Umstand mitverursacht, daß zahlreiche kleinere Reedereien, die neben der 1954 gegründeten Staatsreederei PELNI an der interinsularen Fahrt beteiligt sind, anstelle der mit der Regierung vereinbarten Liniendienste nur Trampfahrten unternehmen und diese oft nicht einmal in den zugewiesenen Fahrtgebieten durchführen (W. RUTZ 1976). Fehlende räumliche Ordnungsprinzipien, der Verlauf von mehreren Linien auf gleichen Routen, stark befahrene Nebenlinien, selten befahrene Hauptlinien und andere Unregelmäßigkeiten lassen das Gesamtbild des interinsularen Linienverkehrs nach den detaillierten Untersuchungen von W. RUTZ (1976) sehr verworren erscheinen. Während Großhäfen mit lohnender Laderaumnachfrage relativ häufig und vergleichsweise regelmäßig bedient werden, vernachlässigt man kleine Reedeorte mit geringem Umschlagsvolumen, da ihre Bedienung unwirtschaftlich ist. Feste Fahrpläne sind äußerst selten und die vorhandenen werden vielfach nicht eingehalten. Lange Umschlags- und Transportzeiten, hohe Frachtkosten und geringe wirtschaftliche Rentabilität sind die Folgen. So war es beispielsweise 1973 kostengünstiger, Reis aus Thailand zu importieren, als Reis von Sulawesi nach Jakarta zu verschiffen. Von diesen äußerst unzulänglichen, teilweise sogar nahezu ganz fehlenden interinsularen Schiffsverbindungen sind weite Landesteile, namentlich im Osten des Archipels, betroffen. Dies gilt vor allem für Nord-, Mittel- und Südost-Sulawesi, Nusatenggara, die Molukken und für Irian Jaya. Versorgungsmängel, vor allem in den Dörfern der peripheren Landesteile, sind angesichts eines derart rudimentären Verkehrs- und Verteilungsnetzes unvermeidlich. Diese gravierende Infrastrukturschwäche in den Seeverkehrsverbindungen ist daher als ein entscheidender entwicklungshemmender Faktor anzusehen. Aufgrund dieses folgenschweren Engpasses kommt den mehr als 14 000 traditionellen „Perahu", d.h. vielfach nichtmotorisierten kleinen Booten (Kutter, Zweimastschoner), besonders im lokalen und regionalen Küstenverkehr, aber auch in dem stark gestörten interinsularen Seeverkehr weiterhin hohe Bedeutung zu (H. W. Dick 1975).

Die seit dem Ersten Fünfjahresplan (REPELITA I) von 1969 mit ausländischer Hilfe unternommenen Versuche, die Reorganisation des Schiffsverkehrs einzuleiten, zeitigten nur sehr begrenzte Erfolge. Das daher im Rahmen des Zweiten Fünfjahresplanes (REPELITA II) von 1974 gestartete sog. „Pionier-Programm" zur Verbesserung der interinsularen Schiffs- und Flugverbindungen, zur Förderung der nationalen Integration und einer regional ausgewogeneren Wirtschaftsentwicklung innerhalb des Landes, trug inzwischen partiell zum Abbau der skizzierten Mängel bei. Die übrigen Entwicklungsprogramme sehen bis 1979 u.a. eine Ausweitung des Schiffsraums bei der Hochsee- und interinsularen Flotte um etwa 50% vor. Neben dem Ankauf von Schiffen wird die Reparatur vorhandener Tonnage u. a. mit Hilfe der Weltbank, Norwegens und anderer Staaten durchgeführt. In Verbindung mit dem Hafenausbau hofft man, in absehbarer Zeit wieder ein regelmäßiges Liniennetz zwischen den einzelnen Inseln aufbauen zu können, um damit zur Verbesserung der regionalen Verkehrs- und Wirtschaftsstrukturen beizutragen und die Entstehung neuer Entwicklungszentren fördern zu können. Des weiteren verfolgt die Regierung das Ziel, den Einsatz ausländischer Schiffe in indonesischen Gewässern zu reduzieren und einen größeren Prozentsatz der im Außenhandel umgeschlagenen Güter von indonesischen Schiffen befördern zu lassen. Nach der Produktionsaufnahme des P. T. Krakatau-Stahlwerks in Cilegon (West-Java) ist ferner der Bau von 3000-Tonnen-Schiffen auf indonesischen Werften in Surabaya, Ujung Pandang und Belawan-Medan geplant. Bis zur Wiederherstellung des regelmäßigen interinsularen Linienverkehrs, der bis 1958 in allen Teilen des Archipels nach festen Fahrplänen und auf allen Haupt- und Nebenlinien reibungslos ablief, sind jedoch noch beträchtliche Schwierigkeiten zu überwinden.

Die Probleme im Seeverkehr werden durch die generell unzureichenden Hafenanlagen noch beträchtlich verschärft. Nahezu alle am Rande des indonesischen „Mittelmeeres" gelegenen bedeutenderen Häfen bedürfen des Ausbaus. Größere Aus- und Einfuhrzentren des Landes sind der 1877 bis 1833 erbaute Überssehafen Tanjung Priok in Jakarta sowie die Häfen in Surabaya, Cirebon und Semarang auf Java, Belawan-Medan, Palembang und Padang in Sumatra, Banjarmasin, Pekanbaru, Balikpapan und Potianak in Kalimantan sowie Ujung Pandang auf Sulawesi. Denn sie und die zahlreichen nachgeordneten Hafenplätze des interinsularen, regionalen und lokalen See- und Flußverkehrs sind Schlüsselpunkte in einem Staat, in dem die Schiffahrt innerhalb des Verkehrswesens dominierend ist. Hauptproblem ist nach ausländischen Expertenuntersuchungen vor allem die beträchtliche Verschlickung der Hafenbecken und Fahrrinnen. Die jährlich Se-

Verkehrseinrichtungen

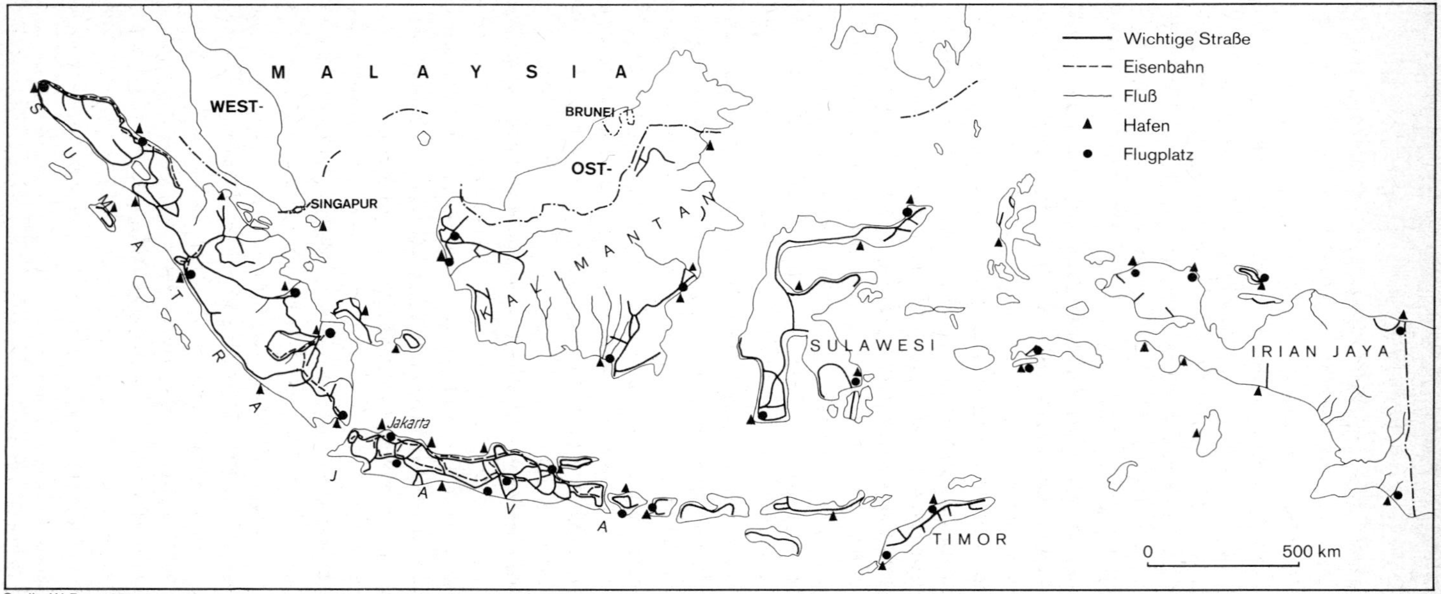

Quelle: W. Rutz 1976

dimentation wird auf etwa 16 bis 20 Mio. cbm beziffert. Lediglich ein Teil dieser Ablagerungen kann gegenwärtig von der 24 Fahrzeuge umfassenden, teilweise stark veralteten indonesischen Baggerflotte beseitigt werden. Darüber hinaus verfügt nur eine relativ geringe Zahl der Häfen über ausreichende, seeschifftiefe Kaianlagen. Ferner fehlen für die Instandhaltung der Schiffe ausreichende Docks und die ohnehin zu geringen Kapazitäten werden nicht voll genutzt.
Außer der Schaffung von Lagerraum und der Verbesserung der technischen Hafenausrüstung, wie beispielsweise in Form von Navigationshilfen, Be- und Entladeeinrichtungen ist insbesondere die Rationalisierung des Güterumschlags dringend notwendig, um die langen Warte- und Löschzeiten in den Häfen und damit die erhöhten Kosten zu reduzieren. Hierzu ist der Aufbau leistungsfähiger Hafen- und Zollverwaltungen eine notwendige Voraussetzung. Nicht zuletzt bedarf jedoch auch der weitverbreitete Schmuggel, der u. a. durch falsche Waren- und Mengenangaben sowie durch Zusammenarbeit mit Zoll- und anderen Regierungsbeamten in den Häfen betrieben wird, stärker als bisher der Bekämpfung. Zwar sind im Rahmen des Fünfjahresplanes (REPELITA I) von 1969 bereits wirksame Maßnahmen ergriffen worden, um die Faszilitäten, Umschlagseinrichtungen, Werftkapazitäten, Nachrichten- und Navigationsanlagen und um die Strom- und Wasserversorgung in den wichtigsten Häfen des Landes zu verbessern sowie um die bürokratischen Verwaltungsabläufe und den wenig effizienten Güterumschlag zu beschleunigen, doch bestehen noch immer vielfältige Mängel und Engpässe. So gab es beispielsweise 1977 noch immer keinen indonesischen Hafen, in dem Güter innerhalb von 24 Stunden umgeschlagen werden konnten.
Zur Verbesserung der Verkehrsstruktur sind daher im Zweiten Fünfjahresplan (REPELITA II) zwischen 1974 und 1979 u. a. der weitere Ausbau von 20 Häfen und vielfältige Seebaumaßnahmen vorgesehen. Im Rahmen des seit 1972 unter maßgeblicher deutscher Beteiligung errichteten großen Krakatau-Stahlwerkprojekts in Cilegon (West-Java) wurde der von einem deutschen Konzern erbaute Hafen von Cigading im Jahre 1977 fertiggestellt. Dieser neue Tiefseehafen kann u. a. Erzfrachter bis zu 50 000 Tonnen Tragfähigkeit aufnehmen. Desgleichen wird in den Jahren 1977/78 der Hafen von Panjang in der Provinz Lampung (Süd-Sumatra) mit Hilfe einer Anleihe aus der Bundesrepublik mit neuen Kaianlagen, Lagerhallen sowie Lade- und Löscheinrichtungen versehen. Ferner sollen in Kürze moderne Navigationsmittel in der engen und flachen Malakka-Straße zur Kontrolle der Schiffahrt installiert werden. Denn bereits 1972 hatten die Anliegerstaaten Malaysia, Singapur und Indonesien beschlossen, die „Straits" zu nationalen Hoheitsgewässern zu erklären und Tankern über 200 000 Tonnen die Durchfahrt durch die Straße von Malakka zukünftig nicht mehr zu gestatten.
Angesichts der Weiträumigkeit, insularen Zersplitterung, der in großen Teilen des Landes noch äußerst schlechten oder nahezu ganz fehlenden modernen Land-, See- und Flußverkehrsverbindungen, kommt dem Luftverkehr eine besonders wichtige Kommunikationsfunktion innerhalb des Archipels zu. Denn das Flugzeug ist zur Zeit das einzige Verkehrsmittel, mit dem in angemessener Zeit die wichtigsten Zentren der Inselwelt erreicht werden können. Doch vermag der 1927 mit einer Linie zwischen Jakarta und Surabaya eröffnete innerstaatliche Flugverkehr die Mängel der übrigen Verkehrseinrichtungen nur sehr begrenzt auszugleichen. Abgesehen von mehreren kleineren indonesischen Privatgesellschaften, wird der einst von der 1928 gegründeten Koningklijke Nederlandsch-Indische Luchtvaart Maatschappij (KNILM) getragene regionale und interinsulare Flugverkehr, heute überwiegend von der 1950 gegründeten, staatlichen

Ausgewählte Infrastrukturprojekte im Rahmen des Zweiten Fünfjahresplanes (REPELITA II) 1974–1979

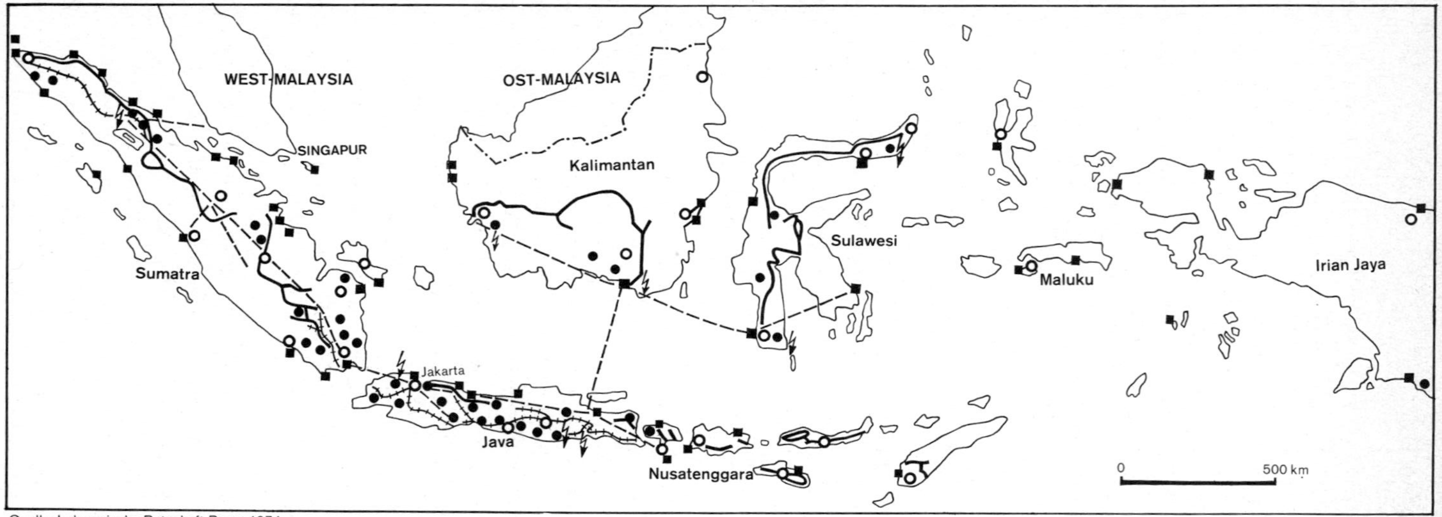

Quelle: Indonesische Botschaft Bonn, 1974

Infrastrukturprojekte in den Bereichen:

- Fernmeldewesen
- Straßenbau
- Eisenbahnanlagen
- Flugplatzbau
- Hafenanlagen
- Wasserwirtschaft
- Energiewirtschaft

indonesischen Luftverkehrsgesellschaft Garuda Indonesian Airways (CIA) mit 55 Flugzeugen (1977) sowie von der staatlichen Merpati Nusantara Airlines (MNA) betrieben. Hinzu tritt der dem indonesischen Erdölkonzern PERTAMINA angeschlossene PELITA AIR SERVICE. Er war 1973 mit 56 von insgesamt rund 310 Flugzeugen der zivilen indonesischen Luftflotte der größte Eigner (W. Rutz 1976).

Die zwischen 1958 und 1969 stark beeinträchtigte Funktionsfähigkeit des Luftverkehrs konnte in den letzten Jahren wieder beträchtlich verbessert werden. Die gestiegenen Verkehrsleistungen werden u. a. durch die Tatsache verdeutlicht, daß allein die GARUDA die Beförderung von Passagieren von rund 331 000 (1963) auf 3,2 Mio. Personen (1977) steigern konnte. Hierzu trug u. a. die mit Unterstützung der KLM als Poolpartner der GARUDA vorgenommene Reorganisation des Managements, die Entlassung überzähligen Personals, der Einsatz neuer, moderner Maschinen, der Flugplatzausbau und andere Maßnahmen wesentlich bei. So wird beispielsweise in Jakarta der frühere internationale Flugplatz Kemayoran, der zu den schlechtesten in Asien zählte, seit 1974 überwiegend nur noch im Inlandverkehr benutzt. Bis zur Eröffnung eines geplanten modernen Großflughafens, der bis 1985 nahe Tangerang nordwestlich von Jakarta errichtet werden soll, übernahm 1974 die ausgebaute frühere Militärbasis Halim südlich der Hauptstadt diese Funktion für den internationalen Liniendienst. Im Gegensatz zu Kemayoran (1970: 840 000 Passagiere) ist der Halim-Airport (1975: 1,9 Mio. Passagiere) auch für die Aufnahme von Großraumflugzeugen ausgestattet. Er wurde 1975 von rund 20 ausländischen Gesellschaften, darunter auch von der LUFTHANSA, auf ihren Fernostrouten angeflogen. Im innerstaatlichen Luftverkehr flog die GARUDA 1973 täglich bzw. einmal wöchentlich 31 Flugplätze an. In Verbindung mit den Liniendiensten der MERPATI, der BOURAQ und anderer kleinerer Gesellschaften, die vorwiegend auf Routen in Kalimantan, Sulawesi und in Ost-Indonesien operieren, waren zumindest alle wichtigen außerjavanischen Wirtschafts- und Verwaltungszentren bzw. Provinzhauptstädte des Landes mit Jakarta und Surabaya als den Hauptausgangspunkten der inländischen Flugstrecken verbunden. 1976 wurden u. a. auch Dili und Baucau in Ost-Timor in den Liniendienst der MERPATI und GARUDA einbezogen. Darüber hinaus bestehen in einigen Regionen, wie etwa in Java, in Teilen Kalimantans, in Nusatenggara, auf den Molukken und in Irian Jaya auch regionale Liniendienste. Vereinzelte Lufttaxi-Verbindungen treten hinzu.

Ungeachtet der in den letzten Jahren stark gestiegenen Verkehrsleistungen, der Modernisierung der Flotte, des Ausbaus mehrerer für den kommerziellen Verkehr bedeutsamer Flugplätze usw. bedarf auch der Luftverkehr noch beträchtlicher Verbesserungen. So entsprechen beispielsweise die meisten der rund 360 Flugplätze (1973) bei weitem nicht den technischen Anforderungen. Sie reichen von den in den letzten Jahren ausgebauten und modernisierten internationalen Flughäfen Halim in Jakarta, Polonia bei Medan und Ngurah Rai auf Bali, die bereits in das Streckennetz mehrerer ausländischer Gesellschaften einbezogen sind, über wichtige Verkehrsflughäfen in Surabaya, Yogyakarta, Biak und Palembang, bis hin zu einfachsten, nur wenige hundert Meter langen Gras- und Kiespisten. Auf letzteren beruht in den durch moderne Land- und Flußverkehrsverbindungen noch weitgehend unerschlossenen Regionen des Landes, wie beispielsweise in Irian Jaya oder West-Kalimantan, der größte Teil des gesamten innerinsularen bzw. regionalen Verkehrsgeschehens. Allein in Irian Jaya fanden sich im Jahre 1975 etwa 160 dieser kleinen, überwiegend von ausländischen Missions- und Bergbaugesellschaften zur

Versorgung ihrer Außenstationen angelegten und regelmäßig angeflogenen Kleinpisten. Aber auch zahlreiche der in den Provinzhauptstädten außerhalb Javas vorhandenen Flugplätze, wie in Kupang auf Timor oder Branti bei Tanjungkarang-Telukbetung in Lampung (Süd-Sumatra) unterscheiden sich vielfach nur in der Länge der jeweiligen Start- und Landebahnen von den übrigen, technisch kaum ausgerüsteten Kleinstlandeplätzen. Ein Teil der in der Vorkriegszeit und während der japanischen Besatzungszeit angelegten Flugplätze sind in der SUKARNO-Ära verfallen und in Vergessenheit geraten. Ferner darf nicht übersehen werden, daß vor allem im Osten des Archipels Störungen und Verzögerungen der offiziell bestehenden Linienflüge sowie fehlende Anschlußmöglichkeiten zu Flügen von und nach Java noch immer häufig sind. Mehrere Tage dauernde Wartezeiten bestimmten so beispielsweise noch Ende 1975 nicht selten das Fluggeschehen zwischen dem Großflugplatz Biak, der aus einer japanischen Militärbasis hervorging und dem kleinen, bescheidenen Provinzflugplatz von Sentani-Jayapura in Irian Jaya, obwohl beide Plätze täglich theoretisch „durch ein oder zwei Flüge miteinander verbunden waren“ (W. RUTZ 1976).

Aufgrund dieser Situation sehen die derzeitigen Entwicklungsbemühungen im Rahmen des Zweiten Fünfjahresplanes (REPELITA II) und des 1974 ebenfalls angelaufenen sog. „Pionier-Programms“ Erweiterungen eines Teils der überwiegend zu kleinen und schlechten Start- und Landebahnen, die Installation von weitgehend noch fehlenden Flugplatzbeleuchtungen, von navigatorischen Landehilfen, Radaranlagen und anderer Flugsicherungsanlagen, die Einrichtung metereologischer Dienste sowie sonstige Ausbaumaßnahmen auf rund 70 Flugplätzen des Landes vor. Damit soll dem stark wachsenden Passagier- und Frachtaufkommen entsprochen und das Land mit neuen Luftverkehrslinien besser als bisher erschlossen werden. Die Fluggastkapazität soll von 1,8 Mio. (1973) auf rund 3 Mio. im Jahre 1979 erhöht werden. Bis 1990 rechnet man mit etwa 10,6 Mio. nationaler und 4,1 Mio. internationaler Passagiere. Darüber hinaus bestehen Pläne, in den nächsten zehn Jahren eine nationale Flugzeugindustrie aufzubauen. Der erste Schritt hierzu war u. a. die 1976 erfolgte Inbetriebnahme eines Montagewerkes in Bandung (West-Java) zum Bau kleiner, leichter Maschinen für kurze Landebahnen, die den derzeitigen luftverkehrstechnischen Bedingungen Indonesiens entsprechen.

Im Gegensatz zur interinsularen Schiffahrt und dem Flugverkehr kommt dem insularen Landverkehr im indonesischen Archipel nur eine untergeordnete Bedeutung zu. Der nach dem Ausbau des unter strategischen Aspekten angelegten ersten durchgehenden Straßenzuges zwischen Jakarta und Surabaya (1808/11) seit der Mitte des 19. Jahrhunderts aus wirtschaftlichen Motiven verstärkt fortgeführte Straßenbau, konzentrierte sich primär auf Java als „Kernraum“ des Landes und auf Teile Sumatras. Demzufolge besitzt Java bis heute das vergleichsweise beste und dichteste Straßennetz aller Inseln. Bei einer Gesamtlänge von 89 379 km (1971) entfallen allein 33% auf die Insel Java, obwohl sie nur 6,9% der gesamten Landfläche Indonesiens umfaßt. Ein weiteres Drittel findet sich in Sumatra. Aber selbst auf diesen beiden Inseln sind die Straßen vielfach überaltert, schadhaft und entsprechen nicht dem gegenüber der Vorkriegszeit beträchtlich gestiegenen Verkehrsaufkommen. Sie sind daher teilweise dringend ausbesserungs- und erweiterungsbedürftig. Dies gilt insbesondere für Sumatra, wo das Straßennetz nur in den dichter besiedelten und wirtschaftlich erschlossenen Regionen des Nordens und Westens ausreichend ist, während beispielsweise die Tiefebenen im Osten bisher kaum erschlossen sind. Das Straßennetz aller übrigen indonesischen Inseln ist demgegenüber noch wesentlich unzureichender. Denn weite Teile von West-, Ost- und Mittel-Kalimantan, Nord-, Zentral- und Südost-Sulawesi, der Molukken, von Nusatenggara und Irian Jaya besitzen nur sehr kleinräumige, fragmentarische regionale Straßennetze. Vielfach entsprechen sie darüber hinaus auch nicht den heutigen Erfordernissen. So verfügte beispielsweise die gesamte Provinz Irian Jaya bei einer Gesamtfläche von 421 981 qkm im Jahre 1975 nur über ein Straßen- und Wegenetz von insgesamt 2760 km. Hiervon waren jedoch nur 370 km asphaltiert und von diesen wiederum befanden sich nur 249 km in gutem Zustand. Vielfach verlaufen nur einzelne Stichstraßen von den Häfen in das Innere der Inseln oder verbinden nur einige wenige bedeutendere städtische Siedlungen oder Wirtschaftszentren im Küstenbereich. Querverbindungen fehlen weitgehend oder sind nicht passierbar. Denn ein Großteil der unbefestigten, während der Regenzeit selbst für geländegängige Fahrzeuge kaum befahrbaren „Staatsstraßen“ gleicht unzulänglichen landwirtschaftlichen Wirtschaftswegen in Westeuropa. 1971 verfügte Indonesien nur über rund 24 000 km asphaltierter Allwetterstraßen. Infolge der schlechten Verkehrsverbindungen in den peripheren Landesteilen sind auch die Ausbreitungseffekte der wenigen Entwicklungspole äußerst gering. Von rund 35 000 km Staats- und Provinzstraßen befanden sich 1975 nur etwa 23% in gutem Ausbauzustand. 36% der Straßen wurden als „erträglich“ und sogar 41% als dringend erneuerungsbedürftig bezeichnet, d.h. über 70% bedurften der Reparatur. Im Jahre 1969 lag der Anteil der wiederherzustellenden Straßen sogar bei über 80%. Desgleichen sind zahlreiche Brücken zerstört.

Der vergleichsweise hohen Straßendichte, Bevölkerungskonzentration und der Wirtschaftsentwicklung Javas entsprechend, entfielen 1974 auch etwa 71% des gesamten indonesischen Kraftfahrzeugbestandes auf diese Insel. Allein Jakarta beherbergte über ein Viertel aller Kraftfahrzeuge, obwohl in der Stadt nur etwa 4,4% der Gesamtbevölkerung des Landes leben. (Tab. 16)
Eine für die Landeshauptstadt angefertigte Verkehrsstudie ermittelte eine jährliche Zuwachsrate im Straßenverkehr von rund 5%. Nach amtlichen Angaben bewegten sich Ende 1976 auf dem rund 1600 km umfassenden Straßennetz Jakartas bereits 543 000 Autos, Busse, Lastkraftwagen, Zehntausende von Motorrädern nicht mitgerechnet. Im Gegensatz zu Java und Teilregionen Sumatras ist der Motorisierungsgrad in den übrigen Landesteilen, vor allem in Ost-Indonesien, noch sehr gering.
Trotz dieser einseitigen Konzentration des Kraftfahrzeugbestandes reichen aber selbst

Tabelle 16: Regionale Verteilung des Kraftfahrzeugbestandes in Indonesien 1974

Region	Kraftfahrzeugbestand	% des Gesamtbestandes
Java und Madura	822575	71,0%
Sumatra	244225	21,0%
Sulawesi	49610	4,3%
Kalimantan und Nusatenggara	28452	2,5%
Irian Jaya	10472	0,8%
Maluku	4744	0,4%
Gesamtbestand	1160078	100,0%

Quelle: Asia Research Bulletin vom 30. 6. 1974

in der Landeshauptstadt die Fahrzeuge nicht aus. Vor allem besteht – trotz eigener Kraftfahrzeugmontage – noch immer ein großer Mangel an funktionstüchtigen Bussen und Lastkraftwagen. Ständige Überladung, unzureichende Wartung, schlechter Straßenzustand und andere Faktoren haben extrem hohe Ausfallquoten und einen großen Fahrzeugverschleiß zur Folge. Darüber hinaus ist ein hoher Prozentsatz des Kraftfahrzeugbestandes überaltert. Seine mangelnde Fahrbereitschaft ist nicht zuletzt aber auch eine Folge der außerordentlichen Typenvielfalt und der fehlenden Ersatzteile.

In denjenigen Regionen, in denen Straßennetze weitgehend fehlen oder aber nur sehr unzulänglich ausgebaut sind, kommen den Flüssen wichtige Funktionen als Verkehrsträger zu. Dies gilt insbesondere für große Teile von West-, Ost-, Nord- und Süd-Kalimantan, Ost-Sumatra und für die Tieflandregionen im Norden und Süden von Irian Jaya. So werden beispielsweise allein jährlich rund 300 000 Tonnen Güter auf dem Barito-Fluß im Süd-Kalimantan befördert. Doch wird der Flußverkehr durch große Wasserstandsschwankungen, Stromschnellen, Untiefen, Mündungsbarren usw. vielfach behindert. Hinzu treten in West- und Süd-Kalimantan Kanäle in der Länge von 211 km. Trotz dieser natürlichen Beeinträchtigungen wird in Zukunft auf den Strömen Sumatras, Kalimantans und Irian Jayas die motorisierte Schiffahrt Grundlage des Verkehrs in diesen Regionen sein (W. Rutz 1976). Untersuchungen, die eine belgische Studiengruppe 1971/72 in Kalimantan und Sumatra durchführte, lieferten Grundlagen für die Entwicklungsvorhaben der Binnenschiffahrt. Darüber hinaus übernehmen Reit- und Saumtiere, teilweise auch noch Träger, in den wirtschaftlich weitgehend unerschlossenen und schlecht erreichbaren Landesteilen einen Großteil des Transports.

Aufgrund dieser Situation wurde während der Planungsperiode zwischen 1969 und 1974 der Wiederinstandsetzung der Straßen, Reorganisation der Verwaltung, Einrichtung von Werkstätten und Straßenmeistereien besondere Priorität eingeräumt.

Im Rahmen von REPELITA I wurden über 5000 km Straßen wieder instand gesetzt und etwa 3400 km ausgebaut. Die Arbeiten konzentrierten sich vor allem auf den Ballungsraum Jakarta, auf die Fernstraßen zwischen der Hauptstadt und Surabaya sowie auf die touristisch erschlossenen Regionen Balis. Darüber hinaus wurde das Straßennetz auch in den Teilen des Landes erneuert, in denen wichtige Entwicklungsvorhaben durchgeführt werden. Als Beispiele sei auf Nord- und West-Sumatra, Süd-Sulawesi und auf den Raum Balikpapan und Banjarmasin in Kalimantan verwiesen. In den übrigen Regionen mußte man sich weitgehend mit fragmentarischen Maßnahmen begnügen. REPELITA II verfolgt u. a. das Ziel, etwa 14 500 Staats- und Provinzstraßenkilometer zu erneuern und durch Fundamentverstärkung sowie Verbreiterung dem gewachsenen Verkehrsaufkommen anzupassen. Damit soll der Anteil der in gutem Zustand befindlichen Straßen von etwa 23% auf 50% im Jahre 1979 erhöht werden. Ferner wurde mit dem Bau neuer Straßen begonnen, denen außerhalb Javas besondere Erschließungsfunktionen zukommen. Viele dieser Projekte werden mit ausländischer Hilfe finanziert. Als Beispiele sei auf den 1971 begonnenen Bau einer Straße zwischen Sawatambang und Lubuklinggau in Süd-Sumatra sowie auf den seit langem geplanten „Trans-Sumatra-Highway" zwischen Banda Aceh im Norden und Telukbetung im Süden verwiesen. Mit dem Bau dieser modernen Autostraße, von der man sich die Erschließung großer, noch weitgehend ungenutzter Landpotentiale erhofft, wurde inzwischen begonnen. Einzelne Teilstücke sind bereits befahrbar. In West-Kalimantan wurden mit australischer Hilfe seit 1975 Straßen in einer Länge von etwa 600 km gebaut. Die seit langem projektierte

West-Ost-Fernstraße durch Kalimantan, an die sich ebenfalls große Hoffnungen auf die Erschließung weiter tropischer Regenwaldareale knüpfen, ist demgegenüber – mit Ausnahme einiger kleiner Teilstrecken – bisher nicht über das Planungsstadium hinausgelangt. Ferner ist 1977 von der Asiatischen Entwicklungsbank eine Anleihe über 48,2 Mio. US-$ für den Bau einer Fernstraße zwischen der Provinzhauptstadt Surabaya, Gempol und Malang (Ost-Java) genehmigt worden. Mit diesem Projekt ist der Plan zur Erweiterung des Hafens von Surabaya und einer Umgehungsstraße für die Stadt verbunden, die gleichzeitig als Hafenzubringer dienen soll. Desgleichen sollte 1977 u. a. mit dem Bau der 200 km langen Poso-Wotu-Nord-Süd-Verbindungsstraße durch Zentral-Sulawesi begonnen werden. Sie ist ein wichtiges Teilstück des geplanten Trans-Sulawesi-Fernstraßennetzes und wird mit Unterstützung der Weltbank gebaut. Eine mehrspurige, gebührenpflichtige Autobahn, die von Jakarta nach Bogor führt, wurde 1978 eröffnet. Vielfältige Schwierigkeiten beeinträchtigen jedoch nicht selten die Durchführung der zahlreichen Planvorhaben. So waren beispielsweise 1974 von insgesamt 1114 Straßenwalzen nur 824, d. h. 74 % und von 1430 Kippwagen nur ganze 770, d. h. 54 %, einsatzfähig.

Mit vielfältigen Problemen ist auch der Eisenbahnverkehr belastet, dessen Bedeutung für den innerinsularen Landverkehr noch geringer als die des Straßenverkehrs ist. Denn nur die Insel Java besitzt ein relativ gut ausgebautes Streckennetz. Auf ihm wurde der Verkehr in den Jahren 1873/74 zwischen Jakarta und Bogor sowie zwischen Semarang und Yogyakarta aufgenommen. Von einem insgesamt 6637 km umfassenden Streckennetz im Jahre 1975 (1931: 7364 km) unterschiedlicher Spurbreite, entfallen allein 4592 km in 1067 mm-Spur auf die Insel Java. Zwei von West nach Ost verlaufende Hauptstrekken verbinden dort vor allem Jakarta und Surabaya. Eine Trasse verläuft entlang der Nordküste, während die andere von Jakarta durch das Inselinnere über Bogor, Bandung, Yogyakarta und Surakarta nach der Hafenstadt Surabaya führt. Zwischen diesen beiden Hauptlinien bestehen noch einige Querverbindungen. Nach Westen und Osten schließen sich die Strecken zu den Fährhäfen Merak an der Sundastraße (1914) und Banyuwangi an der Bali-Straße (1903) an (W. Rutz 1976). Die darüber hinaus noch in West-, Nord- und Süd-Sumatra vorhandenen Teilstrecken besitzen eine Gesamtlänge von nur 1957 km. West-Sumatra verfügt über 258 km Eisenbahnlinien, die zwischen 1892 und 1896 eröffnet wurden und primär für den Abtransport der Kohle aus dem Ombilin-Revier nach der Hafenstadt Padang konzipiert waren. Ein weiteres 544 km langes Netz der Spurbreite 1067 mm wurde seit 1886 in dem Plantagengebiet Nord-Sumatras zwischen Labuhan Deli, Medan und Belawan sowie Besitang im Norden, Teluknibung an der Asahan-Mündung im Osten, Pematangsiantar im Westen und Rantauprapat im Süden angelegt. Bis 1957 wurde diese Linie von der privaten Deli Spoorweg Maatschappij betrieben. Hinzu tritt die seit 1874/76 bestehende Aceh-Schmalspurbahn, die von Ulee Lheue bzw. Banda Aceh entlang der Ostküste Sumatras nach Pangkalansusu an der Aru-Bucht führt und bei Besitang Anschluß an das Deli-Bahnstreckennetz findet. Auf der ehemals 512 km langen Strecke wurde 1972 u. a. infolge von Oberbauschäden und anderer Mängel der Verkehr auf dem 93 km langen Streckenabschnitt zwischen Ulee Lheue und Sigli eingestellt (W. Rutz 1976). Die in Süd-Sumatra bestehenden Eisenbahnstrecken umfassen insgesamt weitere 643 km. Die Hauptstrecke, mit deren Bau 1912 begonnen wurde, verläuft zwischen Panjang und Palembang. Hinzu treten Verbindungen von Prabamulih nach Muaraenim, Lahat und Lubuklinggau sowie Stichbahnen, welche die Kohlen-Minen von Bukit

Asam und den Hafen Telukbetung an das Hauptnetz anschließen. Das Eisenbahnnetz Süd-Sumatras ist durch Fähren mit Merak auf Java verbunden. Außer den auf Java und in Teilen Sumatras bestehenden Streckennetzen verfügen alle übrigen indonesischen Inseln über keine weiteren Eisenbahnverbindungen. Eine 1922 zwischen Ujung Pandang und Takalar in Süd-Sulawesi eröffnete 47 km lange Strecke wurde bereits 1930 infolge ihrer geringen Rentabilität wieder stillgelegt (Overmann 1937).

Vor allem auf den untereinander unverbundenen, fragmentarischen regionalen Teilstreckennetzen Sumatras erinnert der schienengebundene Verkehr vielfach an die abenteuerlichen Anfänge der Eisenbahngeschichte und stellt keine wirtschaftliche Alternative zum Straßenverkehr dar. Aber auch auf Java sind die vorhandenen Bahngleiskörper, Waggons, Lokomotiven, Brükken und sonstigen Bahnbetriebseinrichtungen stark überaltert und in vielfach unzulänglichem verkehrstechnischen Zustand. Neuere u.a. aus der Bundesrepublik bezogene Diesellokomotiven und vor 1965 aus der DDR gelieferte Personenwaggons haben erst teilweise Verbesserungen gebracht. So waren beispielsweise im Jahre 1971 von 773 auf Java vorhandenen Lokomotiven allein 423, d.h. etwa 55%, 35 Jahre und älter. Von den auf Sumatra verfügbaren 197 Lokomotiven hatten sogar 147, d.h. 75% des Gesamtbestandes, ein derart hohes Bau- und Betriebsalter. Desgleichen waren 44% aller vorhandenen Güterwagen nicht fahrbereit (1971) und auf einigen Streckenabschnitten datieren die Bahngleise noch aus den Jahren um 1890. Etwa 70% aller Eisenbahnbrücken sind älter als 40 Jahre.

Reorganisationsmaßnahmen, Ausbesserungs- und Modernisierungsprogramme, die eine Straffung der Verwaltung, den Abbau des hohen Personalbestandes (1971: 76 000 Beschäftigte), die Anhebung der einst extrem niedrigen Tarife, die Wiederinstandsetzung von Trassen und Brücken sowie eine bessere Nutzung der vorhandenen Kapazitäten, die Erneuerung des rollenen Materials, der Signalsysteme, Fernmeldeanlagen der seit 1956 verstaatlichten Bahn zum Ziel haben, werden seit einigen Jahren mit finanzieller Unterstützung und technischer Hilfe der Bundesrepublik und anderer Staaten durchgeführt. Sie haben auf den Hauptstrecken Javas erste Verbesserungen gebracht. So wurde beispielsweise das D-Zug-Streckennetz zwischen Jakarta und Surabaya (Bima-Express) modernisiert, um die Zugfolge zu erhöhen und die Reisezeit herabzusetzen. Im Jahre 1973 war das rollende Material auf einen Bestand von 1179 Lokomotiven, 2407 Waggons zur Personenbeförderung und 21 960 Güterwagen aufgestockt. Mit allen diesen Maßnahmen, für die bis 1973 allein Kapitalaufwendungen von 24,2 Mio. US-$ getätigt worden waren, hofft man, die stark gesunkenen Transportleistungen der Bahn (1971: 949 Mio. t/km), die in scharfem Wettbewerb mit dem wachsenden Güter- und Personenverkehr auf der Straße steht, allmählich wieder auf den Stand von 1939 anheben zu können.

Desgleichen ist man mit ausländischer Unterstützung um den Aufbau eines leistungsfähigen Nachrichtenwesens auf den einzelnen Inseln und innerhalb des gesamten Archipels bemüht. Denn die Überwindung der immensen Kommunikationsprobleme ist in dem weiträumigen Insel- und Vielvölkerstaat eine Lebensfrage. Die Telekommunikation, die in Indonesien auf einige 1883 von Privatgesellschaften in Jakarta, Surabaya und Semarang eingerichtete kleine innerstädtische Telephonnetze zurückgeht, hat bisher nur in wenigen Zentren einzelner Inseln Eingang gefunden und war beispielsweise 1969 selbst in Jakarta höchst unzulänglich. Noch 1972 besaß Indonesien unter den ECAFE-Staaten das zweitschlechteste Telephonnetz. Infolgedessen schenkt die Regierung Verbesserungsarbeiten auf diesem Sektor größte Beachtung. Auf Java und in Teilen Sumatras, auf die etwa 87% aller 269 000 Telephonanschlüsse des Landes entfallen (1973), konnte dieser Mangel inzwischen weitgehend behoben werden. Etwa 25% aller Fernsprechverbindungen sind allein in der Landeshauptstadt installiert. Demgegenüber weisen Kalimantan, Sulawesi, die Molukken, Irian Jaya und Nusatenggara mit insgesamt nur 13% aller Anschlüsse, weiterhin eine extreme Unterversorgung auf.

Das aus politischen Motiven gegründete staatliche Fernsehen (TVRI) nahm zwar bereits 1962 in Jakarta seinen Betrieb auf, doch außerhalb der Hauptstadt waren die verbreiteten Fernsehprogramme im Jahre 1976 nur in 8 von insgesamt 27 Provinzen und dort nur im näheren Umkreis der wenigen regionalen Sende- und Produktionsbetriebe, wie im Raume Yogyakarta, Surabaya, Medan, Palembang und Ujung Pandang zu empfangen. Darüber hinaus wird bisher über das Fernsehen primär auch nur ein kleiner, gut verdienender Personenkreis angesprochen. Die genaue Zahl der Fernsehgeräte ist nicht genau erfaßbar, denn viele werden von Singapur aus ins Land geschmuggelt. 1976 wurden die überwiegend auf Java konzentrierten Geräte auf rund 500 000 bis 800 000 und die Zuschauer auf etwa 5 bis 8 Mio. Personen geschätzt. Die Ausbildung von Fernsehnachwuchskräften wird seit 1970 u. a. durch eine mit deutscher Hilfe in Jakarta errichtete Fernsehausbildungs- und Produktionsstätte betrieben.

Zeitungen und Zeitschriften spielen ebenfalls bisher nur eine untergeordnete Rolle. Denn auf die 140 Millionen-Bevölkerung entfallen nach inoffiziellen Angaben aus dem Jahre 1973 nur rund 220 Publikationsorgane mit einer Gesamtauflage von rund 3 Mio. Exemplaren. Davon werden allein 73 Zeitungen und Zeitschriften mit einer Auflage von 1,6 Mio. Exemplaren in Jakarta herausgegeben. Auch die Verbreitung der übrigen Regionalzeitungen des Landes ist bisher fast ausschließlich auf die Städte beschränkt. Daher ist der Rundfunk (RRI) zur Zeit das einzige nennenswerte Informationsmedium für den weitaus größten Teil der Bevölkerung.

Ein überregionales Rundfunknetz wird von „Radio Republik Indonesia" (1950) unterhalten, dessen Ursprünge auf 1927 eröffnete private Rundfunksendungen und den 1934 entstandenen niederländisch-indischen Rundfunk zurückgehen. Neben der Zentrale in Jakarta verfügt die von der Regierung kontrollierte Anstalt über 47 regionale Außenstudios (1975). Mit ihren häufig zu schwachen Sendern, die infolge der großen Entfernungen und der Geländeschwierigkeiten auf der von ionosphärischen Störungen abhängigen Kurzwelle arbeiten, versuchen sie zumindest das Hinterland der jeweiligen Studiostandorte abzudecken. Einige Stationen, wie beispielsweise auf Timor oder auf Sumatra, erinnern mit ihrer technischen Ausstattung den Besucher an das Deutsche Museum in München, Abteilung Rundfunkgeschichte (R. Siebert 1975). Neben dem staatlichen Rundfunk ist eine verwirrende Vielzahl kleiner privater Lokalsender (SWASTRA) von Verbänden, Stadt- und Kreisverwaltungen, Unternehmen, Studenten-Gruppen, Moslem-Vereinigungen usw. in Betrieb. Die Zahl dieser „Swastra"-Minisender wird auf über 300 beziffert. Ihre Reichweiten sind bescheiden. Namentlich bei diesen Lokalsendern, die vielfach als „Werbeagenturen" auf kommerzieller Basis unter äußerst bescheidenen finanziellen, technischen und räumlichen Verhältnissen arbeiten, dominieren Unterhaltungssendungen. Beiträge edukativen Inhalts sind selten. Aber auch im staatlichen Rundfunk blieben bisher die Möglichkeiten dieses Mediums als erzieherisches Instrument zur notwendigen Mobilisierung der Bevölkerung und zur sinnvollen Förderung der Landesentwicklung noch weitgehend ungenutzt. Zwar ist beispielsweise der mit deutscher Unterstützung seit 1968 entwickelte Landfunk in die RRI-Programme aufgenommen, doch existieren die vielgepriesenen Hörerklubs, die u.a. im Rahmen der sog. programmintegrierten Medienförderung in Dörfern ländlicher Entwicklungsregionen gegründet wurden und deren Mitglieder das Gehörte in die Praxis umsetzen sollen, teilweise nur auf dem Papier. Andere sind eingeschlafen, weil die Zielgruppen nicht genügend darauf vorbereitet waren, mit diesem Medium umzugehen (R. SIEBERT 1975). Darüber hinaus werden im Durchschnitt auch nur kurze Sonderprogramme für die Landbevölkerung ausgestrahlt. Der mangelnden Programmzeit entspricht zugleich auch ein äußerst knappes Budget für diese landwirtschaftlichen Beratungsprogramme. Das dringendste Problem liegt jedoch auch hier im sog. „Software"-Bereich, d.h. in der Ausbildung engagierter Agrarjournalisten zu eigenverantwortlichen Leitern von Landfunkredaktionen (M. LOHMANN 1975). Bisher sind festangestellte und gut ausgebildete Landfunkredakteure noch selten und ihre technische Ausstattung sowie Transportmittel sind völlig unzureichend. Nicht zuletzt waren jedoch 1977 bei rund 6 Mio. statistisch erfaßten Radiogeräten und einer geschätzten Zuhörerschaft von etwa 66 Mio. Menschen, aber auch etwa 88% aller registrierten Empfänger allein in Java und Sumatra konzentriert. Auf Kalimantan, Sulawesi, den Molukken, Nusatenggara und Irian Jaya entfielen demgegenüber nur insgesamt rund 12%. Wie grobmaschig das Informationsnetz Indonesiens zur Zeit noch ist, ja, daß es in weiten Teilen des Landes nahezu überhaupt keine Nachrichtenverbindungen gibt, zeigte sich beispielsweise im Jahre 1976 auf dramatische Weise. Das zentrale Hochland Irian Jayas wurde vom 26. Juni an von verheerenden Erdbeben und Erdrutschen heimgesucht. Die 3500 Kilometer entfernte Zentralregierung in Jakarta erfuhr davon tagelang überhaupt nichts. Es dauerte eine Woche bis das wahre Ausmaß dieser Naturkatastrophe überschaubar wurde. Rettungs- und Hilfsmaßnahmen für die betroffene Bevölkerung kamen daher nur sehr schleppend in Gang. Diese regionalen Unzulänglichkeiten in der Kommunikationsstruktur zwischen den Zentren und Peripherien hofft man, im Rahmen des Zweiten Fünfjahrsplanes (REPELITA II) bis 1979 teilweise abbauen zu können. Dieses Ziel soll u.a. durch die Erhöhung der Fernsprechanschlüsse auf etwa 403 000, durch die Modernisierung der bestehenden Anlagen und den Bau neuer automatischer Fernsprechvermittlungen erreicht werden. Die Einrichtung von 158 000 neuen Telephonanschlüssen in Jakarta und von weiteren 123 000 in den übrigen 26 Provinzen des Landes sowie die Erweiterung der Telephonnetze durch den niederländischen Philips-Konzern wurde 1975 durch einen 544 Mio. Gulden-Kredit der „Algemene Bank Nederland" ermöglicht. Diese Arbeiten sollen 1978 abgeschlossen werden. Ferner ist man bemüht, die verschiedenen Fernmeldesysteme zu koordinieren und das Radio-, Fernseh-, Funk- und Fernschreibwesen sowie die postalischen Dienstleistungen erheblich zu verbessern. Für die Telekommunikation ist u.a. die fortschreitende Einrichtung von Mikrowellen-Fernsprechnetzen, mit denen die Verbindung auf und zwischen Java, Sumatra und Bali verbessert werden, von Bedeutung. Im Rahmen des Nusatenggara-Mikrowellenprogramms ist ein Übertragungsnetz im Bau, das Sumatra und einen großen Teil Ostindonesiens überziehen wird. Der internationale Fernsprech- und -schreibverkehr konnte bereits 1969 durch die Inbetriebnahme einer Satelliten-Bodenstation bei Jatiluhur in West-Java wesentlich verbessert werden. Darüber hinaus soll eine Kette starker Mittelwellensender errichtet werden, die Studiokapazitäten sollen erweitert und alle bestehenden staatlichen Sendeanlagen überholt bzw. verstärkt werden. Man hofft auf diese Weise, etwa 85% der Landfläche des Archipels abdecken zu können. Neun Zehntel aller Indonesier könnten dann theo-

retisch die staatlichen Rundfunkprogramme empfangen. Ein ausgeklügeltes System von Relais und Überspielungen von Haupt- und Regionalsendern an lokale Sender soll ferner einen fast lückenlosen Funkservice garantieren. Auch ist geplant, das Programmangebot erheblich zu erweitern.
Schlüsselfunktionen für alle diese geplanten Maßnahmen zum Abbau der mangelhaften Kommunikation innerhalb des Archipels, kommt dabei den 1976 und 1977 von Cape Canaveral in Florida gestarteten zwei indonesischen Nachrichten-Satelliten „Palapa" I und II zu. Mit ihrer Hilfe sollen die skizzierten Probleme innerhalb des Landes endgültig überwunden werden. Die Satelliten, die in 36 000 m Höhe auf einer geostationären Position über dem Indischen Ozean westlich der Insel Sumatra als eine Art Relaisstation fungieren, halten mit 40 über das gesamte Inselreich verteilten Bodenstationen in 27 Provinzhauptstädten und in anderen 14 Entwicklungsschwerpunkten, Funkkontakt. In Cibinong zwischen Jakarta und Bogor in West-Java arbeitet die Leitzentrale. Das Projekt ist beispiellos in der südlichen Erdhälfte. Denn damit ist Indonesien das erste Land der Dritten Welt, das über ein eigenes, nationales Nachrichtensystem via Satellit verfügt und das zugleich für alle elektronischen Kommunikationsmittel, wie Radio, Fernsehen, Telex und Telephon, verwendet werden kann. Alle Regionen des riesigen Inselstaates werden damit medienpolitisch erreichbar. Zugleich wird damit der weiträumige Insel- und Vielvölkerstaat regierbarer. Die technischen Möglichkeiten der Satelliten muten wie eine Revolution an. Durch „Palapa" sollen beispielsweise die Telephonverbindungen verdreifacht und die Telexanschlüsse verachtfacht werden können. Neben den Verbesserungen im gesamten Nachrichtensektor kommen diesem umfassenden Kommunikationssystem, das später um zehn weitere Bodenstationen erweitert werden soll, aber auch entscheidende politische Funktionen für die weitere Festigung der Einheit der Nation zu. Denn Rundfunk und Fernsehen sind wie keine anderen Medien dazu geeignet, die nationale Integration zu stärken und die Kräfte des Regionalismus und Zentralismus in Balance zu halten. Ferner dürften von diesem ehrgeizigen Projekt, mit dem eine neue Ära der Kommunikation in Indonesien begonnen hat, auch wichtige Impulse für die ökonomische Erschließung und Entwicklung des Landes ausgehen. Darüber hinaus wurde 1978 vereinbart, das indonesische „Palapa"-System künftig auch für den Telephonverkehr innerhalb der Philippinen nutzbar zu machen.
Doch mischen sich in den nationalen Stolz und die Euphorie über dieses modernste Medium in Indonesien zugleich auch zahlreiche kritische Stimmen. Denn die gigantischen Aufwendungen für das 200 Mio. US-$ teure Projekt, dessen Betriebs- und Folgekosten ebenfalls Millionenhöhe erreichen und das ohne Auslandskredite nicht hätte finanziert werden können, stehen in extremen Kontrast zur weitverbreiteten Arbeitslosigkeit, Unterbeschäftigung, der mangelhaften ärztlichen Versorgung, der unzureichenden Ernährungssituation der Bevölkerung und anderen elementarsten Entwicklungsproblemen des Landes. Es bleibt daher abzuwarten, wie das kapitalintensive, das ganze Land überspannende neue Kommunikationssystem zukünftig genutzt wird. Seine technischen Aspekte sind atemberaubend. Doch entscheidend für die Zukunft Indonesiens sind die Inhalte, die damit vermittelt werden. Während indonesische Kritiker in dem Satellitensystem primär nur ein modernes technisches Instrumentarium zur Verstärkung der bisher eingeschränkten politischen Kontrolle der Regierung über den weiträumigen Inselstaat sehen, will die Regierung ihrerseits damit vor allem die wirtschaftliche und soziale Entwicklung des Landes beschleunigen, d.h. u.a. durch gezielte Erziehungs- und Beratungsprogramme den Informations- und

Kenntnisstand der Bevölkerung heben, ihre Mobilisierung beschleunigen und den Lebensstandard der Bevölkerung in den peripheren Regionen verbessern. Allerdings werden noch Jahre vergehen, bis das „Palapa"-System voll funktionsfähig ist. Von den geplanten 40 Bodenstationen arbeiteten Ende 1976 erst 29. Der ständige Betrieb erfordert darüber hinaus eine Vielzahl von Medienfachleuten, eine permanent zu wartende und zu erneuernde technische Ausrüstung, eine reibungslose Organisation und ein perfektes Management. Damit steht das neue Kommunikationssystem nicht nur im Gegensatz zur allgemeinen Entwicklung des Landes, sondern auch zur Effektivität der aufgeblähten, schwerfälligen Staatsadministration und deren beschränkten materiellen Möglichkeiten.

6.3 Defizite in der Energieversorgung, im Wohnungs- und Wasserbau

Von großer Bedeutung für die zukünftige Wirtschaftsentwicklung ist ferner die Ausweitung und regional ausgewogenere Verteilung der Energieerzeugung und -versorgung innerhalb des Landes. Denn obwohl Indonesien über reiche Erdöl-, Erdgas- und Kohlevorkommen und andere Energiequellen verfügt, stellt beispielsweise die unzulängliche Elektrizitätserzeugung bisher einen großen Engpaß dar. Mit einem durchschnittlichen Elektrizitätsverbrauch von nur 30 kWh je Einwohner im Jahre 1977 (Bundesrepublik: 5119 kWh) ist Indonesien eines der Länder mit der schlechtesten Elektrizitätsversorgung der Welt. 1978 verfügten schätzungsweise erst 10% aller Siedlungen des ländlichen Raumes über Strom. Denn hinreichend ausgebaute Versorgungsunternehmen, deren Ursprünge auf das Jahr 1917 zurückgehen, sind selten und einheitliche öffentliche Sammel- und Verteilernetze fehlen noch weitgehend. Bis 1954 erfolgte die Elektrizitätsversorgung überwiegend durch kommerzielle Privatunternehmen. Elektrizitätsgesellschaften mit staatlichen Beteiligungen fanden sich nur in West- und Ost-Java, Süd-Sumatra, Nord-Sulawesi sowie auf Bali. Die 1954 verstaatlichten und 1958 zur staatlichen Elektrizitätsgesellschaft (PLN) zusammengeschlossenen Unternehmen vermochten bis 1967 nur geringfügige Investitionen vorzunehmen. Demzufolge befand sich die Stromerzeugung und -versorgung durch die teilweise veralteten und reparaturbedürftigen Wasser-, Diesel-, Kohle- und sonstigen Wärmekraftwerke in einem äußerst schlechten Zustand. Zum Zeitpunkt der Reorganisation der staatlichen Elektrizitätswerke im Jahre 1967/68 betrug die Gesamtkapazität des Landes nur 661 571 kW. Davon wurden 47% von 64 Wasserkraftwerken, 30% von 531 Dieselaggregaten in 190 Kraftstationen, 17% von 18 Dampfkraftwerken und 6% von 3 Gasturbinenanlagen erzeugt. Von diesen theoretisch zur Verfügung stehenden Kapazitäten war jedoch nur etwa die Hälfte effektiv betriebsbereit. Die von diesen Anlagen erzeugte Elektrizitätsmenge betrug 1,8 Mrd. kWh (1940: 381kWh). Sehr ungleichmäßig war ferner die regionale Verteilung der installierten Kapazitäten. Allein 77% befanden sich auf Java, 15% auf Sumatra und nur etwa 8% entfielen auf die restlichen Landesteile. Hinzu traten noch die in Industrie- und Gewerbebetrieben vorhandenen Kapazitäten von schätzungsweise 200 000 kW.

Die Überwindung der Energieversorgungsschwierigkeiten wurde daher zu einer der wichtigsten Aufgaben der indonesischen Entwicklungsplanung erhoben, da schätzungsweise allein auf Java im Jahre 1985 mehr als 2,3 Mrd. kWh benötigt wird. Diesem Ziel dienten u. a. Reorganisationsmaßnahmen in den Verwaltungen, die Wiederherstellung und der Ausbau von Leitungen und Netzen in West- und Ost-Java, die

Überholung und der Neubau von Kraftwerken usw. So konnte die Versorgungslage West-Javas u.a. durch die Inbetriebnahme des Wasserkraftwerkes von Jatiluhur nordwestlich von Bandung im Jahre 1967 erheblich verbessert werden. Dieses Mehrzweckprojekt soll nach seinem endgültigen Ausbau eine geplante Jahreserzeugung von etwa 600 Mio. kWh erreichen. Mehrere andere hydroelektrische Kraftwerksprojekte – wie beispielsweise die von der Asian Development Bank am Tondano-See bzw. Rondano-Fluß in Minahasa (Nord-Sulawesi) finanzierte Anlage – befinden sich im Bau; andere konnten bereits fertiggestellt werden. Hierunter befindet sich beispielsweise ein 1976 in Batang Agam nördlich Bukittinggi in West-Sumatra seiner Bestimmung übergebenes Wasserkraftwerk sowie die 1973 fertiggestellte erste Baustufe des großen Karangkates-Mehrzweckprojekts bei Malang in Ost-Java. Ein anderes Großprojekt, das Muara Karang-Kraftwerk nahe Jakarta mit einer Leistung von etwa 200 000 kW, sollte 1977 fertiggestellt sein. Mit diesen Maßnahmen gelang es, die Gesamtkapazität der staatlichen Elektrizitätsunternehmen auf rund 1,2 Mio. kW und die Stromerzeugung auf etwa 3,6 Mrd. kW anzuheben (1976). Seit 1972 ist ferner ein Verbundsystem für Java in Arbeit. Eine regional ausgewogenere Verteilung konnte damit bisher jedoch kaum erreicht werden. Denn von den installierten Kapazitäten entfallen noch immer über 70% und von der Elektrizitätserzeugung sogar rund 80% allein auf die Insel Java. Im Rahmen des Zweiten Fünfjahresplanes (REPELITA II) von 1974 bis 1979 hofft man, die Stromerzeugung des Landes auf insgesamt etwa 7 Mrd. kWh steigern zu können. Die ebenfalls vorwiegend in den javanischen Großstädten Jakarta, Bogor, Bandung, Cirebon, Semarang und Surabaya sowie in Medan (Nord-Sumatra) und Ujung Pandang (Süd-Sulawesi) seit der Vorkriegszeit bestehenden indonesischen Gaswerke erzeugten 1973 rund 39 Mio. cbm Gas. Aber selbst auf Java kann der Energiebedarf von Industrie, Gewerbe und Privathaushalten bisher nur unzureichend gedeckt werden. Auf Grund der Engpässe in der Energieversorgung arbeiten Industrie- und Gewerbebetriebe vielfach mit Selbstversorgungsanlagen auf Ölbasis.

Weitere volkswirtschaftlich dringend notwendige wasser- und energiewirtschaftliche Fortschritte strebt man künftig mit teilweise bereits in der Vorkriegszeit geplanten Projekten u.a. auf Java, am Asahan in Nord-Sumatra und in Südost-Kalimantan (Riam Kanan-Projekt) an. Darüber hinaus wurden Gasuntersuchungen durchgeführt, um die Möglichkeiten für den Ausbau des Verteilernetzes für Erdgas zu prüfen. Das besondere nationale und internationale Interesse gilt jedoch dem Asahan-Projekt in Nord-Sumatra. Aufbauend auf niederländischen Plänen und ersten Baumaßnahmen im Jahre 1939 sowie auf neueren Untersuchungen japanischer, französischer, schwedischer, amerikanischer und russischer Experten, soll bei den Sigura-gura- und den Tangga-Wasserfällen des Asahan südöstlich des Toba-Sees ein großes Wasserkraftwerk errichtet werden. Eine zu erbauende große Aluminiumschmelze, ein neuer Hafen bei Kuala Tanjung und eine kleine städtische Siedlung für etwa 20 000 Einwohner sollen hiermit verbunden werden. Die Pläne sehen vor, daß das Wasserkraftwerk von einem japanischen Konsortium und die angeschlossenen Bauxitverhüttungsanlagen (Kapazität: 225 000 t) von japanischen und amerikanischen Firmen mit Investitionskosten von mehr als 800 Mio. US-$ (1975) erstellt werden. Die Anlagen sollen nach 30 Jahren voll in indonesischen Besitz übergehen. Das zentrale Kraftwerk wird voraussichtlich im Endausbau eine installierte Leistung von 430 000 bis 500 000 kW besitzen. Durch später anzuschließende weitere Kraftwerksbauten am Asahan hofft man, eine Gesamtkapazität von schätzungsweise 1,2 Mio. kW erzielen zu können. Jedoch sind der Elektrizitätsgewinnung unter Verwendung der Wasserkraft durch die unregelmäßige Wasserführung der Flüsse und infolge ihrer auf Java geringen Länge natürliche Grenzen gesetzt. Daher wird im Rahmen der energiewirtschaftlichen Förderungsmaßnahmen auch der Ausbau von diesel- und dampfbetriebenen Stromerzeugungsanlagen weiterhin von Bedeutung sein, zumal auf die eigene Ölerzeugung zurückgegriffen werden kann. Ein beträchtlicher Teil der Energieversorgung der Zukunft soll auf den umfangreichen Kohlelagern und geothermischen Energiequellen Indonesiens beruhen.

Der Wohnungsbau für Bevölkerungsteile, die nur schwach oder gar nicht in Wirtschaft und Gesellschaft integriert sind, wurde in der indonesischen Entwicklungspolitik bisher stark vernachlässigt. Infolge der rasch wachsenden Bevölkerung und des sich ständig vergrößernden Wohnungsdefizits sollte ihm künftig größere Beachtung geschenkt werden. Dies gilt sowohl für die Wohnraumbeschaffung in den stark expandierten Großstädten, worauf bereits in Kapitel 5 hingewiesen wurde, als auch für die Siedlungen des ländlichen Raumes. Denn bereits 1973 wurde vom „Building Research Institute" in Bandung ermittelt, daß Indonesien über einen Zeitraum von etwa 40 Jahren jährlich etwa 1,5 Mio. Hausneubauten benötige, um annähernd menschenwürdige Behausungen für die Bevölkerung bereitstellen zu können. Die derzeitige Situation entspricht sowohl unter qualitativem als auch quantitativem Aspekt vielfach kaum minimalsten Anforderungen. So besitzen beispielsweise nach Feststellungen des Ersten Fünfjahresplanes (REPELITA I) vom Jahre 1969 etwa 77% der überwiegend aus Bambusmaterialien bestehenden Ein- und Mehrfamilienhäuser in den Siedlungen des ländlichen Raumes nur Lehmfußböden, 68% verfügen über keine eigenen Brunnen oder Wasserstellen, 77% besitzen weder Wasch- noch Bademöglichkeiten, und etwa 88% aller Gehöfte entbehren sogar einfachster Toiletten. Trotz dieser Situation wurde dem Wohnungsbau im Vergleich zu den produktiven Wirtschaftssektoren bisher nur eine untergeordnete bzw. komplementäre Rolle in den staatlichen Entwicklungsprogrammen zugewiesen. Dieser geringe entwicklungspolitische Stellenwert resultiert aus der Tatsache, daß Entwicklung mit Wirtschaftswachstum gleichgesetzt wurde und daher Investitionen zunächst auch fast ausschließlich produktiven Bereichen der Wirtschaft zuflossen, während der Wohnungsbau den unproduktiven Sektoren zugerechnet wurde. Im Ersten Fünfjahresplan beschränkte man sich daher weitgehend darauf, Leitlinien und Anreize für die Entwicklung des Wohnungsbaus unter technischen, ökonomischen und sozialen Aspekten zu bieten, indem man Forschungsarbeiten über Baumaterialien, Billighauskonstruktionen usw. durchführen ließ (U. Harms 1973). Direkte Wohnungsbaumaßnahmen des Staates zur Verbesserung der Lebensbedingungen der Bevölkerung wurden nur in sehr begrenztem Umfang in Form weniger Musterprojekte durchgeführt. Darüber hinaus schuf man ein Instandsetzungsprogramm für bäuerliche Wohnungen. Erst im Zweiten Fünfjahresplan von 1974 wurde dem Haus- und Wohnungsbau als Teil der sozialen Infrastruktur ein höherer Stellenwert zuerkannt, wenngleich auch den produktiven Investitionen in der Entwicklungsstrategie weiterhin Priorität für die Landesentwicklung eingeräumt wird. Vor allem ist man bestrebt, eine größere Zahl von Billighäusern und -wohnungen zu erstellen. Darüber hinaus wurden etwa 1000 Dörfer in das mit Unterstützung der Vereinten Nationen (UNDP) durchgeführte Programm zur Erneuerung bäuerlicher Wohnungen aufgenommen.

Dringend erforderlich ist jedoch die Erarbeitung geeigneter Lösungsansätze, die den Wohnungsbau nicht nur als Ziel, sondern primär als entwicklungspolitisches Instrument zur Durchsetzung wirtschafts- und sozialpolitischer Strategien betrachten. Namentlich für die im Zweiten Fünfjahresplan (REPELITA II) von 1974 programmatisch festgelegte „ausgewogene regionale und lokale Entwicklung“ des Landes sind derartige Vorhaben von besonderem entwicklungspolitischem Interesse. Denn Inputs für Investitionen im Wohnungsbau werden primär auf lokaler oder regionaler Ebene beschafft. Durch arbeitsintensive öffentliche oder genossenschaftliche Wohnungsbauprogramme lassen sich außer positiven beschäftigungs-, einkommens-, sozial- und gesundheitspolitischen Effekten zugleich auch nachgelagerte Handwerks- und Kleinindustriezweige fördern. Damit wächst die Nachfrage nach Gütern und Dienstleistungen im lokalen und regionalen Bereich. Die Multiplikatoreffekte von Wohnungsbauvorhaben dürften demzufolge wesentlich größer als die von kapitalintensiven Industrieprojekten sein. Denn letztere verstärken nicht selten nur das Entwicklungsgefälle zwischen Zentren und Peripherien, während der Wohnungbau als ein geeignetes Instrument einer gezielten regionalen Entwicklung anzusehen ist (K. SCHÄFFLER 1974).

Für Indonesien besonders wichtige Infrastrukturelemente sind ferner landwirtschaftliche Wasserbauten zur Be- und Entwässerung sowie Flußbaumaßnahmen zur Eindämmung umfangreicher Hochwasserschäden. Zur Ausweitung des ganzjährigen Bewässerungsfeldbaus und damit zur Erhöhung der Flächenproduktivität sind namentlich verstärkte Maßnahmen zur Wiederinstandsetzung der aus Flüssen, Seen usw. gespeisten Bewässerungsanlagen dringend erforderlich. Denn obwohl die eng mit der Reiskultur verbundene Bewässerungstechnik – überwiegend in Form der Schwerkraftbewässerung – u. a. auf Java und Bali eine jahrtausendealte Tradition besitzt, ist das temporär unzureichende oder gar fehlende Wasserangebot ein wesentlicher ertragsbegrenzender Faktor für den Pflanzenbau in großen Teilen des Landes. Dies gilt namentlich für Nusatenggara mit seinen mehrmonatigen Tockenzeiten, aber auch für Bereiche Javas, Balis und anderer Inseln im Westen des Archipels. Darüber hinaus haben Überalterung, Kriegsschäden, ausgebliebene Reparaturen und ein vielfach unzureichendes wasserwirtschaftliches Management die Funktionsfähigkeit der vorhandenen „technischen“ Irrigationswerke stark beeinträchtigt. Denn sie wurden – parallel zur Ausweitung der niederländischen Plantagenwirtschaft überwiegend auf Java, untergeordnet aber auch in anderen Landesteilen – in ihrer Mehrzahl bereits zwischen 1850 und 1930 erstellt. Derweilen ist, wie eine Agrarstudie der amerikanischen Hilfsorganisation USAID jüngst feststellte, ein Großteil der Infrastruktur, die zur landwirtschaftlichen Produktion und Vermarktung diente, während der letzten drei Jahrzehnte verfallen. 1971 konnten von über 4 Mio. ha bewässerten Landes, darunter allein etwa 2,7 Mio. ha auf Java, nur 1,5 Mio. ha mittels sog. „technischer“, d.h. von staatlichen Institutionen geplanten und unterhaltenen Wasserbauten bewässert werden. Für die Bewässerung von rund 1 Mio. ha standen weniger vollkommene, sog. „semi – technische“ Anlagen des Staates zur Verfügung. Über 1,5 Mio. ha wurden mittels traditioneller, sog. „nicht – technischer“ Verfahren bewässert. Hierbei handelt es sich um meist kleinere, von dörflichen Wassernutzungsgemeinschaften errichtete, unterhaltene und kontrollierte Systeme. Der Umfang der inzwischen notwendig gewordenen landwirtschaftlichen Wasserbaumaßnahmen ist enorm. 1977 wurden etwa 60% aller in Indonesien vorhandenen Anlagen als erneuerungsbedürftig angesehen. Amtlichen Feststellungen zufolge müssen beispielsweise allein auf Java Irrigationswerke zur Bewässerung von etwa 1,9 Mio. ha landwirtschaftlicher Nutzfläche reaktiviert werden.

Obwohl der Wiederinstandsetzung der Bewässerungsanlagen daher bereits im Ersten

Fünfjahresplan (REPELITA I) von 1969 hohe Priorität eingeräumt wurde und trotz der Unterstützung durch die Weltbank, die Asiatische Entwicklungsbank und andere Institutionen stellen sich infolge Kapitalmangels, fehlender Fachkräfte, technischer Ausrüstungen usw. die Verbesserungen nur langsam ein. So konnten beispielsweise von insgesamt acht größeren Projekten zur Bewässerung von 655 400 ha im Rahmen des Ersten Fünfjahresplanes (REPELITA I) zwischen 1969 und 1974 nur fünf mit einer Kapazität für etwa 228 700 ha endgültig oder zumindest teilweise fertiggestellt werden. Hierunter befand sich das bereits 1956 begonnene Way Seputih – Projekt in der Provinz Lampung (Süd-Sumatra), mittels dessen nach Fertigstellung der Endausbaustufe etwa 25 000 ha bewässert werden können. 1973 wurde ein Teilabschnitt für 15 000 ha abgeschlossen. Ferner befanden sich hierunter u. a. Projekte im Raume Tangerang, Indramayu und Banten (West-Java) sowie ein Vorhaben im Bezirk Semarang (Zentral-Java). Auch der Jatiluhur-Staudamm am Citarum-Fluß nordwestlich Bandung stellt eine dieser effektiven, zugleich aber auch kapitalintensiven, größeren Entwicklungsmaßnahmen dar. Mit seiner Fertigstellung im Jahre 1967 konnte die Bewässerung für etwa 240 000 ha landwirtschaftlicher Nutzfläche in West-Java gesichert und der Bewässerungsfeldbau während der Trockenzeit um 125 000 ha erweitert werden. 1977 wurde ferner beispielsweise der Staudamm von Sempor in Betrieb genommen, der ein Teil des größeren Kedu-Selutan-Mehrzweckprojekts (Hochwasserschutz, Energieerzeugung, Fischzucht) in Zentral-Java ist. Bei einem Fassungsvermögen von 52 Mio. cbm können mit der Talsperre zugleich etwa 11 125 ha Reisfelder bewässert werden. Mit dem Bau einer weiteren Speicheranlage im Raume Cimanggis zwischen Jakarta und Bogor (West-Java) soll 1979 begonnen werden. Nach ihrer geplanten Fertigstellung im Jahre 1982, sollen über 7600 ha im Raume von Bekasi und weitere 2100 ha im Gebiet von Bogor bewässert werden können. Durch die Reparatur bereits in niederländischer Zeit erstellter und weiterer geplanter oder im Bau befindlicher Staudamm- bzw. Talsperren-Projekte u. a. in Aceh, Nord-Sumatra, Lampung, Süd-Sumatra, Süd- und Ost-Kalimantan, West-, Zentral- und Ost-Java, Madura, Lombok und Süd-Sulawesi usw. soll der Speicherraum von 3389 Mio. cbm (1968) allmählich um zusätzliche 3600 Mio. cbm erweitert werden. Der Zweite Fünfjahresplan sieht u. a. insgesamt 25 derartige Wasserbauprojekte, darunter auch mehrere kleinere Anlagen in peripheren Landesteilen, zur Bewässerung von 550 000 ha vor. Insgesamt sollen zwischen 1974 und 1979 Bewässerungssysteme für rund 820 000 ha reaktiviert bzw. neu erstellt werden. Damit hofft man u. a., die noch immer nicht erreichte Eigenversorgung Indonesiens mit Nahrungsmitteln, insbesondere mit Reis, sicherstellen zu können. Doch wurde bereits 1977 eingeräumt, daß ein Teil der geplanten wasserbaulichen Arbeiten erst im Rahmen des Dritten Fünfjahresplanes von 1979 bis 1984 vollendet sein wird.

Ähnlich schwierig und langwierig wie die Errichtung neuer Talsperren, Stauseen usw. zur Wasserspeicherung gestaltet sich auch die Bohrung von Brunnen und die Installation von Pumpen zur Erschließung von Grundwasservorkommen mit dem Ziel, die Bewässerungsmöglichkeiten während der Trockenzeit zu verbessern. Denn die Bewässerung leidet vielerorts unter den großen Abflußschwankungen der Flüsse zwischen Regen- und Trockenzeit. Dabei befindet sich namentlich die Grundwassererschließung für Bewässerungszwecke in Indonesien erst im Anfangsstadium. Denn es fehlt bisher an hydrogeologischen Daten, Karten usw. über Grundwasservorkommen, -tiefen und -kapazitäten. Mehrere derartige Forschungsprojekte wurden in den vergangenen Jahren und werden auch gegenwärtig mit ausländischer Hilfe ausgeführt. Ferner wird zukünftig auch der terminalen Wasserkontrolle durch Verbesserung der Wasserverteilung, Anlage von Zu- und Abflußsystemen zur Vermeidung von Staunässe, Versickerungsverlusten usw. größere Beachtung geschenkt werden müssen. Während des Zweiten Fünfjahresplanes soll ein erstes derartiges Pilot-Projekt von 1000 ha im Raume Semarang (Zentral-Java) versuchsweise durchgeführt werden.

Darüber hinaus sind umfangreiche Flußbaumaßnahmen dringend erforderlich, um die durch die starke Sedimentation in den Flußbetten verursachten Hochwasserschäden zukünftig zu verhüten oder wenigsten einzuschränken. Von diesen auch in dichtbesiedelten Räumen, wie beispielsweise in Zentral-Java, jährlich auftretenden Überflutungen, sind insgesamt etwa 755 000 ha betroffen. Neben Flußregulierungen, dem Bau von Deichen, der Errichtung von Rückhaltebekken und Bodenschutzmaßnahmen in den Gebirgslagen ist hierzu u. a. auch die Ausbaggerung von schätzungsweise 65 Mio. cbm Ablagerungen aus den Flußbetten notwendig. Durch diese wasserbaulichen Maßnahmen werden jedoch nicht nur optimalere Bewässerungsmöglichkeiten und ein besserer Hochwasserschutz, sondern zugleich auch Voraussetzungen zur Steigerung der elektrischen Kapazitäten angestrebt. Dazu gehört beispielsweise das Mehrzweckprojekt, das die Regulierung des Brantas-Flusses und seines Einzugsgebietes, die Bewässerung weiter Flächen sowie die Stromerzeugung in Ost-Java umfaßt. Bis 1973 konnte der 100 m hohe Karangkates-Staudamm bei Malang, ein mächtiger Stausee sowie ein Kraftwerk mit Investitionskosten von 32,5 Mio. US-$ fertiggestellt werden. Die umfangreichen Arbeiten werden während des Zweiten Fünfjahresplanes (REPELITA II) fortgeführt. Die volle Verwirklichung der großen, bereits in den zwanziger und dreißiger Jahren durch niederländische Wasserbauingenieure geplanten Entwässerungsprojekte – wie beispielsweise die Melioration der ausgedehnten gezeitenbeeinflußten Sumpfflächen in Ost-Sumatra, im Kapuas-Delta oder um Banjarmasin (Barito-Projekt) in West- und Süd-Kalimantan – wird kurzfristig nicht zu erwarten sein. Doch sind – wie bereits in Kapitel 4.1 dargestellt – im Rahmen von Umsiedlungsaktionen in diese Regionen in den letzten Jahren verstärkt auch Ent- und Bewässerungsprojekte mit Hilfe der Gezeiten in Angriff genommen worden.

Gleiche entwicklungspolitische Bedeutung kommt ferner u. a. der Verbesserung der Trink- und Gebrauchswasserversorgung sowie der Abwasser- und Müllbeseitigung zu. Ferner beeinträchtigen unzureichende Marktorganisationen, Lagerkapazitäten usw. die Entwicklung nachhaltig. Darüber hinaus ist die Fortführung der eingeleiteten Reorganisationsmaßnahmen im Bankwesen unter entwicklungspolitischem Aspekt unerläßlich. Neben dem Genossenschaftswesen bedürfen auf dem Lande u. a. die Agrarkreditorganisationen – nicht zuletzt zur allmählichen Beseitigung weitverbreiteter Schuldabhängigkeiten der Bevölkerung von privaten Geldverleihern – des weiteren Ausbaus. Der Bereich des Versicherungswesens ist noch völlig unterentwickelt.

Die Analyse der zu behebenden Infrastrukturmängel ließe sich fortführen. Doch offenbart bereits die Skizzierung einiger weniger, vordringlicher Aufgaben, daß die zu lösenden Schwierigkeiten übermächtig sind und die zur Schaffung besserer Lebensbedingungen für die Mehrheit der Bevölkerung notwendigen öffentlichen und privaten „essentials“ in absehbarer Zeit aus eigener Kraft weder finanziert noch verwirklicht werden können.

7. Natürliche Produktionsfaktoren, Potentiale und ökologische Probleme

Der demographischen, sozio-ökonomischen und infrastrukturellen Problemvielfalt Indonesiens steht die Fülle seiner bisher noch weitgehend ungenutzten Ressourcen gegenüber. Denn potentiell gilt die Inselrepublik nach der UdSSR und den USA als der drittreichste Staat der Erde. Keines der afro-asiatischen und lateinamerikanischen Entwicklungsländer besitzt einen derartigen Reichtum an Rohstoffen wie der indonesische Archipel. Bereits heute gehört Indonesien zur Spitzengruppe der Welterzeuger von Erdöl, Zinn, Kautschuk, Holz, Pfeffer und anderen Gewürzen sowie von Tabak, Tee, Kaffee, Palmöl, Kopra, Kapok usw. Zugleich verfügt es über große Vorkommen von Erdgas, Bauxit, Nickel, Mangan, Kupfer, Kohle, Eisen, Schwefel, Phosphat, Eisensand, Kobalt usw. 1974 wurden Uranlager in West-Kalimantan ermittelt und in West-Sumatra erforschten deutsche Experten bis Ende 1978 Uranlagerstätten. Man findet Gold, Silber, Platin, Diamanten, Chromit, Quecksilber, Molybdän usw. Mit der Entdeckung von weiteren Bodenschätzen ist zu rechnen, denn bisher sind erst etwa 7% der Land- und Meeresflächen genauer geologisch und geophysikalisch untersucht und kartiert. 70% bis 75% des Staatsgebietes wurden bisher nur oberflächlich erkundet. Der Rest ist noch völlig unerforscht. Infolgedessen sieht beispielsweise auch ein 1978 zwischen der Bundesrepublik und Indonesien abgeschlossenes Kapitalhilfeabkommen u. a. Mittel für den Bau von Forschungsschiffen für die Meerestechnik vor. Denn die weiten Territorialgewässer und großflächigen Waldareale bergen u. a. riesige, bisher ebenfalls noch weitgehend unerschlossene Holz-, Erdöl- und Fischreserven. Rund 140 Mio. Menschen (1978) stellen als Produzenten und Konsumenten ein weiteres beachtliches Potential dar. Die Verkehrslage des Landes zwischen Indik und Pazifik ist günstiger als jene, die das rohstoffarme Japan so erfolgreich zu seinem wirtschaftlichen Vorteil genutzt hat. Sie kommt besonders durch die Bedeutung der Malakka-Straße für Weltschiffahrt und Welthandel zum Ausdruck. Denn zwischen Malaysia, Singapur und West-Indonesien verlaufen die wichtigsten Routen von Kapstadt, Suez und dem Persischen Golf nach Japan und der amerikanischen Westküste. Mit 100 bis 150 Schiffen, welche die Malakka-Straße täglich passieren, gehört diese Wasserstraße zu einer der am stärksten frequentierten der Welt. Der „Kontinent der Inseln“ könnte das von der Ferntouristik-Werbung suggerierte „tropische Paradies“ sein. Dennoch schreitet die Mehrheit der Bevölkerung – um die Metapher eines indonesischen Schriftstellers zu gebrauchen – bisher noch „barfuß über die großen Schätze des Landes.“

Dieser potentielle Reichtum ist u. a. ursächlich mit dem geologischen Aufbau des weiträumigen Inselstaates verbunden. Die heutige stark zerstückelte Gestalt und der Großformenschatz Indonesiens sind junger, vor allem tertiärer und quartärer tektonischer Entstehung. Als Teil des großen Sundagebirgssystems finden die hinterindischen Gebirgsketten im indonesischen Archipel ihre Fortsetzung. Stark aufgelöste, jungtertiäre Faltengebirgsgürtel durchziehen in zwei weitgeschwungenen, annähernd parallelen Bögen den Westen und Süden der Inselwelt. Im Südosten biegen sie vor der alten Masse des australischen Kontinents und seiner

Schelfmeere in engem Bogen nach Norden ab. Ein innerer Faltengebirgszug verläuft über die Andamanen und Nikobaren und bildet das Grundgerüst für Sumatra, Java sowie die nördlichen Inseln von Nusatenggara. Er ist über Wetar, Roma, Damar bis zu den Banda-Inseln verfolgbar. Der äußere Gebirgsbogen erstreckt sich über die Mentawai-Inseln sowie über Sawu, Timor, die Tanimbar-, Kai- und Watubela-Inseln nach Seram. Er endet auf Buru. Drei Geosynklinalen trennen bzw. flankieren als aneinandergereihte, durch untermeerische Rücken gegliederte Tiefseegräben die Gebirgsbögen. Besonders südlich von Java und im Osten der Inselketten sinken die Seebecken bis zu Tiefen von etwa 7500 m ab. Einzelne, über 10 000 m Tiefe erreichende Randgräben begleiten den ostasiatischen Inselbogen. Er bestimmt als weiteres Glied des Sundagebirgssystems die Struktur von Nord-Kalimantan, Nord-Sulawesi und setzt sich über die Palawan- und Talaud-Inseln in den Philippinen fort. Halmahera und die umliegenden Inseln sind demgegenüber Teile des melanesischen Inselbogens. Irian Jaya, das in seinem geologischen Bau weitgehend den Sunda-Inseln gleicht, sitzt dem australischen Schelf auf. Dieser Flachseesockel (Sahul-Schelf) trägt auch die Aru-Inseln im Südosten des Archipels. Er findet seine Entsprechung in dem Hinterindien mit Kalimantan, Sumatra und Java verbindenden Sunda-Schelf. Auf ihm liegen der Lingga- und Riau-Archipel, die Karimata-Inseln sowie Bangka und Belitung. Während der größte Teil der Sundaplatte (Sunda-Schelf) erst im Holozän aufgelöst wurde und selten mehr als 60 bis 70 m unter die heutige Java-See bzw. das Südchinesische Meer absank, baut der Kern dieser einstigen Festlandsbrücke West- und Zentral-Kalimantan auf. Kristalline Schiefer, Tonschiefer, Granite, Quarzite und andere Gesteine haben am geologischen Bau dieser meist stark reliefierten Gebirgsketten auf Kalimantan, Sumatra, Sulawesi und Irian Jaya sowie untergeordnet auch auf den Inseln von Nusatenggara wesentlichen Anteil. Randlich werden diese zentralen Gebirgsketten von teilweise ebenfalls gefalteten mesozoischen und tertiären Sedimentgesteinen (u. a. Sandsteine, Kalke, Mergel, Tone) überlagert. Aus ihnen sind auf den Großen- und Kleinen Sunda-Inseln sowie in Irian Jaya vielgestaltige Vorgebirgszonen und Hügelländer wechselnder Ausdehnung und Formung aufgebaut.

Im Gegensatz zu der alten, nahezu stabilen Landmasse Kalimantans unterliegt der sie umgebende äußere Inselsaum bis heute starken orogenetischen Vorgängen. Diese geologische Instabilität äußert sich in Indonesien u. a. in zahlreichen tektonischen Beben pro Jahr, von denen einige nicht selten verheerende Auswirkungen haben. So erschütterten beispielsweise am 26. Juni und am 29. Oktober 1976 zwei heftige, mit großen Erdrutschen und Bergstürzen verbundene Erdbeben der Stärke 7,1 und 7,6 auf der nach oben offenen Richterskala das zentrale Bergland von Irian Jaya. Sie forderten mehrere hundert Tote und zahlreiche Vermißte. Darüber hinaus hatten sie katastrophale Verwüstungen zur Folge. Am 14. Juli 1976 wurde Bali von einem weiteren schweren Erdbeben heimgesucht. Das Epizentrum des Bebens der Stärke 5,6 lag etwa 70 km westlich der Provinzhauptstadt Denpasar. Entsprechend waren die Schäden im Westteil der Insel am größten. Allein im Bezirk Buleleng wurden 567 Todesopfer registriert. Über 3000 Menschen wurden verletzt. Vier Gemeinden des Distrikts Buleleng wurden zu 95% zerstört. Schwere Schäden traten auch im Raume Jembrana auf. Insgesamt wurden 82 öffentliche Gebäude, 7 Markthallen, 366 Schulen, 236 Tempel und über 85 500 Häuser zerstört oder schwer beschädigt. Auf der Nachbarinsel Lombok wurden im Raume Ampenan-Mataram weitere Gebäude zerstört (A. Leemann 1976). Im August 1977 löste abermals ein ungewöhnlich schweres Seebeben der

Stärke 8,3 dessen Epizentrum vermutlich in der Nähe der Insel Sumba lag und dessen Erschütterungen selbst die westaustralische Stadt Perth trafen, riesige Flutwellen aus. Ihnen fielen über 100 Menschen zum Opfer, als die Wassermassen die Küsten überfluteten. Die Inseln Sumbawa und Lombok wurden am schwersten betroffen. Aber auch von den besonders in der Nähe der Tiefseegräben und der jung-tektonischen Bruchsysteme gehäuft auftretenden Vulkanherden gehen große Schadenswirkungen aus. Über 300 Vulkane, darunter 76 tätige und 49 im Fumarolenstadium, folgen in einer langen Reihe den jungen Faltengebirgsgürteln West-Sumatras und bilden die Längsachse von Java sowie Nusatenggara. Sie setzen sich über die Molukken bis nach Minahasa in Nordost-Sulawesi fort. Überwiegend handelt es sich um Stratovulkane mit teilweise riesigen Calderen (u. a. Krakatau, Tengger, Batur, Tambora), deren Kegel meist über 2000 m, nicht selten aber auch weit über 3000 m Höhe erreichen. Andesite, Dazite, Trachyte, Basalte usw. überdecken häufig auf weiten Strecken den älteren Gesteinssockel. So bestehen beispielsweise etwa 23% der Oberfläche Javas aus jungvulkanischem Eruptionsmaterial. In Vergangenheit und Gegenwart war und ist diese längste Vulkanreihe der Welt Schauplatz schwerer Katastrophen. Erinnert sei beispielsweise an den Ausbruch des Krakatau in der Sunda-Straße zwischen Java und Sumatra im Jahre 1883, der riesige Flutwellen auslöste und der etwa 36 000 Tote forderte. Der letzten größten Katastrophe dieser Art, dem Ausbruch des Gunung Agung auf Bali am 17. März und 16. Mai 1963, fielen über 2000 Menschen zum Opfer und namentlich in den Bezirken Bangli, Karangasem und Klungkung an der Südabdachung des Vulkans entstanden große Sachschäden. In diesem dicht bevölkerten Raum gingen allein etwa 10 000 ha Bewässerungsland durch Zerstörung der Irrigationsanlagen, unkontrolliert eindringende Wassermassen und durch Ablagerung vulkanischen Eruptionsmaterials zeitweilig für die landwirtschaftliche Nutzung verloren. Mehr als 2500 ha wurden derart verwüstet, daß sie für Jahrzehnte hinaus unbrauchbar sind. Im Februar 1979 kamen beim Ausbruch des erloschen geglaubten Sinila-Vulkans des Dieng-Bergmassivs in Zentral-Java über 200 Menschen ums Leben. Große Gebiete wurden unter meterhohem Eruptionsmaterial begraben und die 1000 Einwohner zählende Ortschaft Kepucukan wurde völlig zerstört. Desgleichen verursachen nach starken Niederschlägen häufig auftretende Schlammströme aus versetztem Eruptionsmaterial (lahar), die oft lawinenartig von den steileren, vielfach durch Raubbau entwaldeten Hangpartien der Vulkane zu Tal gehen, erhebliche Zerstörungen. So lösten im März 1979 schwere Regenfälle in den Bergen von Ost-Flores große Erdrutsche aus, die in der Stadt Larantuka zahlreiche Häuser zerstörten und 140 Tote sowie 151 Verletzte forderten.

Neben beträchtlichen Schäden hat der Vulkanismus jedoch zugleich auch entscheidend zur edaphischen Gunst mancher Inselregion beigetragen. Vor allem zählen die humusreichen, schwach sauren Böden, die aus mineralreichen, andesitischen vulkanischen Feinaschen hervorgegangen sind (Andosole) neben den Alluvialböden in den Tälern und Senken, zu den fruchtbarsten des Landes. Ihr hoher Kulturwert bietet sehr günstige natürliche Voraussetzungen für den Landbau der in den Ebenen Javas, Balis, Teilen von West-, Nord- und Süd-Sumatra sowie Nordost-Sulawesi konzentrierten Bevölkerung. Demgegenüber sind die grobtexturierten, entwicklungsmäßig jungen Bodenbildungen, die u. a. auf dem frischen vulkanischen Lockermaterial der Vulkanhänge auftreten (Regosole), für den Anbau im allgemeinen weniger vorteilhaft.

Im Gegensatz zu diesen edaphisch begünstigten Landesteilen finden sich zugleich aber auch ausgeprägte landwirtschaftliche Ungunstgebiete. Bei der weiten Verbreitung mesozoischer und tertiärer Kalke und Sandsteine ist der Umfang der Räume minderer natürlicher Produktivität weit größer, als vielfach angenommen wird. Zu diesen Regionen mit relativ ungünstigen natürlichen Produktionsbedingungen für die Landwirtschaft zählen u. a. Teile West-Javas, die vegetationsarmen, tropischen Karst- und Notstandsgebiete von Gunung Sewu und Gunung Kidul im südlichen Zentral-Java sowie die Kalkgebiete im Nordosten Javas. Weitere Karstregionen mit tropischen Kegelkarstbildungen finden sich auf Sumatra und Sulawesi. Ferner sind die natürlichen Standortfaktoren auch auf der überwiegend aus Kalk- und Mergelrücken aufgebauten Insel Madura sowie im niederschlagsarmen und von wertlosem vulkanischem Aschen- und Geröllmaterial bedeckten Westen, Norden und Nordosten Balis sehr ungünstig. Zu diesen Ungunstgebieten zählen ferner u.a. auch die öden Sandsteintafeln Nord-Sumatras (Padang Lawas) sowie große Teile von Ost-Nusatenggara. Aber auch in den durch große Längstalzonen und langgestreckte tektonische Senken gegliederten Faltengebirgsketten Sumatras, Kalimantans, Sulawesis und Irian Jayas, die nicht selten zwischen 2500 und 4000 m Höhe erreichen, ist die natürliche Ertragsfähigkeit der Böden häufig begrenzt. Ähnliches gilt auch für die aus sauren liparitischen oder dacitischen Auswurfmassen der Vulkanmassive aufgebauten Teile verschiedener großer intramontaner Hochebenen, wie beispielsweise das Batak-Hochland Nord-Sumatras. Abgesehen von Erosionsrohböden auf Festgesteinen in Steilhanglagen (Lithosole), besitzen auch die in den Berg- und Hügelländern weit verbreiteten Ferrasole, d.h. durch Eisenoxide rot und gelb gefärbten Böden, die früher als Latosole, lateritische Böden, Rot- und Gelblehm usw. bezeichnet wurden, überwiegend nur einen begrenzten Nährstoffgehalt. Sie zählen daher im allgemeinen zu den Böden mit geringer bis mittlerer potentieller Produktivität. Hierzu sind auch die rotgelben Podsole zu rechnen, die u. a. in Sumatra, Kalimantan und Irian Jaya beträchtliche Flächen – vielfach unter Wald – einnehmen. Bei den ebenfalls häufig auftretenden Vertisolen, d.h. tonreichen, oft schweren und dunkelgrau gefärbten Böden aus kalkhaltigem Gestein, stehen den beträchtlichen Mineralreserven im allgemeinen geringe Humus- und Stickstoffgehalte, mangelhafte Bodendurchlüftung, geringe Wasserkapazität usw. gegenüber. Daher ist – trotz hoher potentieller Produktivität – ihre aktuelle natürliche Ertragsleistung ebenfalls häufig begrenzt.

Darüber hinaus beeinträchtigen ferner auch die von Zentral-Java bis Timor zunehmend etwa zwischen Mai und September auftretenden mehrmonatigen Trockenperioden die Agrarnutzung in erheblichem Umfang. Vereinzelt, wie beispielsweise in Süd- und Südost-Lombok, Südost-Sulawesi oder Nord-Timor, erhöhen sich diese weitgehend niederschlagsfreien Perioden mit weniger als 60 mm Niederschlag auf bis über 7 Monate pro Jahr. Wenig niederschlagsreiche, den Trokkenräumen Australiens entstammende Luftmassen lassen die mittleren jährlichen Niederschlagssummen, die im Tiefland West-Javas etwa 1800 mm betragen (Jakarta: 8 m ü. M.; 26,6° C; 1776 mm; Regentage 136; Luftfeuchte 83 %; Gewittertage 133) in Richtung Timor auf etwa 1400 mm absinken (Kupang: 45 m ü. M.; 26,6° C; 1456 mm; Regentage 81; Luftfeuchte 67 %; Gewittertage 56). Lokal benachteiligte, im Lee hoher Gebirge liegende Räume, wie etwa Nord-Bali, Nord- und Ost-Sumba oder einzelne Senken Timors verzeichnen sogar weit weniger als 1000 mm Niederschlag pro Jahr. Als Beispiele sei auf die Station Waingapu in Nord-Sumba mit etwa 770 mm oder auf das Palu-Tal in Zentral-Sulawesi mit jährlich sogar nur 550 mm Niederschlag verwiesen. Diese Niederschlagsarmut während ausgeprägter Trockenzeiten belastet bei der hohen Verdunstung, dem raschen Oberflächenabfluß und den fehlenden Speicheranlagen die akkerbauliche Nutzung, insbesondere den Reisanbau, mit teilweise erheblichen Unsicherheiten. Die hierdurch bedingten landwirtschaftlichen Ertragsrisiken wurden beispielsweise in den sehr niederschlagsarmen Jahren 1972/73 und 1977/78 wieder überaus deutlich.

Böden

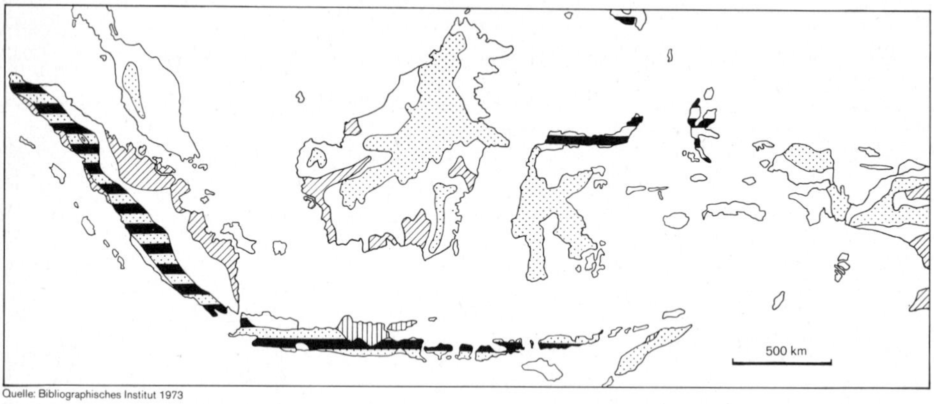

Quelle: Bibliographisches Institut 1973

- Lateritische, teilw. oberfl. gebleichte Böden (Latosole, Sols ferrallitiques, Ferralsols) der humiden Tropen (tropische Regen- und Monsunwälder u. Feuchtsavanne) ungegliedert.
- Mineralische hydromorphe Böden (Wiesenböden, Aueböden, Semigleye, Gleye) und Alluvialböden.
- Andosole (junge Böden auf vulkan. Lockerprodukten versch. Ausbildung)
- Dunkle, schwere Böden der wechselfeuchten Tropen und Subtropen (Grumusole, Vertisole).
- Gebirgsböden der humiden u. subhumiden Tropen ungegliedert.

Klima

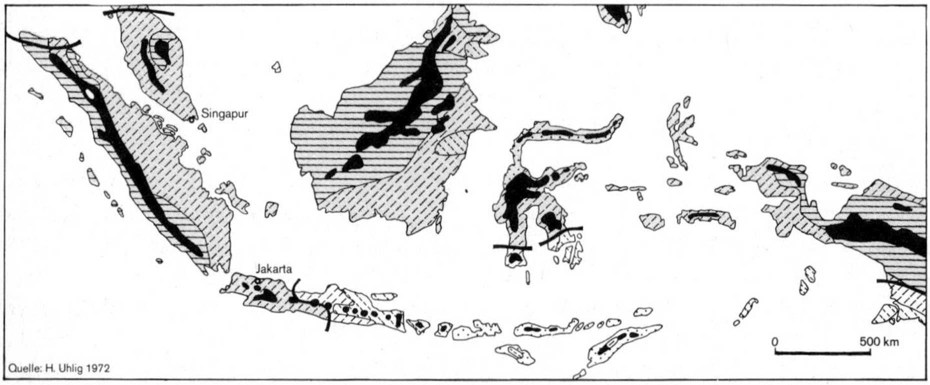

Mittlere jährliche Niederschlagssummen

- 1 000 mm
- 1 500 mm
- 2 000 mm
- 3 000 mm und darüber
- Grenze der Klima-Regionen

Jahreszeitenklimate (n. C. Troll u. K. H. Paffen 1968)

- Tropische Regenklimate (»immerfeuchte Tropen«)
- Tropisch-sommerhumide Feuchtklimate
- Gebirgs- u. Hochlandklimate

Mittlere Niederschlagssummen, Temperaturen und Windrichtungen

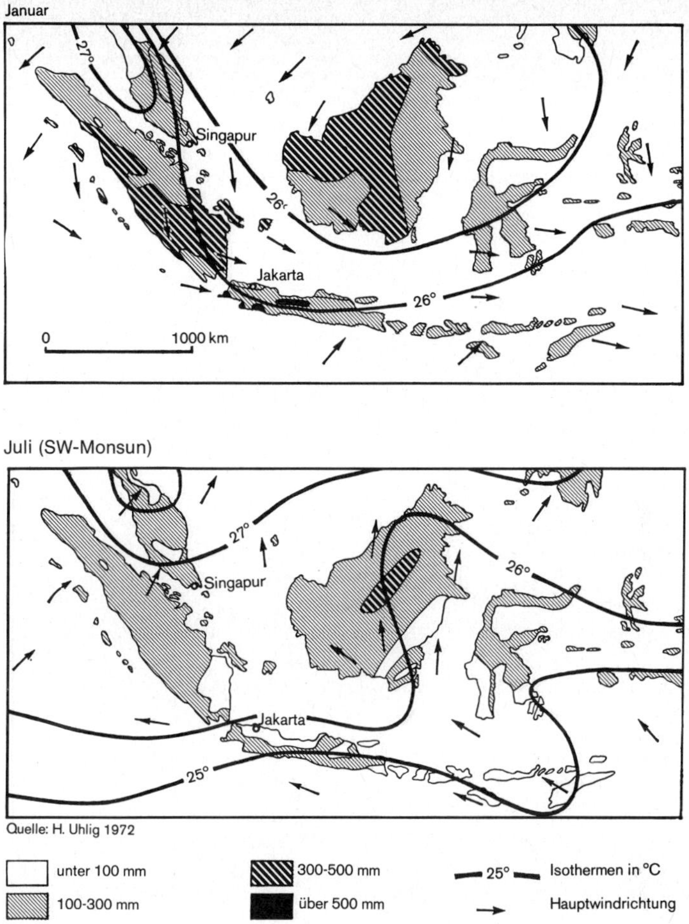

Demgegenüber gehört der unter dem Einfluß des regenreichen West-Monsuns stehende Westen und Norden des Archipels, d. h. der größte Teil Sumatras, Kalimantans, Nord- und Zentral-Sulawesis sowie der Molukken dem tropisch-immerfeuchten Klimatypus an. Dies gilt auch für den größten Teil von Irian Jaya. Je nach Exposition und Höhenlage erreichen die mittleren jährlichen Niederschlagssummen beispielsweise an der Westabdachung des Bukit Barisan-Gebirges in Sumatra zwischen 3500 und 6000 mm (Padang: 7 m ü. M.; 26,4° C; 4453 mm; Regentage 192; Luftfeuchte 79%; Gewittertage 72). Ähnlich hohe Niederschlagssummen werden etwa auch an den zentralen Faltengebirgsketten Kalimantans und Irian Jayas verzeichnet. Aber auch die Tiefländer der immerfeuchten Landesteile erhalten meist über 2000 mm, vielfach sogar zwischen 3000 bis 3500 mm Niederschlag. Als Beispiel sei auf Pontianak in West-Kalimantan verwiesen (3 m ü. M.; 26,7° C; 3270 mm; Regentage 183; Luftfeuchte 83%; Gewittertage 31).

Bei fast ganzjährigen Niederschlägen mit Maxima zwischen Oktober und April werden weite Areale der vorgenannten Inseln von immergrünen Tieflands-, submontanen und von montanen Regenwäldern eingenommen. Ihr Artenreichtum ist ungeheuer. Sumatra und Kalimantan weisen schätzungsweise allein etwa 3700 Baumarten auf, die 450 Genera angehören. Der Anteil der durch die exportwirtschaftlich bedeutsamen Gattungen Shorea, Hopea, Dipterocarpus usw. vertretenen Dipterocarpaceen an der Bestockung ist groß. Die Regenwaldformationen umfassen schätzungsweise etwa 66% aller Waldbestände Indonesiens. Über 2000 m gehen sie allmählich in Nebelwälder und ab etwa 3000 m in tropisch-alpine Formationen über. In Nord- und Mittel-Sumatra treten ferner ausgedehnte (Natur)-Kiefernwälder (Pinus merkusii) von über 221 000 ha auf (H. HESMER 1970). Die höchsten Gipfel der zentralen Faltengebirgsketten Irian Jayas, die im Puncak Jaya auf maximal 5030 m ansteigen, tragen in über 4000 m Dauerschneekappen. Nicht selten ist die Primärvegetation jedoch von anthropogen bedingten, wesentlich artenärmeren Sekundärformationen (belukar) verdrängt worden, denen schätzungsweise 16% aller indonesischen Waldungen zuzuordnen sind. Dies gilt auch für die außer in Zentral- und Ost-Java vor allem in Süd-Sulawesi und den Inseln von Ost-Nusatenggara infolge der längeren Trockenzeiten auftretenden artenärmeren, laubabwerfenden Monsunwälder. Unter den Holzarten dieser niederschlagsärmeren Region kommt vor allem den Jati- bzw.Teakbeständen (Tectona grandis) Zentral- und Ost-Javas besondere wirtschaftliche Bedeutung zu. Namentlich in Süd- und West-Kalimantan, in großen Teilen von Nord-, West- und Süd-Sumatra, Süd-Sulawesi und in Nusatenggara haben ausgedehnte Gras- und Buschformationen von einstigen Brandrodungsarealen Besitz ergriffen. So sind beispielsweise etwa 11% der 4729 qkm großen Insel Lombok von Gras- und Gebüschformationen bedeckt. Hierzu gehört vor allem das infolge seines dichten Wurzelwerks nur schwer zu rekultivierende Alang Alang-Gras (Imperata cylindrica). Seinen Flächenanteil schätzt man inzwischen in Indonesien auf rund 350 000 qkm, d. h. auf weit mehr als die Gesamtfläche der Bundesrepublik Deutschland. Allein in der Provinz Ost-Nusatenggara nehmen diese Grasareale heute etwa 48% der Provinzfläche, d.h. rund 22 987 qkm, ein (J. METZNER 1978). In Süd-Kalimantan sind beispielsweise weitere 300 000 ha, in der Provinz Ost-Kalimantan 372 000 ha, in West-Sumatra rund 250 000 ha, in Lampung über 715 000 ha und in der Provinz Bengkulu 122 000 ha mit diesem nur sehr begrenzt nutzbaren Gras bewachsen. Erst durch intensives, tiefes mechanisches Umpflügen und durch andere Rekultivierungsmaßnahmen sind diese großflächigen Areale wieder einer produktiveren landwirtschaftlichen Nutzung zuzuführen. Bisher sind sie für die Bevölkerung mit ihren beschränkten materiellen und technischen Möglichkeiten nahezu wertlos.

Vielfach hat die Zerstörung der Vegetation durch Raubbau an den Wäldern und infolge der weitverbreiteten Landwechselwirtschaft darüber hinaus auch zu ausgedehnten Bodenerosionsschäden und Störungen des Wasserhaushalts geführt. In weiten Teilen Sumatras, Sulawesis, Kalimantans und von Nusatenggara gefährden Grasbrachen, fluviatile Erosion, flächenhafte Abspülung und Bodenverarmung inzwischen das natürliche landwirtschaftliche Produktionspotential beträchtlich. Entwaldung, Verkürzung der Rotationszyklen im Brandrodungsfeldbau infolge zunehmenden Bevölkerungsdrucks, einseitige Bodennutzung, Überweidung und andere Faktoren sind die wichtigsten Ursachen für diesen Prozeß. J. METZNER (1975, 1977) hat in jüngst u. a. für Teile von Flores und Ost-Timor analysiert. Aber auch auf den übervölkerten Inseln Java und Bali ist die natürliche Produktionskapazität der Böden durch Erosion stark gefährdet. So waren beispielsweise 1974 allein in West-Java rund

812 000 ha bzw. 20% der Gesamtfläche der Provinz, stark von Erosion bedroht. In Mittel-Java wurden 1973 etwa 32% der Fläche als erosionsgefährdet bezeichnet, wovon sich bereits 10% in sehr kritischem Zustand befanden. Darüber hinaus verursachen zunehmende Erosion in den Berggebieten und verstärkte Sedimentation in den Fluß- und Küstenniederungen in Java und anderen Landesteilen nicht selten mehrmals jährlich wiederkehrende, verheerende Überschwemmungen. So wurden etwa nach Untersuchungen von G. Burger (1976) im vierjährigen Mittel der Jahre 1970 und 1974 in Mittel-Java lokal zwischen 5% bis 25% der agraren Nutzflächen durch Überschwemmungen schwer geschädigt und die Ernten vernichtet. Nach 1977 abgeschlossenen dreijährigen FAO-Untersuchungen zerstören jährlich allein im Einzugsbereich des Bengawan Solo-Flusses in Zentral-Java Erosion und Überschwemmungen landwirtschaftliche Produkte im Wert von rund 25 Mio. US-$. Jedes Jahr spült der Fluß rund 8 Mio. Tonnen fruchtbaren Bodens fort.

Ferner fallen große Teile der ausgedehnten Tieflandsebenen, die besonders die Küstenräume Ost-Sumatras, Süd-, West- und Ost-Kalimantans, West-Sulawesis sowie den Norden und Süden von Irian Jaya einnehmen, bis heute für die landwirtschaftliche Nutzung weitgehend aus. In den großen Deltas der mäanderreichen, durch große Wasserstandsschwankungen gekennzeichneten Hauptflüsse sind diese jungen Alluvialebenen von häufig tief in das Innere dieser Insel reichenden Sumpfarealen durchsetzt. Sie finden sich beispielsweise in den Mündungsgebieten des Barito, Kapuas und Makaham in Kalimantan und im Bereich des Musi, Hari, Inderagiri, Kampar oder Rokan in Sumatra. Allein in Ost-Sumatra bedecken diese küstennahen Sumpfareale rund 155 000 qkm, d.h. mehr als ein Drittel der gesamten Insel. In Irian Jaya erreichen sie mit den weit ausladenden Deltas von Digul, Memberamo, Kampung usw. ihre größte Ausdehnung. Die Gesamtverbreitung dieser Sumpfareale wird in Indonesien auf mehr als 350 000 qkm, d.h. über 17% der Gesamtfläche des Landes, beziffert. Hochwässer (banjir) überschwemmen dort weite Areale. Die mineralischen und organischen hydromorphen, d.h. durch starken Wassereinfluß geprägten Böden (u.a. Gleye, Anmoorgleye, Moorböden) der ausgedehnten Küstentiefländer, in denen sich u.a. auch große Moore mit mächtigen Torflagern finden, leiden stark unter der permanenten Vernässung, dem starken Gezeiteneinfluß, unter Versalzung usw. Daher sind ihre Nutzungsmöglichkeiten bisher sehr begrenzt. Mangrovensäume im Gezeitenbereich der Küsten und Moor- und Süßwassersumpfwälder, in denen sich in Ost-Indonesien u.a. große Sagopalmbestände finden, deren Mark ein wichtiges Grundnahrungsmittel für die Bevölkerung dieser Region liefert, überziehen weite Strecken dieser amphibischen Schwemmlandebenen. Diese Küstenwälder umfassen schätzungsweise 15% aller indonesischen Waldungen.

Die regionale Verbreitung der umfangreichen Waldareale ist innerhalb der Inselwelt sehr unterschiedlich. Während die dichtbevölkerten Inseln Java und Bali Anteile zwischen 20% und 27% aufweisen, die in Ost-Nusatenggara sogar auf durchschnittlich etwa 13% absinken, sind andererseits beispielsweise in Ost- und Zentral-Kalimantan, in Teilen der Molukken, in Ost-Sumatra, Bengkulu und Irian Jaya zwischen 75% bis über 80% der jeweiligen Flächen mit Wald bestockt. (Tab. 17)

Diese regionalen Unterschiede in der Waldverteilung zeigen einerseits den noch relativ geringen wirtschaftlichen Erschließungsgrad großer Landesteile. Zugleich verdeutlichen sie aber auch, daß Indonesien als eines der waldreichsten Länder der Erde mit seinen insgesamt mehr als 122 Mio. ha Wald (Bundesrepublik: 7,2 Mio. ha), über ein weiteres, wertvolles Potential verfügt. Nach A. Tri-

Tabelle 17: Umfang und regionale Verteilung der Wälder Indonesiens 1975

Region	Landfläche in Mio. Hektar	Waldfläche in Mio. Hektar	Anteil der Waldfläche in %
Java	13,2	2,9	20,1
Sumatra	47,4	28,4	59,9
Kalimantan	53,9	41,5	76,9
Sulawesi	18,9	9,9	52,4
Bali und Nusatenggara	7,4	2,0	27,0
Molukken	7,5	6,0	80,0
Irian Jaya	42,1	31,5	74,8
Gesamt	190,4	122,2	64,2

Quelle: Generaldirektorat Forsten 1975

HADI (1962) können die zur produktiven Ausnutzung zugänglichen Waldflächen auf etwa 70 Mio. ha geschätzt werden. Der Gesamtbestand Indonesiens an Hartholz wird grob auf etwa 11,7 Mrd. cbm beziffert. Damit eröffnen sich nicht nur für die erst am Anfang ihrer Entwicklung stehende geregelte Holz- und Forstwirtschaft günstige Zukunftsperspektiven. Auch stehen potentielle Landesreserven zur Erweiterung der agraren Siedlungs- und Wirtschaftsräume für die rasch wachsende Bevölkerung zur Verfügung.

Zwar kann die Frage vorhandener Landreserven für Siedlungszwecke in Indonesien infolge unzureichender bzw. ganz fehlender exakter regionaler geologischer und bodenkundlicher Untersuchungen bisher auch nicht annähernd genau beurteilt werden, doch schätzt man, daß von der Gesamtfläche des Landes fast 60 Mio. ha kultivierbar seien. Davon sind bisher erst rund 16,4 Mio. ha der agraren Nutzung zugeführt (1973). In dieser groben, vorläufigen Schätzung ist Irian Jaya, dessen Potentiale bisher noch fast völlig unbekannt sind, nicht enthalten. Die größten Landreserven finden sich in den Wald-, Schwemmland- und Alang Alang-Regionen Sumatras, Kalimantans und Irian Jayas sowie untergeordnet auch auf Sulawesi und den Molukken. So werden beispielsweise die Landpotentiale West-Sumatras nach U. SCHOLZ (1977) auf über 1,5 Mio. ha beziffert, wovon etwa 700 000 ha als echte, d.h. für Siedlungszwecke verwertbare Reserven anzusehen sind. In der Provinz Bengkulu (Süd-Sumatra) stehen nach Untersuchungen von A. RIESER (1975) etwa 382 600 ha zur Verfügung. In Nusatenggara erscheint insbesondere die Ausweitung und Intensivierung der Viehhaltung möglich. Allerdings setzt die zukünftige Erschließung bzw. Rekultivierung eines großen Teiles dieser Areale mit ihren im Vergleich zu Java und Teilen Balis vielfach weit ungünstigeren natürlichen und ökonomischen Standortfaktoren vielfach hohe Investitionskosten voraus. Dies gilt insbesondere für die Inwertsetzung der ausgedehnten Schwemmland- und Sumpfareale. Erst durch umfangreiche, kapitalintensive Entwässerungsprojekte und andere Meliorationsmaßnahmen (u.a. Entsalzung) sind große Teile dieser Flächen landwirtschaftlich nutzbar und damit auch stärker besiedelbar. Darüber hinaus sind die ökologischen Folgewirkungen großflächiger Rodungs- und Kultivierungsmaßnahmen bei der hohen Anfälligkeit tropischer Ökosysteme gegenüber menschlichen Eingriffen nicht unproblematisch.

Namentlich im Westen des Archipels, d.h. im Bereich des alten Sunda-Sockels sowie in Irian Jaya, das dem Sahul-Schelf aufsitzt, finden sich in den Faltengebirgen, Hügelländern, zwischengeschalteten Becken und vorgelagerten Alluvialebenen zugleich auch die großen, bisher bekannten indonesischen Lagerstätten abbauwürdiger Mineralien und Gesteine. Vielseitig, jedoch in ihrem Umfang geringer sind demgegenüber die Bodenschätze in den inneren vulkanischen und äußeren nicht vulkanischen Großantiklinalen, die Sumatra und Java gegen Westen und Süden angeschweißt sind und in stark zerstükkelter Form den östlichen Teil des Archipels aufbauen (W. RUTZ 1976).

Die gegenwärtig wirtschaftlich weitaus bedeutendsten Lagerstätten Indonesiens sind die Erdölvorkommen, die sich in den tertiären Geosynklinalen am Rande des Sunda-Sockels finden. Sie erstrecken sich von Nord- und Ost-Sumatra nach Nord-Java und verzweigen sich von dort nach Nordwest- und Ost-Kalimantan sowie nach Irian Jaya. Wie eine Forschungsstudie des SHELL-Konzerns jüngst zeigte, besitzt Indonesien mit diesen Lagern bereits heute 80% aller Erdölreserven Südostasiens und des pazifischen Raumes. Von besonderer ökonomischer Bedeutung ist dabei, daß sich das indonesische Erdöl durch einen sehr geringen Schwefelgehalt auszeichnet. Die bisher bekannten Erdölreserven des Landes wurden 1976 auf über 1,9 Mrd. Tonnen beziffert (Bundesrepublik: 73 Mio. Tonnen). Dies entspricht einem Anteil von etwa 2,2% der gesamten bekannten Welterdölvorräte von über 85,6 Mrd. Tonnen (1976). Bei konstant bleibender Fördermenge würden diese Reserven in Indonesien in etwa 31 Jahren erschöpft sein. Doch dürften die tatsächlichen Vorkommen weit höher liegen, da in dem weiträumigen Archipel erst auf einer relativ kleinen Fläche entsprechende Untersuchungen durchgeführt wurden. Experten vermuten daher auch, daß weitere große Reserven zu erwarten sind. Mit Nachdruck wurde daher in den letzten Jahren von der Regierung die Erdölsuche mit Hilfe ausländischer Gesellschaften vorangetrieben. Allein zwischen 1968 und 1975 wurden mehr als 40 neue Erdöl- und Erdgaslagerstätten auf den indonesischen Inseln entdeckt. Hierzu zählen u.a. größere Vorkommen in Nord-, Ost- und Süd-Sumatra, in Riau, Ost-Kalimantan, West- und Ost-Java, in Irian Jaya und auf der West-Neuguinea vorgelagerten Insel Salawati. Außer diesen insularen Lagerstätten wurden über 20 neue Vorkommen in den Küstengewässern bzw. Schelfgebieten vor Ost-Kalimantan, Süd- und Ost-Sumatra, vor Irian Jaya, in der Java-See, der Makassar-Straße sowie im Südchinesischen Meer westlich der Insel Natuna gefunden. Es wird angenommen, daß diese Off Shore-Lagerstätten weit ergiebiger als die Felder auf dem Lande sind. Besonders vielversprechend erscheinen vor allem die Vorkommen in den Küstengewässern vor Ost-Kalimantan. Zu diesen erst in den letzten Jahren neu entdeckten und erschlossenen Lagern treten die teilweise bereits seit der Vorkriegszeit ausgebeuteten, wirtschaftlich aber noch immer höchst bedeutsamen älteren Felder. Hierzu zählen die sehr ergiebigen Minas- und Lirik-Vorkommen in der Provinz Riau (Sumatra), die zahlreichen, weit verstreuten Lagerstätten in Süd-Sumatra zwischen Jambi und Muaraenim, die Rantau- und Perlak-Felder in Aceh (Nord-Sumatra), die reichen Tanjung-Warukin-Felder in Süd-Kalimantan, die kleineren Vorkommen auf den Inseln Tarakan und Bunyu (Ost-Kalimantan) sowie auf Seram (Molukken), die Kawengan- und Rembang-Felder in Ost-Java sowie die Klamono- und Wasian-Lager in Irian Jaya. Bei den Erdölversuchsbohrungen wurden in den letzten Jahren ferner große Erdgasvorkommen in Aceh (Nord-Sumatra), Ost-Kalimantan, West-Java, im Südchinesischen Meer, im Küstenbereich von Irian Jaya sowie im Wajo-Distrikt auf Sulawesi entdeckt. Auf der Insel Buton, südöstlich von Sulawesi, werden weitere Erdöl- und Erdgasfunde vermutet.

Vor allem auf den Inseln Bangka, Belitung und Singkep finden sich als Abtragungsprodukte zinnhaltigen Granits vorwiegend in sekundären alluvialen, aber auch in primären Lagerstätten, reiche Zinnvorkommen. Sie sind Bestandteil der größten Zinnlagerstätte der Erde, die sich von Nord-Burma über Thailand und die Malayische Halbinsel bis nach West-Indonesien erstreckt. Allein die Reserven von Bangka werden auf etwa 0,5 Mio. t und die Lager von Belitung auf mehr als 0,2 Mio. t Metall geschätzt (R. W. van Bemmelen 1970). Die Vorkommen auf Singkep sind demgegenüber von geringer Bedeutung. Darüber hinaus werden weitere größere Lager u. a. im Riau-Archipel vermutet. Zu den wirtschaftlich bedeutenden Rohstoffvorkommen in dieser Region sind ferner die ausgedehnten Bauxitlager zu rechnen. Allein auf der Singapur vorgelagerten Insel Bintan im Riau-Archipel lagern rund 17,5 Mio. Tonnen Bauxit mit einem mittleren Aluminiumgehalt von 61,5% (G. Zeschke 1965). Weitere große Bauxitlager wurden jüngst in West-Kalimantan gefunden. Aber auch die großen Kupfererzvorkommen des Landes sind von erheblicher wirtschaftlicher Bedeutung. Außer den bereits in der Vorkriegszeit bekannten Lagerstätten von Nord- und Süd-Sulawesi, in Teilen von Sumatra und Java zählen namentlich die erst vor wenigen Jahren entdeckten Lagerstätten in Irian Jaya zu den wichtigsten des Landes. Allein die Vorkommen am „Ertsberg“, einem Kupfererzkomplex am Südabfall der zentralen Faltengebirgskette bei Timika im Bezirk Fakfak, werden auf etwa 33 Mio. t mit einem durchschnittlichen Kupfergehalt von 2,5% geschätzt. Hinzu treten kleinere Mengen an Gold und Silber. Im Grenzraum zwischen West- und Ost-Timor wurden 1974 Lager mit schätzungsweise 8 Mio. t Kupfererz entdeckt. Weitere Vorkommen werden u. a. in Nord-Sulawesi vermutet. Lateritische sowie Magnetit-, Hämatit- und Limonit-Eisenerzlagerstätten finden sich u. a. in West-Java, Nord-, West- und Süd-Sumatra, Südost-Kalimantan und den benachbarten Inseln sowie auf Sulawesi und Flores. Die küstennahen lateritischen Eisenerzlager Südostkalimantans mit einem durchschnittlichen Fe-Gehalt von 40% bis 50% werden auf mehrere hundert Mio. Tonnen geschätzt. Allein auf der Insel Sebuku und am Gunung Kukusan in Süd-Kalimantan lagern etwa 62 Mio. t lateritische Eisenerze (G. Zeschke 1965). Hinzu treten im südöstlichen Teil von Sulawesi nahe dem Towuti-See weitere größere Reserven von etwa 370 Mio. Tonnen und einem durchschnittlichen Fe-Gehalt von 49% (R. W. van Bemmelen 1970). Wichtig sind ferner auch die auf über 6 Mio. t geschätzten Magnetitsande im Raume Cilacap an der Südküste Javas mit einem Fe-Gehalt der Erze von 50% (G. Zeschke 1965). Größere Nickellager finden sich in der Hügelzone von Soroako am Matana-See in Süd-Sulawesi und im Raume Pomalaa am Golf von Bone in Südost-Sulawesi. Allein die Nickelvorräte Süd-Sulawesis wurden 1973 auf etwa 180 Mio. Tonnen beziffert. Gegenwärtig werden ferner in Zentral-Sulawesi und in Irian Jaya große Vorkommen erschlossen. Auch auf der Irian Jaya nordwestlich vorgelagerten Insel Gag sind weitere große Nickellager entdeckt worden, deren abbauwürdige Vorräte für einen Zeitraum von etwa 50 Jahren ausreichen sollen. Vor allem in den orogenen Vortiefen und intramontanen Senken der Gebirgsgürtel Sumatras und Kalimantans lagern ausgedehnte tertiäre Kohlevorkommen unterschiedlichster Qualität. Sie reichen von Weichbraunkohlen (Lignite) bis hin zum hochwertigen Anthrazit. Als eine der größten Kohlelagerstätten der Welt werden die Minen von Bukit Asam am Rande des Barisan-Gebirges in Süd-Sumatra angesehen. Weitere zahlreiche Vorkommen finden sich in West-Sumatra. Die bedeutendste dortige Lagerstätte ist die von Ombilin mit Kohlevorräten von etwa 200 Mio. t. Die Erkundung dieses Reviers wird seit 1974 von dem SHELL-Konzern fortgeführt. Weitere große Kohlereserven lagern u. a. in West- und Ost-Kalimantan. Besonders das Tertiär Ost-Kalimantans zwischen dem Barito-Fluß und der Grenze zu Ost-Malaysia ist sehr reich an Kohle. Allein

Tabelle 18: Größere, bekannte Kohlereserven in Indonesien

Revier	Region	Vorräte in Mio. Tonnen
Ombilin	West-Sumatra	200
Bukit Asam und benachbarte Lager	Süd-Sumatra	150
Mahakam	Ost-Kalimantan	50
Pulau Laut	Südost-Kalimantan	21
Parapattan	Nordost-Kalimantan	40
Bantam	West-Java	15
Gesamt		476
Quelle: R. W. van BEMMELEN 1970		

die bisher besser bekannten, abbauwürdigen Vorräte an subbituminöser und bituminöser Kohle betragen nach R. W. van BEMMELEN (1970) schätzungsweise 476 Mio. t. (Tab. 18) In Verbindung mit zahlreichen weiteren kleineren Lagerstätten, wie beispielsweise in Nord-Sumatra, Jambi, Südost-Kalimantan, Südwest-Sulawesi und in Irian Jaya können die bisher bekannten Kohlelager guter Qualität auf rund 500 Mio. t beziffert werden. Die Braun- und Weichbraunkohle-Reserven werden auf mehrere hundert Mrd. t beziffert. Denn allein die Braunkohlenlager von Bukit Asam umfassen rund 2 Mrd. t und die Gesamtvorkommen Sumatras werden auf etwa 15 Mrd. t geschätzt. Mangan- und Phosphatlager sind u. a. in den Kalkgebieten West- und Zentral-Jayas, aber auch auf anderen Inseln verbreitet. Die Manganlager im Raume Yogyakarta (Zentral-Java) wurden 1974 auf 720 000 Tonnen beziffert. An der Ostküste der Insel Buton, die Südost-Sulawesi vorgelagert ist, finden sich ferner bedeutende Asphaltvorkommen. Darüber hinaus lagern in West- und Ost-Java sowie im Distrikt Mahawu in Nord-Sulawesi Schwefelreserven vulkanischen Ursprungs. Sie wurden 1978 auf rund 617 000 Tonnen mit einem Schwefelgehalt von etwa 40% und auf weitere 230 000 Tonnen mit einem Gehalt von 20% bis 40% geschätzt.

In seinen über 3,3 Mio. qkm umfassenden Territorialgewässern verfügt Indonesien über weitere reiche Rohstoffquellen. Allein das Fischfangpotential der Meere wurde 1974 auf jährlich über 9 Mio. t beziffert. Hinzu treten noch etwa 1,4 Mio. t in den Brack- und Binnengewässern. Der Reichtum an Fischarten ist sehr groß. Über 200 Arten sind bekannt. Aufgrund strategisch-politischer, nicht zuletzt aber auch infolge dieser beachtlichen und der vermutlich noch weit größeren, bisher unentdeckten Wirtschaftspotentiale der Meere formulierte Indonesien bereits 1957 seine „Archipel-Doktrin“. Sie erklärte alle zwischen den periphersten Inseln innerhalb des Archipels gelegenen Meeresgebiete zu indonesischer Souveränität unterliegenden Inlandsgewässern.

8. Strukturen und Probleme der Wirtschaft

Indonesien ist potentiell eines der reichsten und tatsächlich zugleich eines der ärmsten Länder der Welt. Ökonomisch gilt es zwar als „Schwellenland", d.h. als ein Land das aufgrund seines Wirtschaftswachstums und seiner zunehmenden Integration in die Weltwirtschaft die Schwelle zur Industrialisierung erreicht hat. Typische Merkmale solcher Staaten sind jedoch auch krasse räumliche und sektorale Disparitäten in der Landesentwicklung sowie eine breite Kluft zwischen wirtschaftlicher und sozialer Entwicklung.

Zwei wichtige Faktoren haben Indonesiens Wirtschaftsstruktur entscheidend mitgeprägt: die insulare Zersplitterung des Landes und die unterschiedliche regionale Verteilung seiner natürlichen Ressourcen. Ihre teils isolierenden, teils integrierenden Wirkungen formen einen Komplex ambivalenter Probleme, die der wirtschaftlichen Entwicklung Indonesiens im Vergleich mit der Entwicklung von Binnenstaaten ganz andere Aspekte verleihen. Die insulare Zerrissenheit behindert die wirtschaftliche und politische Integration des Archipels. Denn die langen Küsten öffnen das Land nach außen, entziehen es aber zugleich einer straffen Lenkung und Kontrolle. Sie fördern Seehandel und Ökonomie in den Küstenregionen, nicht jedoch die wirtschaftliche Erschließung der insularen Binnenräume. Diese naturbedingten Gegensätze wurden durch die koloniale Wirtschaftspolitik noch beträchtlich verstärkt (H. Wander 1965). Als ihr Erbe übernahm Indonesien 1949 eine dualistische, regional gespaltene Wirtschaftsstruktur, d.h. zwei unterschiedlich entwickelte, weitgehend unverbundene Wirtschaftssysteme innerhalb seiner Volkswirtschaft. Einem modernen, monetären (welt)-marktorientierten Wirtschaftssektor in den Produktionszentren des Landes stehen an seinen bisher kaum entwickelten Peripherien eine Vielzahl räumlich sehr begrenzter autochthon bestimmter, traditioneller Wirtschaftssysteme gegenüber. Denn etwa drei Viertel der gesamten indonesischen Bevölkerung leben noch heute weitgehend außerhalb jedes im klassisch-ökonomischen Sinne gültigen Wirtschafts- und Währungssystem. Die Inselwelt zerfällt vielmehr in tausende kleiner, nahezu autarker Versorgungseinheiten, deren Mitglieder vom übrigen Wirtschaftsgeschehen meist nur wenig berührt werden. Der Existenz dieser zahllosen, nahezu selbstgenügsamen regionalen Erzeuger- und Konsumeinheiten ist es andererseits zu danken, daß Indonesien in der Vergangenheit ein allgemeines Chaos erspart blieb. Denn seit der politischen Unabhängigkeit befand sich die Wirtschaft des jungen Staates in einer fortwährenden Krise, die die Bevölkerung jedoch nicht unmittelbar existentiell gefährdete. Dies gilt insbesondere für den seit 1960 aufgrund einer verfehlten Wirtschafts-, Finanz- und Außenpolitik einsetzenden rapiden Wirtschaftsverfall, der nach dem Putschversuch vom Jahre 1965 mit der Ablösung des Sukarno-Regimes endete. Die Wende zu einer pragmatischeren Wirtschaftspolitik setzte 1966 mit der Resolution des Volkskongresses über „ökonomische Demokratie" ein. Stufenweise Reformen folgten. Man erreichte ein Moratorium der Auslandsschulden, reaktivierte den Produktionsapparat, stabilisierte die Währung, liberalisierte den Außen- und Devisenhandel, förderte Auslandsinvestitionen, gab verstaatlichte, nicht-niederländische Unternehmen ihren ausländischen Eigentümern zurück usw. Diese intensiven Bemühungen der Regierung um eine Neuordnung und Entwicklung der Wirtschaft zeitigten seit 1968 erstaunliche makroökonomische Erfolge. Reale wirtschaftliche Wachstumsraten von jährlich durchschnittlich 7% bis 8% waren das Ergebnis dieser uneingeschränkten Konzentration der Kräfte auf den wirtschaftlichen Aufbau des Landes. Wesentlichen Anteil an diesem beachtlichen Wirtschaftswachstum haben die von der Regierung der „Neuen Ordnung" begünstigten privaten Auslandsinvestitionen. Früher als Instrumente des Wirtschaftsimperialismus verdammt, wurden sie nun durch ein spezielles Investitionsgesetz (1967) zur Beschaffung des dringend benötigten Kapitals, Know Hows, Technologietransfers usw. begünstigt. 1968 folgte ein weiteres Gesetz zur Erschließung inländischer Kapitalreserven. Damit war ein Ordnungsrahmen für die private Investitionstätigkeit geschaffen, die als ein entscheidender Faktor der Wirtschaftsentwicklung angesehen wird.

Beide Gesetze gewähren den Investoren spezifische Anreize, wie Steuererleichterungen, beschleunigte Abschreibungsmöglichkeiten, Importhilfen, Absicherungen gegen Enteignung usw. Ausländischen Unternehmen werden zusätzliche Rechte zum Devisen- und Kapitaltransfer eingeräumt. Diese Investitionspolitik findet bei der heimischen Unternehmerschaft, unter denen u.a. die agilen Minangkabau West-Sumatras und die dynamischen Batak Nord-Sumatras stark, Javaner jedoch nur in weit geringerem Umfange vertreten sind, keine uneingeschränkte Zustimmung. Die Kritik richtet sich gegen die bessere Wettbewerbslage der ausländischen Unternehmer. Infolge ihrer guten Kapitalausstattung, besseren internationalen Beziehungen und aufgrund ihres hervorragenden technischen, kaufmännischen und organisatorischen Wissens und Könnens schwächen sie die ohnehin schlechtere Wettbewerbssituation der heimischen Unternehmen zusätzlich. Demzufolge werden die Auslandsinvestitionen nicht selten als Verdrängungsinvestitionen angesehen. Seit den blutigen Unruhen, den sozialen Protesten und den schweren Ausschreitungen vom Jahre 1974 ist die Regierung bemüht diese, vor allem gegen japanische und chinesische Investoren aus Hongkong, Singapur usw. sowie indonesische Staatsbürger chinesischer Abstammung gerichtete, Kritik durch verstärkte Förderung der heimischen Unternehmen aufzufangen. Dies geschieht durch Verbesserungen in der Kreditgewährung, durch branchenmäßige Begrenzungen für ausländische Investitionen usw. Darüber hinaus dürfen ausländische Investitionen künftig überwiegend nur noch in Form von „Joint Ventures", d.h. durch Einbringung von Kapital und Know How in Gemeinschaftsunternehmen, vorgenommen werden. In einem Zeitraum von etwa 10 Jahren muß der Gesellschaftsanteil der indonesischen Partner stufenweise auf 51% ansteigen. Bestehende ausländische Betriebe sollen innerhalb einer bestimmten Zeit eine indonesische Mehrheitsbeteiligung aufnehmen. Partner der ausländischen Investoren sollen nur noch „Pribumi" (Söhne des Bodens), d.h. reine Indonesier, nicht jedoch indonesische Bürger chinesischer Abstammung sein. Ferner ist die vermehrte Beschäftigung und Ausbildung indonesischer Arbeitskräfte vorgesehen. Es bleibt abzuwarten, ob diese stärkere Betonung nationaler Interessen auch durchsetzbar ist. Denn nach Ansicht zahlreicher Beobachter dürften die beschlossenen Korrekturen sehr bald an Grenzen stoßen, die ohne Schaden für die indonesische Volkswirtschaft nicht überschritten werden können. Ein deutliches Indiz hierfür ist u.a. die Tatsache, daß die ausländischen Investitionen seit 1975 spürbar zurückgegangen sind. Eine Trendwende versucht die Regierung durch eine drastische Vereinfachung der bisher komplizierten bürokratischen Genehmigungsverfahren und durch den Abbau anderer Investitionshemmnisse herbeizuführen.

Aber ungeachtet dieser jüngeren Schwierigkeiten entwickelte sich der Inselstaat in den Jahren nach 1967 für ausländische Unternehmen zu einem begehrten Produktionsstandort. Zwischen 1967 und 1977 wurden private Auslandsinvestitionen in Höhe von 6,7 Milliarden US-$ genehmigt. Sie stammen vornehmlich aus Japan, das mit rund 2,5 Milliarden US-$ vor den USA mit etwa 1,2 Milliarden US-$ führend ist. Es folgen Hongkong mit rund 650 Mio. US-$ sowie die Philippinen mit etwa 310 Mio. US-$. Das bisher genehmigte Investitionsvolumen aus der Bundesrepublik wird auf rund 203 Mio. US-$ für 28 Projekte veranschlagt (1977). Wenngleich auch die tatsächlich durchgeführten Investitionsvorhaben weit unter den vorgenannten Summen liegen und die Realisierungsquoten je nach Wirtschaftssektor nur 20% bis 60% der Genehmigungen erreichen, so lassen die starken Wirtschaftsaktivitäten vor allem Japans und der USA sowie die sprunghaft gestiegenen übrigen ausländischen Kapitalzuflüsse doch erkennen, wie groß das Interesse an den Potentialen Indonesiens ist. Das starke ausländische privatwirtschaftliche Engagement, namentlich die beherrschende Stellung Japans und der USA in einzelnen Wirtschaftsbereichen, wie beispielsweise im Bergbau und in der Forstwirtschaft, ist problematisch. Denn durch sie ist der indonesische Rohstoffexport und damit zugleich auch die gesamte ökonomische Entwicklung des Landes in starkem Maße an die ausländischen Absatzmärkte gebunden, deren Entwicklung und Steuerung von Indonesien selbst nicht nachhaltig beeinflußt werden kann. (Tab. 19)

Tabelle 19: Regionale Verteilung der genehmigten Auslandsinvestitionen 1967 – 1977 in Mio. US-Dollar

Region	Projekte	Investitionssummen	in %
West-Java	153	1419,727	21,30
Jakarta	332	1125,262	16,90
Yogyakarta	4	2,625	0,04
Zentral-Java	21	154,326	2,30
Ost-Java	86	306,715	4,60
Jambi	3	8,000	0,10
Aceh	6	87,644	1,30
Nord-Sumatra	47	1021,718	15,40
West-Sumatra	5	14,301	0,20
Riau	21	74,864	1,10
Süd-Sumatra	13	211,041	3,20
Lampung	6	74,740	1,10
Süd-Kalimantan	9	71,750	1,10
West-Kalimantan	12	119,752	1,80
Zentral-Kalimantan	12	50,900	0,80
Ost-Kalimantan	30	347,000	5,20
Zentral-Sulawesi	5	17,750	0,30
Süd-Sulawesi	13	26,939	0,40
Nord-Sulawesi	3	80,301	1,20
West-Nusatenggara	1	2,000	0,03
Bali	3	23,200	0,30
Ost-Nusatenggara	3	2,561	0,04
Maluku	9	104,050	1,60
Irian Jaya	12	412,537	6,20
Sonstige Regionen	33	885,590	13,34
Gesamt	842	6647,383	100,00

Quelle: Capital Investment Board (BKPM), Jakarta 1977

Darüber hinaus verdeutlicht die regionale Verteilung der Investitionsgenehmigungen die bisherigen Schwierigkeiten der Regierung, eine dezentralisierte Investitionspolitik zu betreiben und damit eine räumlich ausgewogenere Landesentwicklung einzuleiten. Denn bisher profitierte die Inselwelt außerhalb Javas von dem schnellen, seit 1975 allerdings verlangsamten Anstieg in- und ausländischer Privatinvestitionen nicht wesentlich. Von den zwischen 1967 und 1977 genehmigten ausländischen Investitionssummen entfallen allein 45,1% auf Java. Überproportional hoch ist ihre Konzentration in West-Java und dort insbesondere im Großraum von Jakarta. Die Ursachen für diese ungleiche räumliche Verteilung sind u.a. in der besseren infrastrukturellen Erschließung Javas, in der Nähe der politischen Entscheidungsgremien sowie in den günstigeren Absatzchancen auf der volkreichen Insel zu suchen. Jakarta, das nur 4,4% der Gesamtbevölkerung Indonesiens beherbergt, vereinigt allein 16,9% aller genehmigten ausländischen Investitionsprojekte auf sich. In der Landeshauptstadt wurde vor allem in den Jahren nach 1967 bevorzugt investiert. Inzwischen liegt Jakarta, gemessen an den genehmigten Investitionssummen zwar hinter West-Java auf dem zweiten Platz, ist jedoch mit insgesamt 332 Projekten noch immer führend. Auf die Provinz West-Java, in der etwa 17,7% der indonesischen Gesamtbevölkerung leben, entfällt ein Investitionsanteil von 21,3%. Demgegenüber stehen die Anteile Zentral- und Ost-Javas mit nur 2,3% bzw. 4,6% der ausländischen Investitionsgenehmigungen in keinem angemessenen Verhältnis zur Bevölkerungskonzentration in diesen Regionen. Denn in Mittel-Java leben rund 18,2% und in der Provinz Ost-Java sogar 21,2% der indonesischen Gesamtbevölkerung. In den übrigen wichtigen Investitionsgebieten außerhalb Javas, etwa in Nord-Sumatra, Irian Jaya und Ost-Kalimantan wurde das investierte Fremdkapital vorwiegend nur in rohstoffextraktiven Sektoren, d.h. in Erdöl- und sonstigen Bergbauprojekten sowie in der Forstwirtschaft mit nur geringen Ausstrahlungseffekten angelegt. Demgegenüber gelang es bisher nur in höchst unzureichendem Maße Auslandsinvestitionen auch in die übrigen Landesteile zu lenken, deren geringer Entwicklungsstand der besonderen Förderung bedürfte. Aber auch von den bis zum Rechnungsjahr 1976/77 anerkannten inländischen Privatinvestitionen in Höhe von etwa 4,5 Milliarden US-$ entfallen rund 70% auf Java und dort allein etwa 50% auf den Raum Jakarta und West-Java. Statt die regionalen Entwicklungsgefälle zwischen Zentren und Peripherien des Landes zu verringern, wurde durch diese sehr einseitige Konzentration der Investitionsprojekte die tradierte Kluft noch gefestigt. Denn nur mühsam läßt sich das in langer Tradition gewachsene regionale Wirtschaftsdenken auf gemeinsame nationale Ziele lenken. Noch immer behindern gravierende Interessensgegensätze zwischen nationalen und regionalen Belangen eine räumlich ausgewogenere Gesamtentwicklung des Landes.

Aber auch die sektorale Aufschlüsselung der genehmigten ausländischen Privatinvestitionen zeigt, daß der weitaus größte Teil des Kapitals der Industrie und dort insbesondere den Branchen Textil, Chemie-Pharmazie, Elektronik und Metallverarbeitung sowie dem Bergbau, der Forstwirtschaft und Touristik zugute kamen. Demgegenüber wurde bisher nur ein äußerst geringer Prozentsatz der Investitionen in der Landwirtschaft getätigt. Sie entsprechen bei weitem nicht den mit der wachsenden Bevölkerung steigenden Anforderungen und dringendsten entwicklungspolitischen Notwendigkeiten. (Tab. 20)

Angesichts dieser Situation gewinnt der Gedanke, daß ein Agrarland mit noch weithin bestehender dörflicher Subsistenzwirtschaft weniger einzelne ehrgeizige Industrieprojekte mit moderner, teilweise sehr kapitalin-

Tabelle 20: Genehmigte ausländische Investitionen nach Wirtschaftssektoren 1967 – 1977 in Mio. US-Dollar

Sektor	Anzahl der Projekte	Genehmigte Investitionssummen	in %
Landwirtschaft	59	109,04	1,6
Fischerei	19	64,49	1,0
Forstwirtschaft	87	569,75	8,6
Bergbau	17	1529,89	23,0
Industrie	498	3699,17	55,6
Kommunikation/ Touristik	39	269,81	4,1
Handel	4	11,52	0,2
Bauwirtschaft	61	87,51	1,3
Sonstige	58	306,19	4,6
Gesamt	842	6647,37	100,0

Quelle: Capital Investment Coordination Board (BKPM), Jakarta 1977

tensiver Technologie, sondern vornehmlich seine Landwirtschaft sowie kleinen Handwerks- und Gewerbebetriebe gleichmäßig entwickeln sollte, auch in Indonesien Anhänger. Denn nur durch die Verringerung der Kluft zwischen traditionellen und modernen, marktorientierten Wirtschaftsbereichen sowie über eine zweckvolle Integration beider Systeme dürfte der angestrebte wirtschaftliche Fortschritt und soziale Interessensausgleich innerhalb der Gesellschaft zu erreichen sein.

8.1 Die Landwirtschaft: Fundament von Ökonomie und Gesellschaft

Obwohl sich Indonesien in den letzten Jahren zu dem bedeutendsten Erdölproduzenten Südostasiens entwickelt hat, ist die Landwirtschaft noch immer Fundament von Wirtschaft und Gesellschaft des Inselstaates. Denn über 82% der Bevölkerung leben in rund 57 000 Gemeinden des ländlichen Raumes. Mehr als 62% (Bundesrepublik: 7,2%) der Bevölkerung sind existentiell von der Land- und Forstwirtschaft sowie von der Fischerei abhängig. Ihr Anteil am Bruttoinlandsprodukt lag 1976 bei 31,6% (Bundesrepublik: 2,7%). Erzeugnisse aus der Land- und Forstwirtschaft stellten 1976/77 rund 33% aller Exporte. Der Agrarwirtschaft kommt somit für die sozio-ökonomische Entwicklung Indonesiens eine überragende Aufgabe zu. Aber die Bedeutung der Landwirtschaft reicht beträchtlich weiter, als es wirtschaftliche Strukturdaten auszudrücken vermögen. Denn die höchst unterschiedlichen Formen des Zusammenlebens der Bevölkerung im ländlichen Raum prägen zugleich auch entscheidend den größten Teil der indonesischen Gesellschaft.

8.1.1 Die kleinbäuerliche Wirtschaft: Schwächen und notwendige Förderungsmaßnahmen

Von den landwirtschaftlichen Nutzflächen, die bisher erst etwa 8,6% der Gesamtfläche des Landes umfassen, wird der weitaus größte Teil von kleinbäuerlichen Betrieben bewirtschaftet. Von insgesamt 16,4 Mio. ha Kulturland (Bundesrepublik: 13,3 Mio. ha) entfielen 1973 rund 14,2 Mio. ha, d.h. über 86%, auf etwa 14,4 Mio. bäuerliche Betriebe. Die Plantagen bzw. agro-industriellen Großbetriebe bewirtschaften demgegenüber nur etwa 13,6% der Nutzflächen. Über 60%

Agrare Besitzgrößen in Indonesien,
Java und Bali 1973 in v. H.

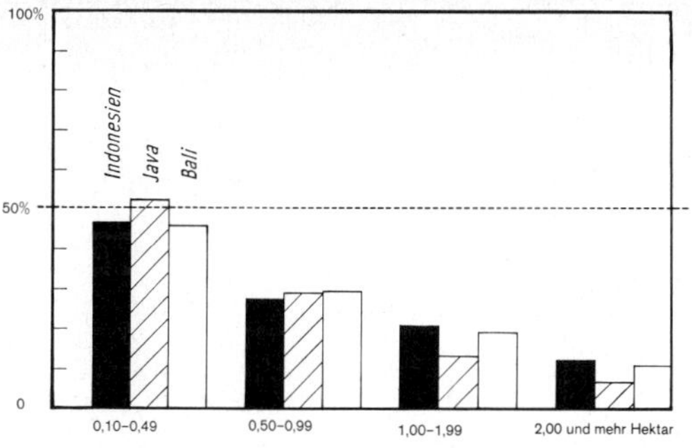

Entwurf: W. Röll nach Sensus Pertanian 1973

aller bäuerlichen Betriebe und etwa 5,5 Mio. ha, d. h. rund 39% des gesamten in Kultur befindlichen Bodens, entfallen allein auf die Insel Java, die ihrerseits nur etwa 7% der gesamten Landfläche Indonesiens umfaßt. (Tab. 21)

Vielgestaltig wie der gesamte Archipel und seine Bevölkerung sind auch die auf den Inseln gebräuchlichen Formen der agraren Bodennutzung, die Produktionstechniken, Betriebstypen, Betriebsgrößen, Pacht- und Teilpachtsysteme, Erbsitten und Arbeitsverfassungen. Die Formen der agraren Bodennutzung erstrecken sich vom arbeitsintensiven, ganzjährigen Bewässerungsfeldbau (sawah) Javas, Balis und anderer Inseln und den flächen- und ernährungswirtschaftlich bedeutsamen Hausgartenkulturen (pekarangan), über verschiedenartige Systeme des permanenten Trockenfeldbaus (tegalan), unterschiedliche, meist mit Brandrodung verbundene Formen der Landwechselwirtschaft und des Wanderfeldbaus (ladang) sowie der Kombination von land- und forstwirtschaftlichem Anbau (tumpang sari) bis hin zu einfachsten Sammelwirtschaften in den waldreichen Berg- und Küstentiefländern Kalimantans, Irian Jayas usw. Die Produktionstechniken reichen vom bloßen Gebrauch einfachster Pflanzstöcke und der Asche- sowie Gründüngung über die Verwendung von Spatenhacken, Hakenpflügen usw. bis zum Einsatz von Kunstdünger, Insektiziden, vereinzelt vorhandenen Handmotorpflügen, Einachsschleppern usw. Die betrieblichen Produktionsziele sind auf die bloße Befriedigung des Subsistenzbedarfs, die Versorgung lokaler Märkte geringer Reichweite sowie auf die Erzeugung von Exportgütern für den Weltmarkt ausgerichtet. Selbst in Räumen mit weitgehend homogenen natürlichen Stand-

Tabelle 21: Agrare Bodennutzung in Indonesien 1973

Betriebs- und Bodennutzungsformen	Agrare Nutzflächen in Mio. Hektar	in %
Plantagenwirtschaft	2,23	13,6
Kleinbäuerliche Betriebe	14,17	86,4
Bewässerungsland	4,84	29,5
Unbewässertes Kulturland	9,33	56,9
davon:		
Hausgartenkulturen	0,95	10,2
Trockenfeldbau	3,44	36,9
Shifting Cultivation-Nutzung	0,74	7,9
Dauerkulturen	2,73	29,3
Bracheflächen	0,93	10,0
Sonstiges (Sekundärwald, Weide etc.)	0,53	5,7
Gesamte landwirtschaftliche Nutzfläche	16,40	100,0
Quelle: Sensus Pertanian 1973, Jakarta 1976		

Formen der Bodennutzung und Bewässerung in Zentral-Java 1971

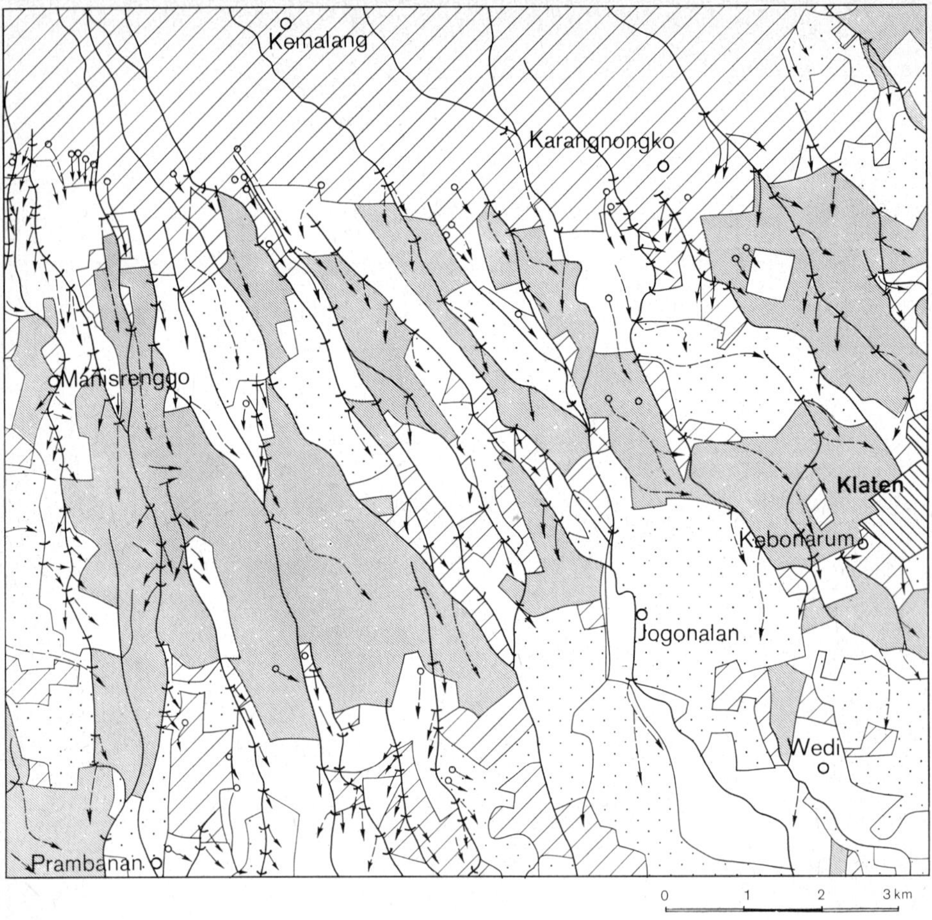

Bewässerungsfeldbau (Sawah)
(Vorherrschende Bewässerungsmethoden: Stauberieselung und Flächenüberstau)

- Ländereien, deren vorwiegend ganzjährig-periodische Bewässerung durch permanente, staatl. errichtete Anlagen erfolgt und amtl. Kontrolle bzw. Regulierung unterliegt
- Ländereien, deren vorwiegend ganzjährig-periodische Bewässerung durch permanente, staatl. bzw. kommunal errichtete Anlagen erfolgt und kommunaler Kontrolle bzw. Regulierung unterliegt
- Ländereien, deren vorwiegend ganzjährig-periodische Bewässerung durch instabile, kommunale Anlagen weitgehend unkontrolliert erfolgt

Regenfeldbau (Tegalan)

- Ländereien, deren Wasserzufuhr nur durch natürliche Beregnung erfolgt

Flüsse — o Quellen — Bewässerungswehre — Haupt- und Nebenzuleiter (Kanäle, Gräben etc.)

Aufnahme und Entwurf: W. Röll 1969

Siedlung und Landnutzungsflächen der Orang Lampung in Süd-Sumatra

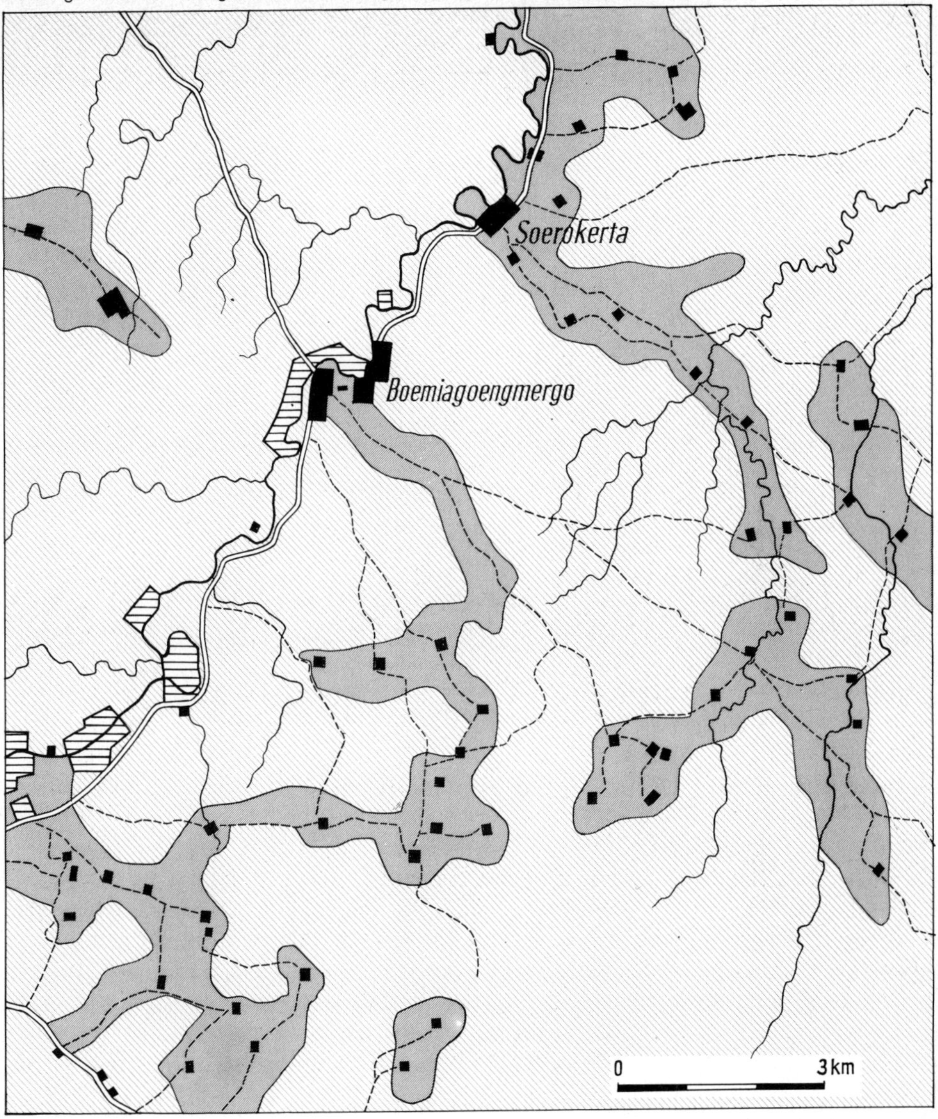

Quelle: G. R. Zimmermann 1976

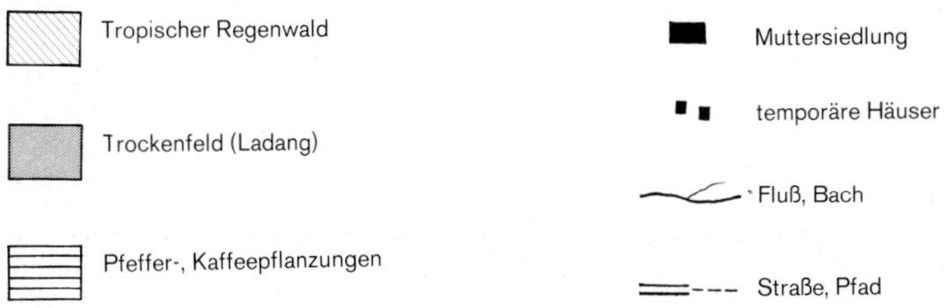

ortfaktoren sind die agraren Produktionssysteme nicht selten sehr differenziert. Ähnlich vielgestaltig sind auch die durch die höchst verschiedenartigen, traditionellen gesellschaftlichen Organisationsformen beeinflußten Agrarverfassungen. Dies gilt insbesondere für die sehr differenzierten Grundbesitzverfassungen. Denn das 1960 erlassene neue indonesische Agrarrahmengesetz wird noch immer von sehr unterschiedlichen lokalen bzw. regionalen traditionellen adatrechtlichen Bodenrechtssystemen überlagert. Überwiegend gehen die Bindungen der Bevölkerung an den Grund und Boden weit über dessen wirtschaftliche Funktion als Produktionsfaktor hinaus und umschließen soziale und religiöse Normen und Wertvorstellungen. Erblich-individuelle Eigentumsrechte am Grund und Boden finden sich neben verschiedenartigen Formen des Gemeinschaftsbesitzes der Kommunen, Sippen usw. mit gemeinschaftlichen oder individuellen, zeitlich begrenzten Nutzungsbefugnissen ihrer Mitglieder. Mannigfache Übergangs- bzw. Mischformen zwischen Gemeinschafts- und Individualeigentum bereichern als Folge der Lockerung traditioneller adatrechtlicher Rechtsnormen seit der Kolonialzeit die sehr differenzierten Grundbesitzverfassungen um zahlreiche regionale und lokale Varianten. Dementsprechend weisen auch die Erbsitten gravierende Unterschiede auf. Jedoch dominiert – vor allem auf Java – zahlenmäßig die Realerbteilung unter Bevorzugung der männlichen Nachkommen. In traditionell matrilinear bestimmten Gesellschaften, beispielsweise bei den Minangkabau West-Sumatras, wird das Gemeinschaftseigentum der Sippen demgegenüber zu gleichen Teilen auf die Töchter vererbt. Die Realerbteilungssitte resultiert sowohl aus dem traditionellen Adatrecht als auch aus den Rechtsnormen des Buddhismus, Hinduismus und des Islam, welche die Aufteilung des Landes im Erbfalle vorsehen. Infolge der ständig sinkenden Tragfähigkeit der kleinbäuerlichen Betriebe einigt man sich beispielsweise auf Java in den letzten Jahren aber zunehmend darauf, daß nur noch ein Erbe das Land übernimmt und die Geschwister über Jahre hinweg mit Reis usw. ausbezahlt. Aber auch dazu sind die Anwesen vielfach bereits zu klein. (Tab. 22) Denn die Besitzgrößenstruktur ist dadurch gekennzeichnet, daß über 70% der bäuerlichen Betriebe, auf die 29% aller landwirtschaftlichen Nutzflächen entfallen, kleiner als 1 ha sind. Namentlich in Räumen mit vorherrschendem Tockenfeldbau und dominie-

Tabelle 22: Entwicklung der Bevölkerung und der ihr zur Verfügung stehenden landwirtschaftlichen Nutzflächen auf Java und Bali zwischen 1930, 1950 und 1973

Region	Java		Bali	
Jahr	1930	1973	1950	1973
Bevölkerung (B) in Mio.	41,7	83,5	1,5	2,2
Naßreisfläche (N) in 1000 ha	3274,4	2631,1	96,4	81,5
Trockenfeld (T) in 1000 ha	4371,8	2874,0	178,3	185,1
N : B	0,079 ha	0,032 ha	0,064 ha	0,037 ha
T : B	0,110 ha	0,034 ha	0,120 ha	0,084 ha

Quellen: K. MÖBIUS 1956; Sensus Pertanian 1973, Jakarta 1976; G. R. ZIMMERMANN 1978

Bodennutzungsgefüge in West-Sumba, Ost-Nusatenggara

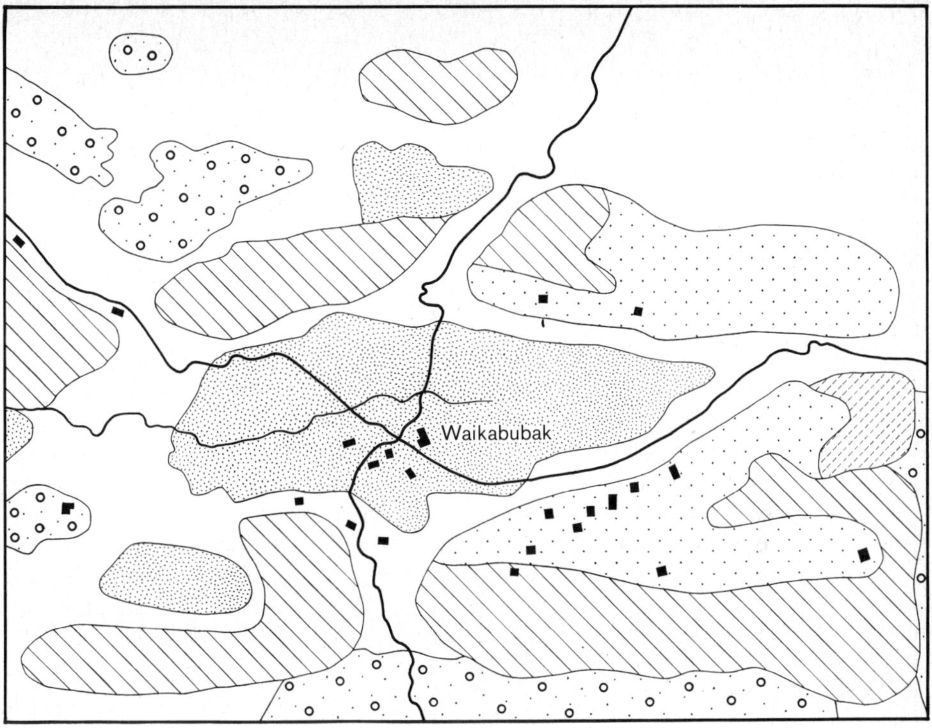

Quelle: Landnutzungskarte No. 74 CC Waikabubak Sumba, Direktorat Landuse Dep. Dalam Negeri 1969

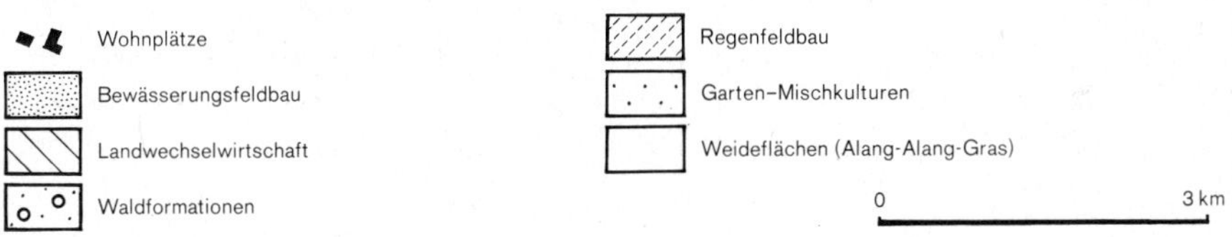

render Landwechselwirtschaft erreichen die Besitzgrößen – beispielsweise in Süd- und Ost-Sumatra, West-Kalimantan, Zentral-Sulawesi oder auf den Inseln von Ost-Nusatenggara – demgegenüber durchschnittlich 1 bis 2 ha. Teilweise besitzen sie noch größeren Umfang. Aber nur 2% aller bäuerlichen Betriebe verfügen über 5 ha oder mehr Land. In den überbevölkerten Bewässerungsfeldbaugebieten Javas, Süd-Balis, Lomboks usw. herrschen Besitzgrößen zwischen nur 0,2 und 0,5 ha vor. Diese Flächen, an denen nicht selten mehrere Familien partizipieren, zerfallen vielfach wiederum in 2, 3 oder mehr Teilstücke. Zahlreiche Familien verfügen nur über wenig hundert Quadratmeter große Hausgartenparzellen. Schätzungsweise zwischen der Hälfte bis drei Viertel aller in der Landwirtschaft Beschäftigten sind in den vorgenannten Räumen sogar ohne jeglichen agraren Grundbesitz. So besaßen beispielsweise 1969 im Raume Klaten, Zentral-Java, 65% aller in der Landwirtschaft tätigen Familienvorstände keine eigenen Wirtschaftsflächen oder verfügten nur über einen Hausgarten bzw. ein Gehöft innerhalb einer fremden Hofparzelle. In einigen Gemeinden West-Javas besaßen bereits in den fünfziger Jahren zwischen 44% und 50% der Familien keine eigenen agraren Nutzflächen (M. A. JASPAN 1959). Von R. KRULFELD (1974) auf Lombok durchgeführte Studien ergaben, daß in den Untersuchungsgemeinden zwischen 30% bis 75% der befragten Haushaltsvorstände landlos waren. Die regionalen Beispiele ließen sich vermehren. Im Gegensatz zu dem hohen Prozentsatz der landlosen oder landarmen Agrarbevölkerung verfügen beispielsweise die Bürgermeister und sonstigen Gemeindebediensteten seit altersher in Teilen Javas auf Amts- bzw. Lebenszeit über Nutzungsrechte an Kommunalländereien von vielfach der zehn- bis zwanzigfachen Größe des durchschnittlichen Landbesitzes der kleinbäuerlichen Bevölkerung. Damit sind die Gemeindeoberhäupter – aber auch andere Gruppen, wie die aristokratischen Familien Balis oder Lomboks – in vielen Fällen die eigentlichen „Großgrundbesitzer" innerhalb der Dorfgemeinschaften. So kontrollierten beispielsweise nach Untersuchungen von R. KRULFELD (1974) aristokratische Familien in Gemeinden Lomboks bis zu maximal 200 ha Land. Da diese überkommenen Privilegien nicht nur die traditionell verankerten, wirtschaftlichen und sozialen Spitzenpositionen dieser dörflichen Führungsgruppen festigen, sondern zugleich auch deren politischen Einfluß innerhalb der Kommunen sichern, blieben sie bisher weitgehend unangetastet. Tausende von Hektar Land vielfach bester Qualität, die durch Privatisierung zumindest zu einer teilweisen Verringerung des sehr großen Landmangels auf Java, Bali, Lombok usw. beitragen könnten, sind somit für die dortige landlose oder landarme Bevölkerung nicht oder aber nur über vielfach ungünstige Pacht- bzw. Teilpachtverträge zugänglich. (Tab. 23; Tab. 24)

Hervorstechendstes Kennzeichen der gegenwärtigen agraren Grundbesitzverteilung in den dicht bevölkerten Teilen des Landes ist demzufolge die Diskrepanz zwischen einem zahlenmäßig hohen Anteil landloser Agrarbevölkerung, deren Lebenshaltung sich nicht selten am Rande des Existenzminimums bewegt, und einer relativ kleinen Grundbesitzerschicht. Unmittelbare Folgen dieses auch für andere Staaten Süd- und Süd-

Tabelle 23: Besitzgrößen der bäuerlichen Betriebe in Indonesien 1973

Besitzgrößen in ha	Zahl der Betriebe	in %
< 0,10	489772	3,4
0,10 – 0,20	1793631	12,5
0,20 – 0,30	1821985	12,7
0,30 – 0,40	1406377	9,8
0,40 – 0,50	1048993	7,3
0,50 – 0,60	1211127	8,4
0,60 – 0,75	1065393	7,4
0,75 – 1,00	1277777	8,9
1,00 – 2,00	2597636	18,1
2,00 – 3,00	852757	5,9
3,00 – 4,00	336345	2,3
4,00 – 5,00	164381	1,1
5,00 – 7,50	169387	1,2
7,50 – 10,00	54217	0,4
10,00 – 15,00	47229	0,3
15,00 +	36535	0,3
Gesamt	14373542	100,0
Quelle: Sensus Pertanian 1973, Jakarta 1976		

Tabelle 24: Bäuerliche Betriebe, agrare Nutzflächen und durchschnittliche Betriebsgrößen nach Regionen 1973

Provinz	Bäuerliche Betriebe		
	Anzahl der Betriebe	Agrare Nutzflächen in ha	Durchschnittliche Betriebsgröße in ha
Aceh	353196	373692	1,06
Nord-Sumatra	816402	805464	0,99
West-Sumatra	426492	344820	0,81
Riau	199073	507200	2,55
Jambi	142985	241313	1,69
Süd-Sumatra	377435	703087	1,86
Bengkulu	84723	153840	1,82
Lampung	446762	673333	1,51
Jakarta	20514	19235	0,94
West-Java	2468281	1524965	0,62
Zentral-Java	2765861	1735304	0,63
Yogyakarta	343572	181375	0,53
Ost-Java	3066218	2026336	0,66
Bali	305154	266605	0,87
West-Nusatenggara	281217	289158	1,03
Ost-Nusatenggara	365461	652963	1,79
West-Kalimantan	273500	981978	3,59
Zentral-Kalimantan	100277	524093	5,23
Süd-Kalimantan	257824	269540	1,05
Ost-Kalimantan	57594	92533	1,61
Nord-Sulawesi	217690	351752	1,62
Zentral-Sulawesi	132113	283156	2,14
Süd-Sulawesi	648707	737453	1,14
Südost-Sulawesi	102677	151124	1,47
Maluku	119814	259862	2,17
Irian Jaya	–	–	–
Indonesien	14373542	14168181	0,99

Quelle: Sensus Pertanian 1973, Jakarta 1976

ostasiens typischen Kennzeichens der agraren Grundbesitzverfassung ist die starke Stellung der Landeigentümer auf dem Arbeits- und Pachtmarkt. Denn bei den unzureichenden außeragrarischen Erwerbsmöglichkeiten ist ein Großteil der landlosen bzw. landarmen Agrarbevölkerung auf die von den Landbesitzern zu deren Bedingungen zu vergebenden Arbeiten existentiell angewiesen. Damit beeinflußt diese Minderheit nachdrücklich die Einkommenssituation eines hohen Prozentsatzes der in der Landwirtschaft tätigen Bevölkerung. In anderen Landesteilen, beispielsweise in West-Sumatra, ist die Grundbesitzverteilung jedoch wesentlich ausgeglichener.

Die Arbeitsverfassungen werden von vielfältigen Familien-, Kooperations- und Fremdbearbeitungsformen bestimmt. Namentlich verschiedenartige Teilbau- bzw. Teilpachtsysteme mit nicht selten überhöhten Natural- oder Geldabgabequoten nehmen im agraren Wirtschaftsleben Javas, Balis, Lomboks, Süd-Sulawesis usw. einen bedeutenden Platz ein. Obwohl die „Selbstbewirtschaftung" des landwirtschaftlichen Grundbesitzes im indonesischen Agrarreformgesetz vom Jahre 1960 vorgeschrieben ist, bezifferten amtliche Schätzungen desselben Jahres den Anteil der Pächter und Teilpächter unter den Landwirten Indonesiens auf über 50%. In den dicht besiedelten Teilen des Archipels, etwa in den

Bewässerungsfeldbaugebieten Zentral-Javas oder im Raume Rappang-Parepare, der Reiskammer Süd-Sulawesis, wird sogar davon ausgegangen, daß teilweise über 60% aller Kleinbauern auf der Grundlage von Teilpachtkontrakten wirtschaften. Denn die Übernahme von Teilpachtverträgen bietet vielfach die einzige Möglichkeit zur Sicherung des Existenzminimums der landlosen bzw. landarmen Bevölkerung. Nicht selten werden seitens der Grundeigentümer außer den Wirtschaftsflächen keine oder nur in geringem Umfang weitere Betriebsmittel gestellt. Vielfach bürdet man den Bewirtschaftern alle anderen Leistungen und Kosten auf. Darüber hinaus wird – trotz gegenteiliger gesetzlicher Vorschriften – auch die Mehrzahl der Pacht- und Teilpachtverträge weiterhin auch nur mündlich abgesprochen, wodurch die Sicherung der Bewirtschafter hinsichtlich der Nutzungsdauer gering ist. Die für die Bodennutzung zu entrichtenden Abgabequoten schwanken beim Regenfeldbau meist zwischen einem Drittel und einem Viertel der erzielten Erträge. Teilweise sind sie jedoch auch höher. In den übervölkerten Bewässerungsfeldbaugebieten, d.h. in Zentral-Java, Süd-Bali, Zentral-Lombok oder Süd-Sulawesi, steigen diese Raten vielfach auf die Hälfte oder drei Viertel der Erzeugung an. Teilweise werden die Abgaben noch durch Geldforderungen seitens der Grundeigentümer vor Bewirtschaftungsantritt erhöht.

Neben der Kreditaufnahme zu häufig rein konsumtiven Zwecken tragen die skizzierten Praktiken nicht selten zur Verschuldung der Bewirtschafter bei. Sie wird – infolge des noch nicht funktionsfähigen öffentlichen landwirtschaftlichen Kreditwesens – durch hohe Zinsforderungen seitens privater Geldverleiher begünstigt. Monatliche Zinsforderungen von 10% bis 30% sind beispielsweise in Zentral-Java noch häufig üblich (G. Lindauer 1971). Als Sicherung für gewährte Darlehen wird vielfach ein beträchtlicher Prozentsatz der Ernten im Rahmen vielfältiger traditioneller Agrarkreditformen verpfändet oder verkauft. Häufig wird die Ernte bereits auf dem Halme kreditiert. Diese aus vielen Reisanbaugebieten Südostasiens bekannten Vereinbarungen bedingen nicht selten die Abtretung der Frucht (Anteile) vor der Ernte durch die Schuldner an die Kreditgeber zu sehr viel schlechteren Bedingungen als beim freien Verkauf. Durch diese Art der Darlehenstilgung werden die Schuldner vielfach um einen Großteil des Produkts ihrer Leistungen gebracht. Zugleich wird hierdurch häufig die Schuldenlast vergrößert und die Bindungen an die Gläubiger, die nicht nur einen Großteil der Ernten, sondern auch des Grund und Bodens kontrollieren, werden verstärkt. Denn derart verschuldete Personen sind zwar juristisch noch Eigentümer ihres Landes, faktisch jedoch nur noch eine Art Bewirtschafter des eigenen Grund und Bodens. Dies gilt umso mehr, als bei vielen Formen des traditionellen Agrarkredits in Indonesien die Eigentumsrechte am Land des Schuldners als Kreditsicherung dienen. Solange das überkommene Monopol privater Kreditgeber noch ungebrochen ist, übt dieser Personenkreis in vielen Fällen auch ohne offizielle Übertragung des Eigentumstitels de facto die Funktion von Landeigentümern aus.

Daher bedarf vor allem das öffentliche Agrarkreditsystem wirksamer Verbesserungen. Entsprechend den sehr differenzierten Produktionssystemen sind auch sehr unterschiedliche Kreditprogramme zu entwickeln. Zwar hat die Regierung mit der Errichtung von Dorfbanken, mobiler Kreditvergabestellen usw. begonnen, doch ist das neue System noch weit davon entfernt, landesweit funktionsfähig zu sein. Denn die bürokratischen Wege bis zur Kreditbewilligung sind vielfach mühsam und für die Bevölkerung unverständlich, so daß sie häufig auf private Geldverleiher zurückgreift. Nicht selten sind die gewährten Kredite aber auch zu klein, um wirklichen Nutzen zu bringen. Andererseits sind die Banken an Kleinkrediten infolge der geringen Gewinnspannen wenig interessiert und Schulden nur schwer einzutreiben, da es meistens an Sicherheiten fehlt. Außerhalb Javas, Balis, Lomboks, West-Sumbawas und Süd-Sulawesis sind Grundbuchverwaltungen kaum entwickelt. Ferner ist bei vielen ethnischen Gruppen das Land noch immer Kommunaleigentum der Sippen bzw. Klane und damit ist keine Einzelperson haftbar. Die Probleme sind also komplex.

Aber im Interesse dringend erforderlicher sozialer Verbesserungen ist die Beseitigung der skizzierten Mißstände eine zwingende Notwendigkeit. Denn sie sind nicht nur eine Folge der höchst unzureichenden Existenzgrundlagen eines Großteils der ländlichen Bevölkerung, sondern sie tragen auch dazu bei, deren Armut aufrechtzuerhalten. Das rasche Bevölkerungswachstum und die ungleiche Grundbesitzverteilung verhindern in Verbindung mit teilweise überhöhten Ertragsabschöpfungen, weitgehend ausbleibender Kapitalbildung, geringer Bodenmobilität usw. den wirtschaftlichen und sozialen Aufstieg der Masse der Teilpächter, Landarbeiter usw. Die häufig minimalen Einkommen und die Unsicherheit über die Kontraktdauer lähmen darüber hinaus die Wirtschaftsaktivitäten und bieten keinen oder aber nur einen geringen Anreiz zu Investitionen seitens der Landbewirtschafter. Diese Mängel hemmen damit beträchtlich den wirtschaftlichen und sozialen Fortschritt auf dem Lande. Das Teilpachtgesetz vom Jahre 1960, das einen staatlich fixierten Verteilungsschlüssel der Roherträge zwischen Landeigentümern und Bewirtschaftern von 1:1 beim Reisanbau auf Bewässerungsland und Quoten von 1:2 für den Zwischen- und Regenfeldbau vorsah, vermochte diese „rentenkapitalistischen" Praktiken bisher nicht zu beseitigen. Aber auch das 1960 von SUKARNO geschaffene Bodenreformgesetz zeitigte nur äußerst begrenzte Erfolge. Es sieht vor, das Eigentum an Bewässerungsland in den übervölkerten Regionen Javas, Balis, Lomboks usw. auf maximal 5 bis 7,5 ha und in weniger dicht besiedelten Räumen auf höchstens 15 ha zu begrenzen. Der Besitz von Trockenfeld wurde je nach der Bevölkerungskonzentration auf 6 bis maximal 20 ha festgesetzt (SELO SOEMARDJAN 1962). Der diese Werte überschreitende Besitz, über den jedoch nur wenige Landwirte verfügen, sollte gegen Entschädigung an die landlose Agrarbevölkerung verteilt werden. Die Inhaber größerer Ländereien umgingen, beispielsweise auf Bali, diese gesetzlichen Vorschriften vielfach, indem sie ihren Besitz auf einzelne Familienmitglieder oder Strohmänner überschrieben. Demzufolge konnten zwischen 1962 und 1969 in Java und Nusatenggara nur rund 294 500 ha an 592 958 Kleinbauern und in den übrigen Landesteilen auch nur 388 198 ha an 274 025 neue Betriebsinhaber vergeben werden. Dies entspricht etwa 4,7% der gesamten landwirtschaftlichen Nutzfläche Indonesiens. Überwiegend handelt es sich bei den aufgeteilten Ländereien um Staatsbesitz. Nach dem Putsch vom Jahre 1965 fielen zwischen 1966 und 1967 ungefähr 150 000 ha des vergebenen Privatlandes sogar wieder an ihre früheren Eigentümer zurück (E. UTRECHT 1974).

Auch das für die Masse der Bevölkerung vorrangige Entwicklungsziel, die Steigerung der Reiserzeugung bis zur Selbstversorgung, konnte bisher noch nicht erreicht werden. Aber gerade die ausreichende Reisversorgung und stabile Reispreise sind ein Schlüssel der sozio-ökonomischen und damit zugleich auch der politischen Stabilität. Denn Reis ist im größten Teil des Archipels das wichtigste Grundnahrungsmittel. Etwa 60% bis 80% des Kalorienbedarfs der meisten Indonesier wird mit Reis gedeckt. Um den Reis kreist das Denken und Handeln der Bevölkerung. Reis ist die Ersatzwährung des Landes. Mit Reis bezahlen Regierung und Unternehmen einen wesentlichen Teil der Löhne und Gehälter.

Der höchst arbeitsintensive ganzjährige Naßreisbau mit Jahrhunderte alter Tradition und teilweise gemeinschaftlichen Bewässerungsorganisationen, wie den 1193 balinesischen Subak-Vereinigungen, ist die bedeutendste Kulturmethode. Sie ist tief im Mythisch-Religiösen verwurzelt. Aber bisher sind erst wenig mehr als 4,8 Mio. ha, d.h. nur 29,5% aller landwirtschaftlichen Nutzflächen Indonesiens, bewässerbar. Auf kunstvoll terrassierten, u.a. mit Holzpflug und Wasserbüffeln zur Reispflanzung vorbereiteten Sawah-Flächen, die über ein weitverzweigtes Zuleiternetz aus Flüssen, Stauweihern usw. bewässert werden, sind – wie in Teilen Javas oder Balis – fünf Ernten in zwei Jahren nicht selten. Polowijo, d.h. Zweitgewächse wie Erdnüsse, Sojabohnen, Süßkartoffeln, Mais, Tabak, Gemüse usw., gelangen im Fruchtwechsel mit Reis zum Anbau. Die Fruchtfolgen sind höchst unterschiedlich. Die Bodenbearbeitung, das Einbringen der Ernten sowie die Dresch- und Schälvorgänge erfolgen weitgehend manuell, denn der Mechanisierungsgrad der Landwirtschaft ist bisher äußerst gering. Nicht selten ziehen heute auf Java aber auch Menschen anstelle von Wasserbüffeln den Pflug. Sie sind billiger als diese Tiere. Sumpfreiskultur wird in den amphibischen Küstentiefländern West- und Süd-Kalimantans, Nord- und Ost-Sumatras usw. betrieben. Vom Regen abhängige, halbtrockene Kulturen und der Trockenreisbau im permanenten Feldbau sind in den Bergen Javas, Balis, Sumatras und anderer Inseln heimisch. Da die Reisbaugrenze auf Java, Sumatra usw. bei ca. 1500 m liegt, überschreitet die bäuerliche Siedlung auf diesen Inseln diese Höhenstufe nur selten. Trockenreisbau wird auch innerhalb der noch immer weit verbreiteten Landwechselwirtschaften mit ihren meist 1 bis 4 Baujahren und zehn- bis über zwanzigjährigen Waldbrachen betrieben. Infolge regional hohen Bevölkerungsdrucks haben nicht selten jedoch auch extrem kurze Bracheperioden von nur 3 bis 4 Jahren die zur Erhaltung der Bodenfruchtbarkeit notwendigen Zeiträume weit unterschritten. Maßnahmen, die der Erhaltung bzw. Wiederherstellung der natürlichen Standortfaktoren dienen (Düngung, Erosionsschutz), sind die Ausnahme, so daß sinkende Erträge, verheerende Erosionsschäden, Erdrutsche usw. die Folge sind (J. Metzner 1977). In Räumen mit starkem Bevölkerungsdruck – in Nord- und West-Sumatra, Süd-Sulawesi oder in Teilen von Nusatenggara – werden jedoch die Landwechselwirtschaften mit ihrer geringen Flächenproduktivität zunehmend vom permanenten Trockenfeldbau abgelöst. Ergänzend treten bei diesen überwiegend subsistenz-, teilweise aber auch bereits marktwirtschaftlich orientierten Landwechselwirtschaften Mais, Cassava, Taro, Bananen, Kautschuk usw. hinzu. Vor allem auf den niederschlagsarmen ostindonesischen Inseln ist Mais Hauptnahrungsmittel. In Süd-Sumatra wird Mais durch japanische Konzessionäre auch für den Export nach Japan erzeugt. In den Bergländern Irian Jayas gelangen innerhalb der dort vorherrschenden Landwechsel- und Wanderfeldbausysteme vorwiegend Süßkartoffeln und Taro bis in Höhen von über 2000 Meter zum Anbau. In den Küstensümpfen und feuchten Flußniederungen Irian Jayas, Kalimantans und der Molukken sind darüber hinaus Sagopalmen wichtige Nahrungslieferanten. Große Bedeutung besitzt auch der Casavaanbau (Maniok, Tapioka), der sich sowohl in Räumen mit intensiven als auch extensiven Bodennutzungssystemen findet. Gegenüber diesen wichtigsten Anbaufrüchten spielen die übrigen zur Dekkung des Nahrungsmittelbedarfs der Bevölkerung dienenden Kulturen nur eine untergeordnete Rolle.

Die Nahrungsmittelproduktion konnte in den vergangenen Jahren angehoben werden. Erfolge sind vor allem in der Reiserzeugung zu verzeichnen. Stagnierte die Produktion in den Jahren von 1960 bis 1965 auf einem Niveau von durchschnittlich 8,5 Mio. t pro Jahr,

Tabelle 25: Ernteflächen, Erträge und Pro-Kopf-Erzeugung von Reis zwischen 1955 und 1976

Jahr	Erntefläche in Mio. ha	Reisproduktion in Mio. t geschältem Reis	Durchschnittsertrag t/ha	Bevölkerung in Mio.	Durchschnittl. Pro-Kopf-Erzeugung in kg
1955	6,6	7,2	1,1	82,6	87,2
1965	7,3	8,7	1,2	105,4	82,5
1976	8,4	15,8	1,9	135,3	116,7

Quellen: L. A. MEARS 1961; Statistical Pocketbook of Indonesia 1964/67 und 1970/71; H. DEQUIN 1978

so konnte sie seit 1966 von 9,1 Mio. t über 12,7 Mio. t (1971) bis auf 15,8 Mio t. im Jahr 1976 verdoppelt werden. (Tab. 25)
Zu dieser beachtlichen Produktionssteigerung trugen umfangreiche staatliche Förderungsmaßnahmen (BIMAS-Projekte) zur Erhöhung der Flächenproduktivität durch den verstärkten Einsatz von Düngemitteln, Insektiziden, die Einführung schnellwüchsigen, ertragsreichen Saatgutes sowie flankierende Maßnahmen, wie landwirtschaftliche Beratung, Kreditvergabe, Instandsetzung der Bewässerungsanlagen, Ausweitung der Anbauflächen usw., maßgeblich bei. 1976 waren schätzungsweise 4,5 Mio. ha von den verschiedenen Reis-Intensivierungsprogrammen (BIMAS) abgedeckt (1968: 1,6 Mio. ha). Aber mit Durchschnittserträgen von bisher nur etwa 1,9 t geschältem Reis pro ha (1976) liegt Indonesien noch immer weit unter den in Japan, Süd-Korea oder Taiwan erzielten Produktionsergebnissen. Jedoch ließen sich nach Auffassung indonesischer und ausländischer Experten mit verbesserten Produktionsmethoden Erträge von 3 bis 4 t enthülstem Reis pro ha erzielen. Dies setzt aber nicht nur verbesserte Produktions- und Verarbeitungsmethoden, sondern auch intensive Schädlingsbekämpfungsmaßnahmen voraus. Denn nicht selten fallen bis zu 30% der Reisernten der Rattenplage anheim. Desgleichen hat Indonesien trotz des seit 1967 kräftig gesteigerten Kunstdüngerverbrauchs noch immer eine sehr niedrige Dünger-Anwendungsrate. Darüber hinaus zeigt der Düngemitteleinsatz große regionale Unterschiede. So verbrauchte Java 1976 etwa 80% des gesamten Stickstoffs, 70% des eingesetzten Phosphats und 30% des Kalis (H. DEQUIN 1978). Von erheblicher Bedeutung ist aber auch, daß die Regierung einen angemessenen Mindestaufkaufpreis für den Reis an die Produzenten zahlt. Denn nur so lassen sich weitere Produktionsanreize schaffen. Zwar wurde letztmals 1978 der amtlich festgelegte Preis zum Ankauf für Reis etwas angehoben, aber auch diese Erhöhung wird von vielen Beobachtern als nicht ausreichend angesehen, um die nötigen Impulse für weitere Produktionssteigerungen zu geben. Andererseits schlägt sich die Verteuerung auch auf die Endverbraucherpreise nieder. Eine Freigabe des Reispreises würde die Inflation wieder kräftig hochschnellen lassen und namentlich in den großstädtischen Ballungsgebieten das Preisgefüge erschüttern. Aus diesen und vielfältigen anderen Gründen konnte daher auch das bereits für 1975 angestrebte Ziel, den jährlich wachsenden Grundnahrungsmittelbedarf der Bevölkerung im Lande selbst zu decken, bisher noch nicht verwirklicht werden. Vor allem aber wächst die Bevölkerung, deren Reisbedarf pro Kopf und Jahr auf etwa 120 bis 160 kg beziffert wird, schneller als die Reis- und übrige Nahrungsmittelproduktion. Ähnlich wie im Jahre 1972, das durch eine ungewöhnliche lange Trockenzeit und Mißernten gekennzeichnet war, mußte auch 1977/78 infolge geringen Niederschlags, starkem Schädlingsbefall usw. wieder ein Rückgang in der Reiserzeugung hingenommen werden. Von dem für das Fis-

Tabelle 26: Bevölkerungsentwicklung und Produktion von sonstigen Nahrungsmitteln zwischen 1955 und 1976

Jahr	1955	1961	1971	1976
Bevölkerung in Mio.	82,6	97,0	119,2	135,3
Produktion in 1000 t				
Mais	1971	2222	2607	2512
Cassava	9317	11189	10690	12468
Süßkartoffeln	1898	2464	2211	2418
Erdnüsse	207	219	284	332
Sojabohnen	346	395	516	482

Quellen: Statistical Pocketbook of Indonesia 1964/67 und 1970/71; H. DEQUIN 1978

kaljahr 1977/78 gestellten Soll von 17 Mio. konnten nur etwa 15,2 Mio. erzielt werden. 1978/79 wurde allerdings eine Rekordernte von über 17,5 Mio. t eingebracht und die Reisvorräte belaufen sich auf 1,6 Mio. t (1978).

Obwohl in Anlehnung an die Intensivierungsbemühungen im Reisanbau bereits in der zweiten Hälfte des Ersten Fünfjahresplanes (REPELITA I) auch ein sog. BIMAS-Polowijo-Programm von der Regierung eingeleitet wurde, stagniert aber auch das Ertragsniveau anderer wichtiger Grundnahrungsmittel und Proteinquellen wie Mais, Sojabohnen usw. (Tab. 26)

Während vor Ausbruch des Zweiten Weltkrieges zeitweilig sogar Reis exportiert werden konnte (1940: 191 000 t), sind seither jährlich wachsende devisenaufwendige Reisimporte zur Deckung des eigenen Erzeugungsdefizits notwendig. Nahrungsmittellieferungen aus den USA, Kanada, Australien, Frankreich, Belgien usw. treten hinzu. 1977 mußte Indonesien eine Rekordmenge von rund 2,6 Mio. t Reis (1970: 324 000 t; 1972: 1,5 Mio. t) importieren. Damit war das Land der Welt größter Reisimporteur, der rund 25% der Weltexportmenge kaufte. Zwar konnte durch diese Einfuhren und mittels der von der staatlichen Bevorratungsbehörde (BULOG) in den letzten Jahren angelegten Reserve-Lager eine akute Versorgungskrise nationalen Ausmaßes erfolgreich abgewendet werden, aber selbst in traditionellen Überschußgebieten, wie im Raume Krawang in West-Java, sanken die Ernteerträge rapide und die Versorgungssituation der Bevölkerung verschlechterte sich regional erheblich.

Trotz verschwenderisch wirkender tropischer Flora ist vor allem eine qualitativ ausreichende Ernährung für einen Großteil der Bevölkerung nach wie vor nicht gewährleistet. Trotz der erzielten Steigerung der Reisproduktion gehören Mißernten, Hunger, Fehl- und Unterernährung noch keineswegs der Vergangenheit an. Denn einem Großteil der Haushalte fehlt vor allem die zu einer ausreichenden Ernährung notwendige Kaufkraft. Zwar kostet das Kilo Reis durchschnittlich nur etwa 0,80 DM (1977), aber auf Java liegen beispielsweise vielerorts die Tagesverdienste unter oder aber nur leicht über diesem Preis. Demzufolge reichen die täglichen Durchschnittseinkommen teilweise nicht einmal zum Kauf einer Tagesration an Reis aus. So können sich schätzungsweise etwa 30% bis 40% aller Javaner nur während des ersten Monats nach den Ernten ausreichend mit Reis ernähren. Nur solange reichen nach neueren Untersuchungen nämlich die Deputate für die Erntehilfen. In der übrigen Zeit verzehren sie Reis-Substitute, wie minderwertige Cassava, Süßkartoffeln usw. Das durchschnittliche Kaloriendefizit wird in einem jüngeren Regierungsbericht auf etwa 20% beziffert. Folge der ungenügenden, einseitigen und vor allem proteinarmen Ernährung sind Mangelkrankheiten. Die Überwindung dieses Engpasses bleibt daher ein wichtiger Prüfstein der Regierung. Um die Versorgungslücke zu schließen und die bis zum Jahre 2000 auf schätzungsweise 240 Mio. Menschen angewachsene Bevölkerung ausreichend ernähren zu können, muß Indonesien einem neueren Regierungsbericht zufolge, seine Nahrungsmittelproduktion in den nächsten 20 Jahren um etwa 120% erhöhen. Aber trotz aller Anstrengungen dürfte es in der näheren Zukunft nicht möglich sein, die Reislücke völlig zu schließen. Denn das Problem ist sehr komplex; es schließt Familienplanung, Umsiedlung und vielfältige andere Maßnahmen ein.

Die 1960 ausgerufene „Grüne Revolution", die durch den verstärkten Anbau von neuen im Internationalen Rice Research Institute (IRRI) in Los Banos (Philippinen) gezüchteten und in Indonesien weiterentwickelten Reis-Hochleistungssorten (IR 5, 8, 20 usw.) die Flächenproduktivität und die Einkommen der Agrarbevölkerung anheben sollen, begünstigte bisher vor allem die Inhaber größerer Betriebe. Denn die neuen schnellwüchsigen, ertragreichen aber gegen Schädlingsbefall weniger resistenten Hybridensorten erfordern eine ausreichende Bewässerung und den erhöhten Einsatz von Dünge- und Pflanzenschutzmitteln. Sie zu kaufen und sachgerecht anzuwenden übersteigt häufig die Finanzkraft und das Know How der kleinbäuerlichen Bevölkerung. Denn nichts ist so knapp in den agraren Zwergbetrieben Javas, Balis, Lomboks usw. wie Bargeld für Investitionen. Lediglich Arbeitskraft ist in überaus reichem Maße vorhanden, mit deren Hilfe das genutzt wird, was die Natur bietet. Infolge fehlenden Kapitals kann die Masse der bäuerlichen Bevölkerung weder die natürlichen Standortfaktoren verbessern noch ihre Arbeitsproduktivität durch den Einsatz fortgeschrittener Agrartechnologien erhöhen. Die von Natur gezogenen Rahmenbedingungen der landwirtschaftlichen Produktion sind eng angelegt, wenig veränderlich und meist schon seit Generationen festgeschrieben (K.-H. JUNGHANS 1978).

Darüber hinaus sind Kleinbauern nicht selten auch durch den Anbau der neuen ertragreichen Reissorten sogar in noch größere Verschuldung als zuvor geraten. Sie investierten in Kunstdünger, brachten aber mit dem „Wunderreis" geringere Ernteerträge als in früheren Jahren ein. Denn es fehlten die Schädlingsbekämpfungsmittel und die verabreichten Kunstdüngermengen reichten ebenso wie die Bewässerung nicht aus. So zeigen beispielsweise Untersuchungen in West- und Zentral-Java, daß zwischen 65% und 50% der Landwirte keinen Nutzen aus der seit 1967 gestiegenen Verwendung von Düngemitteln ziehen konnten. Namentlich unzureichende Bewässerungsmöglichkeiten und Schädlingsbefall bewirkten Mißernten und erhebliche ökonomische Belastungen. Nur diejenigen Landbewirtschafter, die über eine überdurchschnittliche Kapitalausstattung verfügten sowie Zugang zu kontrollierter Bewässerung und zur Schädlingsbekämpfung hatten, profitierten beträchtlich von den eingesetzten neuen Produktionsmitteln.

Diese Nebenwirkungen der „Grünen Revolution" werden namentlich auf Java von folgenschweren Änderungen in den traditionellen Arbeitsverfassungen und Erntetechniken überschattet. Trotz generell geringer Betriebsgrößen beschäftigen viele Betriebe in nicht unbeträchtlichem Umfang Lohnarbeitskräfte. Dieses Merkmal der javanischen Arbeitsverfassung gilt insbesondere für den arbeitsintensiven Naßreisanbau, aber auch für andere Kulturen. Denn dem saisonalen Einsatz von Fremdarbeitskräften in den Arbeitsspitzen kommen einerseits traditionelle soziale Funktionen zu, zum anderen sind nach Feststellungen von W. L. COLLIER (1975) etwa zwischen 30% bis 35% der ländlichen Bevölkerung Javas auf saisonale landwirtschaftliche Arbeiten existenziell angewiesen. So werden beispielsweise für einen Großteil der beim Reisverpflanzen und den Ernten auf Java anfallenden Tätigkeiten Kontraktarbeiterinnen eingesetzt. Ihre Entlohnung erfolgt in Form einer Erntebeteiligung zwischen etwa 1/10 und 1/15 des pro Person und Arbeitstag eingebrachten Rohertrages. Hierfür werden etwa 20% bis 30% der jeweiligen Reisernten aufgewandt. Dieses auf den traditionell engen Sozialbindungen innerhalb der javanischen Dorfgemeinschaften beruhende „Bawon"-Erntesystem wird seit einigen Jahren mit der Einführung neuer Reissorten und der Lockerung des traditionell kommunal-sozialen Denkens zugunsten eines wachsenden individuell-kommerziellen Bewußtseins von den Landeigentümern zunehmend aufgegeben. Um die mit diesem tradierten System verbundenen Naturalabgaben an die bei den Ernten eingesetzten landwirtschaftlichen Arbeitskräfte zu verringern bzw. ganz einzusparen und damit die eigenen Betriebseinkommen zu erhöhen, gehen die Landbesitzer auf Java in steigendem Maße dazu über, den Reis im sog. „Tebasan"-System zu veräußern. Sie verkaufen ihren Reis bereits vor der Ernte auf dem Felde direkt an auswärtige Händler. Diese bringen nun mit einer drastisch reduzierten Zahl vielfach auswärtiger Kontraktarbeiter und unter Verwendung rationellerer Erntetechniken, d.h. durch den Einsatz von Sicheln anstelle der traditionellen kleinen Reisschneidemesserchen (ani ani), die Ernten ein. Durch diese Veränderungen werden in den ländlichen Regionen, die ohnehin die Hauptlast der Bevölkerungsexplosion zu tragen haben, die sehr begrenzten Beschäftigungsmöglichkeiten weiter eingeengt. W. L. Collier (1975, 1978) hat dies anhand mehrerer Untersuchungen belegt. Die Probleme der Unterbeschäftigung und Arbeitslosigkeit verschärfen sich und ziehen starke soziale Spannungen nach sich. So sollen allein auf Java durch den fortschreitenden Einsatz von Sicheln anstelle der traditionellen Reismesserchen zwischen 1970 und 1975 über eine Million Menschen arbeitslos geworden sein. Diese ernüchternde Bilanz zeigt, daß die „Grüne Revolution" und der agrartechnologische Fortschritt der letzten Jahre in erster Linie die besser ausgestatteten, wohlhabenderen Betriebsinhaber begünstigte und damit die Kluft zwischen Arm und Reich auch auf dem Lande nicht selten verschärfte.

Neben der Sicherung der Selbstversorgung der Bevölkerung mit Nahrungsmitteln steht als weiteres wichtiges Ziel der ländlichen Entwicklungsplanung die Förderung des Übergangs der kleinbäuerlichen Betriebe von der Subsistenzproduktion zu einer marktorientierten Wirtschaftsweise. Andererseits erzeugt ein Teil dieser Betriebe jedoch bereits heute einen beachtlichen Teil der Exportkulturen. Besonders nach dem Zweiten Weltkrieg übersteigt ihr Beitrag vielfach den der Plantagen. So übertreffen beispielsweise die vorwiegend in West- und Süd-Kalimantan sowie in den östlichen Tieflandsprovinzen Sumatras und im Riau-Archipel gelegenen kleinbäuerlichen Kautschukpflanzungen bereits seit der Vorkriegszeit die Produktion der agro-industriellen Großbetriebe. In der Naturkautschukproduktion, die bereits 1876/83 versuchsweise in West-Java eingeführt wurde, aber erst nach 1907 ihre hervorragende wirtschaftliche Bedeutung erlangte, ist Indonesien mit 825 000 t im Jahre 1977 (1938: 321 600 t), d.h. etwa 25% der Weltproduktion (1938: 33%) nach Malaysia führend. Nach Erdöl und Holz ist Kautschuk der drittwichtigste Devisenbringer des Landes. Im Jahre 1976 wurden 811 500 t (1938: 304 000 t) exportiert. Nach vorsichtigen Schätzungen aus dem Jahre 1976 leben rund 2 Mio. bäuerlicher Familien überwiegend von der Latexgewinnung, die aber mit durchschnittlich 320 kg Dry Rubber Content (DRC) je Hektar und Jahr weit unter der Plantagenerzeugung liegt. Auch leidet die Gummiqualität häufig unter Verschmutzung, so daß die Erlöse der Bauern entsprechend gering sind. Demzufolge wurde die kleinbäuerliche Kautschukproduktion unter REPELITA II stärker gefördert und soll auch im Dritten Fünfjahresplan von 1979 weiter entwickelt werden. Als Beispiel für derartige Förderungsmaßnahmen sei auf den Raum Abai Siat in West-Sumatra verwiesen, wo seit 1973/74 mit deutscher Unterstützung ein Kautschuk-Kleinbauern-Projekt mit Hochleistungssorten, Blockpflanzung usw. durchgeführt wird.

Desgleichen stammen heute über 86% des Kaffees, der bereits 1696/99 auf Java eingeführt wurde und damit eines der ältesten Exportprodukte des Landes ist, aus bäuerlichen Betrieben. Die zu über 90% aus Robusta-Kaffee bestehende Erzeugung wird u.a. in West- und Ost-Java, Nord-, West- und Süd-Sumatra, in Lampung, auf Bali sowie in Teilen Sulawesis und Ost-Nusatenggaras gepflegt. Mit einer Gesamtproduktion von 176 200 t (1976) wird Indonesien in der Weltkaffeeproduktion nur von Brasilien, Kolumbien, der Elfenbeinküste und Mexiko überflügelt. 1976 wurden rund 136 300 t (1939: 655 000 t) namentlich in die USA, die Niederlande und nach Japan exportiert. (Tab. 27)

Auch die vor allem in Lampung, Süd-Sumatra und auf Bangka konzentrierten Pfefferkulturen sowie der Muskatnuß- und Gewürznelkenanbau Sulawesis, der Molukken und Sumatras werden nahezu ganz von bäuerlichen Betrieben erzeugt. Während die Gewürznelkenproduktion (1976: 21 500 t) von der heimischen Kretek-Zigaretten-Industrie verarbeitet wird, gelangen demgegenüber Pfeffer- und Muskatnüsse zum größten Teil zur Ausfuhr. Mit 11 800 t im Jahre 1976 (1939: 4900 t) ist Indonesien der Welt größter Muskatnuß-Exporteur. Nahezu 80% des Weltbedarfs werden in Indonesien erzeugt und zu einem großen Teil nach West-Europa verschifft. Dies gilt auch für die Tabakproduktion. Obwohl infolge der unzulänglichen indonesischen Agrarstatistiken eine Trennung zwischen dem Plantagen- und kleinbäuerlichem Tabakanbau nicht möglich ist, entfällt auch bei dieser Kultur ein hoher Prozentsatz auf den namentlich in Zentral- und Ost-Java konzentrierten, aber auch in anderen Landesteilen betriebenen Kleinanbau. Bei einer Gesamterzeugung von rund 88 000 t wurden 1976 rund 20 500 t (1939: 34 400 t) exportiert. Neben der Bundesrepublik sind die Niederlande, USA, Frankreich und Japan wichtige Abnehmer. Die vor dem Zweiten Weltkrieg rund 85% der gesamten Weltproduktion umfassende kleinbäuerliche Pfeffererzeugung ging seit der japanischen Besatzungszeit noch stärker zurück. Denn Lampung, das bedeutendste Anbaugebiet im Süden Sumatras, verlor einen Großteil seiner Pfeffergärten. Dementsprechend sank der

Tabelle 27: Erzeugung von bedeutenden Verkaufsfrüchten in kleinbäuerlichen Betrieben zwischen 1959 und 1976

Produkt	Erzeugung in t		
	1959	1965	1976
Tabak	70800	69000	88000 *)
Kautschuk	471640 (1954)	503500	576200
Kaffee	65300	120700	161000
Kopra	1267800	1235200	1521000
Pfeffer	18600	11000	30000
Muskatnüsse	4600	4900	11800
Zucker	264200	258500	254400 (1974)
Tee	32200	35000	16000

*) einschließlich Plantagenproduktion

Quellen: Statistical Pocketbook of Indonesia 1964/67 und 1970/71; H. DEQUIN 1978

Export von 69 900 t (1939) auf 12 927 t (1954) ab. Bis 1976 konnte die Ausfuhr wieder auf rund 28 800 t angehoben werden. Desgleichen stammt die in allen Teilen des Archipels betriebene Kopraerzeugung, in der Indonesien nach den Philippinen führend ist, überwiegend aus bäuerlichen Betrieben. Die Ausfuhr von Kopra ist jedoch infolge des stark gestiegenen Inlandsverbrauchs in den letzten Jahren ebenfalls stark zurückgegangen (1939: 729 000 t; 1958: 236 400 t; 1976 3900 t). Demgegenüber bleibt die Teeproduktion in Kleinbetrieben mit 16 100 t im Jahre 1976 (1939: 12 600 t) weit hinter der großbetrieblichen Erzeugung zurück. Während die Plantagen schwarzen Tee produzieren, erzeugt der Kleinanbau vorwiegend grünen Tee. Letzterer ist dem Inlandsverbrauch vorbehalten.

Aber die skizzierte beachtliche Beteiligung eines Teils der bäuerlichen Betriebe an der Produktion von Exportprodukten darf nicht über die Tatsache hinwegtäuschen, daß die von den Kleinbetrieben erwirtschafteten Überschüsse generell noch sehr gering sind oder aber die infrastrukturellen Voraussetzungen zur Vermarktung fehlen. Dies bedeutet, daß ihre Integration in Geld- und Volkswirtschaft bisher nur unvollkommen, in weiten Landesteilen überhaupt noch nicht vollzogen ist. Demzufolge ist auch die Teilnahme der Masse der ländlichen Bevölkerung an den in den letzten zehn Jahren erzielten wirtschaftlichen Erfolgen bisher noch gering. Wie in zahlreichen anderen Staaten der Dritten Welt trägt auch sie in Indonesien die Hauptlast der Entwicklung. Bisher spürte die Landbevölkerung, inmitten ihres schmerzhaften Umgewöhnungsprozesses von nahezu reinen Selbstversorgern zu Mitgliedern der modernen Geldwirtschaft, die Entwicklungsbemühungen vielfach nur an steigenden Preisen. In den Dörfern, in deren differenziertem Gefüge sich die unterschiedlichen gesellschaftlichen Organisationsformen und Wirtschaftweisen der Bevölkerung sowie ihre Anpassung an die natürliche Umwelt widerspiegeln, aber fehlt es noch an vielem. Die Aussichten auf eine wesentliche Verbesserung der Beschäftigungs- und Einkommenssituation sind gering, die infrastrukturellen Basiseinrichtungen zur landwirtschaftlichen Produktion und Vermarktung sind häufig unzulänglich oder fehlen ganz und die Trinkwasserversorgung basiert weiterhin auf nahen Quellen oder Bächen, die zugleich auch als Waschgelegenheiten und zur Abwasserbeseitigung dienen müssen. Elektrizität gibt es so gut wie nicht und dort, wo sie inzwischen installiert ist, wird diese neue Errungenschaft durch den seit 1972/73 zu verzeichnenden Preisauftrieb von den unteren und mittleren Einkommensgruppen nicht selten als drückende Last empfunden.

Unter diesen Umständen wird künftig eine weitere Korrektur der bisherigen indonesischen Entwicklungsstrategie unumgänglich sein. Sie muß zu einer noch stärkeren Rückbesinnung auf die Landwirtschaft und die Entwicklung der ländlichen Regionen des Landes führen. Zwar erfordern die zahllosen regionalen Einheiten Indonesiens mit ihren sehr verschiedenartigen ökologischen Standortfaktoren, ethnischen Gruppen, gesellschaftlichen Organisationsformen, agraren Produktionssystemen usw. auch entsprechend differenzierte Entwicklungsprogramme, aber folgende vordringlichsten Probleme sind generell zu lösen:

- Erhöhung und qualitative Verbesserung der Agrarproduktion
- Diversifizierung der Erzeugung
- Ausweitung und Verbesserung der landwirtschaftlichen Beratungsdienste
- Veränderungen in den differenzierten, traditionell-feudalen Agrarverfassungen
- Verbesserung der Finanzierungsformen
- Reduzierung von Verlusten durch Lagerung, Schädlingsbefall usw.
- Verbesserung der intra- und interregionalen Distribution (Transport, Lagerung) und Vermarktung

- Mobilisierung ungenutzter Ressourcen
- Schaffung neuer Arbeitsplätze im ländlichen Raum und
- Erhöhung der Einkommen der ländlichen Bevölkerung.

Zahlreiche weitere, gut aufeinander abgestimmte flankierende Maßnahmen auf bevölkerungspolitischem, infrastrukturellem und industriell-gewerblichem Gebiet müssen hinzutreten. Das bedeutet, daß die ländlichen Entwicklungsplanungen über rein agrare Förderungsmaßnahmen hinausreichen müssen. Denn in den traditionellen Agrargesellschaften Indonesiens werden unerläßliche wirtschaftliche und soziale Fortschritte nur dann wirkungsvoll zu realisieren sein, wenn es gelingt, die vielfältigen überkommenen feudalen Strukturelemente der Agrarverfassungen zu beseitigen und die Masse der kleinbäuerlichen und landlosen Bevölkerung in stärkerem Maße als bisher am gestiegenen materiellen Wohlstand teilhaben zu lassen.
Dieses Ziel setzt die Verfolgung entwicklungspolitischer Strategien voraus, die primär auf die Förderung besserer Ernährungs-, Beschäftigungs- und Einkommensmöglichkeiten gerichtet sind. Dabei reichen landwirtschaftliche Produktionssteigerungen allein nicht aus, um Armut, Fehlerηährung und andere gravierende Probleme erfolgreich zu lösen. So leisteten auch die verstärkten agrartechnischen Entwicklungsbemühungen der vergangenen Jahre nur einen unzureichenden Beitrag zur angestrebten ländlichen Entwicklung. Die Lösung dieser dringenden Zukunftsaufgabe erscheint vor allem auf regionaler und lokaler Ebene im Rahmen „integrierter Entwicklungskonzepte" gewährleistet. Hierfür sprechen beispielsweise die Ergebnisse, die mit einem integrierten regionalen Entwicklungsprojekt in der Provinz West-Sumatra erzielt wurden. Schwerpunkte dieses an den Bedürfnissen der kleinbäuerlichen Bevölkerung orientierten deutsch-indonesischen Entwicklungsprogramms, das aus einem 1968 angelaufenen Produktionsmittelprojekt zur Förderung des Reisanbaus hervorging, waren:
- Die Verbesserung und Erweiterung der Produktion sowie der Vermarktung von Exportprodukten (u.a. Kautschuk, Gewürze, Palmöl) zur Erhöhung der bäuerlichen Einkommen
- Mastviehproduktion
- Verbesserung und Ausbau des Straßennetzes, insbesondere im Raume West-Pasaman
- Anbauversuche von Saatkartoffeln, Zukkerrohr, Futtergras usw.
- Förderung von kleinbäuerlichen Selbsthilfe-Zweckgemeinschaften und des Genossenschaftswesens.

Hinzu traten der Aufbau einer Reismühle, die Einrichtung von Labors, einer Zentralwerkstatt, des Veterinärdienstes, landwirtschaftlicher Beratungszentren, Pflanzenschutz- und Kreditprogramme usw. Über die deutsch-indonesische Zusammenarbeit hinaus, wird mittels multilateraler Unterstützung der UNICEF in der Teilregion West-Pasaman der Ausbau der Infrastruktur (u.a. Schulen, Gesundheitsdienst) gefördert.
Aber einer landesweiten Verwirklichung derartiger sektoral und regional breitgestreuter Modellprojekte stehen noch vielfältige Hemmnisse entgegen. Ob die seit 1971 von der Regierung propagierten genossenschaftsähnlichen Zusammenschlüsse benachbarter Dörfer (BUUD) zu der erhofften Entwicklung der ländlichen Regionen beizutragen vermögen, bleibt abzuwarten. Möglicherweise fällt ihnen zukünftig eine Schlüsselrolle für die integrierte ländliche Entwicklung auf genossenschaftlicher Basis zu. Voraussetzung ist allerdings, daß sich diese neuen, kooperativen Organisationseinheiten in Zukunft zu echten Genossenschaften (KUD = Dorfeinheiten-Genossenschaften) weiterentwickeln und sie die ihnen zugedachten,

spezifischen wirtschaftlichen und sozialen Funktionen in den Dorfgemeinschaften auch wahrzunehmen vermögen. Mit der Realisierung dieses Entwicklungsmodells, dem Mehrzweckaufgaben wie Saatgutbeschaffung, Kreditvergabe, Beratungsdienste, Düngemittelvertrieb, Verarbeitung und Vermarktung der Agrarprodukte usw. obliegen soll, würden erstmals Einrichtungen in den indonesischen Dörfern zu notwendigen sozio-ökonomischen Veränderungen und zur Mobilisierung der Landbevölkerung geschaffen. Aber es sind Zweifel angebracht, ob dieses von der Regierung forcierte nationale Genossenschaftsprogramm, das konzeptionelle Elemente eines von der Friedrich-Ebert-Stiftung zwischen 1968 und 1975 in Nord-Sumatra durchgeführten Genossenschaftsprojekts aufgriff, hinreichend erfolgreich sein wird. Denn obwohl Kooperationsformen im „Gotong Royong-Prinzip" (Zusammenarbeit; gegenseitige Hilfe) in Indonesien eine alte Tradition besitzen und die Anfänge des Genossenschaftswesens über 50 Jahre zurückreichen, waren die bisherigen Erfolge sehr begrenzt.

Zu diesen nationalen Maßnahmen treten gemeinsame Bemühungen aller ASEAN-Staaten zu einer engeren Zusammenarbeit in der Land- und Forstwirtschaft sowie Fischerei. Für entsprechende Aktivitäten ist das „Committee on Food, Agriculture and Forestry" (COFAF) federführend. Zu den auf der COFAF-Tagung vom Jahre 1978 in Jakarta vorgestellten Planungen zählen u. a.:

- Koordinierung der Agrarpolitik innerhalb der ASEAN-Staaten
- Entwicklung eines gemeinsamen Pflanzenschutzprogramms
- Förderung der Fischerei, Aquakultur und Viehwirtschaft
- Förderung der agraren Exporterzeugung
- Errichtung eines „ASEAN-Centre for Appropriate Technology" (ACAT)
- Kooperation im landwirtschaftlichen Ausbildungs- und Beratungswesens.

Darüber hinaus beschlossen 1978 Bangladesch, Indien, Indonesien, Korea, Laos, Malaysia, Nepal, Pakistan, die Philippinen, Sri Lanka, Thailand und Vietnam gemeinsam in Bangladesch ein „Centre on Integrated Rural Development for Asia and the Pacific" (CIRDAP) einzurichten. Dieses Institut soll in Verbindung mit den jeweiligen nationalen Entwicklungszentren die regionale Zusammenarbeit und Koordination in der integrierten ländlichen Entwicklung Asiens fördern, soll produktionssteigernde landwirtschaftliche Methoden entwickeln, eine Rahmenplanung für die Infrastruktur im ländlichen Raum erarbeiten, die Agrarforschung koordinieren und Experten ausbilden. Denn es wächst die Erkenntnis, daß sich die Zukunft Indonesiens und die anderer asiatischer Entwicklungsländer auf dem Lande entscheiden dürfte.

8.1.2
Die Viehhaltung: Traditionelle Funktionen und Voraussetzungen ihrer Leistungssteigerung

Obwohl die Pro-Kopf-Versorgung der indonesischen Bevölkerung mit tierischem Eiweiß seit 1930 um fast die Hälfte zurückgegangen und seit langem defizitär ist (G. R. Zimmermann 1975), und obwohl in Süd-Sulawesi, West-, Nord- und Süd-Sumatra sowie auf Sumba, Timor und den Molukken teilweise ausgedehnte Grasflächen als potentielles Weideland zur Verfügung stehen, kommt der Viehhaltung in Indonesien bisher nur eine sehr geringe ökonomische Bedeutung zu. Während in den ländlichen Ballungszentren der Bevölkerung, wie beispielsweise in Zentral-Java oder Süd-Bali, Feldbau und Viehhaltung zunehmend um die knappen agraren Wirtschaftsflächen konkurrieren, werden die anderenorts vorhandenen Weideflächen vielfach nur höchst unzureichend genutzt. Als Beispiel sei auf Sumba

Die Entwicklung der Bevölkerung und der Großvieheinheiten sowie deren Relation 1930–1972

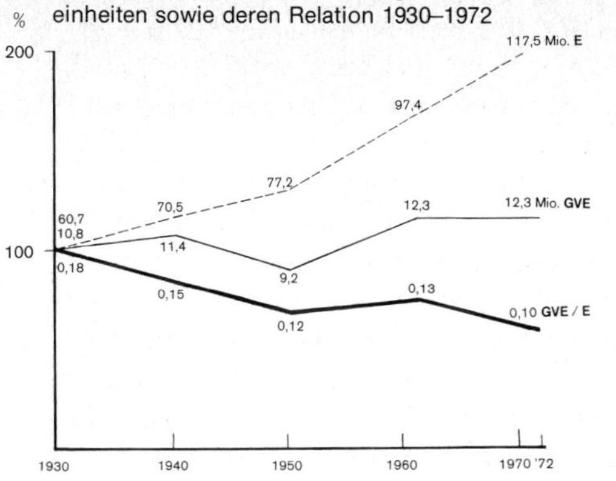

Quelle: G. R. Zimmermann 1975

verwiesen. Nach Untersuchungen von J. Metzner (1976) könnte diese ostindonesische Insel bei einer Weidefläche von rund 870 000 ha etwa 218 000 Stück Großvieh Nahrung bieten. Tatsächlich betrug die Großviehpopulation in Jahre 1973 jedoch nur rund 132 000 Großvieheinheiten. Auch ist im Landesdurchschnitt der Großviehbestand je Betrieb meist nur sehr gering. So besitzt beispielsweise nach Untersuchungen von U. Scholz (1977) in West-Sumatra nur jeder zweite Betrieb ein Stück Großvieh. Fleisch- und Milcherzeugung sind als Produktionsziele der bäuerlichen Betriebe bisher noch vielfach unbekannt. Großbetriebliche Viehfarmen sind erst in sehr geringer Zahl, wie in West-Sumatra, Süd-Sulawesi, Sumbawa oder Ost-Lombok, vorhanden. Die vor allem im Umkreis der Großstädte betriebene Milcherzeugung liegt teilweise in der Hand fremdvölkischer Minoritäten. So wird beispielsweise die Milchversorgung von Medan in Nord-Sumatra von rund 2000 indischen Sikhs betrieben, die je Familie bis zu 20 Milchkühe halten. Moderne Abmelkwirtschaften mit leistungsfähigen Viehbeständen, wie bei Lembang in West-Java oder Jember im ostjavanischen Bergland, sind bisher noch äußerst selten. 1976 deckte die Milcherzeugung erst schätzungsweise 20% des Bedarfs. Wie schlecht die Versorgung der Bevölkerung mit Fleisch und anderem tierischen Eiweiß gegenwärtig ist, erhellt sich aus der Tatsache, daß 1976 nur etwa 3,4 kg Fleisch und 2,2 kg Milch pro Jahr und Person im Landesdurchschnitt zur Verfügung standen. Zum gleichen Zeitpunkt lag der jährliche Fleischkonsum in der Bundesrepublik bei etwa 89 kg pro Person.

In erster Linie dient das Großvieh (u. a. Wasserbüffel, Rinder) bei der fehlenden Mechanisierung der Landwirtschaft im Bewässerungs- und Regenfeldbau als Arbeitskraft und als Düngerproduzent. Darüber hinaus kommen ihm bei zahlreichen ethnischen Gruppen Indonesiens primär nur soziale Funktionen als Wohlstandsmerkmal bzw. Statussymbol zu. So wird beispielsweise auf dem Bukittinggi-Hochplateau West-Sumatras ein großer Teil der Wasserbüffel von den Minangkabau-Bauern primär nur aus Prestigegründen gehalten, um ihren Reichtum zu dokumentieren.

Ferner dient das Großvieh häufig vor allem der Erfüllung traditioneller adatrechtlicher bzw. gesellschaftlicher Verpflichtungen, wie beispielsweise als „Brautpreis" bei Hochzeiten oder für rituelle Schlachtungen bei Begräbniszeremonien. Vielfach werden daher mit der Großviehhaltung bisher keine kommerziellen Ziele oder aber nur untergeordnete ökonomische Zwecke verfolgt. So werden Wasserbüffel und Rinder teilweise nur als Kapitalanlage für wirtschaftliche Notzeiten angesehen. Auf Sumba oder Timor bemißt sich beispielsweise das gesellschaftliche Ansehen der Bevölkerung primär nach der Zahl der besitzenden Wasserbüffel und Pferde. Der Qualität der Tiere wird demgegenüber bisher nur geringe Bedeutung zugemessen (J. Metzner 1976). Bei der Toraja-Bevölkerung Süd-Sulawesis oder den Orang Lampung in Süd-Sumatra werden Wasserbüffel bis zur Gegenwart kaum zu Pflugarbeiten herangezogen, sondern dienen vor allem als Opfertiere, die bei traditionellen Totenfeiern in großer Zahl geschlachtet werden

(G. R. ZIMMERMANN 1975). In Irian Jaya wiederum beruht Rang und Ansehen eines Mannes bei der überwiegenden Mehrzahl der ethnischen Gruppen auf der Zahl der ihm gehörenden Schweine. Ferner kommen auf Neuguinea der Schweinehaltung zahlreiche weitere kultisch-religiöse Funktionen zu. Aber auch auf anderen Inseln, etwa auf Timor, dienen Wasserbüffel rituellen Zwecken. Die angeführten Beispiele zeigen, daß einer besseren Ausschöpfung des vorhandenen Produktionspotentials bisher vielfältige traditionelle sozialinstitutionelle, aber auch zahlreiche andere Faktoren, wie etwa die auf zahlreichen Inseln fehlenden bzw. unzureichenden Futtergrundlagen, hemmend entgegenstehen.

Von den auf etwa 2,3 Mio. bezifferten Wasserbüffeln (1940: 3,2 Mio.) wurden im Jahre 1976 allein über 1,2 Mio. Tiere in den Bewässerungsfeldbaugebieten Javas und Balis gehalten. Vor allem in den Regenfeldbaugebieten dieser Inseln findet auch der größte Teil der 1976 auf etwa 6,2 Mio. geschätzten Rinder als Zugvieh Verwendung. Ihre Zahl hat gegenüber 1940 (4,6 Mio.) um rund 14% zugenommen, während die Wasserbüffelhaltung im Vergleich zur Vorkriegszeit infolge höherer Anfälligkeit für Krankheiten und Anschaffungskosten sowie eines höheren Futterbedarfs und anderer Faktoren rückläufig ist. Regional ist die sog. Vertragsviehhaltung weit verbreitet, bei welcher die Eigentümer von Büffeln oder Rindern die Tiere Interessenten zu Teilpachtbedingungen zur Nutzung überlassen. Als Beispiele sei auf Zentral-Java und West-Sumatra verwiesen. Vielfach nutzt der Pächter das gegen Geld- oder Naturalabgaben erworbene Vieh zu Lohnarbeiten für andere Landwirte. Die Kälber werden ebenso wie das Fleisch bei Schlachtungen bei dieser speziellen Form der Viehhaltung zwischen Eigner und Pächter geteilt (U. SCHOLZ 1977). Rinder und Büffel erreichen auf Bali und Java die größte Besatzdichte je Quadratkilometer. Gemessen an der Zahl der Bevölkerung weisen demgegenüber aber die Inseln von Ost-Nusatenggara, wie Sumba, Flores und Timor sowie abgeschwächt auch Aceh in Nord-Sumatra, Mittel-Sulawesi, Lombok und Sumbawa den höchsten Viehbesatz auf. Dort wird die Viehhaltung allerdings meist jedoch nur sehr extensiv betrieben und ist daher durch eine entsprechend geringe Produktivität gekennzeichnet. Ein hoher Prozentsatz des 1976 auf etwa 624 000 Tiere bezifferten Pferdebestandes (1940: 711 000 Stück) findet sich ebenfalls vor allem in West- und Ost-Nusatenggara, Süd-Sulawesi und auf Java u. a. als Zug-, Last- und Reittiere. Schweinehaltung (1940: 1,3 Mio., 1976: 2,6 Mio.) wird von allen Bevölkerungsgruppen betrieben, die nicht den religiösen Restriktionen des Islam unterworfen sind, d. h. primär von der chinesischen Minorität, den hinduistischen Balinesen, den Angehörigen von Stammesreligionen in Irian Jaya, Kalimantan und auf anderen Inseln sowie den christlichen Bevölkerungsgruppen in Nord-Sumatra, Nias, Kalimantan, Nord- und Süd-Sulawesi, in Nusatenggara sowie in Irian Jaya (G. R. ZIMMERMANN 1975). Ziegen (1940: 6 Mio., 1972: 7 Mio.), die infolge ihrer Genügsamkeit für die Bevölkerung von großer wirtschaftlicher Bedeutung vor allem als Fleischlieferanten sind, dominieren auf Java, in Nord-Sumatra und Lampung sowie auf den Inseln von Ost-Nusatenggara. Die ebenfalls vorwiegend zur Fleischproduktion gehaltenen Schafe (1940: 1,9 Mio., 1972: 3,3 Mio.), weisen eine ähnliche, wenn auch geringere Verbreitung auf. Wollproduktion wird erst in geringem Maße betrieben. Nur einige staatliche Webereien, wie etwa in Wonosobo oder Bogor auf Java, verarbeiten Wolle. Während die kleinbetriebliche Geflügelhaltung (Hühner, Enten) über den gesamten Archipel weit verbreitet ist, findet sich demgegenüber die kommerzielle Geflügelhaltung in größeren Farmen, wie beispielsweise im Umkreis der Hauptstadt Jakarta, bisher erst relativ selten. Geringe Mengen Vieh (1972: u. a. ca. 83 000 Rinder, 32 000 Büffel und 15 000 Schweine) werden vor allem aus Bali, Ost-Java, Ost-Kalimantan, Süd-Sulawesi, Sumbawa und Lombok u. a. nach Hongkong und Singapur exportiert sowie interinsular vermarktet. Die Inseln mit dem höchsten Viehbesatz (Sumba, Flores, Timor) führen demgegenüber u. a. infolge ihrer schlechten Verkehrsanbindung nur sehr wenig Vieh aus (W. Rutz 1976). Neben Großvieh und der begrenzten Ausfuhr von Häuten, Knochen und Hörnern werden zunehmend auch Froschschenkel in die USA, nach Hongkong und Frankreich exportiert.

Zur allmählichen Leistungssteigerung der Viehwirtschaft, besseren Versorgung der Bevölkerung mit tierischem Eiweiß und nicht zuletzt aber auch zur Schaffung zusätzlicher Einkommensquellen für die bäuerlichen Betriebe sind in Zukunft vielfältige, komplexe Probleme zu lösen. Vordringlich sind u. a. Qualitätssteigerungen des Viehs. Neben tierzüchterischen sowie weidewirtschaftlichen Maßnahmen zur Verbesserung und Ausweitung des Futterangebots, bedürfen vor allem der Seuchenschutz durch den Aufbau weiterer Veterinärstationen und die erst in geringer Zahl vorhandenen Ausbildungs- und Beratungsdienste dringend der Erweiterung und Verbesserung. Nicht zuletzt ist aber auch eine optimalere Integration von Bodennutzungs- und Viehhaltungssystemen anzustreben, die bisher auf vielen Inseln noch weitgehend unverbunden nebeneinander existieren.

8.1.3 Probleme der Plantagenwirtschaft

Im Vergleich zur Vorkriegszeit verlor die indonesische Plantagenwirtschaft in den letzten Jahrzehnten stark an ihrer früheren hervorragenden wirtschaftlichen Bedeutung. Diese vor allem nach 1870 entstandenen kapital- und arbeitsintensiven, exportorientierten europäischen und amerikanischen agroindustriellen Großbetriebe galten einst als die bestorganisierten Unternehmen der Tropen. Neben Java, das 1939 eine Plantagenfläche von 1,1 Mio. ha aufwies, entwickelte sich vor allem Sumatra zu einem der wichtigsten Plantagenstandorte. Die auf Sumatra rasch expandierende Produktion von Tabak, Kautschuk, Tee, Palmöl, Kaffee usw. überflügelte bald Java als Weltmarktlieferant von pflanzlichen Rohstoffen. Stammten 1870 noch 87% aller indonesischen Exporte aus Java und nur 13% von den übrigen Inseln, so entfielen 1930 bereits 56% auf die Inselwelt außerhalb Javas. Rund 89% der außerhalb Javas gelegenen 1,4 Mio. ha Plantagenflächen konzentrierten sich 1939 wiederum allein auf Sumatra. Dort entwickelte sich insbesondere das dünn besiedelte, seit 1863 für den Tabak- und später namentlich für den Kautschuk- und Ölpalmenanbau erschlossene Tiefland an der Nordostküste der Insel um die schnell wachsende Stadt Medan zu einem der blühendsten Wirtschaftsräume des Archipels. Noch heute nimmt diese Region eine führende wirtschaftliche Position in Indonesien ein. In dem Maße, in dem die Plantagentechnologie entwickelt und der Kapitaleinsatz in den Betrieben erhöht wurde, vertiefte sich auch der Gegensatz zu den traditionellen heimischen Wirtschaftssystemen. Andererseits trugen die überwiegend auf der Basis langfristiger Landnutzungskonzessionen und des billigen heimischen oder angeworbenen Arbeitskräftepotentials wirtschaftenden Großunternehmen aber auch maßgeblich zur infrastrukturellen Erschließung ihrer Standortregionen bei. Auf den übrigen Inseln wurden demgegenüber nur relativ kleine Flächen durch die koloniale Agrarwirtschaft erschlossen. Obwohl die Plantagen nur etwa 8% des Kulturlandes Indonesiens umfaßten, erwirtschafteten sie 1928 rund 51% des gesamten Ausfuhrwertes. Aber bereits in der Vorkriegszeit erschütterten verminderte Absatzchancen auf dem Weltmarkt einen Teil der Betriebe finanziell schwer. Vor allem die in den ausgedehnten, wechselfeuchten Tieflandsebenen Mittel- und Ost-Javas seit der Kolonialzeit im Fruchtwechsel mit Reis und Zweitgewächsen betriebene Zuckerwirtschaft, auf die 1928 allein 75 % aller Exporte Javas entfielen, hatte einen starken Rückgang der Unternehmen und einschneidende Anbaubeschränkungen zu verzeichnen. Die Zahl der Zuckerbetriebe schrumpfte von 178 (1928) auf 102 Unternehmen im Jahre 1939. Die Betriebsflächen gingen im gleichen Zeitraum von 195 400 ha auf 94 400 ha zurück. Die japanische Besatzung sowie die Kampfhandlungen und inneren Wirren nach der Unabhängigkeitserklärung hatten weitere schwere Schädigungen des Plantagensektors zur Folge. Zerstörungen, starke Beschädigungen und Demontage der industriellen Verarbeitungsanlagen, Aufsiedlung der Betriebsflächen, Verstaatlichung der Unternehmen, unzureichende Leitung seitens der staatlichen Plantagenverwaltung (PNP) oder durch die Armee, Überalterung der Pflanzenbestände und der maschinellen Betriebsausrüstungen, fehlendes Betriebskapital usw. führten zu einer weiteren starken Reduzierung der Betriebe, ihrer Wirtschaftsflächen und zu gravierenden Produktionsrückgängen. Die Zahl der Unternehmen verminderte sich um ein Viertel ihres Vorkriegsbestandes. Sie ging von 2402 Betrieben (1939) auf 1801 im Jahre 1973 zurück. Die Wirtschaftsflächen der Betriebe schrumpften von rund 2,5 Mio. ha (1939) auf etwa 2,2 Mio. ha (1973). Die effektiv bebauten Areale, die in Mittel- und Ost-Java im Zuckerrohr- und Tabakanbau seit der Kolonialzeit nach einem staatlich festgelegten Modus jährlich von den kleinbäuerlichen Grundeigentümern gepachtet werden, da die dortigen Plantagen selbst über keine eigenen Betriebsflächen verfügen, sanken von 1,2 Mio. ha (1939) auf rund 845 000 ha (1977) ab. (Tab. 28)

Eine der wichtigsten Ursachen dieser Regression war die illegale Aufsiedlung der Ländereien durch die Bevölkerung seit dem Zweiten Weltkrieg. Dabei wurden jedoch nicht nur Plantagenflächen, sondern auch Industrieareale, kommunale Besitzparzellen der Gemeinden usw. okkupiert. Träger dieser teils individuell-spontan, vielfach aber auch kollektiv-gelenkten Landnahmeaktionen, die bereits durch die Japaner eingeleitet wurden, waren vorwiegend grundbesitzlose oder landarme Bevölkerungsgruppen. Diese nach 1945 von den indonesischen Verwaltungsorganen vielfach begünstigten und unter maßgeblichem Einfluß der indonesischen Bauernfront (BTI) verstärkt fortgeführten Besetzungen der Plantagen als Symbole der Fremdherrschaft, hatten die selbständige Verbesserung der Lebensbedingungen der beteiligten Landarbeiter, Teilpächter usw. zum Ziel.

Diesen Aktivitäten unterbäuerlicher Sozialgruppen fielen umfangreiche agro-industrielle Betriebsflächen anheim. Dies erhellt in etwa der indonesische Plantagenzensus vom Jahre 1963. Er weist insgesamt 237 000 ha Plantagenland als besitzentfremdet aus, wobei jedoch die Flächen der Tabak, Zukkerrohr und Rosellahanf erzeugenden agraren Großbetriebe nicht erfaßt sind. Von diesem Minimalwert entfallen allein etwa 119 000 ha auf die Provinz Nord-Sumatra mit ihren an der Ostküste gelegenen großen Landbauunternehmen. (Tab. 29)

Einstige Kontraktarbeiter javanischer und chinesischer Herkunft sowie heimische und zugewanderte Bevölkerungsgruppen, wie die mobilen Toba-Batak, besetzten dort ausgedehnte Plantagenareale. Begünstigt wurde diese Entwicklung in Nord-Sumatra durch das auf den dortigen Tabak-Pflanzungen geübte spezifische Bodennutzungssystem mit einem etwa siebenjährigen Rotationszyklus. Nach der Bestellung mit Tabak folgt auf den Anbauarealen eine etwa 6 Jahre dauernde Bracheperiode. Während dieser Zeit läßt man auf den zuvor genutzten Parzellen Se-

Tabelle 28: Anzahl, Betriebsflächen, Größe und regionale Verteilung der indonesischen Plantagen 1973

Provinz	Plantagen				
	Anzahl der Unternehmen	in %	Betriebsflächen in ha	in %	Durchschnittliche Größe in ha
Aceh	90	5,0	263898	11,8	2932,20
Nord-Sumatra	265	14,7	787869	35,4	2973,09
West-Sumatra	30	1,6	40492	1,8	1349,73
Riau	135	7,5	32870	1,5	243,48
Jambi	8	0,4	14427	0,6	1803,38
Süd-Sumatra	21	1,2	21800	0,9	1038,10
Bengkulu	7	0,4	3577	0,2	511,00
Lampung	38	2,1	149434	6,7	3932,47
Jakarta	–	–	–	–	–
West-Java	392	21,8	319551	14,4	815,18
Zentral-Java	123	6,8	92055	4,1	748,41
Yogyakarta	5	0,3	5572	0,3	1114,40
Ost-Java	253	14,0	260384	11,8	1029,19
Bali	8	0,4	2743	0,1	342,86
West-Nusatenggara	21	1,2	11337	0,5	539,86
Ost-Nusatenggara	12	0,7	2119	–	176,58
West-Kalimantan	38	2,1	14984	0,7	394,32
Zentral-Kalimantan	11	0,6	5768	0,3	524,36
Süd-Kalimantan	31	1,7	36147	1,6	1166,03
Ost-Kalimantan	5	0,3	2356	0,1	471,20
Nord-Sulawesi	102	5,7	16952	0,8	166,20
Zentral-Sulawesi	12	0,7	1416	–	118,00
Süd-Sulawesi	92	5,1	106079	4,8	1153,03
Südost-Sulawesi	30	1,7	3560	0,2	118,67
Maluku	72	4,0	30255	1,4	420,21
Irian Jaya	–	–	–	–	–
Indonesien	1801	100,0	2225645	100,0	1235,78

Quelle: Sensus Pertanian 1973, Jakarta 1976

Tabelle 29: Umfang und regionale Verteilung der besitzentfremdeten Plantagenflächen

Region	Minimalwerte in 1000 ha
Jakarta	0,5
West-Java	28,0
Zentral-Java	5,0
Ost-Java	27,0
Süd-Sumatra	29,0
Jambi	2,0
Riau	6,0
West-Sumatra	2,5
Nord-Sumatra	119,0
Aceh	15,0
Süd-Kalimantan	2,0
Südost-Sulawesi	1,0
Indonesien	237,0

Quelle:
Statistical Pocketbook of Indonesia 1964/67

kundärvegetation zur Bodenregeneration und als Erosionsschutz nachwachsen. Dies bedeutet, daß in der Regel etwa 6/7 der jeweiligen Betriebsflächen nicht genutzt sind. Diese Brachflächen bildeten die bevorzugten Ziele der Landnahmeaktionen. Nach C. E. Cunningham (1958) sollen allein in Nord-Sumatra etwa 113 000 ha durch „Squatter" besetzt worden sein. Niederländische Quellen schätzen demgegenüber das okkupierte Gesamtareal in diesem Raum auf etwa 125 000 ha, wovon etwa 65 000 ha auf einstige Tabakpflanzungen und rund 60 000 ha auf Plantagen mit mehrjährigen Kulturen entfallen. Aber auch das expansive Wachstum der Großstadt Medan griff nach dem Zweiten Weltkrieg auf ehemalige Plantagen-

Tabakplantage bei Medan, Nordost-Sumatra

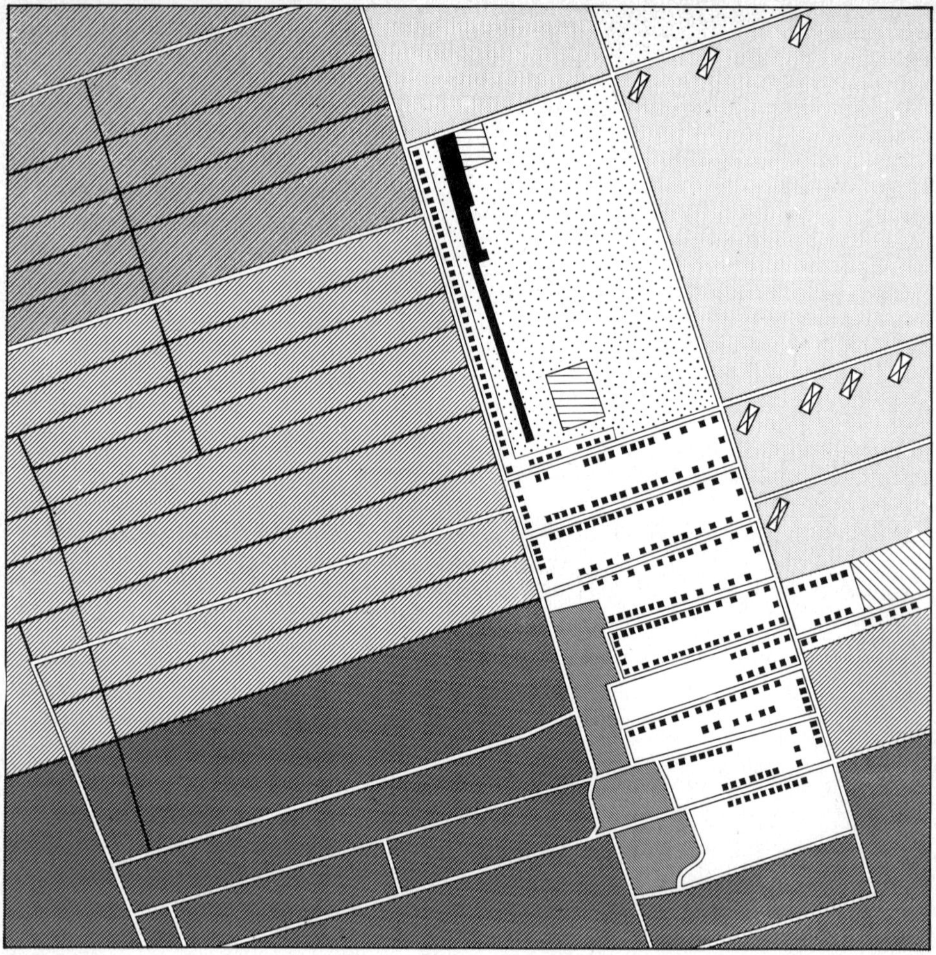

Quelle: N. Stein 1974

- Sekundärbusch im 3. Jahr d. Brache
- Sekundärbusch im 2. Jahr d. Brache
- Mit Mimosa invisa bepflanzte Fläche (*Leguminose*)
- Teakbaumbestand
- Versuchsfelder
- Lager- u. Verwaltungsgebäude
- Trockenscheunen
- Plantagenarbeiterhäuser m. kl. Feldparzellen
- Äußere Stadtrandzone v. Medan m. agrar. Nutzung
- Übergangszone
- Gebiet geschlossener Bebauung
- Heutige u. frühere Plantagenwege
- Strassen

ca. 250 m

Ölpalmen-Plantagen in Nordost-Sumatra, 1976

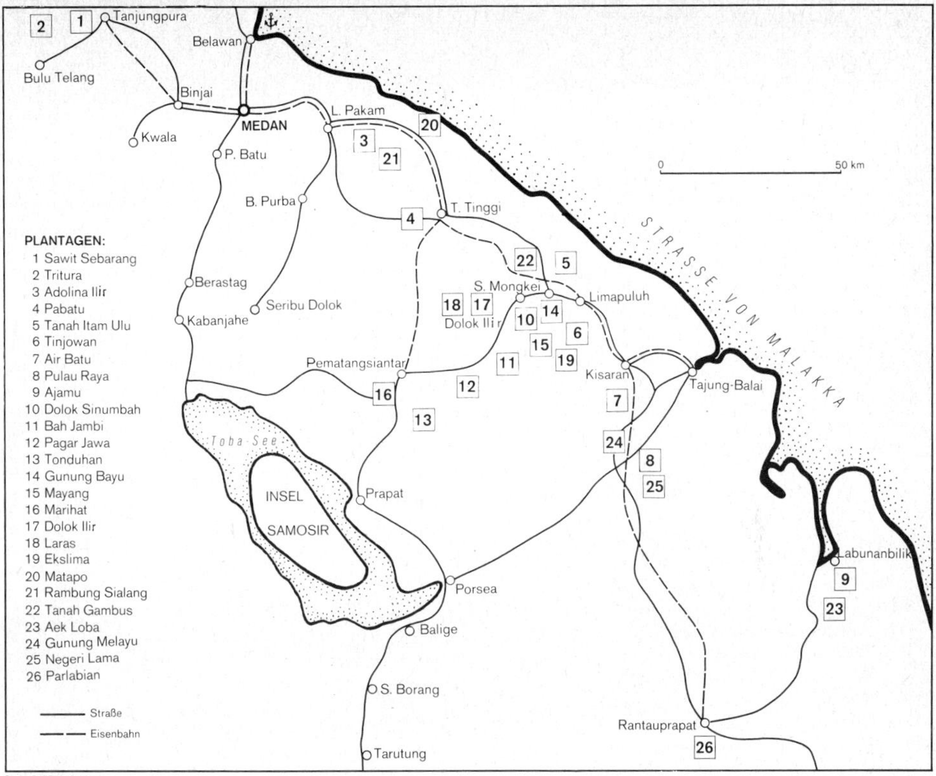

Quelle: BAPPENAS 1976

flächen über. Obwohl die statistisch erfaßte Besitzentfremdung auf Sumatra mit minimal etwa 173 500 ha am ausgeprägtesten war, wurden von diesem Prozeß auch die übrigen Inseln in unterschiedlichem Ausmaß betroffen. Für Java, den Kernraum des indonesischen Archipels, weist der vorgenannte Zensus etwa 60 500 ha als Minimalwert aus. Hiervon entfallen auf die Provinz West-Java etwa 28 000 ha, auf den Großraum von Jakarta etwa 500 ha, auf Zentral-Java rund 5000 ha und auf Ost-Java 27 000 ha. Niederländische Schätzungen aus dem Jahre 1954 beziffern demgegenüber den Umfang der okkupierten Plantagen- bzw. Pflanzungsareale in Java auf mindestens 80 000 ha. Hiernach sollen beispielsweise allein im Raume Malang und Kediri in Ost-Java insgesamt etwa 43 000 ha und in der Region Surakarta rund 14 000 ha in kleinbäuerlichen Besitz überführt worden sein.

Aber nur relativ selten wurde das eigentliche Ziel dieser Landnahmeaktionen voll erreicht. Denn nur in geringem Umfang gelang es, die an diesen Aktionen Beteiligten mit ausreichend großen Wirtschaftsflächen auszustatten. Demzufolge gingen auch nur wenige tragfähige bäuerliche Betriebe aus diesen Siedlungsaktivitäten hervor. Vielfach sichern die okkupierten Parzellen nicht einmal den Subsistenzbedarf der neuen Inhaber in ausreichendem Maße. Beträchtlich geschmälert wurden jedoch die produktionswirtschaftlichen Grundlagen. Darüber hinaus war mit diesem Aufsiedlungsprozeß auch eine drastische Verminderung des ohnehin

Zuckerrohr- u. Tabakanbau agro-industrieller Großbetriebe auf bäuerlichen bzw. gemeindeeigenen Pachtländereien im Raume Klaten, Zentral-Java, 1969/70

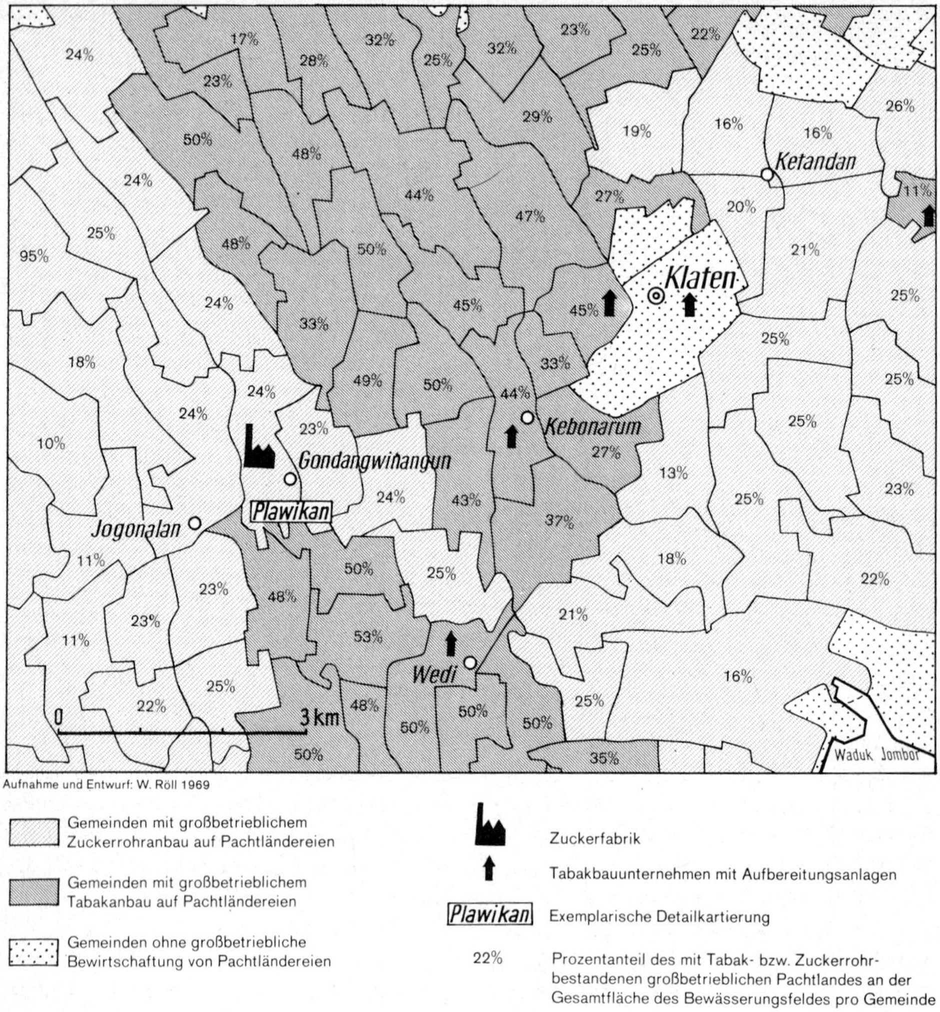

begrenzten Arbeitsplatzangebots verbunden. Hatte allein die arbeitsintensive Zuckerindustrie Javas 1929 mehr als 60 000 festangestellte und über 700 000 saisonale Arbeitskräfte und boten die Plantagen außerhalb Javas rund weiteren 490 000 Kontraktarbeitern Beschäftigung, so betrug die Gesamtzahl der auf den Großunternehmen tätigen Personen 1977 nur noch rund 850 000. Gleichzeitig sanken die Erträge pro Flächeneinheit. So fiel beispielsweise die Produktion von Palmöl von 3,04 t/ha (1938) auf 2,1 t/ha im Jahre 1966. Abgesehen von Kautschuk, dessen Produktion erhöht werden konnte, verringerte sich zwischen 1939 und 1958 beispielsweise die Plantagenerzeugung von Tabak um 85%, von Kaffee um 78%, von Zukker um 51%, von Tee um 42% und von Palmöl um 39%. Der außenwirtschaftliche Beitrag der Großbetriebe sank von 41,6%

(1939) über 31,3% (1952) auf 25% (1966) ab. Hervorstechendstes Beispiel ist Zucker, der seit 1966 überhaupt nicht mehr exportiert werden konnte. Zugleich konzentrierte sich die Plantagenerzeugung, die einst etwa 30 Produkte umfaßt hatte, zunehmend auf einige wenige wichtige Exportgüter. Hierunter ist die bis in Höhen von etwa 700 m betriebene Kautschukproduktion Acehs, Nord- und Ost-Sumatras, West-Javas sowie West- und Süd-Kalimantans noch immer von Bedeutung. Doch wird der überwiegende Teil des Kautschuks von kleinbäuerlichen Betrieben erzeugt. Auch der Kaffeeanbau hat sich zunehmend auf diesen Bereich verlagert. Dies gilt auch für den Tabakanbau mit seinen vorwiegend in Nordost-Sumatra, Mittel- und Ost-Java konzentrierten staatlichen Großbetrieben. Darüber hinaus versucht man seit 1975 auch den auf der Pacht kleinbäuerlicher Ländereien basierenden Zuckerrohranbau Zentral- und Ost-Javas auf die Kleinbetriebe selbst zu verlagern. (Tab. 30)

Dieser Umstrukturierungsprozeß soll bis 1979 abgeschlossen sein. Der größte Teil der staatlichen Kaffeepflanzungen, die in den vergangenen Jahren meist nur sehr niedrige Erträge zu verzeichnen hatten, finden sich in Ost-Java, Teilen Sumatras, Sulawesis und Nusatenggaras. Auf Java werden rund 16 500 ha und in Süd-Sumatra etwa 3500 ha von größeren Kaffeepflanzungen bewirtschaftet. Ihre Produktion lag 1976 bei nur 15 200 t. Im Gegensatz zu diesen Kulturen ist die Produktion von Palmöl und Palmkernen bis heute überwiegend an Großbetriebe gebunden. Obwohl die in Äquatorialafrika beheimatete Ölpalme bereits 1848 auf Java Eingang fand, wurde die Erzeugung von Palmöl und Palmkernen erst in den Jahren nach dem Ersten Weltkrieg namentlich in Aceh und Nord-Sumatra intensiviert. In diesen Regionen entwickelte sie sich schnell zu einem gewinnträchtigen Produktionszweig. Nur ein geringer Prozentsatz der Ölpalmenbestände wird von kleinbäuerlichen Betrieben bewirtschaftet. Bei Hektarerträgen von durchschnittlich 3,4 t wurden 1976 rund 433 900 t Palmöl und 82 100 t Palmkerne erzeugt. Nach Malaysia entwickelte sich Indonesien zu einem der bedeutendsten Welterzeuger von Palmölprodukten. 1976 konnten 405 600 t Palmöl und 25 600 t Palmkerne exportiert werden (1939: 220 702 t bzw. 47 789 t). Auch der vor allem in den feuchten Hochlandsregionen West-Javas und Nord-Sumatras betriebene großbetriebliche Teeanbau, der bereits 1826 versuchsweise aufgenommen und seit 1873 systematisch ausgeweitet wurde, ist noch immer von erheblicher wirtschaftlicher Bedeutung. Denn in der Weltteeproduktion nimmt Indonesien nach Indien, der Volksrepublik China, Sri Lanka und Japan einen führenden Platz ein. 1976 konnten rund 77 000 t Tee erzeugt werden. Davon entfielen rund 61 100 t auf Plantagen. Der Tee-Export erreichte 1976 rund 47 500 t (1939: 73 500 t). Die einst sehr bedeutsame Chininerzeugung wird heute nur noch in minimalem Umfang betrieben. Die großbe-

Tabelle 30: Anbauflächen und Produktion der bedeutendsten Plantagen 1939 – 1974/76

Produkt	Anbauflächen in ha			Produktion in t		
	1939	1958	1974	1939	1958	1976
Kautschuk	615627	498200	437900	198074	244901	246800
Zucker	94947	52100	106800	1575905	771186	1055700
Tee	138388	74300	61100	83159	48518	61100
Tabak	36522	7600	12500	39003	5732	9000 (1974)
Palmöl	105093	104500	164300	243683	147693	433900
Kaffee	99167	47100	37500	58319	12611	15200

Quellen: I. WILDFÖRSTER 1959; Statistical Pocketbook of Indonesia 1964/67; H. DEQUIN 1978

Flurverfassung und Landnutzung in der Gemeinde Plawikan, Zentral-Java, 1969

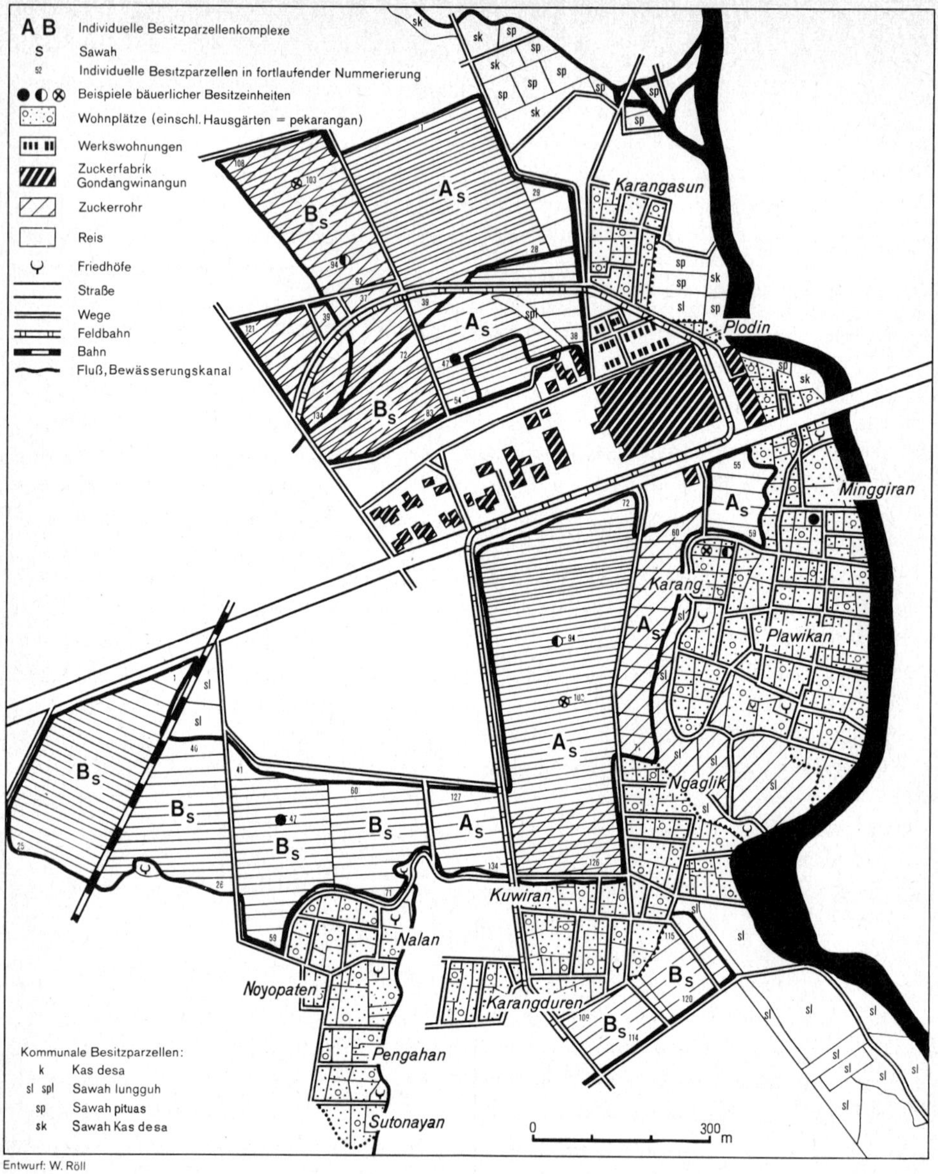

Entwurf: W. Röll

triebliche Kopraproduktion erlangte im Vergleich zur kleinbäuerlichen Produktion nie eine wesentliche Bedeutung.
Nach der Rückgabe einiger agro-industrieller Großbetriebe seit 1967 an ihre amerikanischen, britischen und belgischen Eigentümer und durch Rehabilitierungsmaßnahmen – beispielsweise auf den großen Goodyear Kautschukpflanzungen um Medan in Nord-Sumatra – zeichnen sich in den letzten Jahren wieder steigende Produktionsergebnisse ab. Aber trotz beachtlicher Anstrengungen zur Wiederinstandsetzung namentlich der Ölpalmen-, Kautschuk- und Teeplantagen sowie der Zuckerindustrie, die u.a. mit Hilfe der Weltbank und der Asiatischen Entwicklungsbank durchgeführt werden, ist dieser Wirtschaftszweig von einer Konsolidierung noch weit entfernt. Bis 1985 sollen die Anbauflächen der Ölpalmen-, Kautschuk- und Tee-Kulturen jährlich etwa um 4% bis 14% ausgeweitet werden. Doch sind hohe Kapitalaufwendungen, die Einführung von Beratungsdiensten und andere Maßnahmen erforderlich, um die staatlichen Pflanzungen zu modernisieren und in ihrem Management, in ihren technischen Betriebsausrüstungen sowie in ihrer Produktivität weiter zu verbessern. So wurden beispielsweise in der Zukkerrohrwirtschaft 1975 erst Hektarerträge von durchschnittlich 98,3 t/ha gegenüber 139,8 t/ha im Jahre 1935 erreicht. Obwohl die Zuckerproduktion der Plantagen 1976 wieder auf rund 1,1 Mio. t angehoben werden konnte, mußten noch immer rund 250 000 t importiert werden. Denn die 55 überwiegend auf Java konzentrierten staatlichen Zuckerfabriken, deren Maschinenpark vielfach noch aus dem 19. Jahrhundert stammt, konnten erst wieder etwa 86% des Eigenbedarfs dekken. Nach Feststellungen vom Jahre 1978 bedürfen rund 600 000 ha, d.h. etwa 80% der bepflanzten Plantagenareale, der Verjüngung ihrer überalterten mehrjährigen Baum- und Strauchkulturen sowie sonstiger Erneuerungsmaßnahmen. Wie schwierig sich allein die Verjüngung der Baumbestände gestaltet, offenbart die Tatsache, daß beispielsweise Thailand 1976 jährlich etwa 40 000 ha seiner Kautschuk-Kulturen durch Neuanpflanzungen erneuerte, während Indonesien zum gleichen Zeitpunkt nur die Bestände von rund 8000 ha verjüngen konnte. Daher beabsichtigt die Regierung, finanzielle Anreize für die Zusammenarbeit mit ausländischen Investoren zu geben, um mit Hilfe von „Joint Ventures“ die Kautschukproduktion während des Dritten Fünfjahresplanes (REPELITA III) auf etwa 908 000 t im Jahre 1983 steigern zu können. Darüber hinaus plant die Weltbank sog. „Nucleus Plantagen“ als Innovationszentren zur Stimulierung der kleinbäuerlichen Kautschukproduktion. 1979 stellte die Weltbank allein für die Erneuerung der Gummiplantagen in Süd-Kalimantan 65,2 Mio. US-$ bereit. Insgesamt beläuft sich die Hilfe der Bank für die Kautschukplantagen in Indonesien auf 185 Mio. US-$. Experten veranschlagen allerdings für die Wiederinstandsetzung der Plantagen mindestens 10 bis 15 Jahre. 1976/77 entfielen auf die Plantagenwirtschaft nur noch etwa 5% aller Exporteinnahmen Indonesiens.

8.1.4 Entwicklungsstand und Aufgaben der Fischerei und Forstwirtschaft

Infolge der bisher nur sehr unzulänglichen tierischen Proteinversorgung der Mehrzahl der Bevölkerung und auf Grund des Archipelcharakters Indonesiens mit über 3,3 Mio. qkm Territorialgewässer ist die Entwicklung der Fischereiwirtschaft zur Deckung und qualitativen Verbesserung der Nahrungsmittelversorgung für die rasch wachsende Bevölkerung unerläßlich. Naturgemäß widmet sich die Bevölkerung nahezu aller Inseln seit altersher dem Fischfang, doch konnte bisher eine rationelle eigene Fischereiwirtschaft noch nicht entwickelt werden.

Bodennutzungsgefüge im nördlichen Küstenraum Zentral-Javas

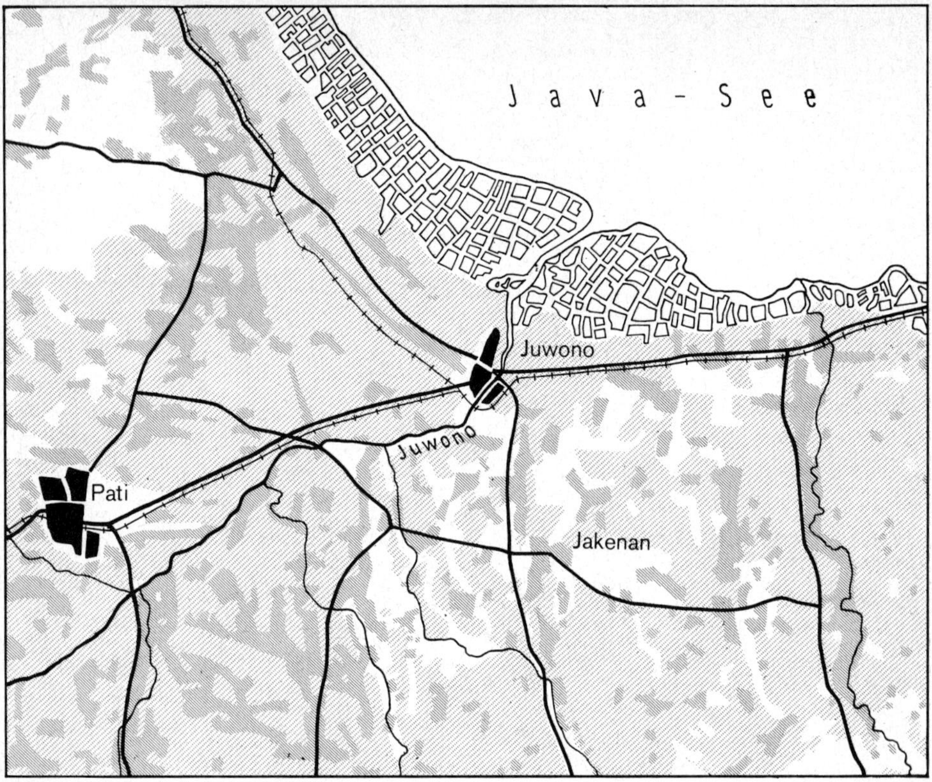

Quelle: Peta Ichtisar Djawa Madura, Helai 15 (Pati) 1960

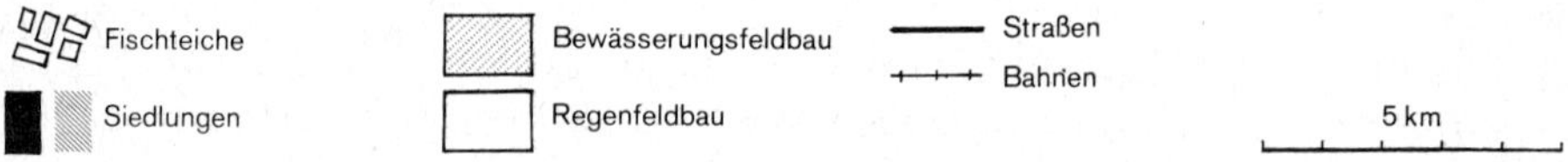

Außer der See und vor allem den fischreichen Schelfgewässern werden die Flüsse, Sümpfe und Seen, wie der Toba-See in Nord-Sumatra oder der Tempe- und Poso-See in Sulawesi, befischt. Dies gilt auch für die Wasserreservoire und die zahlreichen, meist kleinen Süßwasserteiche. Sie sind beispielsweise in den Minangkabau-Siedlungen des zentralen Hochlandes von West-Sumatra oder in West-Java weit verbreitet. So finden sich allein im nördlichen Küstenraum von Jakarta um den Hafen von Tanjung Priok Fischteiche in der Größenordnung von etwa 3000 ha (1971). In West-Java aber auch in anderen Landesteilen werden sie nicht selten auf Teilpachtbasis von Pächtern bewirtschaftet. Ferner ist namentlich auf Java seit langem eine Kombinationsform zwischen Reis- und kurzfristiger Süßwasserfischerzeugung auf brachliegenden oder bestellten Naßreisfeldern gebräuchlich. Diese von der Regierung stark propagierte, durch den verstärkten Einsatz chemischer Dünge- und Pflanzenschutzmittel jedoch nicht unproblematische Form der Fischgewinnung wird – ebenso wie der Fischfang in den Binnengewässern – vielfach nur ergänzend zur landwirtschaftlichen Tätigkeit ausgeübt. Nur etwa 400 000 von

Innerörtliche Fischteiche in Tipar, Gemeinde Cimahi (West-Java)

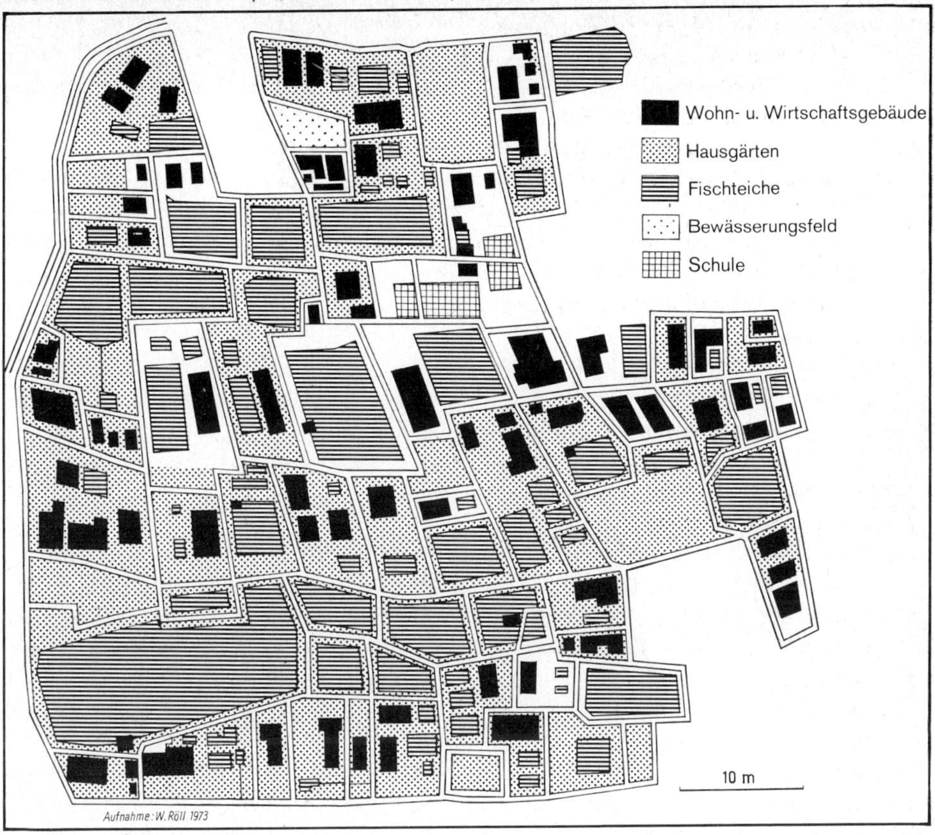

insgesamt schätzungsweise 1,2 Mio. Binnenfischern (1974) gehen diesem Erwerbszweig hauptberuflich nach. Darüber hinaus sind einstige Mangrovesümpfe, wie in Nord-Java oder Süd-Sulawesi, zu Salz- bzw. Brackwasserfischteichen mit einer Gesamtfläche von ca. 184 000 ha (1973) umgestaltet und nutzbar gemacht worden. Die Zahl der in der Hochsee- und Küstenfischerei Beschäftigten wurde 1974 auf rund 881 000 Personen geschätzt, wovon etwa 600 000 hauptberufliche Fischer waren. Von einer 1974 auf jährlich rund 9 Mio. t geschätzten möglichen Fischfangquote konnten effektiv jedoch nur etwa 14% angelandet werden. Denn von der Binnen- und Seefischerei wurden zum gleichen Zeitpunkt nur Fänge in Höhe von insgesamt etwa 1,3 Mio. t erzielt, wovon 860 000 t, d.h. 66%, von der Hochsee- und Küstenfischerei eingebracht wurden. In ihr sind die Provinzen Riau (Sumatra) und Süd-Sulawesi führend. 440 000 t konnten von der Binnenfischerei erzielt werden (1973), in der Kalimantan die höchsten Fangquoten aufweist. 1976 wurden die Fänge auf insgesamt 1,5 Mio. Tonnen beziffert. Die tatsächlichen Fangergebnisse dürften jedoch die vorgenannten offiziellen Werte weit überschritten haben, da ein Großteil der Fänge direkt konsumiert oder aber auf lokalen Märkten verkauft wird, ohne statistisch erfaßt zu werden. Obwohl der Fischfang nach dem Zweiten

Weltkrieg nicht zuletzt durch ausländische Fischereiprojekte (u.a. Japan, Süd-Korea) ständig erhöht wurde, bezifferte man 1974 das jährliche Fisch-Defizit zur ausreichenden Versorgung der Bevölkerung noch auf ca. 2,3 Mio. t. Im Jahre 1971 stand nur eine durchschnittliche Fangquote von 10,9 kg Fisch pro Kopf der Bevölkerung zur Verfügung. Zur Erhöhung der Produktion bedürfen vor allem die traditionellen, wenig effizienten Fangtechniken und veralteten Fangausrüstungen (u.a. Angeln, Wurf- und Fallennetze, Reusen) sowie die Fischereiflotte der Modernisierung. So waren beispielsweise 1973 von 294 770 registrierten Booten nur etwa 2,9% motorisiert. Die Heimathäfen dieser Motorboote lagen überwiegend auf Sumatra und Kalimantan. Der Rest bestand aus meist kleinen Segelbooten. Trotz des Baus mehrerer Anlagen mit Hilfe von Auslandskapital in den letzten Jahren fehlen noch immer Kühleinrichtungen, Verarbeitungsbetriebe und leistungsfähige Absatzorganisationen. Bisher kann der größte Teil der Fänge nur gesalzen oder getrocknet dem Konsum zugeführt werden. Darüber hinaus muß die Binnenfischerei intensiviert und ausgeweitet werden. (Tab. 31)

Nicht zuletzt ist auch der weitere Ausbau der Fischereigenossenschaften zu fördern, die 1972 erst etwa 42 000 Mitglieder in rund 420 Vereinigungen besaßen. Damit könnte zugleich ein wichtiger Schritt zum Abbau des Fischhandels-Monopols zahlreicher privater Zwischenhändler, vielfach chinesischer Herkunft, geleistet werden. Denn sie bestimmen bisher weitgehend Vermarktung und Preisgestaltung und von ihnen ist ein Großteil der in der Fischerei tätigen Bevölkerung durch Kreditaufnahmen und Verschuldung abhängig (G. R. ZIMMERMANN 1973). Im Rahmen der laufenden staatlichen Entwicklungspläne ist die Regierung u.a. durch den verstärkten Einsatz von Trawlern und die Motorisierung der Fischereiflotte bemüht, die Entwicklung der Fischereiwirtschaft den wachsenden Bedürfnissen des Binnenmarktes allmählich anzupassen. Darüber hinaus ist man zugleich bestrebt, den Fischexport auszuweiten. Vor allem der Ausfuhr von Krabben und Thunfisch nach Hongkong, Singapur, Malaysia, Japan, die USA, West-Europa usw. wird besondere Priorität eingeräumt. Diesen entwicklungspolitischen Zielen dienen u.a. die Fischerei-Forschungsinstitute in Jakarta, Bogor und Ambarawa sowie Fischereitrainingszentren in Tegal, Menado, Ambon, Sorong, Belawan, Singaraja und Sukabumi. Ein indonesisch-deutsches Gemeinschaftsprojekt hat u.a. die Entwicklung der bisher kaum gebräuchlichen Schleppnetz-Fischerei sowie die Ermittlung des Fischpotentials in der Java-See und dessen ständige Kontrolle zum Ziel. Denn in verschiedenen Küstenregionen wurde bereits eine beträchtliche Überfischung festgestellt, der es in Zukunft

Tabelle 31: Fläche und Produktion der Binnenfischerei 1973

Befischte Flächen	Fläche 1000 ha	Möglicher Ertrag kg/ha	Produktions-Potential 1000 t	Produktion 1000 t
Brackwasserteiche	184	600	100	53
Reisfelder	3000	200	600	20
Süßwasserteiche	36	2000	72	51
Süßwasserseen, Flüsse etc.	140	300	42	–
Sümpfe	6000	100	600	313
Gesamt:	9360		1424	437

Quelle: Generaldirektorat Fischereiwesen 1973

besser als bisher zu begegnen gilt. Ferner führten japanische Fischereifachleute in den Gewässern um Java, Süd-Sumatra und Bali Studien über die Möglichkeiten zukünftiger Fischzuchtkulturen durch. Von japanischen Firmen sind darüber hinaus auf den Aru- und Kai-Inseln (Molukken) Projekte zur Gewinnung von Zuchtperlen vorgesehen.

Von den über 122 Mio. Hektar umfassenden Waldungen des Landes (Bundesrepublik: 7,2 Mio. ha), die sich de jure zu etwa 93% in Staats- und zu 7% in Körperschaftsbesitz befinden, sind bisher noch etwa 90% weitgehend unerschlossen. Nur ca. 10% befinden sich in forstwirtschaftlicher Nutzung. Hiervon stellen wiederum etwa 9% nur extensiv exploitierte Wälder dar, während bisher erst etwa 1% aller Waldungen geregelter forstlicher Bewirtschaftung unterliegt (A. TRIHADI 1962). Hierzu zählen vor allem die für den Export bedeutsamen auf etwa 800 000 bis 900 000 ha bezifferten Teakbestände u. a. in Zentral- und Ost-Java. In ihnen wurden 1977 rund 500 000 cbm Teakholz gewonnen. Diese „Teakplantagen" werden seit 1871 meist im sog. „kombinierten land- und forstwirtschaftlichen Anbau" (H. HESMER 1970) mit Hilfe meist landloser Kontraktarbeiter angelegt, denen als Teilentgelt der ein- bis zweijährige Anbau von Mais, Trockenreis und anderen Feldfrüchten zwischen den jungen Teakholzkulturen eingeräumt wird. Ursächlich verbunden mit diesen forst- und ernährungswirtschaftlich sowie beschäftigungspolitisch bedeutsamen Maßnahmen zur großflächigen Aufforstung und geregelten Bewirtschaftung der im 17. und 18. Jahrhundert durch Raubbau stark dezimierten Teakbestände auf Java, war seit 1895 auch der planmäßige Aufbau einer Forstverwaltung mit Hilfe 1849 angeworbener deutscher Forstbeamter auf dieser Insel. Abgesehen von Java und Teilen Sumatras mit seinen u. a. im Bereich des Toba-Sees und in Aceh in der Vorkriegszeit angelegten größeren Nadelholzbeständen (u.a. Pinus merkusii), steht die forstliche Erschließung der meisten übrigen Inseln, auf denen sich über 97% aller indonesischen Wälder finden, erst in den Anfängen. Obwohl auch diese Waldungen zwischen 1908 und 1912 staatlicher „Aufsicht" unterstellt wurden, fehlt – von einzelnen regionalen Erkundungsstudien abgesehen – bis heute eine genaue Waldinventur als Grundlage einer rationellen Forstwirtschaft im Rahmen der indonesischen Gesamtwirtschaft. Desgleichen verfügen die staatlichen Forstbehörden über zu wenig fachlich qualifiziertes Personal und sind finanziell unzureichend ausgestattet. So besaß Indonesien beispielsweise 1971 nur 380 akademisch ausgebildete Förster, während der Bedarf auf etwa 3300 beziffert wurde. Darüber hinaus wird eine eigenständige, planvolle Exploitation und fachgerechte Betreuung der großen natürlichen Holzreserven auch durch fehlende oder unzureichende Verkehrswege, Transportmittel, hohe Erschließungskosten, heterogene Holzartenzusammensetzung usw. stark beeinträchtigt.

Aufgrund dieser Schwierigkeiten ist die Zentralregierung seit 1967/68 bemüht, die gewinnbringende Ausbeute der Waldungen gemeinsam mit ausländischen Konzessionären durchzuführen. Dank günstiger Bedingungen (u.a. Gewinn- und Kapitaltransfer) sowie steigender Nachfrage gelang es, eine große Anzahl ausländischer Unternehmen, darunter Firmen aus Japan, Südkorea, den Philippinen und USA, für Investitionen in der Holzwirtschaft zu gewinnen. Mit ihrer Hilfe entwickelte sich Indonesien in den letzten Jahren zu einem führenden Lieferanten tropischen Nutzholzes auf dem Weltmarkt. Der Holzeinschlag, der bis vor wenigen Jahren auf den Umkreis der großen Flüsse und die Küstenregionen beschränkt war, wurde vor allem in Kalimantan, Sumatra, Sulawesi, den Molukken und im Riau-Archipel räumlich beträchtlich ausgeweitet. 1976 erreichte er knapp 26 Mio. cbm gegenüber 3,8 Mio.

cbm im Jahre 1960. Langfristiges Ziel ist die Rodung von etwa 18 Mio. ha. Der Holzexport (u. a. Teak, Meranti, Ramin) stieg von 1 Mio. cbm (1968) auf 19 Mio. cbm im Jahre 1976 an. Damit wurde Nutzholz nach Erdöl das zweitwichtigste Exportprodukt des Landes. Hauptabnehmer ist Japan, das 60% der indonesischen Holzausfuhr importiert.

Diese eindrucksvolle Expansion hatte jedoch gravierende Schädigungen der Ökosysteme in den Regenwaldgebieten zur Folge. Vielfach ist durch den rücksichtslosen, weitgehend unkontrollierten Holzeinschlag, der kaum entwicklungspolitische Verantwortung verrät, die natürliche Verjüngung der Bestände in den Konzessionsgebieten in Frage gestellt. Eine 1971 verhängte Sperrung der Vergabe neuer Holzeinschlagkonzessionen an ausländische Unternehmen wurde in den vergangenen Jahren häufig durchbrochen, so daß 1977 die Vergabe neuer Konzessionen erneut untersagt wurde. Zur Devastierung der Wälder trägt aber u. a. auch die auf zahlreichen Inseln noch immer geübte Landwechselwirtschaft in erheblichem Maße bei. Durch Vernichtung der Vegetationsdecken schreiten u. a. Bodenverarmung, Erosion und die Ausbreitung des nur schwer zu rekultivierenden Alang-Alang Grases (Imperata cylindrica) rasch voran. Um weitere schwerwiegende ökologische Schädigungen in Zukunft zu vermeiden oder zumindest zu mindern, hat die Regierung inzwischen beschlossen, die Gesetze über die Wiederaufforstung zu verschärfen. Man schätzt, daß etwa 8 Mio. ha der Aufforstung bedürfen. Davon entfallen allein rund 1,8 Mio. ha auf Java. So sieht der Zweite Fünfjahresplan von 1974 (REPELITA II) die Wiederaufforstung von 2,1 Mio. ha Ödland und die Neuanpflanzung von 1,7 Mio. ha Wald vor. Für die Jahre 1977/78 war zunächst u. a. in Ost-Java, Bali, Süd-Kalimantan sowie in West- und Ost-Nusatenggara die Begrünung von rund 630 000 ha und die Wiederaufforstung von weiteren 200 000 ha geplant. Die nach dem Zweiten Weltkrieg mit sehr unterschiedlichen Ergebnissen durchgeführten (Wieder)-Aufforstungen (u. a. Teak, Kiefern) konzentrierten sich bisher vor allem auf Java. Hier waren während der japanischen Besatzungszeit (1942–45) und in den ersten Nachkriegsjahren allein etwa 400 000 bis 500 000 ha Wald, darunter ein hoher Prozentsatz der Teakbestände, der Rodung oder Devastierung anheimgefallen. Neben Wieder- und Neuaufforstungsmaßnahmen u. a. zur Eindämmung der in den letzten Jahren stark angewachsenen Bodenerosion bestehen die wichtigsten Zukunftsaufgaben der indonesischen Forstwirtschaft vor allem in der Erschließung und in der 1966 begonnenen Wald-Inventur zur besseren Erfassung der vorhandenen Holz-Bestände sowie der allmählichen Umwandlung der Waldungen in regulär bewirtschaftete Nutzholzforste. Auch sollten die Einschlagsmethoden künftig stärker als bisher kontrolliert werden. Desgleichen ist dem Aufbau einer holzverarbeitenden Industrie mit entsprechenden Beschäftigungs- und Einkommenseffekten stärkere Beachtung zu schenken. Denn sie entspräche den entwicklungspolitischen Erfordernissen des Landes weit besser als ein Ausfuhrboom unverarbeiteter Hölzer, die aufbereitet teilweise nach Indonesien reimportiert werden. Die Zahl und Effizienz der bisher vorhandenen holzverarbeitenden Betriebe ist gering. Ferner bedürfen das Management und die forstwirtschaftlichen und holztechnologischen Institute in Bogor dringend der Verbesserung und des weiteren Ausbaus. Nicht zuletzt sollten in den ausländischen Holzprojekten in Zukunft auch verstärkt indonesische Arbeitskräfte eingesetzt werden. Denn es ist bei der prekären Arbeitsmarktsituation des Landes wirklich unverständlich, daß beispielsweise im Holzeinschlag auf den Mentawai-Inseln im Westen Sumatras Arbeitstruppen aus Malaysia und in den Konzessionsgebieten Kalimantans u. a. Arbeiter von den Philippinen im Einsatz sind.

8.2
Der Bergbau im Rahmen der Gesamtwirtschaft

Dank der großen mineralischen Rohstoffvorkommen, des beträchtlichen Zuflusses von ausländischem Kapital und technischem Know How, verzeichnet auch der Bergbau seit über zehn Jahren ein rapides Wachstum. Der Anteil des Bergbaus am Bruttoinlandsprodukt stieg hierdurch von nur 3,1% (1960) auf 11,6% (1976) an. Diese beträchtliche Steigerung resultiert insbesondere aus der erneuten Öffnung des Landes für ausländische Investoren. Aufgrund der ausländischen Firmen in dem neuen Investitionsgesetz vom Jahre 1967 gewährten finanziellen Vergünstigungen, setzte eine intensive Investitionstätigkeit ein. Zahlreiche Bergbauprojekte wurden seitdem in Zusammenarbeit mit inländischen Partnern verwirklicht.

Dies gilt insbesondere für die Erdölproduktion, deren Ursprünge in Indonesien auf das Jahr 1872 zurückgehen und die bereits vor dem Zweiten Weltkrieg eine der bedeutendsten der Welt war. Über 40 ausländische Mineralölgesellschaften, unter denen amerikanische und japanische Firmen dominieren, beteiligen sich seitdem erneut an der Erdölexploration und Erdölförderung. Partner der ausländischen Ölgesellschaften bei allen ihren Aktivitäten in Indonesien ist der staatseigene Öl- und Gaskonzern PERTAMINA. Er ging 1968 aus dem Zusammenschluß von zwei 1958 im Zuge der Verstaatlichung der indonesischen Ölproduktion gegründeten Firmen hervor. Die Gesellschaft entwickelte sich schnell zum weitaus größten Wirtschaftsunternehmen des Landes. PERTAMINA verfügt über eine eigene Tankerflotte und Luftfahrtgesellschaft. Sie kontrolliert die Petrochemie und betrieb bis vor kurzem einige der größten und ehrgeizigsten Entwicklungsprojekte des Landes, darunter moderne Reisbaufarmen und das große bei Cilegon in West-Java entstehende Krakatau-Stahlwerk. Mit vielfältigen weiteren Aktivitäten in Industrie, Handel, auf dem Grundstücksmarkt, im Hotelgewerbe, Versicherungs-, Krankenhaus- und Bildungswesen usw. stellt dieses Unternehmen ein „Staat im Staate" dar. Dieser Staatsbetrieb, der in der Vergangenheit eine von der zentralen, nationalen Planungsbehörde weitgehend unabhängige, eigenständige sektorale und regionale Entwicklungspolitik betrieb und durch diese seine weitgespannte, unkonventionelle Investitions- und Anleihepolitik 1974 mit mehreren Milliarden US-$ Schulden das Land hart an den Rand des Staatsbankrotts brachte, kooperiert auf der Basis langfristiger ‚Production Sharing'-Abkommen mit den ausländischen Investoren. Im Rahmen dieses Produktionsteilungssystems, das im Jahre 1967 die früheren Konzessionsverträge ablöste, obliegt der PERTAMINA die Gesamtleitung aller Ölaktivitäten innerhalb Indonesiens. Die ausländischen Partner, die dreißigjährige Verträge erhalten, finanzieren Ausrüstung, Versorgungsgüter und technische Dienste. Ferner tragen sie alle Betriebsrisiken, Explorations- und Förderungskosten. Darüber hinaus gehen die zur Erdölsuche und Förderung importierten Sachausrüstungen in den Besitz der PERTAMINA über. Im Erfolgsfalle können dafür bis zu 40% der jährlichen Produktion von den ausländischen Investoren als Aufwendungen abgeschrieben werden. Der Rest der Ölproduktion wird je nach Höhe der Förderung und des Ölpreises im Verhältnis von 65 zu 35 und 85 zu 15 zwischen dem indonesischen Staatsunternehmen und den ausländischen Gesellschaften geteilt. Die Kontraktoren betreiben den Export. Der PERTAMINA ist der Inlandsmarkt vorbehalten.

Auf der Grundlage dieser neuen Konzeption, die inzwischen auch anderen erdölproduzierenden Staaten als Modell dient, wurden von ausländischen Firmen auf zahlreichen Inseln, vor allem aber in den Schelf- und Seegebieten um Java, Sumatra, Kalimantan, Sulawesi,

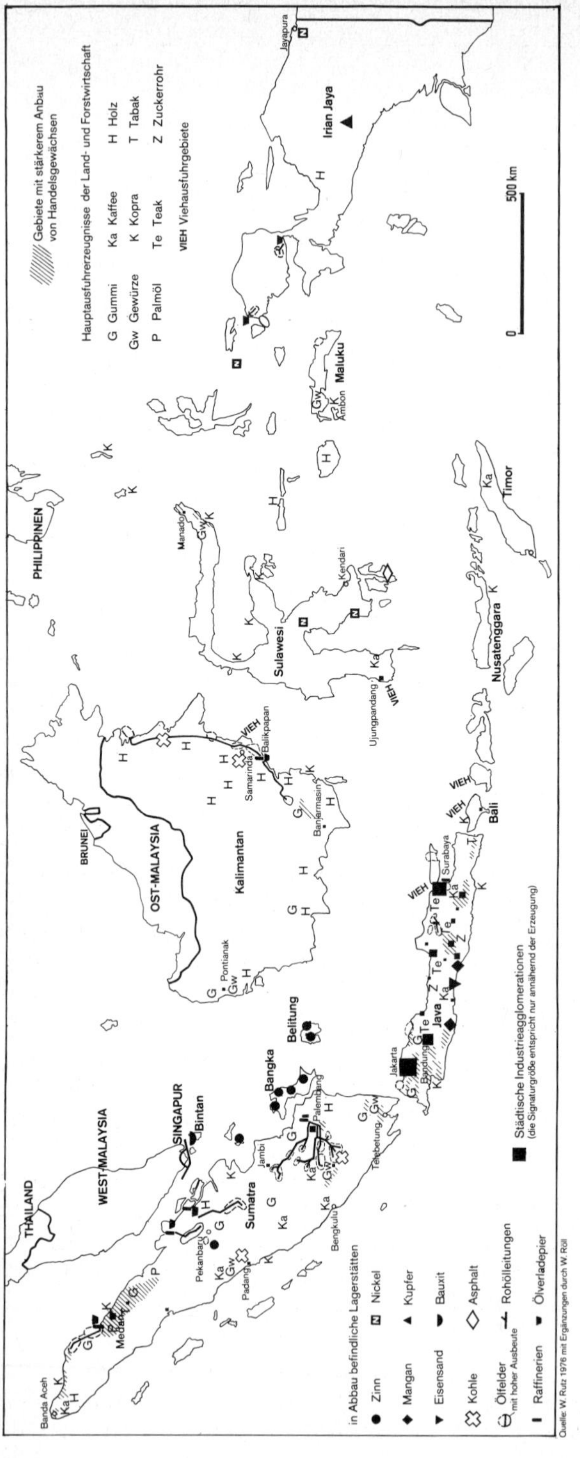

Hauptgebiete marktgerichteter Erzeugung (Landwirtschaft, Bergbau, Gewerbe)

Nusatenggara, Irian Jaya und im Südchinesischen Meer bis 1976 über 3,9 Mio. qkm zur Exploration unter Konzession genommen. In einigen Bereichen operiert die PERTAMINA auch eigenständig. Obwohl die Bohrungen in den Schelf- und Seegebieten politische Grenzprobleme mit den Nachbarstaaten aufwerfen, sind die ölhöffigen Gewässer zwischen West-Malaysia, Java, Sumatra und Kalimantan bereits fast lückenlos unter den Ölprospektoren aufgeteilt. Allerdings sind bisher erst etwa 13% dieser Areale genauer untersucht worden. Andererseits konnten namentlich vor den Küsten Javas, auf Sumatra, Kalimantan und Irian Jaya sowie ihren Off Shore-Bereichen durch die niedergebrachten Versuchsbohrungen bereits zahlreiche neue, ergiebige Öl- und Erdgasvorkommen entdeckt, erschlossen und kommerziell ausgebeutet werden. Denn die Erfolgsquote zwischen Versuchsbohrungen und fündigen Bohrungen liegt mit etwa 25% relativ hoch.

Durch diese Aktivitäten entwickelte sich die Erdölproduktion zum dynamischsten aller indonesischen Wirtschaftssektoren. Ölbasen und Versorgungslager wurden auf der Insel Batam nahe Singapur, in Merak (West-Java), Balikpapan (Ost-Kalimantan) und auf der Insel Masalembo in der Java-See eingerichtet. Die Förderung stieg von 7,9 Mio. t (1940) über 20,6 Mio. t (1960) auf

Konzessionsgebiete für Erdölprospektierungen

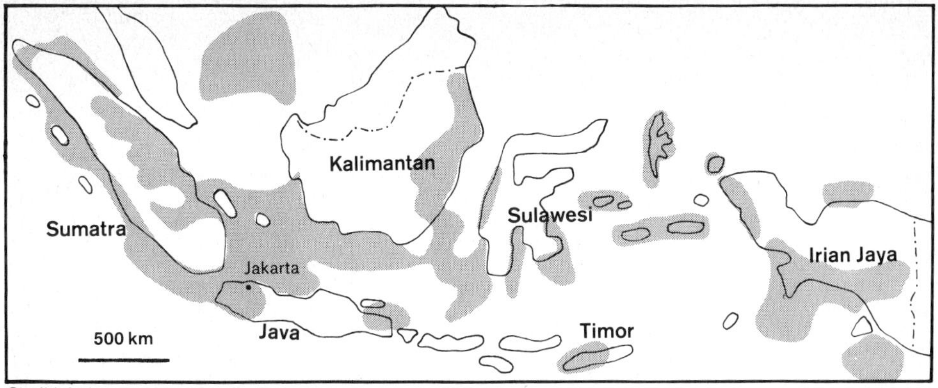

Quelle: Indonesische Botschaft Bonn 1975

Bis 1975 vergebene Erdölkonzessionen

74,8 Mio. t im Jahre 1976 an. Dabei lag der aus Off Shore-Vorkommen geförderte Erdölanteil bereits bei über 23% der indonesischen Gesamterzeugung (1976). Vorläufige Schätzungen beziffern die Fördermenge für 1977 auf 84,5 Mio. t. Damit ist Indonesien der größte Erdölproduzent östlich des Persischen Golfes und hat Brunei und Sarawak in Ost-Malaysia weit überflügelt. Auf die gesamte Weltförderung bezogen, betrug die indonesische Erzeugung demgegenüber jedoch nur etwa 2,7%. Unter den erdölproduzierenden Staaten (OPEC) der Welt nimmt das Land mit diesem Produktionsanteil gegenwärtig den zehnten Platz ein. Von der Förderung entfällt der größte Teil auf die Firmen CALTEX, PERTAMINA und STANVAC. Aber auch die vor dem Zweiten Weltkrieg führende Royal Dutch-SHELL-Gruppe, deren Erzeugungsanlagen 1965 von der PERTAMINA übernommen wurden, ist 1971 wieder nach Indonesien zurückgekehrt.

Über drei Viertel der gesamten indonesischen Erdölproduktion werden gegenwärtig in Sumatra und dort insbesondere auf den um 1940 entdeckten Erdölfeldern von Minas, Lirik und Duri in der Provinz Riau gefördert. Die Produktion dieser Lagerstätten wird über Pipelines zu den Verladestellen am Siakfluß sowie zum Hafen Dumai an der Malakka-Straße gepumpt. Zwei 1971 fertiggestellte neue Raffinerien bei Dumai (Kapazität: 100 000 Barrel pro Tag; 1 Barrel [Faß] entspricht 1,6 hl) und Sungai Pakning (Kapazität: 50 000 Barrel) verarbeiten einen Teil der Förderung. Die Produktion aus den Vorkommen der Provinz Riau übersteigt weit die der seit 1893 ausgebeuteten älteren Rantau- und Perlak-Felder im Südosten von Aceh mit einer Raffinerie (Kapazität: 30 000 Barrel) in Pangkalanbrandan (Nord-Sumatra). Von zahlreichen kleineren, ab 1901 erschlossenen Feldern im Raume Jambi und Muara Enim, dem zweitwichtigsten Fördergebiet Sumatras, führt ein weitverzweigtes Pipelinenetz zu den Raffinerien Plaju (Kapazität: 110 000 Barrel) und Sungai Gerong bei Palembang (Kapazität: 75 000 Barrel). Etwas über 10% der Gesamtförderung entstammen zur Zeit den Erdölfeldern Kalimantans und seiner Schelfgebiete. Die bedeutendste Lagerstätte dieser Insel ist das 1938 entdeckte Vorkommen Tanjung in Süd-Kalimantan. Es ist durch eine Pipeline mit einer Raffinerie (Kapazität: 75 000 Barrel) und den Verschiffungsanlagen in Balikpapan verbunden. Weitere Felder werden u.a. im Raume Balikpapan, den Inseln Bunyu und Tarakan sowie seit 1972 im Off Shore-Bereich ausgebeutet, wobei das Ost-Kalimantan vorgelagerte Attaka-Feld eines der größten Off Shore-Vorkommen ist. Die restliche Förderung entfällt auf Irian Jaya, Seram, West- und Ost-Java sowie auf die Java See. Eine Raffinerie in Wonokromo (Ost-Java) sowie eine weitere 1976 in Cilacap an der Südküste Zentral-Javas eröffnete Anlage (Kapazität: 100 000 Barrel) verarbeiten einen Teil des javanischen Rohöls.

Da der indonesische Eigenverbrauch bisher noch relativ gering ist, konnten 1976/77 über 85% der Gesamtförderung für den Export bereitgestellt werden. Unter den indonesischen Exportgütern stehen Rohöl und Erdölprodukte inzwischen mit Abstand an erster Stelle und haben die ehemals führenden Ausfuhrgüter Kautschuk, Zinn, Tabak, Palmöl usw. verdrängt. Hauptabnehmer indonesischen Erdöls sind zur Zeit die USA und das rohstoffarme Japan, das seine Abhängigkeit von den Zufuhren vom Persischen Golf durch den Rückgriff auf die nahegelegenen Vorkommen Südostasiens auflockern möchte. Dies gilt auch für die USA, wo indonesisches Erdöl – nicht zuletzt infolge kurzer, kostengünstiger Transportwege zur amerikanischen Westküste – ebenfalls begehrt ist. Im Jahre 1976/77 waren die USA mit etwa 50% der Förderung und Japan, das 1973 schon einmal über 71% der Gesamtförderung bezogen hatte, mit fast 40% die wichtigsten Importeure. Der starke Rückgang der japanischen Nachfrage in den letzten Jahren erklärt sich vornehmlich aus den erheblich gestiegenen indonesischen Ölpreisen. Aber auch die Bundesrepublik bezieht inzwischen Erdöl aus Indonesien.

Sprunghafte Produktionssteigerungen und die Explosion der Erdölpreise seit 1971/73 führten zu einem ungeahnten Ölboom. Erdöl wurde zur Haupteinnahmequelle des erst gering industrialisierten Inselstaates. Die fundamentale Bedeutung dieser Energiequelle für die indonesische Volkswirtschaft ergibt sich aus der Tatsache, daß 1971 die Einnahmen aus den Erdölausfuhren bereits rund 47% aller Exporteinnahmen ausmachten. Im Jahre 1976 waren die Exporterlöse von Erdöl und Erdölprodukten auf rund 70% des Gesamtexportwertes des Landes angestiegen. Im Fiskaljahr 1976/77 finanzierte Indonesien fast 50% seines gesamten Staatshaushaltes mit Einnahmen aus dem Ölgeschäft. Mit der Erhöhung der Erdölpreise verbesserte sich zugleich die Gewinnsituation sprunghaft und spektakulär. Die einst chronisch defizitäre Handels- und Zahlungsbilanz des Landes wurde aktiv. Mittel zur Finanzierung zahlreicher Entwicklungsprojekte waren plötzlich vorhanden und wurden investiert. Als größtes Projekt galt der Versuch, zusammen mit Japan die 20 km südöstlich des Stadtstaates Singapur gelegene, 572 qkm große und nur wenig besiedelte Insel Batam in Konkurrenz zu Singapur zu einer südostasiatischen Ölbasis auszubauen. Neben einer Raffinerie (Kapazität: 200 000 Barrel pro Tag) sollten in diesem umfangreichen Regionalplanungsprojekt zugleich auch weitere großangelegte Siedlungs-, Hafen-, Industrie-, Kraftwerks- und Hotelanlagen geschaffen und Zollfreilager eingerichtet werden. Dieses seit der PERTAMINA-Krise von 1974 eingestellte gigantische Großprojekt soll in Zukunft mit Hilfe Kuwaits, Malaysias und Singapurs fortgeführt werden.

Balikpapan, die größte Stadt Ost-Kalimantans, demonstriert diese infolge des plötzlichen Wohlstandes einsetzende dynamische Entwicklung ebenfalls beispielhaft. Früher nur ein unbedeutendes Hafenstädtchen, besitzt Balikpapan heute als regionales Petro- und Holzexport-Zentrum Ost-Kalimantans mit 1975 rund 150 000 Einwohnern moderne Ölbasen und Versorgungslager, neue Bürogebäude, Hotels, relativ gut ausgebaute Hafenanlagen, einen Flugplatz und einen für mehrere Mio. US-$ errichteten neuen Siedlungskomplex für zahlreiche ausländische Experten, vor allem aus den USA und Japan. Neben der Erdölförderung wird in jüngster Zeit auch der Gewinnung von Erdgas und der Produktion von verflüssigtem Erdgas große Aufmerksamkeit geschenkt. Denn die skizzierten Erdölexplorationsmaßnahmen führten in den vergangenen Jahren zugleich auch zur Entdeckung umfangreicher Erdgaslager in Aceh (Nord-Sumatra), Ost-Kalimantan, West-Java, auf Sulawesi sowie im Südchinesischen Meer und im Küstenbereich von Irian Jaya. Die Erdgaserzeugung stieg von 3,2 Mrd. cbm (1965) auf über 8,8 Mrd. cbm im Jahre 1976 an. Doch wird bisher nur ein relativ geringer Teil wirtschaftlich genutzt.

Neben Erdöl und Erdgas sind Bauxit, Nickel, Kupfer und Zinn weitere wichtige Devisenbringer Indonesiens. Die seit 1935 auf der Insel Bintan im Riau-Archipel im Tagebau betriebene Bauxitförderung stieg nach einem beträchtlichen Rückgang um 1950 durch japanische Kredite zur Modernisierung der Förderanlagen von 245 000 t (1938) auf rund 1,4 Mio. t im Jahre 1974 an. Bis 1976 war die überwiegend nach Japan exportierte Erzeugung wieder auf rund 940 000 t zurückgegangen. Künftig rechnet man jedoch mit einer erneuten Produktionsausweitung, da 1970 neue große Vorkommen in West-Kalimantan entdeckt worden sind. Diese neuen sowie die seit längerem bekannten Lager sollen zukünftig die Grundlage für eine bisher noch fehlende indonesische Aluminium-Industrie bilden.

Auch der 1938 aufgenommene, nach 1945 zunächst eingestellte und 1959 erneut einsetzende Nickelerzabbau konnte durch japanische Beteiligung wieder beträchtlich ausgeweitet werden. Die bisher überwiegend auf den Raum Soroako und Pomalaa in Süd- und Südost-Sulawesi konzentrierte und fast ausschließlich nach Japan exportierte Förderung stieg von 23 540 t (1939) auf 935 000 t (1972) an. Im Jahre 1976 war sie zwar wieder auf rund 829 000 t abgesunken, doch dürfte die Nickelerzeugung mit der fortschreitenden Erschließung und Ausbeutung der in den letzten Jahren durch Prospektierungen ausländischer Investoren neu entdeckten, großen Lagerstätten in Zentral-Sulawesi, auf der Insel Gag und in Irian Jaya künftig weiter an Bedeutung gewinnen. Aber bereits heute ist Indonesien Asiens Hauptnickelerzproduzent.

Mit der Förderung der umfangreichen Kupfererzlager in der Ertsberg-Region bei Timika-Tembagapura in Irian Jaya wurde ebenfalls 1973 begonnen. Im Jahre 1975 hoffte man, die Jahreserzeugung von etwa 70 000 t (1973) auf die vorgesehene Kapazität von jährlich rund 250 000 t steigern zu können. Doch wurden 1976 erst 223 000 t Kupfer-Konzentrat erzielt. Etwa zwei Drittel der Produktion werden nach Japan und ein Drittel in die Bundesrepublik exportiert. Darüber hinaus wird seit 1971 Eisensand aus dem südlichen Mittel-Java über den zentraljavanischen Hafen Cilacap nach Japan ausgeführt. Für den Zeitraum von zehn Jahren wurde die Lieferung von jährlich etwa 300 000 t vereinbart. 1976 betrug die Produktion rund 292 000 t.

Im Gegensatz zu diesen expansiven Bergbauzweigen konnten die vor dem Zweiten Weltkrieg erzielten Produktionsergebnisse in der Zinn- und Kohleförderung bis heute noch nicht wieder erreicht werden. Zwar ist Indonesien nach Malaysia und Bolivien noch immer der drittgrößte Zinnproduzent der Welt, doch sank der Zinnerzabbau aus vorwiegend sekundären Lagerstätten auf den Inseln Bangka, Belitung und untergeordnet auch auf Singkep nach dem Zweiten Weltkrieg von 54 000 t (1941) auf 12 770 t (1966) ab. Die zeitweilige Stillegung der Minen und zweier Schmelzen nach ihrer Verstaatlichung, ausbleibende Investitionen, Überalterung der technischen Anlagen, schlechtes Management, fehlende Transportmöglichkeiten, hohe Gewinnungskosten bei abnehmendem Zinngehalt der Erze usw. waren die wichtigsten Ursachen für diesen vor allem nach 1954 einsetzenden beträchtlichen Produktionsrückgang. Bis 1977 konnte die Erzeugung, deren Anfänge durch chinesische Kleinbetriebe auf Bangka bis ins frühe 18. Jahrhundert zurückreichen, mittels amerikanischer und niederländischer Hilfe wieder auf rund 23 000 bis 24 000 t Zinnkonzentrat jährlich angehoben werden. Dies entspricht einem Anteil von etwa 13% der Welterzeugung. Zu dieser Reaktivierung nach 1967 trug die Reorganisation der heruntergewirtschafteten Betriebe und die Erneuerung eines Teils ihrer Erzeugungsanlagen erheblich bei. Darunter befindet sich der in Clydeside gebaute, seit 1966 im Küstenbereich eingesetzte, größte Zinnbagger der Welt. Um jedoch das Vorkriegsniveau wieder zu erreichen, sind auch künftig noch erhebliche Investitionen erforderlich. Insbesondere sind die teilweise veralteten Bagger durch neue Großräumer zu ersetzen. In Zukunft ist neben der Intensivierung des Zinnerzabbaus auf Bangka, Belitung und Singkep auch die Förderung aus neu entdeckten Lagerstätten auf Kalimantan sowie in den Küstenregionen anderer Riau-Inseln geplant.

Als einziger bedeutender indonesischer Bergbauzweig zeigt die Kohleförderung bis in jüngste Zeit stark schrumpfende Tendenzen. Der 1846 aufgenommene Abbau konzentriert sich heute vor allem auf das seit 1919 erschlossene Revier von Bukit Asam bei Tanjung Enim in Süd-Sumatra und die 1892 eröffnete Ombilin-Mine im Raume Sawahlunto-Sijunjung in West-Sumatra. Die 1888 im Mahakam-Revier in Ost-Kalimantan begonnene Förderung wurde 1971 eingestellt. Starke Überalterung und mangelhafte Technisierung der 1957/58 verstaatlichten Zechen, Transportprobleme sowie die Konkurrenz des Erdöls und anderer Energieträger in Industrie und Verkehrswirtschaft bedingten einen starken Abfall der Fördererergebnisse von mehr als 2 Mio. t (1940) auf 149 000 t im Jahre 1973. Eine weitere Erschwerung für die Wiederbelebung des Kohlebergbaus stellt die teilweise geringe Qualität der indonesischen Kohle dar. Bis 1976 konnte die Erzeugung auf 193 000 t leicht angehoben werden. Sie findet vorwiegend in Kraftwerken, bei der Staatseisenbahn und in einigen wenigen Industriebetrieben Verwendung. 1977 wurden geringe Mengen nach Bangladesch exportiert. Im Revier Bukit Asam, in dem man gegenwärtig mit 130 293 t (1976) etwa 68% der gesamten indonesischen Kohle fördert, wird seit 1974 die Exploration und der Kohleabbau unter Beteiligung des SHELL-Mijnbouw-Konzerns vorangetrieben. Daher hofft man bis 1981 etwa 1 Mio. Tonnen in Süd-Sumatra fördern zu können. Darüber hinaus wird – nicht zuletzt aufgrund der Möglichkeiten, welche die Petrochemie für den Aufbau der indonesischen Wirtschaft eröffnet – auch der Reaktivierung der übrigen Gruben in den staatlichen Planungen in jüngster Zeit wieder stärkere Aufmerksamkeit geschenkt. Mittel- und langfristig verspricht man sich weitere starke Impulse für diesen Bergbauzweig vom zunehmenden Ersatz des sich verknappenden und verteuernden Erdöls durch die Substitionsenergie Kohle sowie vom Aufbau einer eisen- und stahlschaffenden Industrie.

Darüber hinaus werden gegenwärtig in Indonesien noch geringe Mengen an Gold (1976: 394 kg), Silber (1976: 3397 kg), Mangan (1976: 8833 t), Schwefel (1976: 3483 t), Diamanten usw. gefördert. Für den Inlandsbedarf kommt ferner der Meersalzgewinnung an den Küsten, beispielsweise auf Madura oder bei Kusamba auf Bali, Bedeutung zu (1976: 563 000 t). Die Eisenerzlager in Sumatra, Südost-Kalimantan, West-Java, Sulawesi und Flores werden bisher infolge Koksmangels, der schlechten Zugänglichkeit und der hohen Erschließungskosten noch nicht abgebaut. Die Förderung der 1974 in West-Kalimantan entdeckten Uranlager glaubt man, 1985 aufnehmen zu können.

Kennzeichnend für das frühe Entwicklungsstadium der indonesischen Wirtschaft ist die Tatsache, daß ähnlich wie in der Land- und Forstwirtschaft bisher nur ein geringer Teil der bergbaulich gewonnenen mineralischen Rohstoffe im Lande selbst wertsteigernd verarbeitet wird. Der weitaus größte Prozentsatz gelangt demgegenüber unaufbereitet zum Export in die rohstoffabhängigen westlichen Industriestaaten. So wird beispielsweise noch immer der größte Teil des geförderten Rohöls außerhalb des Landes raffiniert, obwohl die Raffineriekapazität bis 1976 auf insgesamt rund 516 000 Barrel pro Tag ausgeweitet wurde. Indonesien steht erst am Beginn einer diversifizierten Aufbereitung und Verwertung seiner Rohstoffe. Bis in die Gegenwart bleiben die reichen Ressourcen der „Außeninseln“ und der Arbeitskräfteüberschuß Javas für eine stärkere funktionale Arbeitsteilung in der Güterproduktion weitgehend ungenutzt. Daher sollten die ausländischen Kapitalzuflüsse und die gestiegenen eigenen Einnahmen aus der Bergbauproduktion zukünftig in weit stärkerem Maße als bisher diesen akuten entwicklungspolitischen Erfordernissen Rechnung tragen.

Darüber hinaus ist die Erdöl- und übrige Bergbauwirtschaft zwar hoch kapital-, aber wenig arbeitsintensiv. Am Beispiel der in der Hafenstadt Cilacap im südlichen Zentral-Java 1976 eröffneten Erdölraffinerie kann dies verdeutlicht werden. Während bis zum Zeitpunkt ihrer Fertigstellung rund 5000 Menschen mit der Durchführung dieses Projekts betraut waren, reduzierte sich der Arbeitskräftebedarf nach der vollen Inbetriebnahme auf ca. 950 Personen. Daher ist es nicht verwunderlich, wenn beispielsweise die Erdölwirtschaft im Jahre 1975 nur 54 000 Menschen Arbeitsplätze bot, wovon allein 37 716 auf die PERTAMINA entfielen. Die Zahl der durch die Bergbauaktivitäten der vergangenen Jahre insgesamt absorbierten Arbeitskräfte wurde 1975 grob auf schätzungsweise 70 000 Personen beziffert. Angesichts eines jährlich um über 1 Mio. Menschen wachsenden Heeres von Erwerbssuchenden ist dies nur als sehr bescheidener Beitrag zur Entschärfung der Arbeitsmarktsituation anzusehen. Zwar trug namentlich der atemberaubende Erdölboom der vergangenen Jahre wesentlich zur Verbesserung der Finanzsituation des Landes und seiner regionalen infrastrukturellen Erschließung bei, aber die Multiplikatoreffekte auf den Aufbau einer arbeitsintensiven verarbeitenden Industrie waren bisher relativ gering. Damit trug er auch nur in sehr begrenztem Maße zur Verbesserung der wirtschaftlichen und sozialen Situation der Masse der Bevölkerung bei.

8.3 Das Verarbeitende Gewerbe: Struktur, Standortkonzentration und entwicklungspolitische Erfordernisse

Im Gegensatz zur Forstwirtschaft und dem Bergbau, d.h. den extraktiven Wirtschaftssektoren, kommt dem verarbeitenden Gewerbe in Indonesien bisher nur eine untergeordnete ökonomische Bedeutung zu. Dies ergibt sich aus der Tatsache, daß sein Anteil am Bruttoinlandsprodukt 1976 nur etwa 11% (Bundesrepublik: 45,7%) betrug und von nur ca. 7,4% aller Erwerbstätigen erwirtschaftet wurde. Bis 1979 hofft man, den Anteil am Bruttoinlandsprodukt auf etwa 13% anheben zu können. Die von K. Horstmann im Jahre 1957 formulierte These, daß die Industrialisierung Indonesiens bisher kaum ein Vorgang, sondern in erster Linie eine Aufgabe sei, gilt noch immer. Denn bis heute ist der Archipel primär eine rohstofferzeugende Region innerhalb der „Dritten Welt“.

Während der Kolonialzeit lag die Industrialisierung des Landes lange außerhalb des kolonialwirtschaftlichen Interesses der Niederlande. Der Schutz der niederländischen Industrie war hierfür eines der wesentlichsten Motive. Zwar wurden nach 1870 mit dem

Aufschwung der Plantagenwirtschaft, des Bergbaus und der Forstwirtschaft verschiedene Betriebe errichtet, doch beschränkten sie sich auf die Veredelung und Verarbeitung der in diesen Wirtschaftszweigen gewonnenen Rohstoffe zu Halb- oder Fertigprodukten für den Export. So entstanden u. a. Sägemühlen, Kaffee-, Tee-, Chinin-, Kokosöl-, Zucker- und Kautschukfabriken. Später traten Faserfabriken, Sortieranlagen auf den Kohlezechen und Erdölraffinerien hinzu. Großwerkstätten und Werften zur Instandhaltung und Erneuerung des Eisenbahn- und Schiffsparks schlossen sich an. Auch die Verpackungsindustrie setzte ein (K. Helbig 1952). Nur sehr zögernd entwickelte sich demgegenüber der Aufbau einer Verbrauchsgüterindustrie zur Deckung des Massenbedarfs im Lande. Ihr Ausbau wurde erst um 1930 unter außen- und innenpolitischen Aspekten in stärkerem Maße forciert. Diese Maßnahmen führten in den folgenden Jahren zur Gründung einer Reihe von Konsumgüterindustrien, die aufgrund bevölkerungs- und wirtschaftspolitischer Erwägungen fast ausschließlich auf wenige städtische Zentren Javas konzentriert wurden. Rund 70% aller Betriebe des verarbeitenden Gewerbes und über 75% aller darin Beschäftigten befanden sich 1940 auf Java. Schwerpunkte lagen in Jakarta und Surabaya. Nur die einzige, auf Anregung eines Deutschen 1910 in Betrieb genommene Zementfabrik des Landes stand in der Nähe des verarbeitenden Rohstoffs und der benötigten Kohle unweit Padang in West-Sumatra. Zugleich waren nur einige wenige dieser Betriebe – vor allem in der Zement-, Reifen- und Margarineherstellung sowie die Erdölraffinerien – Großunternehmen. Von 1,7 Mio. „Industriebeschäftigten", d. h. etwa 3,5% der Erwerbstätigen, entfielen 1937 nur etwa 120 000 Beschäftigte auf rund 5750 mechanisierte Betriebe (K. Helbig 1952). Der überwiegende Rest stellte Klein- und Kleinstunternehmen dar. Bei Ausbruch des Zweiten Weltkrieges wurden aufgrund der Isolierung von den europäischen Zufuhr- und Absatzgebieten großzügige Industrialisierungspläne entwickelt. Infolge der japanischen Besetzung im Jahre 1942 kamen sie nicht mehr zur Durchführung. In den kampferfüllten Kriegs- und Nachkriegsjahren fiel ein Großteil des bescheidenen Industriepotentials der Umrüstung, Demontage oder Zerstörung zum Opfer. Damit übernahm die junge Republik nach den Wirren von Krieg, Besatzungszeit, Unabhängigkeitskampf und niederländischen „Polizeiaktionen" eine schwere Hypothek.

Mehrere nach Erlangung der Souveränität ab 1951 erarbeitete Entwicklungspläne und Dringlichkeitsprogramme sahen vor, das Land von der Einfuhr lebensnotwendiger Verbrauchsgüter weitgehend unabhängig zu machen. Man plante die Errichtung solcher Industrien, die unter weitgehender Nutzung heimischer Rohstoffe und Arbeitskräfte die Devisenbilanz des Landes entlasten konnten. Das Schwergewicht der Planung lag auf der Förderung der Kleinindustrie und der Errichtung von Forschungs- und Ausbildungsstätten. Ähnlich wie in Indien wurde der Aufbau regionaler Handwerks- und Kleingewerbezentren angeregt, die auf genossenschaftlicher Basis arbeiten sollten. Allerdings gelangten diese sinnvollen Projekte nur zu sehr begrenzten Teilerfolgen. Gewisse Fortschritte wurden u. a. in der Leder- und Textilindustrie, im Baugewerbe, in der Gummiverarbeitung und in der Zementherstellung erzielt. Aber nur bei wenigen Verbrauchsgütern konnte der steigende Bedarf im Lande selbst gedeckt werden. Andere Projekte, beispielsweise die geplante Errichtung großer, moderner Hüttenwerke in Südost-Kalimantan und Süd-Sumatra zur Erschließung der dortigen Eisenerzlager mit Hilfe örtlicher Kohlevorkommen, konnten gar nicht verwirklicht werden. Zu dieser weit hinter den damaligen Industrialisierungsprogrammen zurückbleibenden Entwicklung trug maßgeblich der Exodus des ausländischen Kapitals und Know Hows nach der Verstaatlichung der niederländischen Betriebe Ende 1957 bei. Hinzu kam die Übernahme der amerikanischen und englischen Unternehmen während der Konfrontation mit Malaysia im Jahre 1964 sowie die wachsenden staatlichen Eingriffe in die Unternehmensführungen. Das hemmende Verwaltungsgefüge, der Mangel an eigenem Kapital und Führungskräften, Nichtbeachtung der Marktfaktoren, Schwierigkeiten bei der Rohstoff- und Ersatzteilbeschaffung für die meist veralteten Betriebsausrüstungen, ausbleibende Investitionen, unzureichende Energieversorgung, sinkende Arbeitsleistungen, Betriebsbesetzungen und andere Faktoren mehr ließen in den Jahren nach 1960 die Kapazitätsausnutzung des vorhandenen bescheidenen industriellen Produktionsapparates auf schätzungsweise durchschnittlich etwa 20% bis 30% absinken. Hiermit waren naturgemäß beträchtliche Produktionsrückgänge und Minderungen der Warenqualitäten verbunden.

Erst nach der Abkehr von der „gelenkten Wirtschaft" SUKARNOS erhöhte sich die Produktivität und beschleunigte sich der Industrialisierungsprozeß des Landes merklich. Wie in der Forstwirtschaft und im Bergbau war diese Entwicklung ursächlich mit der erneuten Öffnung des Landes für ausländisches Kapital und Know How durch das Investitionsgesetz vom Jahre 1967 verbunden. Diesen Maßnahmen folgte 1968 das Gesetz über inländische Investitionen, das zur Mobilisierung heimischer Kapitalreserven beitragen sollte. Namentlich durch bessere Ausnutzung der vorhandenen Kapazitäten konnte in den Jahren nach 1968 zunächst die industrielle Erzeugung in nahezu allen Branchen wieder beträchtlich erhöht werden. Im Rahmen der beiden Fünfjahrespläne (REPELITA I und II) von 1969 und 1974 wurde vor allem der Entwicklung derjenigen Industriezweige besondere Priorität eingeräumt, die zur Förderung der landwirtschaftlichen Produktion, zu Importsubstitutionen und zur Beseitigung der Infrastrukturschwächen beitragen. Zahlreiche Neugründungen, Erweiterungen und Modernisierungen bestehender Industrieanlagen zur Produktionsausweitung vor allem von Düngemitteln, Viehfutter, Zement, Textilien, elektronischen und landwirtschaftlichen Geräten, Ausrüstungen für Infrastrukturvorhaben, von Papier und Glas sowie der Holz-, Metall- und Nahrungsmittelverarbeitung wurden unter ausländischer Beteiligung vorgenommen. Dasselbe gilt für die Errichtung zahlreicher Kraftfahrzeugmontagewerke und Unternehmen der chemisch-pharmazeutischen Industrie. Vor allem auf der übervölkerten Insel Java wird dem Aufbau verbrauchsorientierter Leichtindustrien besondere Aufmerksamkeit geschenkt, die einen Beitrag zur Minderung der Arbeitslosenproblematik leisten.

Japan und die USA sind auch im verarbeitenden Gewerbe die wichtigsten ausländischen Investoren. Aber auch Hongkong und Singapur sind an zahlreichen Projekten beteiligt. Obwohl Indonesien Investitionen aus Westeuropa und speziell der Bundesrepublik ausgesprochen positiv beurteilt, da man in ihnen ein Gegengewicht gegen die allzu starke Abhängigkeit von Japan und den USA sieht, ist das deutsche privatwirtschaftliche Engagement bisher noch relativ bescheiden. Es konzentriert sich u. a. auf die chemisch-pharmazeutische Industrie, die Futtermittelherstellung, die Elektro- und Automobilindustrie, den Schiffsbau, die Nahrungsmittel- und Getränkeindustrie, die Holzverarbeitung sowie das Druck- und Verlagswesen.

Aufgrund dieser Aktivitäten konnte u. a. das Konsumgüterangebot in den letzten Jahren beträchtlich erweitert werden. Viele Produkte, die früher importiert werden mußten, werden heute fast ausschließlich oder zu einem hohen Prozentsatz im Lande selbst erzeugt. Beispiele hierfür sind etwa Reifen, Textilien, Zement und Düngemittel. Letztere wurden 1977 sogar bereits in kleineren

Tabelle 32: **Ausgewählte Daten zur industriellen Produktion in Indonesien 1955 – 1976**

Artikel	Mengeneinheit	Produktion	
		1955	1976
Radios	1000 Stück	48,0	1 100,0
Fernsehgeräte	1000 Stück	–	212,9
Batterien	1000 Stück	16,4	480,0
Glühbirnen	1000 Stück	7,2	26000,0
Verzinktes Eisenblech	1000 Tonnen	–	296,3
Baustahl	1000 Tonnen	–	107,0
PKW und LKW	1000 Stück	–	75,3
Motorräder	1000 Stück	–	267,6
Autoreifen	1000 Stück	307,0	2432,8
Papier	1000 Tonnen	7,9	89,2
Mineraldünger	1000 Tonnen	–	437,0
Zement	1000 Tonnen	149,1	1835,0
Textilien	Mio. Meter	45,0	1 247,0
Speiseöl	1000 Tonnen	7,8	32,6
Zigaretten	Mrd. Stück	17,1	37,9
Zahnpasta	Mio. Tuben	–	103,6

Quellen: BfA 1960 und H. DEQUIN 1978

Mengen in die Philippinen exportiert. Doch fehlt noch immer ein den ganzen Archipel umspannendes Handels- und Distributionsnetz sowie ein geschlossener Binnenmarkt. Das Land zerfällt vielmehr in zahllose lokale und regionale Märkte, deren Aufnahmefähigkeit infolge der geringen oder fehlenden Kaufkraft der Masse der Bevölkerung bisher noch sehr begrenzt ist. Neuere, aussagekräftige Industriestatistiken fehlen. Jedoch vermitteln obige Werte zumindest eine annähernde Vorstellung über die Produktionsentwicklung einiger weniger, ausgewählter Branchen. (Tab. 32)

Innerhalb der Branchenstruktur dominiert der Nahrungs- und Genußmittelsektor mit Reis- und Ölmühlen, Tabakverarbeitung, Getränkeherstellung, Zucker- und Margarinefabriken usw. Auf ihn entfielen 1970 über 34% aller mittleren und größeren Betriebe des Landes sowie über 33% aller in Unternehmen dieser Größenordnung Beschäftigten. Weitere wichtige Branchen sind u. a. die gegenüber der Vorkriegszeit besonders stark ausgeweitete Textil-, Bekleidungs-, Baustoff-, Chemisch-Pharmazeutische Industrie, die Metall-, Papier- und Glaswarenherstellung, die Leder- und Gummiverarbeitung, der Maschinen- und Fahrzeugbau, das Druckereigewerbe sowie die elektrotechnische Industrie. Klein- und Kleinstbetriebe geringen Mechanisierungsgrades sind ein weiteres charakteristisches Strukturelement des verarbeitenden Gewerbes. Sie produzieren und reparieren mannigfache Erzeugnisse aus meist heimischen Rohstoffen in traditionellen Verfahren und sind für die städtischen und ländlichen Räume überaus typisch. In Kleinbetrieben mit weniger als 5 Beschäftigten arbeiteten 1970 mehr als 50% der knapp 3 Mio. Beschäftigten des verarbeitenden Gewerbes. Vor allem in den übervölkerten ländlichen Räumen, wie in Zentral-Java, dienen diese Tätigkeiten zur Überbrückung der saisonalen Arbeitslosigkeit bzw. Unterbeschäftigung der ländlichen Bevölkerung. Die Organisationsformen des Kleingewerbes vorindustriellen Charakters bzw. des städtischen und ländlichen Handwerks reichen von Einmann- und Familienbetrieben mit geringer Produktivität und begrenzter Marktausrichtung bis hin zu größeren feudal strukturierten, manufakturähnlichen Unternehmen. Nicht selten wird auch im Verlagssystem gearbeitet. Zu der Erzeugung von Konsumgütern und zahlreichen anderen Artikeln des täglichen und nichttäglichen Bedarfs treten verschiedene Zweige des Kunsthandwerks, etwa Silber- und Goldschmiedearbeiten, Holzschnitzerei, Kunsttischlerei, Malerei und Färberei (Batik- und Ikattechnik), Flechterei und Keramikherstellung. Die notwendige Förderung dieser Kleinbetriebe als Basis der angestrebten schrittweisen Industrialisierung des Landes wird durch fehlende Konzepte, ungenügende Koordination der staatlichen Behörden, unzulängliche Kapitalausstattung, fehlende Fachkräfte und vielfältige andere Faktoren erschwert. Aber gerade diesem arbeitsintensiven Sektor sollte zukünftig erhöhte Aufmerksamkeit geschenkt werden. Infolgedessen fördert beispielsweise auch die Bundesrepublik im Rahmen ihrer Entwicklungshilfe für Indonesien schwerpunktmäßig das Kleingewerbe und Handwerk in Ost-Java durch Beratungs-, Kredit- und Ausbildungsprogramme. Dabei werden beschäftigungsfördernde Maßnahmen auf dem industriell-gewerblichen Sektor durch Maßnahmen des Gesundheitswesens sowie der Elektrizitäts- und Wasserversorgung ergänzt. Von allen im verarbeitenden Gewerbe Beschäftigten entfielen 1971 nur 32% auf mittlere und größere Unternehmen. Aber auch die größeren, teilweise in Staatsbesitz befindlichen Firmen, die nur etwa 11% aller indonesischen Betriebe ausmachen, beschäftigten im Durchschnitt jeweils nur 302 Arbeitnehmer. Die Mittelbetriebe besaßen sogar nur eine durchschnittliche Belegschaft von 16 Personen (J. B. DONGES 1974). Nach dem älteren Industriezensus von 1964 hatten nur 70 Unternehmen mehr als 1000 Beschäftigte.

Entsprechend der in der Kolonialzeit begründeten, einseitigen industriellen Standortorientierung, waren 1970 nahezu 78% aller Mittel- und Großbetriebe des Landes auf Java konzentriert. In ihnen waren zugleich rund 86% aller im verarbeitenden Gewerbe Beschäftigten tätig. Hauptindustriestandorte auf Java und zugleich wichtigste Brückenköpfe Indonesiens zur Weltwirtschaft sind insbesondere der Großraum von Jakarta, Bandung, Cirebon, Semarang, Cilacap und Surabaya. Auch die in den letzten Jahren forcierten Industrialisierungsbemühungen konzentrieren sich vorwiegend auf diese traditionellen Standorte. So entfallen beispielsweise knapp 40% aller ausländischen und etwa 50% der inländischen Investitionen der vergangenen Jahre allein auf den Großraum von Jakarta und West-Java. Denn in diesen infrastrukturell gut erschlossenen Regionen sind die Erschließungskosten niedrig, die Energieversorgung garantiert, ein großer, vergleichsweise kapitalkräftiger Verbraucherkreis ist vorhanden und die politischen Entscheidungsträger befinden sich in Reichweite. Aber auch in den anderen vorgenannten javanischen Großstädten entstanden in den letzten Jahren sog. „Industrial Estates". Andere „Industriezonen" befinden sich im Aufbau- oder Planungsstadium. Die erste und größte von ihnen wurde auf einem Gelände von rund 800 ha mit direktem Zugang zum Hafen von Tanjung Priok in Pulo Gadung am östlichen Stadtrand von Jakarta eingerichtet. Bis 1978 konnten dort 142 heimische und ausländische Unternehmen mit 8652 Beschäftigten angesiedelt werden. Vor allem kleinere inländische Betriebe sollen dort in Zukunft verstärkt zum Ansatz gebracht werden. Neben Pulo Gadung entwikkelte sich auch der Raum Ancol nördlich der Hauptstadt zum Standort zahlreicher Industriebetriebe. Etwa 110 km westlich von Jakarta entsteht an der Nordwestküste Javas bei Cilegon eines der größten und ehrgeizigsten indonesischen Industrieprojekte: Kota Baja, die Stahlstadt. Obwohl ihr Standort nicht günstig erscheint, wird seit 1972 von prominenten deutschen Konzernen auf einem rund 50 qkm großen Areal zwischen Cilegon, Anyar und Merak das „Krakatau"-Industriekombinat erstellt. Dabei wird an die bereits 1963 mit Unterstützung der UdSSR begonnenen Baumaßnahmen des „Trikora“-Stahlwerks angeknüpft, die 1965/66 unvollendet eingestellt wurden. Nachdem bereits 1974 einige kleinere metallverarbeitende Betriebe dort ihre Produktion aufnahmen, entstehen im Rahmen dieses Großprojekts in der ersten Ausbaustufe ein erdbebensicheres Stahlwerk mit einer Kapazität von 500 000 t pro Jahr, ein kompletter Überseehafen, Bahngleiskörper in der Länge von 60 km, Kraftwerke, ein 6 km langes Erz-Transportband zwischen dem Hafen Cigading und dem Werksgelände, eine Wasser-Pumpstation, Erdgasleitungen von 220 km-Länge zwischen Cilamaja und Cilegon, umfangreiche Straßen- und Siedlungsneubauten usw. Nach erheblichen Schwierigkeiten und schweren Rückschlägen konnte 1977 zunächst der Hafen und ein Teil der übrigen Infrastruktureinrichtungen fertiggestellt werden. Nach dem endgültigen Abschluß der ersten Ausbaustufe sollen Werften, metallverarbeitende Industriebetriebe, umfangreiche Siedlungs- und Freizeitanlagen in diesem Entwicklungsprojekt errichtet werden. Bisher fehlt jedoch noch das Erz für die Stahlproduktion. Denn das moderne Werk wird nur hochprozentig angereicherte Erzkugeln (pellets) verarbeiten können, die bisher in Indonesien selbst nicht vorhanden sind und die auch das benachbarte Australien nicht liefern kann. Deshalb verhandelt Indonesien jetzt mit Brasilien. Darüber hinaus entwikkelte sich die westjavanische Stadt Bandung u. a. zu einem Zentrum der Textilindustrie. In Zentral- und Ost-Java werden die Zuckerfabriken erneuert, Textilindustriebetriebe (Spinnereien, Webereien) errichtet und in der an der Südküste Mittel-Javas gelegenen Stadt Cilacap arbeitet man seit 1969/70 am Aufbau eines Industriezentrums mit Hilfe Australiens und Japans. Neben mehreren Leichtindustriebetrieben (u. a. Textilien, Nahrungsmittel) entstand eine Ölraffinerie mit Pipeline nach Yogyakarta sowie Zement-, Düngemittel- und Asphaltfabriken nahe dem dortigen Hafengelände. Für die zentral-javanische Hafenstadt Semarang, deren Arbeitslosenzahl 1978 allein auf mindestens 100 000 Personen beziffert wurde, ist in Verbindung mit der Modernisierung der Hafenanlagen ein ähnliches Industrieprojekt geplant. Ferner ist in der ostjavanischen Millionenstadt Surabaya seit 1974 ein weiterer derartiger industrieller Schwerpunkt nahe dem Flugplatz u. a. mit Kapitalhilfe der Bundesrepublik im Aufbau begriffen. Die 240 ha umfassende „Industrial Estate Rungkut“ ist für insgesamt etwa 150 Betriebe mit rund 20 000 Beschäftigten ausgelegt. Darüber hinaus sind im Großraum von Surabaya weitere Industriestandorte in Demak, Tandes und Dupak im Entstehen begriffen.

Im Gegensatz zu Java spielt das verarbeitende Gewerbe in den übrigen weiträumigen Landesteilen bisher nur eine sehr bescheidene Rolle. Im Jahre 1970 hatten nur 4021 mittlere und größere Betriebe, d. h. ganze 22% aller Unternehmen dieser Größenordnung, ihre Standorte außerhalb Javas. Dort sind namentlich diejenigen Industriezweige angesiedelt, welche die auf den „Außeninseln“ erzeugten Rohstoffe be- oder verarbeiten. Als Beispiel sei auf die kautschukaufbereitenden Unternehmen, Düngemittel-, Zement- und Papierfabriken, Erdölraffinerien und einige wenige petro-chemische Werke verwiesen. Die Schwerpunkte des verarbeitenden Gewerbes außerhalb Javas sind bisher auf einige wenige Zentren beschränkt. Hierzu zählt vor allem der Großraum von Medan in Nord-Sumatra, Palembang in Süd-Sumatra und Ujung Pandang in Süd-Sulawesi. Ähnlich wie auf Java sind auch in Medan und Ujung Pandang „Industrial Estates“ in der Entstehung begriffen. Für Padang in West-Sumatra und für Samarinda in Ost-Kalimantan befanden sich 1976 weitere derartige Industriekomplexe im Planungsstadium. Außerhalb dieser wenigen Zentren verläuft das Tempo der Entwicklung wesentlich langsamer. Auf die im Zusammenhang mit der Erdölwirtschaft in den letzten Jahren neu entstandenen Raffinerieanlagen und das für die kleine Insel Batam nahe Singapur entwickelte Großprojekt wurde bereits in Kapitel 8.2 verwiesen. Doch ist beabsichtigt, die älteren Raffinerien von Plaju und Sungai Gerong bei Palembang in petro-chemische Werke umzuwandeln. Die bisher erst in geringem Umfang wirtschaftlich genutzten Erdgasvorkommen sollen in Zukunft in verstärktem Maße zum weiteren Ausbau der Düngemittelfabrikation und der petro-chemischen Industrie herangezogen werden. Bisher wurde 1973 in Plaju bei Palembang die erste Polypropylen-Fabrik des Landes mit einer Kapazität von jährlich 20 000 t eröffnet. Darüber hinaus konnte 1977 die erste Flüssiggas-Erzeugungsanlage in Bontang (Ost-Kalimantan) ihrer Bestimmung übergeben werden. Der Betrieb in Bontang, der unter Einsatz erheblicher japanischer und amerikanischer Fremdfinanzierungsanteile errichtet wurde, besteht aus zwei Produktionseinheiten mit einer Herstellungskapazität von je 11 000 cbm pro Tag. Seine Jahresproduktion soll zunächst etwa 3,3 Mio. t betragen. Gleichzeitig liefen 1977 die ersten Flüssiggasausfuhren in Höhe von 125 000 cbm aus Bontang nach Japan an. Denn bereits 1973 hatte Indonesien japanischen Großabnehmern für die kommenden zwei Jahrzehnte eine jährliche Lieferung von 7,5 Mio. t verflüssigten Erdgases vertraglich zugesichert. Das Gas entstammt den bedeutenden Badak-Öl- und Erdgas-Feldern. Die Rohstoffe, mit denen das Werk schätzungsweise mindestens 30 Jahre versorgt werden kann, werden über eine Pipeline nach Bontang befördert. In vier Tanks von bis zu 95 000 cbm kann das Flüssiggas bis zu seiner Verschiffung gelagert werden. Neu entstandene Hafenanlagen ermöglichen den Einsatz auch größerer Tanker zum Abtransport. Ein weiterer im Aufbau befindlicher Betrieb dieser Art soll bis etwa 1979/80 in der Provinz Aceh (Nord-Sumatra) bei Arun fertiggestellt sein. Für die Produktion aus dem Arun-Feld, das angeblich eines der größten Erdgasvorkommen der Welt bergen soll, ist bereits die langfristige Ausfuhr großer Mengen Flüssiggas ab 1980 mit den USA vereinbart worden. Einige Experten sagen voraus, Indonesien werde in wenigen Jahren als Lieferant von Flüssiggas führend auf dem Weltmarkt sein. Darüber hinaus sollte 1978 mit der Errichtung einer Düngemittelfabrik unter Verwendung des Erdgases aus dem Arun-Feld begonnen werden. Ferner wird beispielsweise im Rahmen des großen Asahan-Mehrzweckprojekts in Zusammenarbeit mit Japan und den USA bei Kuala Tanjung in Nord-Sumatra eine große Bauxitverhüttungsanlage mit einer Kapazität von etwa 225 000 t zur Aluminiumerzeugung erstellt. Ihr Bau soll bis 1983 abgeschlossen sein. Eine zweite Aluminiumfabrik ist auf der Insel Bintan mit einer Kapazität von etwa 450 000 t vorgesehen. Mit ihrer Errichtung sollte 1978 begonnen werden. Die Fertigstellung ist ebenfalls für 1983 geplant. Eine weitere derartige Aufbereitungsanlage ist für West-Kalimantan projektiert. Ferner nahm im Jahre 1976 die erste, unter kanadischer Beteiligung erbaute indonesische Nickelschmelze in Soroako (Süd-Sulawesi) einen Teil ihrer Produktion auf. Nach der geplanten Fertigstellung des zweiten Bauabschnitts im Jahre 1978 sollen dort jährlich etwa 48 000 t Matte-Nickel mit der Energie eines am Larona-Fluß errichteten Wasserkraftwerkes erzeugt werden. Eine weitere Schmelze ist auf der Irian Jaya vorgelagerten Insel Gag geplant, wo seit 1973 ebenfalls Nickelerz abgebaut wird. Die seit 1961 in Mentok auf der Insel Bangka neu errichtete Zinnschmelze mit einer Kapazität von 25 000 t, erreichte 1972 erst 12 000 t. Durch den weiteren Ausbau dieser Anlage hofft man, bis 1978/79 die ursprünglich geplante Leistung erreichen zu können. Doch verarbeitet dieses Schmelze bisher nur Zinnerze minderer Qualität, während höherwertige Erze nach Penang in Malaysia zur Verarbeitung verschifft werden müssen. (Tab. 33)

Tabelle 33: Regionale Verteilung der größeren und mittleren Gewerbebetriebe in Indonesien 1970

Region/Provinz	Betriebe		Beschäftigte	
	Anzahl	in % der Gesamtzahl	Anzahl	in % der Gesamtzahl
Sumatra	**1972**	**11,02**	**80564**	**9,50**
Nord-Sumatra	697	3,89	37729	4,45
West-Sumatra	153	0,85	12503	1,47
Süd-Sumatra	399	2,23	10277	1,21
Riau	343	1,92	4655	0,55
Sonstige Provinzen	380	2,13	15400	1,82
Java (incl. Madura)	**13879**	**77,52**	**730337**	**86,00**
D. C. Jakarta	1549	8,65	53793	6,34
Yogyakarta	644	3,58	18867	2,09
West-Java	2504	13,99	185521	21,88
Zentral-Java	4732	26,44	201963	23,82
Ost-Java	4450	24,86	270193	31,87
Kalimantan	**461**	**2,58**	**11826**	**1,40**
West-Kalimantan	269	1,50	5229	0,62
Zentral-Kalimantan	14	0,08	492	0,06
Süd-Kalimantan	159	0,89	5868	0,69
Ost-Kalimantan	19	0,11	237	0,03
Sulawesi	**1283**	**7,17**	**15123**	**1,78**
Nord-Sulawesi	106	0,59	2282	0,27
Zentral-Sulawesi	36	0,20	288	0,03
Süd-Sulawesi	1131	6,32	12389	1,46
Südost-Sulawesi	10	0,06	164	0,02
Sonstige Regionen	**305**	**1,70**	**11101**	**1,29**
Bali	107	0,60	5884	0,69
Nusatenggara	149	0,83	4191	0,49
Maluku	10	0,05	200	0,02
Irian Jaya	39	0,22	826	0,09
Gesamt	17900	100,00	848951	100,00

Quelle: Statistisches Zentralbüro Jakarta 1973

Die skizzierte geringe regionale Streuung der Industriestandorte innerhalb Indonesiens beeinträchtigt die Entwicklung des weiträumigen Inselstaates nachdrücklich. Denn die regional höchst unausgewogene Standortkonzentration des größten Teils der Industrie auf einige wenige städtische Zentren Javas und dort namentlich auf die Landeshauptstadt Jakarta verstärkt in erheblichem Umfang die Abwanderung aus den ländlichen Regionen und damit zugleich auch die Verstädterungsprozesse mit ihren negativen wirtschaftlichen und sozialen Folgeproblemen. Zugleich verschärft sie die Spaltung der Wirtschaft in Räume mit nahezu reiner Subsistenzwirtschaft und andere mit marktwirtschaftlichem Güteraustausch. Diese negativen Folgewirkungen sind künftig nur durch dezentralisierte, integrierte regionale Entwicklungsmaßnahmen zu lösen, welche die ländlichen Räume stärker als bisher planerisch miterfassen. Denn die weitverbreitete Vorstellung von Industrialisierung als Allheilmittel gegen ökonomische und soziale Nöte beruht vielfach auf allzu optimistischen Konzepten. Aufgrund dieser wachsenden Erkenntnis ist auch die anfängliche Euphorie über den Aufbau eines am Modell der westlichen Industriestaaten orientierten industriellen Sektors inzwischen in Indonesien einer differenzierteren Betrachtungsweise gewichen. Denn nachdem ein Teil der durchgeführten Industrialisierungsvorhaben evaluiert war, zeigte sich, daß bei Kapitalkosten von 10 000 bis 200 000 DM für die Schaffung eines industriellen Arbeitsplatzes nur ein marginaler Beitrag zur Linderung vor allem der brisanten Arbeitslosenproblematik geleistet wird. Ob das im Zweiten Fünfjahresplan (REPELITA II) angestrebte Ziel, zwischen 1974 und 1979 etwa 1,2 Mio. neuer industrieller Arbeitsplätze zu schaffen realisiert werden kann, erscheint daher ebenfalls fraglich. Auch die Theorie von der Ausstrahlung großstädtischer-industrieller Wachstumskerne auf die Verbesserung der Lebensverhältnisse im ländlichen Raum hat sich in der Vergangenheit als nicht zutreffend erwiesen. Aus dieser Erkenntnis folgert für die zukünftige Entwicklungsstrategie, daß ein breiter, dauerhafter Fortschritt vor allem auf der Grundlage der Entwicklung der ländlichen Regionen angestrebt werden muß. Zugleich wirkt nur sie der Abwanderung der Bevölkerung in die großstädtischen Ballungszentren entgegen. Allerdings kann die Lösung der komplexen Entwicklungsprobleme eines Volkes von rund 140 Mio. Menschen (1978) niemals allein dem Agrarsektor vorbehalten bleiben. Aber nur durch integrierte Verbundprojekte, d.h. über die verstärkte Förderung der Agrarwirtschaft und über einen den jeweiligen Ressourcen und Bedürfnissen der Bevölkerung angepaßten dezentralisierten Aufbau kleinerer und mittlerer Gewerbebetriebe, welche die lokalen Erzeugnisse bedarfsgerecht in den ländlichen Regionen selbst weiterverarbeiten, dürften sich die Schaffung einer größeren Zahl von Arbeitsplätzen, der notwendige technologische Unterbau der Industrialisierung, die Stärkung der Kaufkraft der Bevölkerung, deren Nachfrage nach Gütern und damit auch die Entwicklung von Binnenmärkten nachhaltig stimulieren lassen. Es gilt daher noch immer das Wort Mahatma Gandhis: „It is not mass production but production by the masses that will do the trick". Ohne eine derartige regionale Förderung der Eigenpotentiale kann die angestrebte ausgewogene Entwicklung Indonesiens und damit der Abbau der gravierenden Gegensätze zwischen den Zentren und Peripherien innerhalb des weiträumigen Archipels nur schwer herbeigeführt werden. Dabei sollte angesichts der hohen Arbeitslosigkeit und Unterbeschäftigung vor allem die Substitution von Arbeit durch Kapital weitgehend vermieden werden. Denn nur arbeitsintensivere, „angepaßte" Produktionsmethoden als Basis vermehrter Beschäftigung, verbesserter Arbeitseinkommen und damit auch erhöhter Kaufkraft der Bevölkerung werden Millionen Menschen davor bewahren, weiter über Generationen hinweg am Rande des Existenzminimums zu leben. Denn es gibt genügend Beispiele dafür, daß zahlreiche Projekte der Vergangenheit diesen notwendigen Erfordernissen nicht entsprachen. Damit blieben zugleich auch die multiplikatorischen Effekte und erhofften Veränderungen der Wirtschafts- und Sozialstrukturen weitgehend aus. Vielfach von ausländischen Planern entwickelt, fremdfinanziert und häufig zu aufwendig und nicht situationsgerecht angelegt, brachten sie zwar punktuelle Neuerungen, bleiben aber Fremdkörper bzw. Enklaven ohne nachhaltige Ausstrahlungseffekte auf Bevölkerung und Wirtschaft des Umlandes. Nicht selten verzerrten sie nur die in den Standortregionen vorhandenen Strukturen, trugen jedoch nicht zu ihrer gleichgewichtigen Veränderung bei. Eine wesentliche Ursache solcher Stagnation lag in der Tatsache, daß die Projekte von dem in Indonesien am reichlichsten vorhandenen Produktionsfaktor – der menschlichen Arbeit – bisher vielfach nur in geringem Umfange Gebrauch machten und nicht selten durch Verdrängung traditioneller Arbeitsplätze das regionale Stellenangebot sogar noch verringerten. So hat beispielsweise in Jakarta zwischen 1969 und 1973 allein die Hälfte von 1100 kleinen Batik-Heimgewerbebetrieben schließen müssen und im zentraljavanischen Semarang machte der gegen den Willen des zuständigen Gouverneurs von der Zentralregierung durchgesetzte Bau einer vollautomatischen Abfüllanlage von Coca Cola Dutzende kleiner Fruchtsafthersteller nebst ihren ländlichen Zulieferern arbeitslos. Daher wird in Indonesien in den letzten Jahren auch zunehmend der Vorwurf erhoben, daß eine derartige Wirtschaftspolitik nur das kapitalschwache heimische Gewerbe ruiniere. Zwar trugen auch vielfältige andere Faktoren zu dieser Entwicklung bei, aber sicher ist, daß zahlreiche Industrieprojekte der Vergangenheit nur die regionalen wirtschaftlichen Disparitäten innerhalb des Landes sowie den sozio-ökonomischen Dualismus innerhalb der Bevölkerung festigten, der seit der Kolonialzeit die Wirtschafts- und Sozialstruktur Indonesiens kennzeichnet. Die angestrebte Überwindung dieser Ungleichgewichtigkeiten ist eine der größten und sicher auch schwierigsten Entwicklungsaufgaben. Mit kurzfristigen Erfolgen darf daher nicht gerechnet werden.

8.4 Wirtschaftliche und soziale Aspekte des Tourismus

Die Inselwelt Indonesiens war bis vor wenigen Jahren noch touristisches Neuland. Weite Landesteile sind es noch heute. Die Wirren des Zweiten Weltkrieges, des Unabhängigkeitskampfes sowie die politischen, wirtschaftlichen und sozialen Erschütterungen der Folgezeit verhinderten bis in die Mitte der sechziger Jahre die touristische Erschließung des Archipels. Es fehlten nahezu alle materiellen und infrastrukturellen Voraussetzungen. Erst nach 1966 wurde auch die Fremdenverkehrswirtschaft zum festen Bestandteil der Entwicklungspolitik erhoben. Demzufolge räumte man 1969 dem Tourismus als Instrument zur Förderung der Wirtschaftsentwicklung des Landes einen hohen Stellenwert im Rahmen des Ersten Fünfjahresplanes (REPELITA I) ein. Die Chance relativ schnell Devisenquellen zu erschließen, zusätzliche Arbeitsplätze zu schaffen und notwendige Infrastrukturmaßnahmen durch den Aufbau von Fremdenverkehrseinrichtungen mit voranzutreiben, waren die wesentlichsten Motive. Unter Hinzuziehung ausländischer Experten wurde 1969 ein Generalplan für die Entwicklung des Tourismus ausgearbeitet. In den folgenden Jahren gelang es, in den „klassischen" Reisegebieten Balis, Javas und untergeordnet auch in Teilen Sumatras komfortable Hotels und die notwendigen Kommunikationseinrichtungen zu erstellen. Während des gegenwärtig laufenden Fünfjahresplanes (REPELITA II) von 1974 bis 1979 sollen diese Arbeiten auf Bali, Java und in Teilen Sumatras fortgeführt sowie auf Teilräume Sulawesis und der Molukken ausgedehnt werden. Durch diese namentlich von der Weltbank unterstützten Aktivitäten, konnte die Hotelgesamtkapazität des Landes von 122 Häusern mit 6805 Zimmern (1972) auf 378 Hotels mit 19 787 Zimmern (1976) ausgeweitet werden. Nahezu alle renommierten Ferntouristik-Unternehmen haben inzwischen Indonesien in ihre Fernostprogramme aufgenommen. Mit häufig stereotyp wiederkehrenden Metaphern, wie „Bali – Java – Sumatra – eine Welt voller Wunder, eines der letzten Paradiese, ein Fest der Augen und Sinne erwartet Sie", werben sie für Reisen in den Inselstaat. Derartige Vergleiche vermitteln vielfach nur Illusionen, nicht jedoch Einsichten. Obwohl bisher keine detaillierten, aussagekräftigen indonesischen Fremdenverkehrsstatistiken vorliegen, ist neben der Landeshauptstadt Jakarta vor allem Bali, die „Insel der Götter

Bali

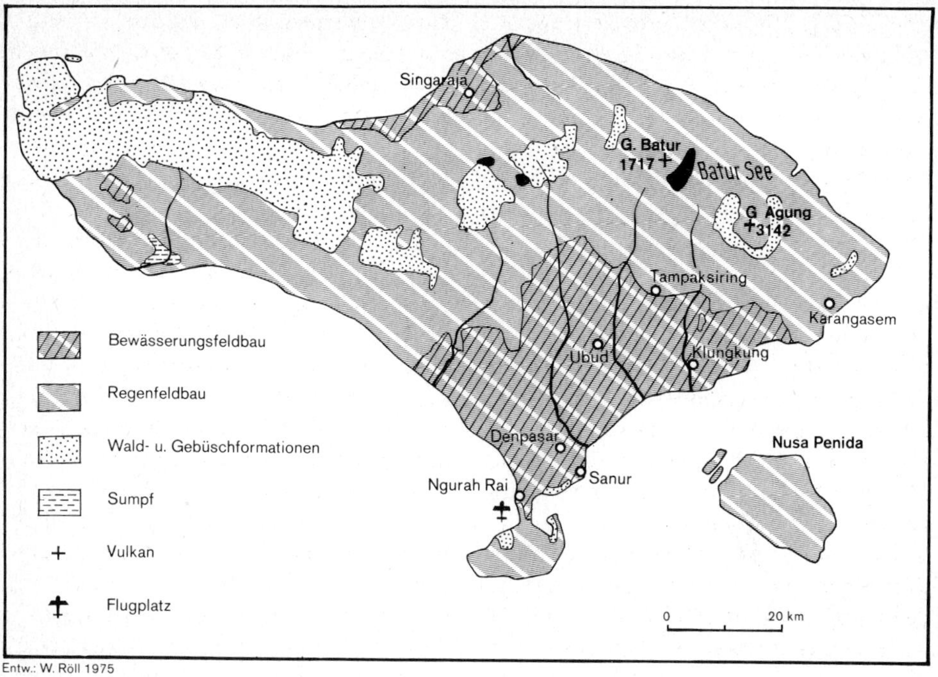

Entw.: W. Röll 1975

und Dämonen“, Hauptziel aller ausländischen Touristen. Verfügte die kleine, 5612 qkm umfassende Insel vor zehn Jahren nur über ein Hotel internationalen Standards, nämlich den mit japanischen Reparationsgeldern 1966 eröffneten Bali Beach-Betrieb, so war die Zahl der De Luxe-Hotels im Jahre 1977 bereits auf 5 mit insgesamt 1414 Doppelzimmern angewachsen (1969: 465 Zimmer). 21 weitere Hotels der 1. und 2. Kategorie mit 2190 Zimmern treten hinzu (A. Leemann 1978). Hauptfinanzier dieses Ausbaus war die Weltbank. Die Fremdenverkehrseinrichtungen konzentrieren sich überwiegend auf die Strände von Sanur und Kuta, die einst den Zauber und die eigenständige Kultur Balis traumhaft widerspiegelten. Darüber hinaus verfügt auch die Provinzhauptstadt Denpasar über mehrere Hotels. Nachdem noch zahlreiche internationale Linien- und Charterfluggesellschaften die Erlaubnis zum direkten Anflug Balis erhalten hatten, stieg der Bali-Tourismus besonders sprunghaft an. Verzeichnet die Insel vor Ausbruch des Zweiten Weltkrieges durchschnittlich etwa 3000 Touristen aus Übersee pro Jahr (K. Helbig 1949), so wuchs der Strom der Bali-Besucher von 24 340 Personen (1970) auf 119 096 Reisende im Jahr 1977 an. Diese Zahl umfaßt jedoch nur diejenigen Gäste, die Bali direkt vom Ausland anflogen, nicht aber Touristen, die im Inlandsverkehr die Insel erreichen. Die Gesamtzahl der Bali-Besucher wurde 1976 auf etwa 250 000 geschätzt. Infolge von relativ geringen Flugdistanzen und preisgünstigen Charterflügen entfielen hiervon auf Australien und Japan die größten Anteile. Amerikaner, Briten und Deutsche (1977: 7289 Personen) folgen (A. Leemann 1978). In den Fremdenverkehrszentren der Insel entwickelte sich der Tourismus zu einem nicht unbedeutenden Wirtschaftsfaktor und

BALI: Fremdenverkehrseinrichtungen 1976 – Kuta Beach und Sanur Beach

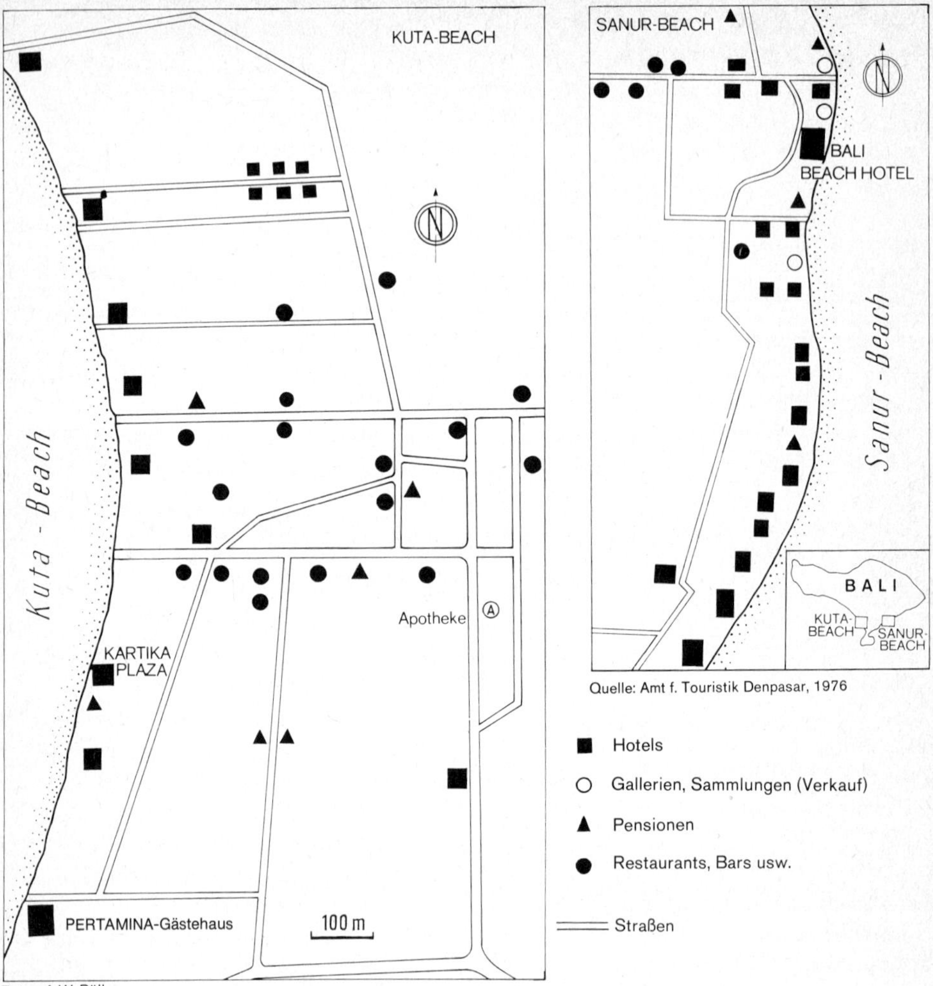

Entwurf: W. Röll

Arbeitgeber. Denn über die unmittelbar im Hotelgewerbe beschäftigten rund 5400 Personen (1976) hinaus eröffnete die Fremdenverkehrswirtschaft zugleich auch für weitere Bevölkerungsteile begrenzte Absatz- und Einkommensmöglichkeiten aus dem Verkauf von Lebensmitteln und kunstgewerblichen Erzeugnissen sowie durch Musik- und Tanzdarbietungen, Fremdenführungen, Transportleistungen usw.

Eine ähnliche, wenn auch abgeschwächte, Entwicklung verzeichneten auch Teile Javas. Dort erlebte vor allem die Metropole Jakarta in den letzten Jahren einen Hotelneubauboom. Heute besitzt Jakarta die größten Hotel- und Bettenkapazitäten des Landes. Allein zwischen 1969 und 1976 erhöhte sich das Gesamtangebot an Hotelzimmern internationalen Standards durch zahlreiche Großbauten, wie etwa das gigantische 860-Betten-Hotel Borobudur, von 650' auf 5300 Zimmer in 43 Hotels. Weitere 2400 Hotelbetten sollten 1976 in der Landeshauptstadt bereitgestellt werden. Darüber hinaus entstand – ähnlich wie im Großraum Bangkok, Manila oder Kuala Lumpur – das einst heftig kritisierte, 1975 jedoch abgeschlossene Projekt „Indonesien en miniature". Es offeriert dem eiligen Reisenden in einem 120 ha großen Vergnügungspark im Süden der Stadt das reiche kulturelle Erbe der einzelnen Landesteile in seinen vielfältigen Ausprägungen. Außer Bali, Jakarta und West-Java mit seinen Vulkanen, Teeplantagen und nicht zuletzt dem weltberühmten Botanischen Garten in Bogor, dessen Grundlagen 1819 von dem deutschen Botaniker C. G. Reinwardt geschaffen wurden, ist bisher vor allem noch Zentral-Java ein wichtiges Zielgebiet ausländischer Touristen. Zahlreiche steinerne Zeugen erinnern dort an die große buddhistisch-hinduistische Vergangenheit des Landes. Unter diesen im näheren Umland der alten Fürstenstädte und Kulturzentren Yogyakarta und Surakarta gelegenen zahlreichen historischen Tempelanlagen stellt die zur Zeit in Zusammenarbeit mit der UNESCO restaurierte, etwa 800 n. Chr. errichtete, große buddhistische Tempelanlage von Borobudur einen besonderen Anziehungspunkt dar. Dies gilt auch für den benachbarten, imposanten hinduistischen Tempelkomplex von Prambanan aus der zweiten Hälfte des 9. Jahrhunderts. Er dient als Kulisse der seit 1961 alljährlich veranstalteten Ramayana-Festspiele. Die übrigen Landesteile sind bisher touristisch noch kaum erschlossen. In zunehmendem Maße verzeichnen in den letzten Jahren aber auch Ost-Java mit Surabaya sowie Nord-Sumatra mit Medan und das Batak-Land um den Toba-See wachsende Besucherzahlen. Ähnliches gilt auch für Ujung Pandang, das frühere Makassar sowie für das Toraja-Siedlungsgebiet in Zentral-Sulawesi und für Ambon (Molukken).

Obwohl somit der Massentourismus in Indonesien noch nicht eingekehrt ist, schnellte aufgrund der skizzierten Bemühungen die Gesamtzahl der Indonesien-Besucher von nur 19 311 Personen (1966) über 129 319 (1970) auf 456 718 Touristen im Jahre 1977 an. 1978/79 erwartet man rund 500 000 Ausländer. Unter ihnen stehen zahlenmäßig die Touristen aus den USA, Australien, Japan und Europa an der Spitze. Aus der Bundesrepublik konnten im Jahre 1977 11763 Reisende gegenüber 2411 Personen im Jahre 1967 verzeichnet werden. Nach der Erdöl- und Holzwirtschaft gilt der Tourismus heute in Indonesien als einer der Wirtschaftszweige mit den höchsten Zuwachsraten. Aber außer den genannten Besucherzahlen, denen infolge der unzulänglichen Statistiken nur eine begrenzte Aussagekraft zugebilligt werden kann und euphorischen Prognosen, ist bisher über die wirtschaftliche Effizienz und die Chancen des Tourismus in Indonesien nur relativ wenig bekannt. Laut Statistik sollen sich die Reisenden durchschnittlich etwa 5 Tage im Lande aufhalten und pro Tag und Person etwa 35 US-$ ausgeben (1976). Danach beliefen sich die Brutto-Einkünfte aus der Fremdenverkehrswirtschaft im Jahre 1977 auf rund 80 Mio. US-$. Obwohl diese Summe nur als annähernder Richtwert angesehen werden kann, ist sie doch beeindrukkend. Aber sie bedarf der kritischen Interpretation. Denn in einer aktuellen Studie der Internationalen Arbeitsorganisation (ILO) wird festgestellt, daß rund 47% der Bruttoeinkommen aus dem indonesischen Touristengeschäft wieder ins Ausland zurückfließen, um kostspielige Investitionen zu amortisieren, Importe für touristische Zwecke vorzunehmen und Reinvestitionen zu tätigen. Zugleich kommt die ILO-Studie zu dem Ergebnis, daß jedes moderne Hotelzimmer, für das durchschnittlich etwa 21 800 US-$ Investitionen erforderlich sind, rein statistisch nur etwa 1,5 Arbeitsplätze schafft. Dies bedeutet, daß jeder Arbeitsplatz im Hotelgewerbe rund 14 500 US-$ kostet. Das Verhältnis von Kapitaleinsatz und Arbeitsplatzbeschaffung ist demzufolge ungünstig. Mit demselben Kapitalaufwand könnten andererseits in der Landwirtschaft nicht 1,5 sondern 7,6 neue Arbeitsplätze bereitgestellt werden. Diese Berechnungen ernüchtern. Sie erzwingen nach Auffassung der ILO-Experten zwar nicht die Einstellung jeglicher Kapitalinvestitionen in der Touristik, wohl aber wirksame Konsequenzen, beispielsweise die drastische Verringerung ausländischer Importanteile bei Hotelneubauten usw.

Darüber hinaus hat sich auch die von der Asiatischen Entwicklungsbank und der Weltbank genährte einstige Tourismus-Euphorie nicht bestätigt. Im Rausch des Reisebooms der frühen siebziger Jahre entwickelte Prognosen, die bis zum Jahre 1985 für Indonesien einen Touristenstrom von jährlich etwa 2 Mio. ausländischer Besucher und damit Bruttoeinkommen von rund 350 Mio. US-$ vorhersagten, wichen inzwischen einer realistischeren Betrachtungsweise der Planer. Denn diese hochgespannten Erwartungen erfüllten sich bei weitem nicht. Bereits heute ist die Auslastung der vorhandenen Hotelkapazitäten, vor allem außerhalb Balis, unzureichend. Aber selbst auf Bali gerieten 1977 mehrere Hotels in ernste Liquidationsschwierigkeiten, weil die erhofften Gäste ausblieben.

Ungeachtet dieser Situation, beabsichtigt die Regierung den Tourismus auch in Zukunft durch vielfältige Maßnahmen, wie billigere Flugtarife, Vereinfachung der Visaerteilung für Gruppenreisende usw., zu fördern. Hierzu zählt u. a. auch das in Zusammenarbeit mit der Weltbank, der Internationalen Arbeitsorganisation (ILO) und privaten Investoren geplante Großprojekt Nusa Dua auf Bali. Dieses neue Touristenzentrum soll Anfang der achtziger Jahre auf einem etwa 425 ha großen, bisher nur von wenigen Fischern bewohnten Gelände auf der Bukit Pecatu-Halbinsel an der Südspitze der Insel verwirklicht werden. Damit stünden weitere 2500 Doppelzimmer der Luxus-Kategorie allein auf Bali zur Verfügung. Mit diesen und anderen Projekten, die teilweise als sehr riskant erscheinen, hofft man, den wachsenden Strom von Fernost-Touristen künftig stärker als bisher auch in die indonesisches Inselwelt lenken zu können. Denn man ist bestrebt, die Fremdenverkehrswirtschaft zur viertgrößten Devisenquelle des Landes, nach Erdöl, Holz und Kautschuk, auszubauen. Damit sollen u. a. auch die bisher geringen Beschäftigungseffekte verbessert und die Zahl der direkt vom Tourismus abhängigen Personen von rund 20 000 (1973) auf etwa 60 000 Erwerbstätige (1980) angehoben werden. 1977 erwartete der indonesische Generaldirektor für Tourismus jährliche Wachstumsraten von etwa 10% bis 15%. Aber Indonesien muß noch einen weiten Weg zurücklegen, bevor es die Zahl von 1,5 Mio. Touristen erreicht, die alljährlich in einige seiner Nachbarländer reisen. Vor allem bedarf es zur angestrebten ausgewogeneren regionalen Lenkung der Touristenströme in die Inselwelt außerhalb Balis und Javas noch erheblicher Investitionen im gesamten Infrastruktur- und Touristikdienstleistungsbereich. Denn in diesen Sektoren treten die auch in anderen Wirtschaftszweigen des Entwicklungslandes Indonesien offenkundigen Mängel ebenfalls klar zutage. Eine in Bandung mit Unterstützung der Schweiz betriebene Hotelfachschule leistet hierzu einen wertvollen Beitrag.

Aber Tourismus ist nicht nur ein Wirtschaftsfaktor und damit eine ökonomische Größe. Er hat auch wichtige soziale und psychologische Komponenten. Denn von diesem Medium gehen beträchtliche Auswirkungen auf die traditionellen Denk-, Handlungs- und Lebensweisen der Bevölkerung in den Fremdenverkehrsgebieten aus. Die Kritiker der touristischen Erschließung Balis weisen bereits seit Jahren mit Kurzformeln wie „Bali sei im Begriff seine Unschuld zu verkaufen“

auf die mit dem gestiegenen Touristenstrom verbundenen Akkulturationserscheinungen bzw. Wandlungen tradierter Denk- und Handlungsmuster der Bevölkerung in den Fremdenverkehrszentren der Insel hin. Ein krasses Negativbeispiel ist das Strandgebiet von Kuta im Südwesten Balis. Vielfach werden die Spannungen und psycho-sozialen Probleme, die sich aus der Konfrontation der tradierten heimischen Kultur mit den neuen westlichen Lebensformen ergeben, aber auch gemeistert und die neuen Einflüsse von der Bevölkerung erfolgreich absorbiert ohne deren tradierte Wert- und Normensysteme wesentlich zu beeinträchtigen (A. LEEMANN 1976). Andererseits bietet der Ferntourismus den Menschen aus den westlichen Industriestaaten die Möglichkeit, an die Probleme der Gastländer herangeführt zu werden. Die unmittelbare Anschauung kann somit zum entwicklungspolitisch notwendigen Verständnis der Staaten der „Dritten Welt" und ihrer Probleme beitragen. Dem uniformierten ausländischen Gast täuschen die exotischen Palmenstrände mit ihren gettohaften, modernen Hotelneubauten vielfach jedoch nur „Paradiese" vor, die keine sind. Ihr Erlebnis verschließt demzufolge nicht selten den Blick für die Wirklichkeit oder führt nur zur Bestätigung latent vorhandener bzw. zur Erzeugung neuer Vorurteile.

8.5 Außenwirtschaftliche Beziehungen und Abhängigkeiten

Mit der Ablösung der staatlich-monopolistischen Wirtschaftsordnung in Indonesien durch den kolonialen, weltmarktorientierten Wirtschaftsliberalismus entwickelte sich das Land seit der zweiten Hälfte des 19. Jahrhunderts zu einem der bedeutendsten Rohstoffexporteure. Allerdings standen Handel und Seeverkehr in der malayischen Inselwelt bereits in vorkolonialer Zeit in hoher Blüte. Ein weitverzweigtes Handels- und Schifffahrtssystem überzog seit altersher den Raum zwischen Ostafrika, China und Japan. Begehrte Welthandelsgüter, wie Pfeffer aus Sumatra, Nelken und Muskatnüsse von den Molukken, Zucker aus Java, Gold aus Kalimantan und Sandelholz von Timor wurden zur malayischen Halbinsel, nach China, Japan und Indien verschifft. Palembang in Süd-Sumatra oder Kediri in Ost-Java nahmen beispielsweise als bedeutende Handelszentren in diesem internationalen Warenaustausch zeitweise wichtige, überregionale Funktionen wahr. Über den Mittleren Osten gelangten die Waren während des Mittelalters nach Europa. Seit dem frühen 17. Jahrhundert monopolisierte die „Vereinigte Ostindische Companie" (V.O.C.) zunehmend den Überseehandel zur Belieferung des europäischen Marktes. Aber erst der nach 1870 einsetzende systematische Aufbau der Plantagenwirtschaft durch private Unternehmer, die Aufnahme der Bergbauproduktion, die steigende Nachfrage in den Industriestaaten, der Einsatz von Großraumschiffen zum Massengütertransport und die Verkürzung des Seeweges nach Europa durch den Bau des Suezkanals, ermöglichten den ungeahnten Aufstieg des Landes zu einem der größten Rohstofflieferanten auf dem Weltmarkt. 1920 entfielen über 78% der Ausfuhren allein auf Zucker, Kautschuk, Erdöl, Zinn, Kopra, Tabak, Tee und Kaffee. Die nahezu völlige Ausrichtung der Wirtschaft auf die Erzeugung und den Export von Rohstoffen einerseits und das starke Bevölkerungswachstum andererseits, bedingten eine zunehmende Nachfrage nach industriellen Fertigwaren aller Art. Die Rohstoffexportproduktion und der Import von Industrieerzeugnissen bildete daher das Fundament der kolonialen Wirtschaftspolitik. Diese aus der Kolonialzeit überkommene Grundstruktur bestimmt die indonesischen

Außenhandelsbeziehungen weitgehend noch heute. Im Vergleich zur Vor- und Nachkriegszeit unterliegen sie allerdings seit über zehn Jahren einer beträchtlichen Expansion. Denn eine signifikante Ausweitung der Aus- und Einfuhren wird von der Regierung SUHARTO seit 1966 als entscheidende Voraussetzung für die Entwicklung der nationalen Produktivkräfte angesehen. Zugleich traten in den vergangenen Jahren auch erhebliche Veränderungen innerhalb der exportierten Warengruppen ein. Eine beträchtliche Konzentration auf einige wenige Ausfuhrgüter, nämlich Erdöl, Holz und Kautschuk, ist feststellbar. Bei den Importen zeigt sich ebenfalls eine deutliche Gewichtsverlagerung von den Konsum- zu den Investitionsgütern. In dieser Entwicklung spiegeln sich die Bemühungen der Regierung durch den Aufbau einer eigenen Konsumgüterindustrie die Einfuhren auf diesem Sektor zunehmend abzubauen. So wurden aufgrund des in den letzten Jahren forcierten Industrialisierungsprozesses und der damit verbundenen Produktionsausweitung, inzwischen für zahlreiche Produkte die Einfuhr nach Indonesien verboten bzw. stark eingeschränkt. Hierzu zählen u. a. Batterien, Personenwagen und Nutzfahrzeuge, pharmazeutische Artikel, Radios, Fernsehgeräte, Nähmaschinen und andere „Luxusgüter". Aber diese Importrestriktionen zum Schutz der eigenen Industrie werden häufig durchbrochen. Dabei spielt der in Südostasien weitverbreitete Schmuggel eine große Rolle. In diesem illegalen Güteraustausch nehmen vor allem chinesische Händler in Singapur und Indonesien eine Schlüsselstellung ein. Während Luxusgüter und andere moderne Konsumartikel (Textilien, Kosmetika, Chemikalien, Medikamente, Radios, Fernsehgeräte, Autoersatzteile, Nähmaschinen usw.), die bei legaler Einfuhr mit hohen Zollsätzen belastet werden, illegal von Singapur nach Indonesien gelangen, werden indonesische Landesprodukte (Kautschuk, Palmöl, Kopra, Reis, Tabak, Tee, Gewürze etc.) von den Riau-Inseln, aus Sumatra, Java, Kalimantan, Sulawesi usw. nach Singapur, Malaysia und Hongkong geschmuggelt. Dabei wird die indonesische Exportsteuer umgangen. Neben dem illegalen Handel spielen auch Unterfakturierungen, falsche Waren- und Mengenangaben, Zusammenarbeit mit indonesischen Zoll- und Regierungsbeamten usw. eine Rolle. 1977 schätzte man, daß Indonesien allein durch den Schmuggel mit Singapur jährlich mindestens 300 bis 400 Mio. US-$ an Einnahmen entgehen. Begünstigt wird dieser Warenaustausch durch den Freihafenstatus von Singapur, das zudem die Lagerfaszilitäten und Aufbereitungsanlagen besitzt, die in Indonesien selbst vielfach noch fehlen. Aufgrund dieser Mißstände hat die indonesische Regierung 1976/77 in einer Anti-Schmuggel-Kampagne zahlreiche verdächtige Handelsfirmen und Lagerhäuser geschlossen, Bankkonten gesperrt und einige beschuldigte Zollbeamte auf die Insel Kembongan vor Zentral-Sulawesi verbannt. Doch können von derartigen Maßnahmen keine nachhaltigen Wirkungen erwartet werden. Denn die langen indonesischen Küsten sind bisher kaum wirksam zu kontrollieren. Daher soll bis 1980 die Küstenwache u. a. durch mehrere Patrouillenboote aus Frankreich und der Bundesrepublik verstärkt werden.

Im legalen internationalen Güteraustausch steht – unabhängig von den gravierenden Unterschieden in den indonesischen Außenhandelsstatistiken, die je nach erfassender Behörde erhebliche Abweichungen voneinander aufweisen – unter den Exportgütern Erdöl und seine Derivate inzwischen mit Abstand an erster Stelle. Noch 1971 hatten Produkte aus der Landwirtschaft etwa 55% der gesamten indonesischen Ausfuhrerlöse erbracht. Im Jahre 1976 entfielen demgegenüber bei einem Gesamtexport im Werte von 8,6 Milliarden US-$ (1965: 633 Mio. US-$) bereits rund 6 Milliarden US-$ auf Erdöl. Diese Summe entsprach rund 70% des gesamten Exportwertes (1976). Holz liegt seit

1972/73 an zweiter Stelle. Es folgen Kautschuk, Kaffee, Palmöl und Zinn. In dem Maße, in dem Mineralölexporte und Holz seit 1969 an Bedeutung gewannen, verloren die einst führenden Plantagenerzeugnisse infolge interner und externer Ursachen an Gewicht. Als Beispiel sei auf Kautschuk verwiesen. War Indonesien 1955 noch der größte Naturkautschukproduzent der Welt, so verlor es diese führende Position 1957 an Malaysia. Aber beispielsweise auch Zucker, der 1920 allein 47% der gesamten Ausfuhr umfaßte, wird seit Jahren nicht mehr exportiert. Zeitweise mußte Zucker infolge des Rückgangs der Plantagenwirtschaft in den vergangenen Jahren sogar importiert werden.

Unter den Haupthandelspartnern Indonesiens sind Japan und die USA sowohl im Export als auch im Import seit Jahren führend. Rund 71% der indonesischen Ausfuhren und 43% der Einfuhren entfielen 1976 auf diese beiden Staaten. Insbesondere der Güteraustausch mit Japan stieg seit 1966 sprunghaft an. Im Jahre 1976 bezog Japan Waren im Werte von 3,6 Milliarden und die USA von 2,5 Milliarden US-$ aus Indonesien. Hierdurch hat Singapur seine einst führende Position verloren. Doch ist der Stadtstaat noch immer einer der wichtigsten indonesischen Außenhandelspartner. Hierbei ist allerdings zu berücksichtigen, daß verschiedene Güter nur im Transitverkehr über Singapur in Drittländer gehen. Die außenwirtschaftlichen Verflechtungen mit den übrigen ASEAN-Staaten sind demgegenüber bisher noch gering. Nach Singapur folgen die Niederlande und die Bundesrepublik als weitere bedeutende Handelspartner. Die Niederlande, auf die 1959 auf dem Höhepunkt der Auseinandersetzungen mit Indonesien nur noch ein Anteil von gut 1% am indonesischen Gesamtexport entfiel, bezogen 1976 wieder rund 27%. Die Bundesrepublik ist einer der führenden Abnehmer von Zinn, Gummi, Kupferkonzentrat und Palmöl. Hinzu treten Kaffee, Tee, Tabak sowie seit 1976 auch Erdöl. Die einstige Monopolstellung im internationalen Handel mit indonesischem Rohtabak ging nach dem Bruch mit den Niederlanden 1957/58 von Amsterdam und Rotterdam auf Bremen über. Über den dortigen Zentralmarkt wird seitdem die indonesische Exporttabakproduktion vermarktet. 1977 erbrachte der Verkauf von Sumatra- und Java-Tabaken (Besuki, Vorstenland) in Bremen einen Erlös von 120 Mio. DM. Der Gesamtwert der indonesischen Exporte in die Bundesrepublik belief sich 1976 auf rund 230 Mio. US-$.

Dieser Exportstruktur stehen insbesondere Investitionsgüter, Grundstoffe und Halbfertigwaren als wichtigste Einfuhren gegenüber. Der Konsumgüterimport ist in den letzten Jahren rückläufig. Zur Finanzierung der indonesischen Einfuhren tragen ausländische Kredite maßgeblich bei. Dabei ist es kein Zufall, daß die größten Gläubiger Indonesiens zugleich auch die wichtigsten Lieferländer sind. Bei einem Importvolumen von rund 5,7 Milliarden US-$ (1966: 609 Mio. US-$) entfielen 1976 allein auf den Investitionsgüterbereich rund 48% aller Importe. Für Grundstoffe wurden weitere 36% aufgewandt. Bemerkenswert hoch ist darüber hinaus auch der Anteil der Nahrungsmittelimporte. Denn zur Schließung des Nahrungsmitteldefizits für die rasch wachsende Bevölkerung sind seit Jahren steigende Devisenaufwendungen, insbesondere für Reisimporte, notwendig. 1976 verschlangen sie etwa 920 Mio. US-$. Die Reisimporte stiegen von 31 000 t (1940) über 1 Mio. t (1964) und 1,5 Mio. t (1972) auf eine Rekordmenge von etwa 2,6 Mio. t im Jahre 1977/78 an. Dies entspricht etwa einem Viertel aller auf dem Weltmarkt gehandelter Reisvorräte, die vorwiegend aus Thailand, Burma, den Philippinen, Japan, den USA und Taiwan bezogen werden. Aber auch andere Nahrungsmittel, wie Getreide und Sojabohnen, werden eingeführt. Diese Entwicklung enthüllt die durch natürliche Ungunst, Bevölkerungsexplosion, Versagen der regionalen Administration usw. bedingten gegenwärtigen sozio-ökonomischen Probleme. Sie macht zugleich aber auch deutlich, daß ausreichende Devisen vorhanden sind, um das eigene Erzeugungsdefizit auszugleichen. Auch unter den wichtigsten Lieferanten indonesischer Importe sind Japan mit 1,49 Milliarden US-$ und die USA mit 980 Mio. US-$ (1976) führend. Singapur, die Bundesrepublik und Frankreich nehmen die folgenden Plätze ein. Aus der Bundesrepublik wurden 1976 Waren im Werte von 490 Mio. US-$ bezogen. Sie umfassen u. a. elektrotechnische, feinmechanische, optische und pharmazeutische Erzeugnisse sowie Eisen- und Stahlprodukte, Werkzeuge, Maschinen, Kraftfahrzeugteile, landwirtschaftliche Geräte, Chemikalien usw.

Indonesiens Außenhandel mit den Industrienationen ist demzufolge Ausdruck einer überwiegend vertikalen internationalen Arbeitsteilung in der Weltwirtschaft. Indonesien liefert vor allem Rohstoffe, die Handelspartner namentlich Industrieprodukte. Diese ungleiche Partnerschaft hat bereits Befürchtungen aufkommen lassen, Indonesien sei im Begriff sich zu einer „Kolonie neuen Typs" im Sinne der von lateinamerikanischen Wissenschaftlern formulierten „Dependenztheorie" (u. a. S. AMIN 1975; D. SENGHAAS 1974) zu entwickeln. Namentlich die überstarke Präsenz Japans im Wirtschaftsleben, auf das im Jahre 1976 rund 42% aller indonesischen Exporte und 26% des Gesamtimports entfielen, erscheint problematisch. Die seit 1966 schwerpunktmäßig in Südostasien eindeutig auf Indonesien konzentrierten japanischen Wirtschaftsbeziehungen, die zu einem ständig wachsenden Export von Fertigwaren, steigenden Direktinvestitionen und zur fortschreitenden Erschließung von Rohstoffquellen führten, beeinflussen die öffentliche Meinung in Indonesien stark. Diese durch negative historische Erfahrungen verstärkten antijapanischen Ressentiments und die zunehmende Befürchtung, daß die engen wirtschaftlichen Bindungen zu einer wachsenden politischen Abhängigkeit von Japan als dem größten und zugleich rohstoffärmsten Industriestaat Asiens tendieren könnten, haben 1974 bereits blutige Unruhen in Jakarta ausgelöst. (Tab. 34)

Tabelle 34: Indonesiens Außenhandel in Milliarden US-Dollar 1976

Gesamtexport:	8,55
davon:	
Erdöl	6,00
Holz	0,78
Kautschuk	0,58
nach:	
Japan	3,56
USA	2,45
Singapur	0,64
Niederlande	0,23
Bundesrepublik Deutschland	0,20
Gesamtimport:	5,67
davon:	
Investitionsgüter	2,73
Grundstoffe	2,02
Reis	0,92
aus:	
Japan	1,49
USA	0,98
Singapur	0,55
Bundesrepublik Deutschland	0,49
Frankreich	0,20
Niederlande	0,17

Quelle: Bank Indonesia 1977

Das stolze Ergebnis eines Handelsbilanzüberschusses von rund 2,9 Milliarden US-$ (1976) wird allerdings durch die Tatsache getrübt, daß in dieser Rechnung die Bruttoerlöse aus den Ölexporten angesetzt sind. Denn Indonesien muß auch heute noch Ölprodukte hohen Verarbeitungsgrades reimportieren, da das eigene Rohöl nur teilweise bedarfsgerecht im Lande selbst verarbeitet werden kann. Hinzu kommt, daß die Dienstleistungsbilanz Indonesiens, wie beispielsweise im überseeischen Warentransport, der überwiegend von ausländischen Schiffen getragen wird, stark passiv ist. Andererseits konnten die Devisenreserven des Landes in den letzten Jahren beträchtlich erhöht werden. Denn namentlich durch den raschen Anstieg der Erdölpreise seit 1971 wuchsen die Ausfuhrerlöse sprunghaft. Die Veränderungen bei den Deviseneinnahmen aus dem Erdölexport waren spektakulär. Beliefen sich die Bruttoerlöse für Öl 1969 erst auf 217 Mio. US-$, so waren sie 1972/73 bereits auf 965 Mio. US-$ angestiegen. Nach der drastischen Erhöhung der Erdölpreise durch das OPEC-Kartell hatten sie sich im Rechnungsjahr 1973/74 mit 1,7 Milliarden US-$ bereits nahezu verdoppelt. Nach jüngsten Angaben des indonesischen Finanzministers sind die Exporterlöse Indonesiens im Fiskaljahr 1977/78 auf insgesamt 10,6 Milliarden US-$ angewachsen, wovon allein 7,1 Milliarden US-$, d.h. 67%, aus Rohölexporten resultieren. Der Aktivsaldo der Zahlungsbilanz hat sich bis Ende 1977 weiter auf 1,2 Milliarden US-$ verbessert und die Devisenreserven des Landes beliefen sich zu Beginn des Fiskaljahres 1978/79 auf über 2,5 Milliarden US-$, eine seit Jahren unerreichte Höhe. Auch hat sich die Kreditwürdigkeit weiter verbessert. Allein die Intergovernmental Group on Indonesia (IGGI), ein Hilfskonsortium, dem auch die Bundesrepublik angehört, hat Indonesien für 1978/79 Kredite in Höhe von 2,5 Milliarden US-$ bewilligt. Darüber hinaus hat 1978 ein Bankenkonsortium aus der Bundesrepublik eine Anleihe für Indonesien in der Höhe von 100 Mio. DM aufgelegt.

Diese Zahlen beeindrucken, aber sie bedürfen der kritischen Wertung. Denn allein die jährlichen Zahlungen zur Schuldentilgung für die aufgenommenen Auslandsanleihen engen den Spielraum des Landes beträchtlich ein. Die Staatsverschuldung hat sich von 5,9 Milliarden US-$ (1974) auf über 14,4 Milliarden US-$ im Jahre 1977 erhöht. Welches Gewicht der Schuldenlast inzwischen zukommt, zeigt sich u.a. an der Relation von Schuldendienst zu den Ausfuhrerlösen. Beliefen sich diese Verpflichtungen 1974 erst auf 5,2%, so waren die Annuitäten 1977 bereits auf 16% aller Exporterlöse angestiegen. Für die frühen achtziger Jahre sagen Experten sogar eine Steigerung auf rund 20% voraus, jene Marge, welche die Weltbank als zulässiges Höchstmaß der Verschuldung von Entwicklungsländern ansieht. Darüber hinaus dürfte auch der Erdölboom der frühen siebziger Jahre seinen Höhepunkt überschritten haben. Denn das seinerzeitige Planungsziel, Ende 1975 mit einer Rohölproduktion von täglich 2 Mio. Barrel die Förderung von Libyen und Algerien zu erreichen, konnte bisher nicht verwirklicht werden. Die Rohölproduktion dürfte sich bei täglich 1,6 bis 1,7 Mio. Barrel (1978) einpendeln und die unmittelbare Zukunft erscheint ungewiß. Auch die Weltbank kommt in ihrem 1978 abgeschlossenen Bericht zu dem Ergebnis, daß die Deviseneinnahmen aus dem Ölgeschäft künftig nur noch marginal wachsen oder gar stagnieren werden. Man rechnet bereits damit, daß in den Jahren nach 1990 der interne, ebenfalls rasch steigende Ölverbrauch möglicherweise die eigene Produktion übersteigen könnte, vorausgesetzt, die Förderung bleibt auf dem gegenwärtigen Stand. Ferner deuten sich Schwierigkeiten bei der Vermarktung des indonesischen Erdöls an: Alaska-Rohöl erreicht jetzt die Westküste der USA, eine Wirtschaftszone, die bisher allein 37% des indonesischen Öls aufgenommen hat. Hinzu kommt die Ungewißheit, ob Japan künftig einen Teil seiner Ölimporte von Indonesien auf die Volksrepublik China verlagern und inwieweit damit einer der wichtigsten Absatzmärkte gefährdet wird. Bereits in den vergangenen Jahren gingen die Ölexporte nach Japan von etwa 71% (1973) auf rund 40% (1976/77) zurück. So wichtig Erdöl auch weiterhin für den Staat als Devisenquelle bleiben wird, so hat sich doch inzwischen die Erkenntnis durchgesetzt, daß Indonesien unter Berücksichtigung seiner Bevölkerungszahl zu den armen

OPEC-Staaten zählt, und auch weiterhin dringend der bi- und multilateralen finanziellen Unterstützung bedarf. Zwar entsprachen die Devisenerlöse aus dem Ölexport 1976 in etwa denen von Venezuela, aber dessen Bevölkerung umfaßt nur weniger als ein Zehntel der indonesischen. Aber auch bei anderen Exportgütern muß Indonesien künftig mit geringeren Steigerungsraten rechnen. Denn als Folge der 1974 einsetzenden weltwirtschaftlichen Rezession in den Industriestaaten wurden die Absatzchancen von Nichterdölprodukten geringer und damit auch die Devisenbeschaffung schwieriger. Hierzu trug auch der Preisverfall bei einigen Rohstoffen in den vergangenen Jahren nicht unwesentlich bei. Nicht zuletzt führte der Kursverfall des US-$ zu erheblichen Einbußen und zwang zu erhöhten Ausgaben für Importwaren aus Hartwährungsländern, die Indonesien zu seiner Entwicklung dringend benötigt.

Diese divergierende Entwicklung der „terms of trade", d.h. die Verschlechterung des Verhältnisses von Import- zu Exportpreisen, auf dem Nichterdölsektor offenbart die Probleme, die sich für Indonesien und alle übrigen Staaten der Dritten Welt aus der Abhängigkeit von der Preisgestaltung einer relativ begrenzten Zahl von Exportprodukten auf den internationalen Rohstoffmärkten ergeben. Zwar ist die Bandbreite der indonesischen Rohstoffausfuhrmöglichkeiten relativ groß, doch bisher entstammen noch immer rund 86% aller Exportdeviseneinnahmen (1976) Indonesiens aus den Erlösen nur dreier Rohstoffe, nämlich Erdöl, Holz und Kautschuk. Der größte Teil aller Exporteinkünfte wird sogar nur mit einem einzigen Exportprodukt, nämlich Erdöl erzielt. 1976 entfielen hierauf rund 70% der gesamten Exporteinnahmen. Sie wiederum stellen mit rund 50% den größten Posten im Staatshaushalt dar. Die Abhängigkeit von den für viele internationale Rohstoffmärkte typischen, oft heftigen und abrupten Preisschwankungen ist demzufolge groß. Bestes Beispiel hierfür ist etwa Kautschuk. Schwerwiegende Probleme für Staatsbudget und Entwicklungsprozeß sind daher die Folgen fallender Weltmarktpreise. Demzufolge ist die indonesische Wirtschaftspolitik seit Jahren um eine breitere Auffächerung des Ausfuhrsortiments sowie um eine erweiterte und vertiefte Integration der eigenen Ökonomie in die Weltwirtschaft bemüht. Unabhängig von dieser nationalen Entwicklungsstrategie wird jedoch seit 1974 von nahezu allen Entwicklungsländern immer nachdrücklicher die Forderung nach einer Neugestaltung der gesamten internationalen Wirtschaftsbeziehungen erhoben. In diesem brisanten entwicklungspolitischen Nord-Süd-Dialog ist die Stabilisierung der Rohstoffmärkte („Integriertes Rohstoffprogramm") das Hauptanliegen der Entwicklungsländer. Hierüber ist es bisher jedoch noch zu keiner Einigung mit den Industriestaaten gekommen. Allerdings wird seit 1977 in einer Reihe von internationalen Verhandlungen geprüft, bei welchen Rohstoffen preisstabilisierende Maßnahmen, insbesondere die Anlage von Ausgleichslagern zur Neutralisierung der Preisschwankungen, sinnvoll und praktikabel sind. Jedoch werden noch erhebliche Widerstände in den Industrienationen selbst zu überwinden sein, um den Forderungen der Dritten Welt nach einer Verbesserung ihrer Außenhandelsposition innerhalb der Weltwirtschaft näherzukommen.

9. Perspektiven der Entwicklungsmöglichkeiten und Entwicklungsplanung

Aufgrund seiner reichen natürlichen Ressourcen und der wachsenden Bedeutung, die Indonesien bei der Deckung des Weltbedarfs an Rohstoffen zukommt, besitzt das Land mittel- und langfristig weit günstigere Chancen zu einer besseren Zukunft als die meisten übrigen Staaten der Dritten Welt. Experten prognostizieren daher auch, daß Indonesien und seine seit 1967 in der „Vereinigung Südostasiatischer Staaten" (ASEAN) zusammengeschlossenen Nachbarn infolge ihrer großen, bisher noch weitgehend ungenutzten Potentiale in den nächsten Jahrzehnten eine hervorragende weltwirtschaftliche Bedeutung erlangen werden. Allerdings bleibt abzuwarten, ob diese potentiellen Möglichkeiten auch dazu genutzt werden, die komplexen demographischen, wirtschaftlichen, sozialen und infrastrukturellen Probleme des Landes einer befriedigenden Lösung zuzuführen.

Diese nur langfristig zu verwirklichenden Entwicklungsaufgaben müssen nach den Worten von Präsident Suharto vor den Beratenden Volkskongreß vom 11. März 1978 in Jakarta auf drei Prinzipien beruhen, nämlich nationaler Stabilität, wirtschaftlichem Wachstum und ausgleichenden Entwicklungsmaßnahmen zur Erzielung sozialer Gerechtigkeit. Der Präsident betont die Gleichwertigkeit dieser Grundsätze, gibt aber zu erkennen, daß die politische Stabilität als Hauptziel der Politik angesehen wird. Eine Strategie, die der politischen Stabilität Priorität innerhalb des nationalen Aufbauprogramms einräumt, muß aber auch in der Überwindung der krassen ökonomischen und sozialen Gegensätze innerhalb der Gesellschaft und des gravierenden Entwicklungsgefälles zwischen den Zentren und Peripherien des Landes, vorrangige Ziele ihrer Entwicklungsbemühungen sehen. Denn die Zukunft Indonesiens ist nicht allein von Auslandsinvestitionen, von Renditen reicher Rohstoffvorkommen und hohen wirtschaftlichen Wachstumsraten abhängig. Prüfstein ist und bleibt die soziale Frage. Denn bis 1985 wird die Bevölkerung Indonesiens auf schätzungsweise 167 Mio. Menschen angewachsen sein und die Zahl der jährlich neu auf den Arbeitsmarkt drängenden Erwerbssuchenden wird bei etwa 1,4 Mio. liegen. Demzufolge wird es darauf ankommen, die Entwicklungsprioritäten der vergangenen Jahre neu zu überdenken. Anfänge sind bereits gemacht. Aber zukünftig wird die indonesische Entwicklungsstrategie in noch weit stärkerem Maße als bisher auf eine gleichmäßigere Verteilung des Nationaleinkommens und auf eine regional ausgewogenere Gesamtentwicklung des Landes abzielen müssen. Denn von einer Lösung der äußerst kritischen Arbeitsmarktsituation, der extrem ungleichen Einkommens- und Besitzverteilung sowie der angestrebten dezentralisierten Landesentwicklung ist man noch weit entfernt. Nur massive Arbeitsbeschaffungsprogramme auf dem Lande, die Förderung der Landwirtschaft, der Aufbau arbeitsintensiver lokaler Industrie- und Gewerbebetriebe verbunden mit dem verstärkten Kampf gegen Bevölkerungswachstum, Fehlplanung, Korruption usw. vermögen die regionalen Entwicklungsdisparitäten innerhalb des Inselstaates abzubauen, die Landflucht und damit die schnell voranschreitenden Verstädterungsprozesse zu bremsen, die wachsende Zahl der Erwerbsfähigen in den Wirtschaftsprozeß einzugliedern und andere Basisbedürfnisse der Bevölkerung hinreichend zu befriedigen. Nur derartige Maßnahmen vor allem zugunsten der ruralen Entwicklung dürften die bessere Teilnahme der Bevölkerung am Wachstum der Makroökonomie garantieren und damit zugleich verhindern, daß die Visionen von Th. R. MALTHUS in einem der größten Staaten Asiens Realität werden.

Diesen ungeheueren Problemen und ernsten Herausforderungen soll mit dem Dritten Fünfjahresplan (REPELITA III), der am 1. April 1979 in Kraft trat, in verstärktem Maße begegnet werden. Genaue Einzelheiten seiner Konzeption sind bisher noch nicht bekannt. Aber obwohl die Diskussion über Korrekturen der Wirtschaftsordnung und Entwicklungsstrategie in Indonesien in jüngster Zeit wieder neu belebt worden ist, kann davon ausgegangen werden, daß die Grundprinzipien des bisherigen Modernisierungskonzepts weitgehend beibehalten werden. Es sieht für die achtziger Jahre die Phase des ökonomischen „take off" als Ziel vor. Denn auch die Kritiker der indonesischen Entwicklungsstrategie vermochten bisher keine realistischen Alternativmodelle vorzulegen, geschweige denn, sie politisch durchzusetzen. Allerdings dürfte den nationalen Belangen sowie dem sozialen und regionalen Interessensausgleich künftig größere Beachtung als bisher geschenkt werden. Stand vor allem der Erste Fünfjahresplan ganz im Zeichen der Dynamisierung der Wirtschaft, so scheint nun das Prinzip der Harmonisierung zwischen den einzelnen Sozialgruppen und Lebensräumen stärkeres Gewicht zu erhalten.

Denn aus den bisher vorliegenden Einzelangaben ist ersichtlich, daß unter REPELITA III zwar wiederum ein durchschnittliches reales Wirtschaftswachstum von jährlich über 7% angestrebt wird, aber die Entwicklungsmaßnahmen sollen nicht nur Produktivitätssteigerungen, sondern gleichzeitig auch die Erhöhung und gerechtere Verteilung der Einkommen zum Ziel haben. Noch stärker als in den Jahren des Zweiten Fünfjahresplanes sollen Projekte zur Befriedigung der Grundbedürfnisse der Bevölkerung hinsichtlich Ernährung, Bekleidung, Wohnung, Ausbildung und Arbeitsplatzbeschaffung durchgeführt werden. So ist u. a. geplant, die ländlichen Räume bei den vorgesehenen Entwicklungsmaßnahmen bevorzugt zu berücksichtigen. Der Entwicklung der kleinbäuerlichen Landwirtschaft und insbesondere der Intensivierung der Reiserzeugung soll absolute Priorität eingeräumt werden. Ziel ist, außer der Erhöhung der Betriebseinkommen und damit der Kaufkraft, vor allem die bisher unzulängliche Selbstversorgung mit Nahrungsmitteln zu sichern. Zur Aktivierung der Bevölkerung des ländlichen Raumes soll u. a. das Genossenschafts- und Bildungswesen weiter gefördert werden. Im Verkehrswesen werden sich die Entwicklungsbemühungen vorrangig auf die Schifffahrt und dort insbesondere auf den interinsularen Liniendienst konzentrieren. Auf dem industriell-gewerblichen Sektor ist neben der Entwicklung der Schwerindustrie vor allem der verstärkte Ausbau der kleineren und mittleren beschäftigungsintensiven Verarbeitungsbetriebe vorgesehen. Darüber hinaus soll die Industrie zur weiteren Produktivitätssteigerung der Landwirtschaft beitragen. Ferner ist geplant, die Stellung der indonesischen Kleinunternehmer zu stärken. Bei allen Entwicklungsmaßnahmen soll der Beschäftigungseffekt besonders beachtet werden. Auf sozialem Gebiet wird ferner u. a. das öffentliche Gesundheitswesen erweitert und verbessert werden. Zugleich ist man bemüht, über die Intensivierung des nationalen Familienplanungsprogramms das natürliche Bevölkerungswachstum von gegenwärtig 2,3% auf jährlich 2% zu reduzieren. Darüber hinaus soll das Transmigrationswesen, für das 1978 ein eigenes Ministerium eingerichtet wurde, effektiver gestaltet werden. Mit diesen und vielfältigen anderen Maßnahmen hofft man, daß nach Abschluß des Dritten Fünfjahresplanes im Jahre 1984 kein Bürger mehr unter der absoluten „Armutsgrenze" von jährlich etwa 75 US-$ zu leben gezwungen ist. Es wird erwartet, daß das durchschnittliche Pro-Kopfeinkommen auf etwa 245 US-$ angehoben werden kann. Allerdings wird gleichzeitig eindringlich vor kurzfristig nicht zu erfüllenden und unrealistischen Hoffnungen gewarnt. Nach Auffassung der Regierung werden noch mindestens fünf bis sechs weitere Fünfjahrespläne erfolgreich beendet werden müssen, um die wichtigsten nationalen Entwicklungsziele auch nur annähernd verwirklichen zu können. Denn nach wie vor wird die soziale Ausgestaltung der staatstragenden „Pancasila"-Maxime eher als Folgeerscheinung denn als Voraussetzung der ökonomischen Entwicklung angesehen.

Aber selbst unter Berücksichtigung der Tatsache, daß zwischen Planung und Realisierung der beabsichtigten Vorhaben in der Vergangenheit teilweise erhebliche Diskrepanzen bestanden und auch unter Beachtung früherer Versäumnisse und möglichen neuen zukünftigen Fehlern, ist doch ein vorsichtiger Optimismus über die mittel- und langfristige Entwicklung des Landes nicht abwegig. Denn Indonesiens Ausgangslage ist wesentlich günstiger als die vieler anderer Entwicklungsländer. Die Konsolidierung der noch vor zwölf Jahren nahezu bankrotten Staatswirtschaft konnte bis Ende 1978 weiter gefestigt, die Finanzschwierigkeiten der staatlichen Erdölgesellschaft PERTAMINA behoben und eine drohende Hungersnot abgewendet werden. Aber trotz dieser und anderer unbestreitbarer Erfolge, ist die unmittelbare Zukunft des Landes im dreißigsten Jahre seiner politischen Souveränität eher ungewiß. Denn vor allem die sprunghafte Expansion der Erdölwirtschaft der vergangenen Jahre dürfte beendet sein. Die meisten der leicht zugänglichen Vorkommen sind bereits erschlossen und die Explorationstätigkeit wurde in der Vergangenheit nicht entschieden genug gefördert. Überdies wächst der einheimische Energiebedarf und auf den wichtigsten Absatzmärkten in den USA und Japan treten Alaska und die Volksrepublik China als Konkurrenten auf. Auch bei anderen Exportprodukten muß Indonesien – wie bereits im Kapitel 8.5 dargestellt – künftig mit teilweise geringeren Deviseneinnahmen rechnen. Hinzu kommt, daß zur Schließung des Nahrungsmitteldefizits für die jährlich um etwa 3 Mio. Menschen wachsende Bevölkerung von Jahr zu Jahr steigende Devisenaufnahmen für notwendige Importe erforderlich sind. Die Auslandsinvestitionen schließlich liegen mit rund 200 Mio. US-$ (1977) noch immer weit unter dem Regierungsziel von durchschnittlich 600 Mio. US-$. Dies bedeutet, daß die Jahre der Hochkonjunktur, die Zeiten hoher wirtschaftlicher Wachstumsraten, die im wesentlichen auf einer investitionsfreundlichen, exportorientierten Wirtschaftspolitik und günstigen Rohstoffpreisen basierten, zunächst einmal vorbei sein dürften. Wichtige volkswirtschaftliche Entwicklungsvorhaben mußten daher in jüngster Zeit bereits zurückgestellt oder aber drastisch beschnitten werden. Da die Erdöleinnahmen den größten Posten im Staatshaushalt darstellen, werden auch die Entwicklungsbudgets in Zukunft möglicherweise kleiner ausfallen. Es dürfte noch schwieriger werden, das angestrebte Ziel „Wachstum mit sozialer Gerechtigkeit" zu erreichen und den hohen Erwartungen der Bevölkerung zu entsprechen.

10. Indonesien zwischen Vergangenheit und Zukunft

Indonesien – eine Vielfalt von Inseln, Völkern und Kulturen – befindet sich in einer typischen, durch die Phänomene der Moderne ausgelösten spannungsvollen Umbruchssituation. Steinzeit, Feudalismus und Mystizismus des Mittelalters stehen – um die Worte des indonesischen Schriftstellers Takdir ALISJABANA zu gebrauchen – unvermittelt neben dem technischen Zeitalter, und kommunales Denken vermischt sich mit dem Rationalismus und Individualismus des 20. Jahrhunderts. Die aus diesem umfassenden Prozeß der Wandlung und Selbstfindung erwachsene geistige Konfliktsituation ist neben den vielschichtigen, eng verflochtenen demographischen, ethnischen, wirtschaftlichen, infrastrukturellen und sozialen Problemen die eigentliche Ursache der zahlreichen sozio-politischen Krisen der jüngeren Geschichte des Landes.

Hinzu kommt, daß der „Kontinent der Inseln" eine Schlüsselstellung inmitten der sich in der asiatisch-pazifischen Region überschneidenden Interessenssphären der USA, Japans, der Volksrepublik China und der UdSSR einnimmt. Sie wird durch die strategisch höchst bedeutsame Lage des rohstoff- und bevölkerungsreichen, weiträumigen Inselstaates am Schnittpunkt der Verbindungswege zwischen dem Pazifischen und Indischen Ozean sowie zwischen dem asiatischen Festland und Australien bestimmt. Die Fülle der überkommenen, bisher noch weitgehend ungelösten internen Entwicklungsaufgaben sowie die sich aus den divergierenden Interessen der Großmächte in Südostasien ergebenden zusätzlichen exogenen Probleme, stellen auch weiterhin eine latente Gefahr für möglicherweise zukünftig erneut ausbrechende Konflikte dar. Allerdings ist die indonesische Regierung in jüngster Zeit bemüht, durch verstärkte bilaterale Kooperation der ASEAN-Staaten untereinander und durch eine engere multilaterale Zusammenarbeit der ASEAN-Gemeinschaft mit außerregionalen Kräften, wie der Europäischen Gemeinschaft, aktiv zur regionalen Stabilisierung beizutragen.

Gegenwärtig befindet sich Indonesien in einem geistigen, wirtschaftlichen und sozialen Entwicklungsprozeß, der so wenig abgeschlossen ist, daß Prognosen über das mögliche Ergebnis nicht abzugeben sind. Wer sich jedoch die in der Vergangenheit häufig bekundete Fähigkeit des indonesischen Volkes bewußt macht, fremde Einflüsse mit autochthonen Elementen zu neuen, spezifischen Synthesen zu verschmelzen und damit seine eigene Identität zu bewahren, wird nicht daran zweifeln, daß es ihm auch erneut gelingen wird, Antworten auf die großen Herausforderungen der Gegenwart und eigenständige Wege zur Gestaltung seiner Zukunft zu finden.

11. Literaturverzeichnis

Atlanten

Atlas von Tropisch Nederland. Batavia 1938

Atlas of South-East Asia. Djambatan-Amsterdam 1964

Atlas Indonesia. Buku pertama Umum (Hrsg. I. MADE SANDY). Jakarta 1974

Illustrated Atlas of Indonesia (Vol. I – V). Djakarta o. J.

Landbouwatlas van Java en Madoera. Weltevreden 1926

Bibliographien

BHATTA, J. N.: A social science bibliography on Indonesia. Dinas Geografi, Direkorat Topografi. Department Angkatan Darat. Publication No. 13. Djakarta 1965

CWIK, H.-J. u. a.: Entwicklungswirtschaftlich relevante Ressourcen in den ASEAN-Ländern (Auswahlbibliographie). Institut für Asienkunde. Dokumentations-Leitstelle Asien H. 5. Hamburg 1974

COOK, R. A.: The Context of Rural Development in Indonesia: A selected bibliography on Society, Economy and Policy. Cambridge MA. 1967

DOM, Th. und FREMEREY, M.: Bibliographie ausgewählter neuerer sozial-wissenschaftlicher Literatur über Südostasien. In: Kölner Zeitschrift für Soziologie und Sozialpsychologie (Hrsg. R. KÖNIG), Sonderheft 13 (1969), S. 652 ff.

HELBIG, K.: Hinter- und Insel-Indien. Bibliographie 1926–1940. In: Geographisches Jahrbuch Jg. 57 (1942). Gotha 1943, S. 138 ff und S. 547 ff.

HICKS, G. L.: The Indonesian economy (1950–1965). Bibliography. Southeast Asia Studies, Bibliography Series No. 9, Yale University. New Haven 1967

KENNEDY, R.: Bibliography of Indonesian Peoples and Cultures. Southeast Asia Studies (Yale University). New Haven 1974, 4. Aufl.

MASRI SINGARIMBUN: The Population of Indonesia. A Bibliography 1930 – 1972. Canberra 1972

MÜLLER, W.: Bibliographie deutscher Literatur über Indonesien. Institut für Asienkunde Hamburg. Hamburg 1974

PATHAK, A.: Landwirtschaftliche Entwicklung in Südostasien. Auswahlbibliographie. Dokumentationsleitstelle des Instituts für Asienkunde Hamburg. Hamburg 1978

RÖLL, W.: Die deutsche geographische Forschung in Südostasien nach dem Zweiten Weltkrieg. In: Mitteilungen der Deutschen Gesellschaft für Ost- und Südostasienkunde e. V. (Hamburg), Nr. 25, (1977), S. 108 ff und in: Cultures in Encounter. Materialien zum Internationalen Kulturaustausch Bd. 6, Stuttgart 1978, S. 253 ff.

TAIRAS, J. N. B.: INDONESIA: A Bibliography of Bibliographies. Cambridge 1975

Statistiken

Far Eastern Economic Review (FEER) Yearbook: Asia 1977. Hongkong 1977

Länderbericht Indonesien 1968. Allgemeine Statistik des Auslandes (bearbeitet von K. HORSTMANN). Stuttgart–Mainz 1969

Statistical Pocketbook of Indonesia 1975. Jakarta 1976

Statistical Yearbook of Jakarta 1973. Jakarta 1974

Zeitschriften

Asian Survey (Berkeley), seit 1961 ff.

Bulletin of Indonesian Economic Studies. Australian National University (Canberra), seit 1965 ff.

Ekonomi Dan Keuangan Indonesia – Economics And Finance In Indonesia (Jakarta), seit 1953 ff.

Far Eastern Economic Review (Hongkong), seit 1946 ff.

Indo Asia (Stuttgart), seit 1959 ff.

Indonesian Perspectives (Singapore), seit 1969 ff.

Indonesien Heute. Hrsg. von der Botschaft der Republik Indonesien (Bonn), seit 1954 ff.

Internationales Asienforum (München), seit 1970 ff.

The Journal of Asian Studies (Ann Arbor), seit 1941 ff (von 1941 bis 1956 unter dem Titel: The Far Eastern Quarterly)

Prisma, Indonesian Journal of Social and Economic Affairs (Jakarta), (indonesische Ausgabe) seit 1971 ff; (englische Ausgabe) seit 1975 ff.

Monographien und Aufsätze

ADIKOESOEMO, S.: Studien zur Bevölkerungsdichte von West-Java. Diss. Mainz 1960

AMIN, S.: Die ungleiche Entwicklung. Hamburg 1975

ARIEF, S.: The Indonesian Petroleum Industry. Jakarta 1976

ARIEF, S.: Indonesia. Growth, Income Disparity and Mass Poverty. Jakarta 1977

ARNDT, H. W. und SUNDRUM, R. M.: Regional Price Disparities. In: Bulletin of Indonesian Economic Studies 2 (1975), S. 30 ff

ATAMANAGARA, R. S.: Die Industrialisierung Indonesiens. Diss. Berlin 1960

AUDLEY, Ch. M. G.: The geology of Portuguese Timor. London 1968

BASTIN, J. und BENDA, H. J.: A History of Modern Southeast Asia. Englewood Cliffs 1968

BEERS, H. W. (Ed.): Indonesia. Resources and their technical development. Lexington 1970

BEMMELEN, R. V. van: The Geology of Indonesia Vol. I/II. The Hague 1970

BEYER, U.: Entwicklung im Paradies. Sozialer Fortschritt und die Kirchen Indonesiens. Frankfurt 1974

BHAGWATI, J. (Ed.): Illegal transactions in international trade. Theory and measurement. Amsterdam 1974

BHATTA, J. N.: Regarding internal migration in Indonesia. Djakarta 1957

BHATTA, J. N.: Observations on the Muslim Settlements of Minahasa. Djakarta 1958

BLINK, H.: De Inlandsche Landbouw in Nederlandsch-Indie. s'Gravenhage 1926

BODENSTEDT, A. A.: Sprache und Politik in Indonesien. Entwicklung und Funktion einer neuen Nationalsprache. Dissertationsreihe des Südasieninstituts der Universität Heidelberg Nr. 3. Heidelberg 1967

BOEKE, J. H.: Dualistische economie. Diss. Leiden 1930

BOEKE, J. H.: Economics and Economic Policy of Dual Societies as Exemplified by Indonesia. Haarlem 1953

BRAND, W.: The Manpower Situation in Indonesia. In: Bulletin of Indonesian Economic Studies No. 11 (1968), S. 48 ff

BREMAN, J. C.: Java: Bevolkingsgroei en demografische struktuur. In: Tijdschrift van het Koninklijk Nederlandsch Aardrijkskundig Genootschap 80 (1963), S. 252 ff

BROOKFIELD, H. C. und HART, D.: Melanesia. A Geographical Interpretation of an Island World. London 1971

BRUNER, E. M.: Urbanization and ethnic identity in North-Sumatra. In: American Anthropologist 63 (1961), S. 508 ff

BUCHANAN, K.: The Southeast Asian World. London 1973

BÜHLER, A.: Der Platz als bestimmter Faktor von Siedlungsformen in Ostindonesien und Melanesien. In: Regio Basiliensis 1 (1960), S. 202 ff

BUELL, H.: Cities of South-East Asia. London 1964

BÜSGEN, M.: Die Forstwirtschaft in Niederländisch-Indien. In: Zeitschrift für Forst- und Jagdwesen XXXVI (1904), S. 1 ff

BURGER, D.: Sociologisch-economische geschiedenis van Indonesia. Vol. 1/2. Amsterdam 1975

BURGER, G.: Agrare Intensivierungsmaßnahmen in Mittel-Java und Probleme ihrer Realisierung. In: Geographische Rundschau H. 4 (1975), S. 151 ff

BURGER, G.: Das Verbreitungsbild ausgewählter Krankheiten und Ernährungsprobleme in Mittel-Java. In: Methoden und Modelle der Geomedizinischen Forschung. Geographische Zeitschrift, Beiheft Nr. 43 (1976), S. 98 ff

CANISIUS, H.: Bali. Untersuchungen zur Wirtschafts- und Sozialstruktur einer tropischen Insel. Kassel 1976 (mimeo.)

COLLIER, W. L. und SAJOGYA: Employment Opportunities Created by the High Yielding Rice Varieties in Several Areas on Java. In: Ekonomi Dan Keuangan Indonesia. No. 2 (1972), S. 53 ff

COLLIER, W. L. u. a.: Tebasan System, High Yielding Varieties and Rural Change. An Example in Java. In: Prisma, No. 1 (1975), S. 17 ff

COLLIER, W. L. u. a.: Income, employment and food systems in Javanese coastal villages. Athens 1977

COLLIER, W. L.: Food Problems, Unemployment and the Green Revolution in Rural Java. In: Prisma No. 9 (1978), S. 38 ff

CUNNINGHAM, C. E.: The Postwar Migration of the Toba-Bataks to East Sumatra. Southeast Asia Studies. Yale University (New Haven). Vol. 5, 1958

DAHM, B.: Sukarnos Kampf um Indonesiens Unabhängigkeit. Schriften des Instituts für Asienkunde Bd. 18 Frankfurt-Berlin 1966

DAHM, B.: History of Indonesia in the Twentieth Century. London – Now York 1971

DAHM, B.: Emanzipationsversuche von kolonialer Herrschaft in Südostasien. Die Philippinen und Indonesien im Vergleich. Schriften des Instituts für Asienkunde Bd. 37. Wiesbaden 1974

DALTON, B.: Indonesia Handbook. Michigan 1977

DANTH, J.: Das „Dritte China". Die Übersee-Chinesen in Südostasien. In: Aus Politik und Zeitgeschehen. Beilage zur Wochenzeitung „Das Parlament" 40 (1978), S. 15 ff

DECKEN, von der K.: Zur Lage der indonesischen Chinesen. In: Internationales Asienforum H. 2 (1971), S. 232 ff

DEHN, H.: Stadt- und Regionalplanung. Herausforderung zu einer neuen Qualität der Entwicklungspolitik. In: Entwicklung und Zusammenarbeit Nr. 12 (1977), S. 11 ff

DEMOGRAPHIC factbook of Indonesia. Universitas Indonesia. Jakarta 1974

DEQUIN, H.: Indonesien. Zehn Jahre danach. Agrarwirtschaft und Industrie in der Regionalentwicklung einer tropischen Inselwelt. Riyadh 1978

DICK, H. W.: Prahu Shipping in Eastern Indonesia. In: Bulletin of Indonesian Economic Studies No. 2 (1975), S. 69 ff

DIEHL, D.: Politische Probleme der indonesischen Wirtschaft. Heidelberg 1967

DJIE TING LIAT: Theoretische Untersuchungen über die Einkommensverteilung mit besonderer Betrachtung der Verhältnisse Niederländisch-Indiens. Limburg 1938

DOM, Th.: Islam, Politik und Modernisierung in Indonesien. In: Internationales Asienforum Vol. 4 (1973), S. 97 ff

DOMRÖS, M.: Über das Vorkommen von Frost auf Java/Indonesien, insbesondere in den Pengalengan Highlands. In: Erdkunde 1976, S. 98 ff

DONGES, J. B. u. a.: Industrial Development Policies for Indonesia. Kieler Studien Bd. 126. Tübingen 1974

DÜRR, H.: Regionalentwicklung in Indonesien 1974-1979. Zweiter Fünfjahresplan: REPELITA II. In: Geographische Rundschau H. 4 (1975), S. 169 ff

DÜRR, H.: Regionalberichte und -pläne für Indonesien. Problemhintergrund, Dokumentation, künftige Aufgaben. In: Erdkunde Bd. XXXI (1977), S. 146 ff

DÜRR, H.: Raumentwicklung und Regionalpolitik in Indonesien und Kalimantan Timur. Ein Beitrag zur anwendungsorientierten Theorie der Raumentwicklung in Ländern der Dritten Welt. Habil. Schrift TU München. München 1978

EICKSTEDT, E. v.: Rassendynamik von Ostasien. Berlin 1944

ENCYCLOPAEDIE van Nederlandsch-Indie. 8 Bde. Den Haag 1917-1939

ENOS GARANG, J.: Adat und Gesellschaft. Eine sozio-ethnologische Untersuchung zur Darstellung des Geistes- und Kulturlebens der Dajak in Kalimantan. Beiträge zur Südasien-Forschung Bd. 9. Wiesbaden 1974

ERNST, K. und ZIMMERMANN, G. R.: Ein Beitrag zur Steigerung der Nahrungsmittelerzeugung, der Beschäftigung und der Einkommen. Das landwirtschaftliche Produktionsmittelprojekt in Klaten, Indonesien. In: Zeitschrift für Ausländische Landwirtschaft H. 2 (1974), S. 169 ff

ESMARA, H.: Regional income disparities. In: Bulletin of Indonesian Economic Studies 11 (1975), S. 41 ff

EVERS, H.-D.: Changing Patterns of Minangkabau Urban Landownership. In: Bijdragen tot de Taal-, Land- en Volkenkunde 1 (1975), S. 86 ff

EVERS, H.-D.: Urbanization and Urban Conflict in Southeast Asia. In: Asian Survey 9 (1975), S. 775 ff

FICHTER, E. M.: Der Einzelhandel im siedlungsräumlichen Gefüge von Djakarta. Diss. Köln 1972

FISCHER, L.: Indonesien. Vergangenheit und Gegenwart. Berlin 1960

FISHER, Ch. A.: Southeast Asia. A Social, Economic and Political Geography. London 1971

FOX, J. J.: Harvest of the palm. Ecological Change in Eastern Indonesia. Cambridge – London 1977

FRANKE, R. W.: The Green Revolution in a Javanese Village. Ph. D. Harvard University 1972

FREMEREY, M.: Studenten und Politik in Indonesien. München 1976

FREMEREY, M.: Indonesien. In: Handbuch der Dritten Welt (Hrsg. D. NOHLEN und F. NUTSCHELER), Bd. 4, Unterentwicklung und Entwicklung in Asien. Hamburg 1978, S. 169 ff

FREYER, D. W. und JACKSON, J. C.: Indonesia. London 1977

FRITZ, F.: Integrierte Verkehrsplanung in ländlichen Räumen von Entwicklungsländern, dargestellt am Planungsraum südliches Sumatra. Diss. Bonn 1975

FUCHS, F. W.: Moderne Kolonisation in Niederländisch-Indien. In: Koloniale Rundschau 1938, S. 316 ff

FUNKE, F. W.: Orang Abung. Volkstum Süd-Sumatras im Wandel. Bd. 1/2. Leiden 1958-1961

FURNIVALL, J. S.: Netherlands India. A Study of Plural Economy. Cambridge 1939

GARDNER, R. und HEIDER, K. G.: Dugum Dani. Leben und Tod der Steinzeitmenschen Neuguineas. Wiesbaden 1969

GARNAUT, R. und MANNIG, Chr.: Irian Jaya. The transformation of a Melanesian Economy. Canberra 1974

GARUDA, M.: The Indonesian economy since 1966. London 1977

GEERTZ, Cl.: The Development of the Javanese Economy: A Socio-Cultural Approach. Cambridge 1956

GEERTZ, Cl.: The Religion of Java. Glencoe 1960

GEERTZ, Cl.: Agricultural Involution. The Process of Ecological Change in Indonesia. Berkeley – Los Angeles 1963

GEERTZ, Cl.: Peddlers and Prices. Social Development and Economic Change in two Indonesian Towns. Chicago 1963

GEERTZ, Cl.: The Social History of an Indonesian Town. Cambridge 1965

GEERTZ, H.: The Javanese Family. A Study of Kinship and Socialization. New York 1961

GERBRANDY, P.: Indonesia. London 1950

GHOSH, A. P.: Development planning in South-East Asia: An input-output approach. Rotterdam 1974

GINNEKEN, W. v.: Rural and urban income inequalities in Indonesia, Mexico, Pakistan, Tanzania and Tunesia. Geneva 1976

GLAESSER, H.-G.: Gegenwärtige Strukturprobleme der Stadt Bandung. In: Methoden und Modelle der Geomedizinischen Forschung. Geographische Zeitschrift. Beiheft Nr. 43 (1976), S. 114ff

GLASSBURNER, B. (Ed.): The economy of Indonesia. Ithaca N.Y. 1971

GOANTIANG, T.: Growth of Cities in Indonesia 1930–1961. In: Tijdschrift voor economische en sociale geografie 56 (1965), S. 103ff

GONGGRIJP, G.: Schets eener economische geschiedenis van Indonesie. Haarlem 1957

GRETZER, W.: Grundlagen und Entwicklungsrichtung der landwirtschaftlichen Erzeugung in Niederländisch-Indien. Berlin 1939

GRODD, G.: Kulturwandel der indonesischen Einwanderer in Surinam. Kulturelle und gesellschaftliche Veränderungen der javanischen Minderheit in Lateinamerika. Diss. Freiburg 1971

HALL, C. J. J. van und KOPPEL, C. van de (Hrsg.): De Landbouw in de Indische Archipel. s'Gravenhage 1946–1954

HARDJONO, J. M.: Transmigration in Indonesia. Kuala Lumpur – Jakarta – London – Melbourne 1977

HARMS, U. und TALAM TACHJA: Perspektiven der wirtschaftlichen Entwicklung in Indonesien. Stuttgart 1973

HARRER, H. (Hrsg.): Unter Papuas. Mensch und Kultur seit ihrer Steinzeit. Innsbruck – Frankfurt 1976

HARTS-BROEKHUIS, A. und PALTE-GOOSZEN, H.: Demografische aspekten van armoede in en javaans dorp, jambidan D.I.Y. Utrechtse Geografische Studies 4. Utrecht 1977

HATTA, M.: Die Entwicklung des Genossenschaftswesens in Indonesien. In: Zeitschrift für das Gesamte Genossenschaftswesen. Erlangen – Göttingen 1965, S. 351ff

HATTA, M.: Probleme der wirtschaftlichen Entwicklung Indonesiens: In: Archiv für Öffentliche und Freigemeinnützige Unternehmen Bd. 7 (1965), S. 293ff

HEEREN, H. J.: The urbanization of Djakarta. In: Ekonomi dan Keuangan Indonesia 8 (1955), S. 1ff

HEINZELMEIR, H.: Indonesiens Außenpolitik nach Sukarno 1965–1970. Möglichkeiten und Grenzen eines bündnisfreien Entwicklungslandes. Mitteilungen des Instituts für Asienkunde Nr. 78. Hamburg 1976

HELBIG, K.: Batavia. Eine tropische Stadtlandschaftskunde im Rahmen der Insel Java. Hamburg 1931

HELBIG, K.: Die ländlichen Siedlungen auf Sumatra. In: Die ländlichen Siedlungen in verschiedenen Klimazonen (Hrsg. F. KLUTE), Breslau 1933, S. 122ff

HELBIG, K.: Indonesien. Eine Auslandskundliche Übersicht der Malaiischen Inselwelt. Stuttgart 1949

HELBIG, K.: Am Rande des Pazifik. Stuttgart 1949

HELBIG, K.: Die indonesische Industrie. Grundlagen, Umfang und Planungen. In: Übersee-Rundschau H. 18/19 (1952), S. 511ff

HELBIG, K.: Das Schicksal der Chinesen auf Borneo. In: Übersee-Rundschau H. 12 (1968), S. 35ff

HESMER, H.: Der kombinierte land- und forstwirtschaftliche Anbau Bd. II. Tropisches und Subtropisches Asien. Stuttgart 1970

HIGGINS, B.: Indonesia's Development Plans and Problems. In: Pacific Affairs 29 (1956), S. 107ff.

HOEVEN, A. van der: Die wirtschaftsgeographischen und rechtlichen Grundlagen des Ladangbaus im Malaiischen Archipel. Diss. Hamburg 1944

HORSTMANN, K.: Die Industrialisierung Indonesiens. In: Deutscher Geographentag Würzburg 1957. Tagungsbericht und Wissenschaftliche Abhandlungen. Wiesbaden 1958, S. 304ff

HORSTMANN, K.: Indonesien. Bevölkerungsproblem und Wirtschaftsentwicklung. In: Geographisches Taschenbuch 1958/59, S. 410ff

HORSTMANN, K.: Die Bevölkerungsverteilung in Indonesien. In: Die Erde 95 (1964), S. 167ff

HUET, M.: Fish production in inland waters in Indonesia. In: Technical Monograph No. 1 of Ciba agrochemicals devision 1969, S. 46 ff.

IMBER, W. und UHLIG, H. (Hrsg.): Indonesien. Bern – München – Wien 1973

Indonesia Develops. REPELITA II. Second Five Year Development Plan 1974/75–1978/79. Department of Information Republic of Indonesia. Jakarta o. J.

Indonesia Seminar 1976. A Publication of the Institute of Asian Affairs Hamburg. Hamburg 1977

Indonesian Economics. The Concept of Dualism in Theory and Policy (Ed. Royal Tropical Institute Amsterdam). Selected Studies On Indonesia, Vol. 6. The Hague 1966

ITALIAANDER, R. (Hrsg.): Indonesiens verantwortliche Gesellschaft. Erlangen 1976

JASPAN, M. A.: Social Stratification And Social Mobility in Indonesia. Jogjakarta 1959

JAY, R. R.: Religion and Politics in Rural Central Java. Southeast Asia Studies, Yale University No. 12 (1963)

JAY, R. R.: Javanese villagers. Social relations in rural Modjukuto. Cambridge – London 1969

JOEDONO, S. B.: Indonesian economic and technical cooperation today and in the future. In: Indonesia Seminar 1976. Veröffentlichung des Instituts für Asienkunde. Hamburg 1977, S. 85 ff

JUNGHANS, K.-H.: Die Organisation des Agrarkredits für Entwicklungsprogramme in Indonesien und Malaysia. In: Planung, Durchführung und Kontrolle der Finanzierung von Landwirtschaft und Agrarpolitik. München – Bern – Wien 1978, S. 615 ff

JUNGHUHN, F. W.: Java. Seine Gestalt, Pflanzendecke und innere Bauart. 2 Bde. Leipzig 1852–1854

KÄHLER, H.: Die Sprachenwelt Indonesiens. In: Indonesia Raja. Antlitz einer großen Inselwelt (Hrsg. Th. MÜLLER-KRÜGER), Bad Salzuflen 1966, S. 30 ff

KEYFITZ, N.: The ecology of Indonesian cities. In: The American Journal of Sociology Vol. 66 (1961), S. 348 ff

KEYFITZ, N.: The long-term prospect for Indonesian population. In: Bulletin of Indonesian Economic Studies Vol. IX (1973), S. 107 ff

KISSELMANN, E.: Stand und Formen der Mechanisierung der Landwirtschaft in den asiatischen Ländern. Teil 1: Südostasien. Stuttgart 1965

KOENTJARANINGRAT (Ed.): Villages in Indonesia. Ithaca N.Y. 1967

KOENTJARANINGRAT: Population mobility in villages around Jakarta. In: Bulletin of Indonesian Economic Studies 11 (1975), S. 108 ff

KOENTJARANIGRAT: Introduction to the peoples and the cultures of Indonesia and Malaysia. Menlo Parc 1975

KRAUSSE, G.: The kampungs of Jakarta, Indonesia: A study of spatial patterns in urban poverty. Ph. D. University of Pittsburgh 1975

KROEF, J. M. van der: Indonesia in the modern world. 2 Bde. Bandung 1954–1956

KROEF, J. M. van der: Indonesian social evolution. Amsterdam 1958

KROEF, J. M. van der: Land tenure and social structure in rural Java. In: Rural Sociology Vol. 25 (1960), S. 414 ff

KRULFELD, R. M: The village economies of the Sasak of Lombok: A comparison of three Indonesian peasant communities. Ph. D. Yale University 1974

KÜHNE, D.: Bevölkerungs- und Beschäftigungsentwicklung in den ASEAN-Ländern seit 1960. Mitteilungen des Instituts für Asienkunde Hamburg Nr. 73. Hamburg 1975

LAUMER, H.: Japans wirtschaftliche Verflechtung mit Südostasien. Mitteilungen des Instituts für Asienkunde Bd. 83. Hamburg 1977

LEEMANN, A.: Das Erdbeben auf Bali. In: Zeitschrift für Wirtschaftsgeographie H. 7 (1976), S. 203 ff

LEEMANN, A.: Bali. Auswirkungen des balinesischen Weltbildes auf verschiedene Aspekte der Kulturlandschaft und auf die Wertung des Jahresablaufs. In: Ethnologische Zeitschrift II (1976), S. 25 ff

LEEMANN, A.: Sozio-ökonomische Erhebungen zum Tourismus in Bali, Indonesien. In: Zeitschrift für Fremdenverkehr H. 3 (1978), S. 19 ff.

LEEMANN, A.: Veränderte Methoden der Reisernte. Ländlicher Wandel in Java. In: Geographica Helvetica H. 4 (1978), S. 173 ff.

LEEMANN, A.: Bali, Insel der Götter. Innsbruck 1979

LEHMANN, H.: Das Antlitz der Stadt in Niederländisch-Indien. In: Festschrift für N. KREBS, Stuttgart 1936, S. 109 ff

LEHMANN, H.: Morphologische Studien auf Java. Geographische Abhandlungen III/9. Stuttgart 1936

LEHMANN, H. und SUNARTADIRDJA, A. M.: Der tropische Karst von Maros und Bone in SW-Celebes, Sulawesi. In: Zeitschrift für Geomorphologie 2 (1960), S. 49 ff

LEMPELIUS, Chr.: Erziehungsreform in Indonesien. In: Entwicklung und Zusammenarbeit H. 10/11 (1975), S. 11 ff

LEEUWEN, R. J. van: Central government subsidies for regional development. In: Bulletin of Indonesian Economic Studies 11 (1975), S. 66ff

LERCHE, D.: Das Steuersystem Indonesiens. München 1978

LEUR, J. C. van: Indonesian Trade and Society. The Hague 1955

LINDAUER, G.: Indonesiens Engpässe: Infrastruktur und Überbevölkerung. In: Indo Asia 1969, S. 335ff

LINDAUER, G.: Community development in Indonesia. In: Zeitschrift für Ausländische Landwirtschaft H. 2 (1970), S. 128ff

LINDAUER, G.: Indonesiens Chinesen. In: Geographische Rundschau H. 4 (1971), S. 125ff

LINDAUER, G.: Formen des landwirtschaftlichen Kredits in Zentral-Java. In: Zeitschrift für Ausländische Landwirtschaft H. 3 (1971), S. 266ff

LINDAUER, G.: Urbanization and Slums as Socioeconomic Problems in the Far East and Southeast Asia. In: Internationales Asienforum H. 1 (1972), S. 36ff

LOEB, E. M: Sumatra. Its History and People. Wien 1935

LOETSCH, F.: Java hat die größten Teakplantagen der Erde. In: Holz-Zentralblatt 86 (1960), S. 1696ff

LOETSCH, F.: Die forstliche Situation Indonesiens. In: Allgemeine Forstzeitschrift 1960, S. 591ff

LOHMANN, M.: Medien im Sog des Satelliten. Indonesien entwickelt seine Kommunikationsstruktur. In: Entwicklung und Zusammenarbeit H. 10/11 (1975), S. 13ff

MARLE, A. van: The Indonesian Town. The Hague-Bandung 1958

MACKIE, J. A. C. (Ed.): The Chinese in Indonesia. Five Essays. London – Hongkong – Singapore – Kuala Lumpur 1976

MARSCHALL, W.: Metallurgie und frühe Besiedlungsgeschichte Indonesiens. In: Ethnologica N.F. 4 (1968), S. 29ff

MARSCHALL, W.: Transpazifische Kulturbeziehungen. München 1972

MARSCHALL, W.: Der Berg des Herrn der Erde. Alte Ordnung und Kulturkonflikte in einem indonesischen Dorf. München 1976

MC CAFFREY, L.: The demographic outlook in Indonesia. In: Population and development in Southeast Asia. Lexington/Mass.-London 1975, S. 83ff

MC GEE, T. G.: The Southeast Asian City. A Social Geography of the Primate Cities of Southeast Asia. London 1967

MC VEY, R. T.: Indonesia. New Haven 1963

MEARS, L. A.: Rice marketing in the republic of Indonesia. Djakarta 1961

METZNER, J.: Mensch und Umwelt im östlichen Timor. In: Geographische Rundschau H. 6 (1975), S. 244ff

METZNER, J.: Malaria. Bevölkerungsdruck und Landschaftszerstörung im östlichen Timor. In: Methoden und Modelle der Geomedizinischen Forschung. Geographische Zeitschrift, Beiheft Nr. 43 (1976), S. 121ff

METZNER, J.: Die Viehhaltung in der Agrarlandschaft der Insel Sumba und das Problem der saisonalen Hungersnot. In: Geographische Zeitschrift H. 1 (1976), S. 46ff

METZNER, J.: Landschaftserhaltung und Möglichkeiten zur Intensivierung der Landnutzung durch Leucaena Leucocephala im Kabupaten Sikka, Flores. In: Erdkunde Bd. 30 (1976), S. 224ff

METZNER, J.: Man and Environment in Eastern Timor: A geoecological analysis of Baucau-Viqueque Area as a possible basis for regional planning. Australian National University Development Studies Centre, Monograph No. 8 Canberra 1977

METZNER, J.: Bodenrecht und Landschaftswandel in Sikka/Flores. Studien zur Entwicklung der Grundbesitzverfassung in einem übervölkerten Agrarraum Ostindonesiens. In: Geographische Zeitschrift H. 4 (1977), S. 264ff

METZNER, J.: Agrarräumliches Ungleichgewicht und Umsiedlungsversuche auf den östlichen Kleinen Sundainseln. Konsequenzen für eine geoökologische Regionalplanung. In: Gießener Beiträge zur Entwicklungsforschung, Reihe I, Bd. 4 (1978), S. 29ff

MILONE, P. D.: Contemporary urbanization in Indonesia. In: Asian Survey Vol. 4 (1964), S. 1000ff

MILONE, P. D.: Urban Areas in Indonesia: Administrative and Census Concepts. Berkeley 1966

MÖBIUS, K: Wandlungen einheimischer Agrarverfassungen und Bevölkerungsstrukturen unter dem Einfluß westlicher Wirtschaftsformen in Java und Thailand. Diss. Kiel 1956

MÖBIUS, K.: Die Desa und ihre Bedeutung für die wirtschaftliche Entwicklung Indonesiens. Ein Beispiel für die Entwicklungsmöglichkeiten der unterentwickelten Gebiete im südostasiatischen Raum. In: Gegenwartsprobleme der Agrarökonomie (Festschrift für F. BAADE). Hamburg 1958, S. 284ff

MONTGOMERY, R. D.: Migration, employment and unemployment in Java. Changes from 1961 to 1971 with particular reference to the Green Revolution. In: Asian Survey 15 (1975), S. 221ff

M. Imang Hasansulama: Sozialökonomische Rahmenbedingungen und Probleme der agrartechnischen Entwicklungsarbeiten im indonesischen Bezirk Bandung. Diss. Bonn 1973

Müller, J.: Integration von Bildung und gesellschaftlicher Entwicklung in Indonesien. Kritische Überlegungen zum Problem der Wertprämissen in Bildungspolitik und Bildungsplanung. Bern 1977

Napitupulu, B.: Die Probleme der indonesischen Außenwirtschaft seit 1950. Diss. Hamburg 1962

Napitupulu, B.: Hunger in Indonesia. In: Bulletin of Indonesian Economic Studies 9 (1968), S. 60 ff

Nirschl, J.: Die Forstwirtschaft in Niederländisch-Indien. Leipzig 1920

N. N.: The Present Status of Fisheries in Indonesia. In: Fischeries Resources and their Management in Southeast Asia. Bonn 1976, S. 412 ff

N. N.: Die indonesische Pertamina. In: Petroleum Economist 42 (1975), S. 99 ff

Nutz, W.: Eine Kulturanalyse von Kei. Beiträge zur vergleichenden Völkerkunde Ostindonesiens. Ethnologica Beiheft 2. Düsseldorf 1959

Oberndörfer, D. u. a.: Steuersystem und Steuerverwaltung in Indonesien. Stuttgart 1976

Ochse, J. J. und Hart, H. M. J.: Living conditions of plantation workers and peasants on Java in 1939–40. Coolie Budget Commission. Cornell University. Ithaka N. Y. 1956

Oei Tjong Bo: Niederländisch-Indien. Eine Wirtschaftsstudie. Zürich 1948

Ormeling, F. J.: The Timor Problem. A Geographical Interpretation of an Underdeveloped Island. Groningen – Djakarta 1956

Oosterwal, G.: Die Papua. Von der Kultur eines Naturvolkes. Urban Bücher Nr. 68. Stuttgart 1963

Overmann: Die Eisenbahnen in Niederländisch-Ostindien in den Jahren 1934 und 1935. In: Archiv für Eisenbahnwesen 1937, S. 187 ff

Palmier, L.: Indonesia. New York 1966

Palte, J. G. L. und Tempelmann, G. J.: Indonesie, een sociaal-geografisch overzicht. Bussum 1978

Paravicini, E.: Die ländlichen Siedlungen Javas. In: Geographische Zeitschrift 1927, S. 392 ff

Pasaribu, A. und Sitorus, B.: An Economic Survey of North Sumatra. In: Bulletin of Indonesian Economic Studies Vol. V (1969), S. 34 ff

Peacock, J. L.: Indonesia. An Anthropological Perspective. Pacific Palisades 1973

Pelzer, K. J.: Die Arbeiterwanderungen in Südostasien. Bonn – Hamburg 1935

Pelzer, K. J.: Pioneer Settlement in the Asiatic Tropics. New York 1945

Penny, D. H.: The economies of peasant agriculture. The Indonesian case. In: Bulletin of Indonesian Economic Studies No. 5 (1966), S. 22 ff

Penny, D. H.: Development opportunities in the Indonesian agriculture. In: Bulletin of Indonesian Economic Studies No. 8 (1967), S. 35 ff

Pianka, H.-G.: Zur Problematik der Transmigration in Indonesien. In: Internationales Asienforum H. 4 (1970), S. 535 ff

Reese, Th. H. u. a.: The Indonesian family planning programm. In: Bulletin of Indonesian Economic Studies 11 (1975), S. 104 ff

Reiner, E.: Die Molukken. Ergänzungsheft Nr. 260 zu Petermanns Geographische Mitteilungen. Gotha 1956

Reinhard,, R.: Künstliche Bewässerung in Java. In: Geographische Zeitschrift 1943, S. 132 ff

Rieser, A.: Gezeitenbewässerungsprojekte in Indonesien. In: Wasser und Boden 1 (1975), S. 2 f

Rieser, A.: Natürliche Standortfaktoren tropischer Landwirtschaft (Sumatra/Indonesien). In: Der Tropenlandwirt, Zeitschrift für die Landwirtschaft in den Tropen und Subtropen (1975), S. 70 ff

Rieser, A.: Natural Resources. Sumatra Regional Planning Study, Province Bengkulu. Bonn 1975 (mimeo.)

Roeder, O. G.: Indonesien im Umbruch. Auf der Suche nach Stabilität. In: Internationales Asienforum H. 1 (1970), S. 17 ff

Roeder, O. G.: Indonesien. Mai's Auslandstaschenbücher. Buchenhain 1973

Röll, W.: Bevölkerungsdruck und Siedlungsaktivität in Zentral-Java. Ein Beitrag zur Landnahme unterbäuerlicher Sozialgruppen nach dem Zweiten Weltkrieg in Indonesien. In: Geographische Rundschau H. 2 (1971), S. 56 ff

Röll, W.: Der Teilbau in Zentral-Java. Untersuchungen zur Grundbesitzverfassung eines übervölkerten Agrarraumes. In: Zeitschrift für Ausländische Landwirtschaft H. 3/4 (1973), S. 305 ff

Röll, W.: Indonesien. In: Meyers Kontinente und Meere. Band: Asien – Australien – Inseln und Meere (Bibliographisches Institut). Mannheim – Wien – Zürich 1973, S. 149 ff

Röll, W.: Probleme der Infrastruktur und der außeragraren Wirtschaft Indonesiens. In: Indonesien (Hrsg. W. Imber und H. Uhlig), Bern – München – Wien 1973, S. 213 ff

Röll, W.: Wenig bekannte Formen agrarer Bodennutzung auf Java. Der Surdjan- und Gundukan-Bau. In: Geographische Rundschau H. 9 (1974), S. 364 ff

Röll, W.: Das Batam-Projekt. Indonesische Entwicklungsplanungen im Riau-Archipel. In: Internationales Asienforum Vol. 5 (1974), S. 527ff

Röll, W.: Indonesien. In: Südostasien, Austral-Pazifischer Raum. Fischer Länderkunde Bd. 3 (Hrsg. H. Uhlig), Frankfurt – Hamburg 1975, S. 300ff

Röll, W.: Probleme der Bevölkerungsdynamik und regionalen Bevölkerungsverteilung in Indonesien. In: Geographische Rundschau H. 4 (1975), S. 139ff

Röll, W.: Indonesia. Socioeconomic and Infrastructural Development Problems in the Malay Archipelago. In: Politics, Society And Economy In The ASEAN States. A Publication of the Institute of Asian Affairs in Hamburg (Ed. B. Dahm und W. Draguhn). Wiesbaden 1975, S. 287ff

Röll, W.: Die agrare Grundbesitzverfassung im Raume Surakarta. Untersuchungen zur Agrar- und Sozialstruktur Zentral-Javas. Sonderveröffentlichung des Instituts für Asienkunde in Hamburg. Hamburg 1976

Röll, W.: Die Flurverfassung in Zentral-Java. In: Geographische Zeitschrift H. 4 (1977), S. 283ff

Röll, W. und Zimmermann, G. R.: Untersuchungen zur Bevölkerungs-, Siedlungs- und Agrarstruktur im zentralen Hochland von Irian Jaya (West-Neuguinea), Indonesien. Schriftenreihe des Schwerpunktprogramms der Deutschen Forschungsgemeinschaft „Interdisziplinäre Erforschung vom Mensch, Kultur und Umwelt im zentralen Hochland von Irian Jaya". Berlin 1979

Romijn, W.: Lage und Entwicklung des indonesischen Plantagenbaus. In: Wirtschaftsdienst 1952, S. 301ff

Rosendale, Ph.: The Indonesian terms of trade, 1950–1973. In: Bulletin of Indonesian Economic Studies 11 (1975), S. 50ff

Rutz, W.: Indonesien. Verkehrserschließung seiner Außeninseln. Bochumer Geographische Arbeiten H. 27. Paderborn 1976

Rutz, W.: Indonesiens Gliederung nach Funktions- und Verwaltungsräumen. In: Der Staat und sein Territorium (Hrsg. W. Leupold und W. Rutz). Wiesbaden, 1976, S. 159ff

Rutz, W.: Javas Bevölkerungsdichte dargestellt durch eine Bevölkerungsdichtekarte auf der Grundlage von Verwaltungsunterbezirken. In: Die Erde 108 (1977), S. 115ff

Sadli, M.: Aspects of inter-regional industrial development. With special reference to Indonesia. Diss. Djakarta 1957

Sarkisyanz, E.: Südostasien seit 1945. München 1961

Schäffler, K.: Wohnungsbau, Stiefkind der Entwicklungspolitik. In: Entwicklung und Zusammenarbeit H. 6 (1974), S. 18f

Scheltema, A. M. P. A.: Deelbouw in Nederlandsch-Indie. Diss. Wageningen 1931

Schiller, O.: Agrarstruktur und Agrarreform in den Ländern Süd- und Südostasiens. Hamburg – Berlin 1964

Schlotheim, D. von: Erdöl, Basis für Indonesiens Aufschwung. In: Chemische Industrie 27 (1975), S. 198ff

Scholz, F.: Der Herr des Bodens in Ostindonesien. Diss. Köln 1962

Scholz, U.: Minangkabau. Die Agrarstruktur in West-Sumatra und Möglichkeiten ihrer Entwicklung. Gießener Geographische Schriften H. 41 (1977)

Scholz, U.: Permanenter Trockenfeldbau in den humiden Tropen. Beispiele kleinbäuerlicher Betriebe in Lampung, Süd-Sumatra. In: Gießener Beiträge zur Entwicklungsforschung Bd. 3 (1977), S. 45ff

Schrieke, B.: Indonesian Sociological Studies. Ruler and Realm in Early Java. The Hague-Bandung 1957

Schuster, W. H.: Fish-Culture in Brackish Water Ponds of Java. Madras 1952

Schweinfurth, U.: Zur Pflanzengeographie der javanischen Bergwelt. In: Erdkunde Bd. 28 (1974), S. 145ff

Schweinfurth, U.: Ost-Timor – zwischen Jakarta und Canberra. In: Außenpolitik H. 1 (1975), S. 73ff

Selosoemardjan: Lands reforms in Indonesia. In: Asia Survey 1962, S. 23ff

Selosoemardjan: Social Changes In Jogjakarta. Ithaka N. Y. 1962

Selosoemardjan: The Dynamics of Community Development in Rural Central and West Java. Ithaka N. Y. 1963

Senghaas, D. (Hrsg.): Peripherer Kapitalismus. Analysen über Abhängigkeit und Unterentwicklung. Frankfurt 1974

Senghaas, D.: Weltwirtschaftsordnung und Entwicklungspolitik. Plädoyer für Dissoziation. Frankfurt 1977

Senghaas, D.: Gibt es eine entwicklungspolitische Alternative für die Dritte Welt? In: Aus Politik und Zeitgeschichte. Beilage zur Wochenzeitung „Das Parlament" 7 (1978), S. 3ff

Sethuraman, S. V.: Jakarta. Urban Development and Employment. Geneva 1976

Siebeck, Chr. A.: Die Annexion Portugiesisch-Timors durch Indonesien. In: Internationales Asienforum Vol. 9 (1978), S. 165ff

SIEBERT, R.: Das ungenutzte Medium. In: Entwicklung und Zusammenarbeit H. 7 (1975), S. 16ff

SIEBERT, R.: Das verpflanzte Bali. Transmigration in Indonesien zwischen Plan und Wirklichkeit. In: Entwicklung und Zusammenarbeit H. 5 (1977), S. 9ff

SIE KWAT SOEN: Prospects for agricultural development in Indonesia. With special reference to Java. Wageningen 1968

SIEVERS, A. M.: The mystical world of Indonesia. Culture, Economic and Development in Conflict. Baltimore 1975

SIMON, S. V.: Studien über den Reisanbau auf Java. In: Tropenpflanzer 1912, S. 459ff

SOLICH, E. J.: Die Überseechinesen. Frankfurt – Berlin 1960

SOMERS-HEIDHUES, M. F.: Southeast Asia's Chinese minorities. Victoria 1974

SORENSEN, J. L.: The social bases of instability in rural Southeast Asia. In: Asian Survey 9 (1969), S. 540ff

SPENCER, J. E.: Shifting Cultivation in Southeastern Asia. Berkeley – Los Angeles 1966

SRI SOEWASTI SOESANTO: Environmental Sanitation in the Big Cities. In: Prisma Vol. 1 (1975), S. 69ff

STEIN, N.: Die tropische Landwechselwirtschaft. Problematik und moderne Strukturveränderungen, dargestellt am Beispiel Nordsumatras. In: Geographische Zeitschrift H. 4 (1972), S. 322ff

STEIN, N.: Der Dolok Sinabung. Vertikale Landschaftsgliederung eines Vulkans im nördl. Batakhochland. In: Die Erde H. 1 (1974), S. 34ff

STEIN, N.: Strukturelemente der Kulturlandschaft in Deli (Nordostsumatra) und deren räumliches Gefügemuster. In: Geografisch Tijdschrift VIII, No. 2 (1974), S. 117ff

STEIN, N.: Coniferen im westlichen malayischen Archipel. Studien zu ihrer Verbreitung und Ökologie innerhalb der vollhumiden südostasiatischen Tropen. In: Biographica. Den Haag 1978

STÖHR, W. und ZOETMULDER, P.: Die Religionen Indonesiens. Stuttgart 1965

SUBANDRIO, H.: Javanese Peasant Life in Villages in East Java. London 1951

SUBROTO: Employment Policy and Transmigration in the Second Five Year Plan: In: Prisma Vol. 1 (1975), S. 3ff

SUNARTADIRDJA, A. M.: Beiträge zur Geomorphologie von Südwest-Sulawesi. Diss. Frankfurt 1959

SUNDRUM, R. M.: Manufacturing employment 1961–1971. In: Bulletin of Indonesian Economic Studies 11 (1975), S. 58ff

SUNDRUM, R. M.: Inter-provincial migration. In: Bulletin of Indonesian Economic Studies 12 (1976), S. 70ff

TEMPLE, G.: Migration to Jakarta. In: Bulletin of Indonesian Economic Studies 11 (1975), S. 76ff

TER HAAR, B.: Adat Law in Indonesia. New York 1948

TER HAAR, B.: Beginselen en stelsel van het adatrecht. Groningen 1950

TERRA, G. J. A.: The distribution of mixed gardening on Java. In: Landbouw, Agricultural Journal of Indonesia. Bd. XXV (1953), S. 163ff

TERRA, G. J. A.: Mixed-Garden Horticulture in Java. In: The Malayen Journal of Tropical Geography 1954, S. 33ff

TERRA, G. J. A.: Farm Systems in South-East Asia. In: Netherlands Journal of Agricultural Science, Vol. 6 (1958), S. 157ff

TICHY, H.: Tau-Tau. Bei Göttern und Nomaden der Sulu-See. München – Wien – Zürich 1973

TIMMER, M.: Child mortality and population pressure in the D.I. Jogjakarta, Java (Indonesia). Rotterdam 1961

TITUS, M. J.: Interregional migration in Indonesia as a reflection of social and regional inequalities. In: Tijdschrift voor economische en sociale Geografie H. 4 (1978), S. 194ff

TRAEGER, A.: Die wirtschaftliche Entwicklung Indonesiens 1950–1962. Bestimmungsgründe, Verlauf und Konsequenzen des Inflationsprozesses in einem Entwicklungsland. Diss. Tübingen 1967

TRIHADI, A.: Die Forst- und Holzwirtschaft in Indonesien. In: Holz-Zentralblatt Nr. 120 vom 5. 10. 1962

TURLACH, M. (Hrsg.): Gesellschaft und Politik in Süd- und Südostasien. Schriftenreihe des Forschungsinstituts der Friedrich-Ebert-Stiftung Bd. 93. Bonn-Bad Godesberg 1972

UHLIG, H.: Südostasien. Länder – Völker – Wirtschaft. Informationen zur Politischen Bildung. H. 148. Bonn 1972

UHLIG, H. (Hrsg.): Südostasien – Austral-Pazifischer Raum. Fischer Länderkunde Bd. 3. Frankfurt – Hamburg 1975

UHLIG, H.: Die Agrarlandschaft im Tropenkarst. Beispiele ihrer geo-ökologischen Differenzierung aus Java und Sulawesi. In: Festschrift J. Roglic, Geografski Glasnik 1976, S. 313ff

UTRECHT, E.: De Onderbrocken Revolutie In Het Indonesische Dorp. Voorpublikatie Nr. 9, Afdeling Zuid- en Zuidoost Azie, Universiteit van Amsterdam. Amsterdam 1974

VERSTAPPEN, H. Th.: Djakarta Bay. A Geomorphological Study on Shoreline Development. s' Gravenhage 1953

VERSTAPPEN, H. Th.: A geomorphological reconnaissance of Sumatra and adjacent islands. Groningen 1973

VETH, P. J.: Java. Geographisch, Ethnologisch, Historisch. 4 Bde. Haarlem 1912

VILLIERS, J.: Südostasien vor der Kolonialzeit. Fischer Weltgeschichte Bd. 18. Frankfurt 1965

VINK, G. J.: De grondslagen van het indonesische landbouwbedrijf. Diss. Wageningen 1941

VOGEL, F. J.: Die Nationalisierung niederländischen Eigentums in Indonesien. In: Europa Archiv 1959, S. 787 ff

VOLLENHOVEN, C. van: Het Adatrecht van Nederlandsch Indie. 3 Bde. Leiden 1918–1933

VOLLENHOVEN, C. van: De Indonesier en zijn grond. Leiden 1932

VROCKLAGE, B. A. G.: Die sozialen Verhältnisse Indonesiens. Anthropos-Bibliothek Bd. 1, Heft 1 (1936)

WAGNER, F. A.: Indonesien. Die Kunst eines Inselreiches. Baden-Baden 1955

WANDER, H.: Zum Problem der wirtschaftlichen und politischen Entwicklung Indonesiens. In: Wirtschaftsdienst 1961, S. 219 ff

WANDER, H.: Die Beziehungen zwischen Bevölkerungs- und Wirtschaftsentwicklung, dargestellt am Beispiel Indonesiens. Kieler Studien 70. Tübingen 1965

WEISS, C.: Sukarnos tausend Inseln. Indonesien, die gelenkte Demokratie. Hamburg 1963

WERTHEIM, W. F.: The Indonesian Town. Studies in Urban Sociology. Den Haag – Bandung 1958

WERTHEIM, W. F.: Indonesian society in transition. A study of social change. The Hague – Bandung 1959

WERTHEIM, W. F.: Sociological aspects of inter-island migration in Indonesia. In: Population Studies 12 (1959), S. 181 ff

WIDJOJO NITISASTRO: Population Trends in Indonesia. Ithaka N. Y. – London 1970

WILDFÖRSTER, I.: Die Auswirkungen der europäischen Fremdwirtschaft in Indonesien. Diss. Mainz 1959

WILHELMY, H.: Reisanbau und Nahrungsspielraum in Südostasien. Geocolleg. Kiel 1975

WITHINGTON, W. A.: Medan: Primary Regional Metropolis of Sumatra. In: Journal of Geography Vol. 61 (1962), S. 59 ff

WITHINGTON, W. A.: The Kotapradja or „King Cities“ of Indonesia. In: Pacific Viewpoint 4 (1963), S. 75 ff

WITHINGTON, W. A.: Changes and Trends in Patterns of North Sumatra's Estate Agriculture 1938–1959. In: Tijdschrift voor economische en sociale geografie 55 (1964), S. 8 ff

WOLFF, P. und ERNST, K.: Secondary Crops-Produktion in Zentral-Java und Süd-Sulawesi. Witzenhausen 1974 (mimeo.)

WOUDEN, F. A. E. van: Types of social structure in Eastern Indonesia. The Hague 1968

ZAHRI, A.: Indonesia: public control and economic planning. Singapore 1969

ZIMMERMANN, G. R.: Die Bagan in der Bucht von Djakarta. Ein Beitrag zur Küstenfischerei in Indonesien. In: Zeitschrift für Wirtschaftsgeographie H. 5 (1973), S. 139 ff

ZIMMERMANN, G. R.: Die Viehhaltung in Indonesien. Zur Entwicklung der Tierbestände und der Versorgung der Bevölkerung mit tierischem Eiweiß. In: Geographische Rundschau H. 4 (1975), S. 162 ff

ZIMMERMANN, G. R.: Transmigration in Indonesien: Eine Analyse der interinsularen Umsiedlungsaktionen zwischen 1905 und 1975. In: Geographische Zeitschrift H. 2 (1975), S. 104 ff

ZIMMERMANN, G. R.: Ungeregelte Landerschließung und planmäßige Agrarkoloniation in den Waldgebieten Südostasiens – Das Beispiel Südsumatra. In: Göttinger Geographische Abhandlungen H. 66 (1976), S. 107 ff

ZIMMERMANN, G. R.: Die Wirtschaftsformationen im südlichen Sumatra (Lampung). Entwicklung und Konsistenz ethnisch-religiös geprägter Raumstrukturen auf dem indonesischen Archipel. Habil. Schrift TU Braunschweig. Braunschweig 1978

ZESCHKE, G.: Der Bergbau Indonesiens. In: Zeitschrift für Bergbau und Metallhüttenwesen Bd. 18 (1965), S. 650 ff

12. Sachregister

Stundenblätter Geographie

Rolf Koch / Hilmar Geibert

Stundenblätter Geographie 5./6. Schuljahr

Klettbuch 92285, 100 Seiten + 44 Stundenübersichten, kart.

Dieser Band enthält komplette Unterrichtsmodelle, die sich aus konkreten Fallbeispielen zusammensetzen, zu den Themenkomplexen: sich orientieren, sich versorgen (Nutzung des Naturpotentials, Rohstoff- und Energiequellen, Verkehr), reisen und sich erholen. Die Aufbereitung der Einzelstunden mit Stundenverlauf, gezielten Impulsen, Hausaufgabenstellung, Medieneinsatz und Tafelbild erfolgt in den eigentlichen Stundenblättern, die in Loseblattform dem Band beiliegen.

Rolf Koch / Hilmar Geibert

Stundenblätter Geographie 7./8. Schuljahr

Klettbuch 927611, 92 Seiten + 51 Stundenübersichten

Im Mittelpunkt des unterrichtlichen Geschehens stehen hier – entsprechend den Empfehlungen des Schulgeographenverbandes – raumprägende und raumverändernde Faktoren. Der Raum wird nunmehr in vorwiegendem Maße als komplexeres Verflechtungs- und Strukturgefüge gesehen.
Folgende Lernzielbereiche strukturieren die einzelnen Unterrichtsmodelle:
- Folgen der Planetennatur der Erde
- Auseinandersetzung des Menschen mit Naturbedingungen
- Gestaltung von Räumen durch den wirtschaftenden Menschen
- Probleme des Zusammenlebens und der Zukunftsicherung

Auch hier werden komplette Unterrichtsmodelle geboten, mit Sachinformationen, didaktischem Abriß und einem Überblick über die gesamte Einheit. Als Abrundung werden Anregungen für Transfermöglichkeiten und Hinweise auf passende Medien gegeben.